Für meine Eltern,
meine Schwester,
meine Kinder,
meine Frau
und
Susanna

Marc Levy

JEDER ANFANG MIT DIR

Roman

Aus dem Französischen von
Eliane Hagedorn und Bettina Runge

blanvalet

Die Originalausgabe erschien 2016 unter dem Titel »L'horizon à L'envers«
bei Robert Laffont Versilio, Paris.

FSC
www.fsc.org
MIX
Papier aus verantwortungsvollen Quellen
FSC® C014496

Klimaneutral*
Druckprodukt
ClimatePartner.com/14044-1912-1001

Penguin Random House Verlagsgruppe FSC® N001967

1. Auflage

einem Unternehmen der Penguin Random House Verlagsgruppe GmbH,
Neumarkter Str. 28, 81673 München
Umschlaggestaltung: www.buerosued.de nach einer Originalvorlage
von Editions Pocket
Umschlagdesign: Chez Gertrud/Illustrissimo
LA · Herstellung: DM
Satz: Uhl + Massopust, Aalen
Druck und Bindung: GGP Media GmbH, Pößneck
Printed in Germany
ISBN 978-3-7341-1081-8

www.blanvalet.de

»Nichts ist bedrohlicher
als das Unmögliche.«

Victor Hugo

HOPE

In der Ferne hörte man eine Sirene.

Die Stirn an die Fensterscheibe gedrückt, holte Josh tief Luft. Sein Blick verlor sich in Richtung der Backsteinfassaden des Viertels, in das Hope und er ein Jahr zuvor gezogen waren.

Ein Flimmern blauer und roter Lichter tauchte am Ende der menschenleeren Straße auf, kam näher und erleuchtete das gesamte Zimmer, als das Fahrzeug vor der Tür des Gebäudes anhielt.

Nun zählte jede Sekunde.

»Josh, ich muss es jetzt tun …«, beschwor ihn Luke.

Es ging über seine Kräfte, sich umzudrehen und das Gesicht der Frau zu betrachten, die er liebte.

»Josh«, murmelte Hope, als die Nadel in ihre Vene eindrang, »schau nicht hin, das ist nicht nötig. Unser Schweigen hat uns immer gereicht.«

Josh trat ans Bett, beugte sich über Hope und küsste sie. Sie öffnete ihre blassen Lippen.

»Es war ein Privileg, dich zu kennen, mein Josh«, sagte sie lächelnd und schloss die Augen.

Es klopfte an der Tür. Luke stand auf und ließ das Team eintreten: zwei Sanitäter und ein Arzt, der sofort an Hopes Bett trat, um ihr den Puls zu fühlen. Er zog ein Wirrwarr aus Kabeln und Elektroden aus seiner Tasche und befestigte diese an Brust, Handgelenken und Fußknöcheln.

Der Arzt beobachtete den Kurvenverlauf auf dem Papierstreifen und machte den beiden Sanitätern ein Zeichen. Sie näherten sich mit der Trage und hoben Hope aus dem Bett, um sie auf der Trage auf eine Eismatte zu legen.

»Wir müssen uns beeilen«, sagte der Arzt.

Josh sah ihnen hinterher, wie sie Hope mitnahmen, und wäre ihnen am liebsten gefolgt, doch Luke hielt ihn am Arm zurück und zog ihn ans Fenster.

»Glaubst du wirklich, das kann funktionieren?«, fragte er mit einem Seufzer.

»Was die Zukunft betrifft, kann ich dir nichts sagen«, erwiderte Luke. »Doch heute Abend haben wir das Unmögliche möglich gemacht.«

Josh schaute nach unten auf die Straße. Die Sanitäter schoben die Trage in den Krankenwagen, auch der Arzt kletterte hinein und schloss die Türen.

»Wenn dieser Doktor etwas bemerkt hätte … Ich weiß nicht, wie ich dir jemals danken soll.«

»Die Zauberlehrlinge seid ihr beide, meine Rolle wird nicht so wichtig gewesen sein. Und das wenige, was ich getan habe, war allein für sie.«

»Was du getan hast, war wichtig.«

»Ihrer Theorie nach … und allein die Zukunft wird es uns sagen, wenn wir dann noch da sind.«

Kapitel 1

»Warum machst du dich selbst immer so schlecht? Wirklich verrückt, dass ein Mädchen wie du derart wenig Selbstvertrauen hat. Oder es ist nur eine List.«

»Was für eine Art von List denn bitte schön? Nur du kannst so einen Blödsinn reden.«

»Vielleicht willst du damit ja nur erreichen, dass man dir Komplimente macht.«

»Siehst du, ich habe recht! Wenn ich hübsch wäre, würdest du nicht denken, ich hätte es nötig, dass man mir Komplimente macht.«

»Du gehst mir echt auf die Nerven, Hope. Das Unwiderstehliche an dir ist deine geistreiche Art. Du bist das witzigste Mädchen, das ich kenne.«

»Wenn ein Junge zu einem Mädchen sagt, dass sie witzig ist, heißt das fast immer, sie ist hässlich.«

»Ach wirklich, weil sie nicht zugleich hübsch und witzig sein kann? Wenn ich gewagt hätte, das zu sagen, hättest du mir vorgeworfen, sexistisch und chauvinistisch zu sein.«

»Und dazu eine echte Pfeife – aber ich darf das sagen. Also, wie ist diese Anita?«

»Welche Anita?«

»Jetzt tu nicht so unschuldig!«

»Sie hat mich nicht begleitet. Wir haben zufällig nebeneinander im Kinosaal gesessen und nur unsere Meinungen über den Film ausgetauscht.«

»Ihr habt eure Meinungen über einen Film ausgetauscht, in dem es um eine anderthalbstündige Verfolgungsjagd und zum Schluss um eine stürmische Umarmung ging?«

»Du hältst mich von der Arbeit ab!«

»Seit einer Stunde schielst du immer wieder zu der Brünetten hinüber, die da ganz hinten am Ende der Bibliothek sitzt. Soll ich mich für dich einsetzen? Ich kann sie um ihre Telefonnummer bitten für den Fall, dass sie Single ist, und ihr sagen, dass mein guter Freund davon träumt, sie in einen Autorenfilm mitzunehmen. *La grande bellezza – Die große Schönheit* oder ein Meisterwerk von Visconti oder sogar einen alten Capra-Film ...«

»Ich versuche, hier wirklich zu arbeiten, Hope, und ich kann nichts dafür, dass sich diese junge Frau in meinem Blickfeld befindet, während ich nachdenke.«

»Man kann die Anziehungskraft wirklich nicht dafür verantwortlich machen, dass Menschen sich verlieben, da gebe ich dir recht. Und über was grübelst du nach, wenn ich fragen darf?«

»Über Neurotransmitter.«

»Aha. Noradrenalin, Serotonin, Dopamin, Melatonin ...«, zählte Hope mit ironischem Unterton auf.

»Jetzt sei mal still und hör mir einen Augenblick zu. Sie mobilisieren das Gehirn hinsichtlich bestimmter Aktionen, erhöhen Aufmerksamkeit und Merkfähigkeit, beeinflussen unsere Schlafzyklen, unser Ernährungs- und unser Sexualverhalten ... Melatonin spielt eine Rolle bei der Winterdepression ...«

»Wenn du mir sagen kannst, welcher Neurotransmitter bei der Sommerdepression im Spiel ist, und zwar in dem Moment, in dem man versucht, sich in einen Bikini zu zwängen, schlage ich dich für den Nobelpreis vor…«

»Und wenn diese Moleküle in beide Richtungen funktionieren? Wenn die Neurotransmitter Informationen über die Auswirkungen sammeln würden, die sie im Lauf unseres Lebens auslösen? Stell dir vor, sie würden wie Teilchen eines ›Arbeitsspeichers‹ agieren, die unseren ganzen Erfahrungsschatz sammeln, alles, was unseren Charakter prägt, was uns verändert. Niemand weiß, wo im Gehirn sich unser Bewusstsein befindet, was aus jedem von uns ein einzigartiges Wesen macht. Stell dir also vor, dass die Neurotransmitter wie vernetzte Computer die enormen Mengen an digitalem Material speichern und so das Netzwerk bilden, in dem unsere Persönlichkeit wohnt.«

»Großartig! Geradezu genial! Und wie willst du das beweisen?«

»Warum, glaubst du, studiere ich Neurowissenschaften?«

»Um die Mädchen zu verführen, und ich bin sicher, der erste Prof, dem du von deinen revolutionären Theorien berichtest, wird dir vorschlagen, auf Jura oder Philosophie umzusteigen, ganz egal, nur damit er dich nicht mehr zu seinen Studenten zählen muss.«

»Wenn ich allerdings recht hätte – ist dir klar, was das bedeutet?«

»Angenommen, deine nebulöse Theorie wäre fundiert und es würde eines Tages gelingen, die Informationen, die in diesen Molekülen enthalten sind, zu entschlüsseln, könnte man im Gedächtnis eines Menschen zum Zeitpunkt t gelangen.«

»Wir könnten es nicht nur kopieren, sondern das gesamte Bewusstsein eines Menschen vielleicht auch auf einen Computer übertragen.«

»Ich finde diese Idee grauenhaft. Warum erzählst du mir das?«

»Damit du zusammen mit mir an diesem Projekt arbeitest.«

Hope brach in schallendes Gelächter aus, das von den Tischnachbarn mit finsteren Blicken bedacht wurde. Hopes Lachen versetzte Josh jedes Mal in gute Laune. Selbst wenn sie auf seine Kosten lachte, was nicht selten der Fall war.

»Du kannst schon mal damit anfangen, mich zum Abendessen einzuladen«, flüsterte sie. »Aber kein schwer verdauliches, ins Haus geliefertes Fast Food, mein Lieber, ich spreche von einem richtigen Restaurant.«

»Kann das noch ein bisschen warten? Ich bin momentan nämlich ziemlich knapp bei Kasse. Aber gegen Ende der Woche dürfte ein bisschen Kohle reinkommen.«

»Dein Vater?«

»Nein, Nachhilfestunden in Naturwissenschaften, die ich einem kleinen Idioten gebe. Seine Eltern halten verbissen daran fest, dass er eines Tages ein Studium absolviert, das diesen Namen auch verdient hat.«

»Du bist ein Snob und noch dazu bösartig. Ich bezahle die Rechnung.«

»Unter diesen Umständen bin ich gern bereit, dich zum Abendessen einzuladen.«

Josh hatte Hope während der ersten Monate auf dem Campus kennengelernt. Luke und er hatten auf dem Rasen eine nicht ganz legale Zigarette geraucht und sich über ihre Enttäuschungen in Liebesdingen ausgetauscht. Hope saß an einen Kirschbaum gelehnt da und ging ihre Vorlesungen durch.

Mit lauter, klarer Stimme hatte sie soeben gefragt, ob hier jemand unter einer unheilbaren Krankheit leide, die den medizinischen Einsatz einer psychotropen Substanz unter freiem Himmel rechtfertige.

Luke hatte sich aufgerichtet, um festzustellen, ob diese Stimme einer Dozentin oder einer Studentin gehörte, und während er sich suchend umsah, hatte Hope ihm gewinkt. Dann pustete sie sich eine Haarsträhne aus der Stirn, die ihre Augen verdeckt hatte, und Luke war wie verzaubert.

»Du scheinst in Topform zu sein, daraus schließe ich, dass dein Kumpel, der am helllichten Tag die Sterne zählt, todkrank sein muss, wobei euer jamaikanischer Tabak sicher auch damit zu tun hat – selbst ich fühle mich schon etwas seltsam.«

»Willst du nicht zu uns herüberkommen?«, fragte Luke.

»Danke, aber ich habe so schon Mühe, mich zu konzentrieren. Dank eures brillanten Gesprächs über das weibliche Geschlecht lese ich seit einer halben Stunde immer wieder dieselbe Zeile. Es ist unglaublich, was Typen eures Alters für einen Blödsinn über Frauen sagen können.«

»Was liest du da gerade so Interessantes?«

»*Angeborene Missbildungen des Zentralnervensystems* von Professor Eugene Ferdinand Algenbruck.«

»Sie ist ein hübsches Mädchen, schlank und lässig, von Kopf bis Fuß fürs Überleben gemacht. *Wovon wir reden, wenn wir von Liebe reden* von Raymond Carver. Jeder hat so sein Kultbuch, stimmt's? Aber wenn du uns über das weibliche Geschlecht aufklären willst – es ist ein größeres Mysterium als die Pathologie der Großhirnrinde, und weitaus aufregender.«

Hope beobachtete Luke zurückhaltend, schloss ihr Buch und stand auf.

»Erstes Studienjahr?«, fragte sie, während sie sich zu ihm gesellte.

Josh kam hinzu, um sie zu begrüßen, sie schwieg und begnügte sich damit, die ihr entgegengestreckte Hand zu betrachten. Überrascht, dass sie ihm nicht ebenfalls die Hand reichte, setzte er sich wieder hin.

Luke war nichts von den Blicken entgangen, die sie gewechselt hatten, und von dem Licht, das in Hopes Augen aufgeblitzt war, und auch wenn diese Unbekannte ihn bereits faszinierte, so war ihm doch klar, dass sie es nicht auf ihn abgesehen hatte.

Hope würde stets verneinen, dass sie sich an diesem Tag auch nur im Geringsten von Josh angezogen gefühlt hatte, Luke aber glaubte kein Wort davon, und immer, wenn das Thema aufkam, erinnerte er daran, dass die Folge der Ereignisse ihm recht gegeben hatte.

Auch Josh würde schwören, an jenem Tag nichts besonders Verführerisches an Hope bemerkt zu haben, und sogar hinzufügen, dass sie zu den Mädchen gehörte, die man erst hübsch findet, wenn man sie wirklich kennt. Und Hope würde es nie gelingen, ihn dazu zu bewegen zuzugeben, ob das ein Kompliment oder reiner Sarkasmus war.

Nachdem sie sich vorgestellt hatten, genossen sie die Milde des spätsommerlichen Abends. Da Josh nicht sonderlich redegewandt war, bemühte sich Luke, an seiner Stelle zu antworten, wenn Hope eine Frage stellte, und Josh beobachtete voller Schadenfreude, wie sehr sich sein bester Freund ins Zeug legte.

Mitte des Herbstes bildeten Hope, Josh und Luke ein unzertrennliches Trio. Nach den Vorlesungen trafen sie sich, wenn es das Wetter zuließ, auf dem Vorplatz der Bibliothek, an kalten und regnerischen Tagen im Lesesaal.

Josh arbeitete von den dreien am wenigsten und heimste die besten Noten ein. Nach jeder Prüfung verglich Luke ihre Ergebnisse und musste zugeben, dass die wissenschaftliche Intelligenz von Josh der der beiden anderen überlegen war. Hope milderte sein Urteil ab, Josh sei zwar brillant, aber er nutze über die Maßen seine Verführungskünste, sowohl bei den Professoren als auch bei seinen weiblichen Opfern. Bestenfalls sprach sie ihm mehr Vorstellungskraft als ihnen beiden zu, dafür jedoch sehr viel weniger Gewissenhaftigkeit.

Luke ließ sich zumindest nicht vom ersten Paar Beine ablenken, das an ihm vorbeispazierte und, genau wie die beiden anderen, hatte er sich die Priorität gesetzt, sein Studium erfolgreich abzuschließen.

Eines Abends, als sie in der Cafeteria lernten, verschlang eine Studentin an einem Nebentisch Josh geradezu mit Blicken, der seinerseits nicht darauf verzichtete, ihre Kontaktversuche verstohlen zu erwidern. Hope hatte die Heimlichtuerei unterbrochen und ihm vorgeschlagen, die alberne Gans in seinem Zimmer zu vernaschen, anstatt so zu tun, als arbeite er.

»Eine sehr elegante Bemerkung«, hatte er erwidert.

»Gleichstand«, hatte Luke geschlichtet. »Eine Frage: Warum müsst ihr beiden euch eigentlich ständig zanken? Ihr könntet doch einmal etwas anderes machen.« Angesichts ihres Schweigens hatte er hinzugefügt: »Gemeinsam ausgehen beispielsweise.«

Darauf folgte eine denkwürdige Befangenheit, und Hope zog sich kurz darauf unter dem Vorwand zurück, sie müsse ihre Prüfungen noch einmal durchgehen, was in Gegenwart von zwei Schwachköpfen wie ihnen unmöglich sei, wie sie abschließend feststellte.

»Was ist denn in dich gefahren?«, fragte Josh.

»Ich bin es leid zuzusehen, wie ihr wie zwei Halbwüchsige umeinander herumschleicht. Das ist echt nervtötend.«

»Was geht dich das an? Außerdem sind Hope und ich einfach nur befreundet.«

»Du bist möglicherweise doch weniger intelligent, als man allgemein glaubt. Oder wirklich blind, um in diesem Punkt dermaßen danebenzuliegen.«

Josh hatte mit den Schultern gezuckt und seinerseits die Cafeteria verlassen.

Zurück in der Wohnung, die er sich mit Luke teilte, hatte er sich vor seinen Laptop gesetzt, um einige Recherchen durchzuführen, mit denen er wenig Erfahrung hatte. Nachdem er alle Pseudonyme durchprobiert hatte, die ihm einfielen, musste er zur Kenntnis nehmen, dass Hope die einzige ihm bekannte Person war, die nicht im Netz auftauchte. Diese Unauffälligkeit fand er irgendwie heimtückisch.

Am nächsten Tag wartete er am Ende der Vorlesungen auf Hope. Sie spazierten über den Campus, und seine Versuche, das Thema anzuschneiden, blieben erfolglos. Hope machte sich einen Spaß daraus, die Bibliothek zu umrunden, ohne dass Josh merkte, dass sie wieder am Ausgangspunkt angekommen waren. Dann schlug sie den Weg in Richtung des Gebäudes ein, in dem sie ihr Zimmer hatte.

»Was willst du eigentlich, Josh?«, fragte sie ihn schließlich.

»Dir Gesellschaft leisten, sonst nichts.«

»Bist du in Verzug und willst, dass ich dir bei deinen Aufgaben helfe?«

»Ich bin nie in Verzug.«

»Wie schaffst du es, auf dem Laufenden zu sein, wo du so viel Zeit damit zubringst, Joints zu rauchen? Ein wissenschaftliches Phänomen!«

»Ich befasse mich mit dem Wesentlichen, ich optimiere meine Arbeitsstunden.«

»Ich neige eher zu der Annahme, dass es eine ganze Armee kleiner Laborantinnen gibt, die dir zu Diensten sind.«

»Es nervt, Hope, dass du immer über mich urteilst. Wofür hältst du mich eigentlich?«

»Für einen Hochbegabten, und das ärgert mich noch mehr, deshalb kann ich es nur schwer zugeben.«

Josh fragte sich, ob sie es ehrlich oder ironisch meinte.

Vor ihrem Wohnheim erinnerte Hope ihn daran, dass Jungen der Zutritt verboten war. Er würde nicht durch die Eingangshalle kommen, es sei denn, mit einer Perücke auf dem Kopf.

Schließlich stellte Josh die Frage, die ihn hierhergeführt hatte.

»Woher weißt du, dass ich in den sozialen Netzwerken nicht auftauche?«, fragte Hope zurück.

»Ich habe nichts gefunden.«

»Du hast also gesucht!«

Joshs Schweigen konnte als Eingeständnis gelten.

»Willst du nichts dazu sagen?«, beharrte er.

»Nein, ich versuche zu verstehen, was dich dazu gebracht haben könnte, deine wertvolle Zeit damit zuzubringen, Informationen über mich im Internet zu finden. Wäre es nicht einfacher gewesen, mich einfach zu fragen?«

»Gut, dann frage ich dich eben jetzt.«

»Wenn wir alles posten, was wir so treiben, wollen wir den anderen damit zeigen, dass unser Leben schöner ist als ihres. Meines ist einfach deswegen anders, weil es mein Leben ist und nicht das einer anderen, und deshalb behalte ich es für mich. Außerdem bist du auch nicht auf Facebook!«

»Ach ja? Woher weißt du das?«, fragte Josh mit diesem Lächeln, das Hope in höchstem Maße ärgerte.

»Gleichstand, wie Luke sagen würde«, antwortete sie.

»Ich mag die sozialen Netzwerke nicht, ich mag überhaupt keine Netzwerke«, antwortete Josh, »ich bin ein Einzelgänger.«

»Was willst du später einmal machen?«

»Elefanten im Zirkus trainieren.«

»Das ist genau die Art von Antwort, bei der ich denke, dass wir nie miteinander schlafen werden«, gab Hope zurück, ohne sich der Ungeheuerlichkeit bewusst zu sein, die sie soeben geäußert hatte.

In Verlegenheit gebracht, gelang es Josh nicht zu reagieren.

»Vielleicht, weil du es nie in Erwägung gezogen hast?«, fuhr Hope fort.

»Doch, aber mir war klar, dass du niemals einen Elefantendompteur in deinem Bett würdest haben wollen, deshalb habe ich nichts in der Richtung versucht.«

»Gegen Elefanten habe ich letztlich nichts … Aber gut, du wärst nur meine x-te Eroberung«, sagte sie, wobei sie sich ganz offen über ihn lustig machte. »Und denk bloß an den nächsten Morgen … Es wäre so unangenehm, dir gestehen zu müssen, dass du dir keine Illusionen machen und nicht hoffen sollst, mit uns beiden könnte es etwas Ernstes werden. Ich sehe mich in der Morgendämmerung verstohlen davonschleichen, während du noch schläfst und ich schon halb tot bin vor Scham. Du verdienst etwas Besseres als mich, das schwöre ich dir …«

»So siehst du mich also?«, unterbrach Josh sie. »Du glaubst, dass ich so ein Typ bin, ungeniert und vulgär?«

»Vulgär niemals, aber ungeniert sicherlich.«

Mit bestürzter Miene entfernte sich Josh, und Hope fragte sich, ob sie nicht etwas zu weit gegangen war. Sie rannte ihm nach.

»Schau mir in die Augen und schwör mir, dass du nicht so ein Typ bist.«

»Du kannst von mir aus denken, was du willst.«

Josh beschleunigte seinen Schritt, aber Hope holte ihn ein und baute sich vor ihm auf.

»Gib mir eine Nacht im Labor, und ich werde eine Pille entwickeln, die ich morgen früh unauffällig in deinem Kaffee auflöse«, sagte sie.

»Und welche Wirkung hätte diese Pille?«, fragte Josh, der den Schlag noch nicht verdaut hatte.

»Sie wird aus deinem Gedächtnis alles löschen, was wir uns in den letzten vierundzwanzig Stunden gesagt haben, also vor allem alles, was ich von mir gegeben habe, meinen zweifelhaften Humor … und alle meine Fehler. Aber sei beruhigt, an meinen Vornamen wirst du dich noch erinnern.«

Was Josh überwältigte, waren die beiden Grübchen, die sich in ihren Mundwinkeln zu bilden begannen, als sie ihn anlächelte, wie zwei Klammern, die den Rest seines Lebens einfassen sollten. Auf Hopes Gesicht war etwas Einzigartiges aufgetaucht. Ob es nun ein Ausdruck war, den sie noch nie gezeigt hatte oder den er noch nie wahrgenommen hatte, in diesem Augenblick spürte er auf jeden Fall, dass zwischen ihnen nichts mehr so sein würde wie zuvor. Keiner seiner Eroberungen war es bisher gelungen, seinen Panzer zu knacken, aber an diesem Abend hatte Hope mit ihren Bemerkungen genau ins Schwarze getroffen.

Er küsste sie auf die Wange, bereute diesen Übereifer, den er schrecklich ungeschickt fand, und machte die ebenso schreckliche Feststellung, dass es ihm nicht gelingen würde, drei sinnvolle Worte aneinanderzureihen, und wäre es nur, um seiner Freundin einen schönen Abend zu wünschen.

»Sollen wir hierbleiben und die erleuchteten Fenster zählen?«, schlug Hope vor. »Ich hätte dir gerne vorgeschlagen, die Sterne zu zählen, ich weiß ja, dass du sie liebst, aber der Himmel ist heute Abend bedeckt.«

Hope fragte sich, was sie dazu trieb, Josh so zu provozieren. Auch sie hatte das Gefühl, eine seltsame Befangenheit läge in der Luft. Die Zeit war gekommen, die Deckung fallen zu lassen. Wenn sie ihn weiter zurückstieß, würde sie ihn wirklich von sich entfernen. Es war vergebene Liebesmüh, sich schützen zu wollen, sie war verrückt nach ihm, und sich in Verweigerung zu verstricken, würde daran nichts ändern. Auch wenn sie ihr Sexualleben, im Gegensatz zu vielen ihrer Freundinnen, nicht an die erste Stelle ihrer Beschäftigungen setzte, musste sie doch zugeben, dass sich eine gewisse, um nicht zu sagen völlige Abstinenz bei ihr eingestellt hatte, seit sie Josh begegnet war, und das war womöglich kein Zufall. Konnte man wirklich so naiv sein, unbewusst jemandem treu zu sein, mit dem gar nichts lief? Welches idiotische Molekül konnte das Gehirn dazu bringen, sich so einzuschränken?

Josh beobachtete sie ratlos.

Hope hatte eine Wahnsinnslust, ihn zu sich einzuladen. Um diese Zeit war die Eingangshalle menschenleer. Die Treppe hinaufzugehen, die paar Meter über den Flur bis zu ihrer Zimmertür zurückzulegen, war mit keiner großen Gefahr verbunden, wenn man diskret vorging. Schlimmstenfalls würde man einer anderen Studentin begegnen – die Wahrscheinlichkeit, dass ein Unschuldsengel sie verpfeifen würde, war ziemlich gering. Sie hatte bereits einige ihrer Nachbarinnen dabei überrascht, dieses Risiko einzugehen. Das alles hatte Hope sich innerhalb von wenigen Sekunden vorgestellt, aber der heikelste Teil ihres Plans bestand darin, ihn mit demjenigen zu besprechen, der sie mit seinen Blicken fixierte. Dabei genügte es, etwas Einfaches zu sagen wie: »Möchtest du auf ein Gläschen mit raufkommen?« – Wohl wissend, dass es in ihrem Zimmer weder Alkohol noch ein anderes Glas als ihr Zahnputzglas gab – oder, ebenso kompromittierend, aber glaubwürdiger: »Sollen wir unsere Unterhaltung oben fortsetzen?« Sie nahm dreimal Anlauf, aber die Worte blieben ihr im Hals stecken.

Josh starrte sie weiter an, die Zeit verrann, und er musste zur Tat schreiten … oder auch nicht.

Es gelang ihr, ihn etwas glücklicher anzulächeln als bisher, dann zuckte sie mit den Schultern und verschwand schließlich allein im Haus.

Nachdenklich versuchte Josh, das Ausmaß des Schadens einzuschätzen, das diese Unterhaltung ihrer Freundschaft zufügen würde, wobei er auch die Tatsache berücksichtigte, einen Moment lang sogar Monogamie in Erwägung gezogen zu haben. Das beunruhigte ihn möglicherweise noch mehr als der erste Punkt, und er beschloss, vor dem nächsten Tag keinerlei endgültige Schlussfolgerungen zu ziehen, überhaupt gar keine Schlussfolgerung, bis sich alles wieder normalisiert hätte, und vor allem nie mehr seinen Blick auf Hopes Mund zu richten.

Hope streckte sich auf ihrem Bett aus, starrte an die Decke, griff nach einem ihrer Lehrbücher, dessen Seiten sie umblätterte, ohne sich konzentrieren zu können, und bedauerte ein einziges Mal, keine Mitbewohnerin zu haben, und da sie merkte, dass sie nicht würde schlafen können, stand sie auf und beschloss, ins Labor zu gehen.

In schlaflosen Nächten arbeitete sie gerne dort. Das Campus-Labor, ein riesiger Raum mit rosa Wänden, eine Deko, die Hope als geheimnisvoll empfand, verfügte über alle Materialien, die sich ein Student nur wünschen konnte. Mikroskope, Zentrifugen, Kühlschränke, Autoklaven und rund dreißig Labortische mit Spüle und Computer. Um jedoch dorthin zu gelangen, musste sie einen Korridor entlanggehen, der ihr eine Heidenangst einjagte. Sie atmete tief ein, dachte daran, dass sie den restlichen Abend mit

Josh hätte verbringen können, wenn es ihr einmal gelungen wäre, ihre Gefühle auszusprechen, und verließ ihr Zimmer.

Sie ging einen Weg hinauf und erreichte die Eingangshalle des Gebäudes. Ihre ökologischen Überzeugungen über Energiesparmaßnahmen gerieten in dem Moment ins Wanken, als sie über den ins Halbdunkel getauchten Flur zum Labor ging. Sie beschleunigte ihre Schritte und begann, vor sich hin zu trällern.

Als sie die Tür zum Labor aufstieß, war sie überrascht, Luke dort vorzufinden. Er war über ein Mikroskop gebeugt und schien sie nicht eintreten gehört zu haben. Hope näherte sich mit leisen Schritten, fest entschlossen, ihm den Schrecken seines Lebens einzujagen.

»Sei nicht albern, Hope«, brummte er schließlich hinter seiner Schutzmaske, die einen guten Teil seines Gesichts bedeckte, »ich hantiere hier mit etwas Empfindlichem.«

»Und womit hantierst du da zu so später Stunde?«, fragte Hope, enttäuscht, ihren Auftritt vermasselt zu haben.

»Mit sich erwärmenden Zellen.«

»Woran arbeitest du?«

»Wenn du mich weiter ablenkst, an gar nichts! Ich vermute, wenn du mitten in der Nacht hergekommen bist, dann, um ebenfalls zu arbeiten, oder?«

»Charmant!«, antwortete sie, bewegte sich jedoch keinen Zentimeter vom Fleck.

Luke hob den Kopf und drehte sich auf seinem Stuhl herum. »Was willst du, Hope?«

»Hat Josh Humor? Ich meine, hat er hinter seinem unechten umwerfenden Lächeln wirklich Humor?«

Luke blickte Hope ernst an und wandte sich wieder seinem Mikroskop zu.

»Ich spreche auch gern mit deinem Rücken«, nahm Hope den Faden wieder auf, »aber du könntest schon ein bisschen höflicher sein.«

Luke drehte seinen Stuhl wieder zurück.

»Josh ist mein bester Freund, du bist neu in unserer Clique, also wenn du dir einbildest, ich würde hinter seinem Rücken mit dir über ihn sprechen, täuschst du dich.«

»Warum erwärmst du Zellen?«

»Wir sind uns schon einig, dass diese Frage mit der vorherigen nichts zu tun hat?«

»Ich dachte, das Thema wäre abgeschlossen, also habe ich es gewechselt.«

»Gut! Um zu versuchen, sie wieder aufzuwecken.«

»Du hattest sie in Schlaf versetzt?«

»Ja, indem ich sie eingefroren habe.«

»Aber warum?«

Luke merkte, dass er sie nicht so einfach wieder loswerden würde. Er war müde, und seine Arbeiten würden noch einen Großteil der Nacht dauern. Er wühlte in der Tasche seines Arbeitskittels, holte zwei Fünfundzwanzig-Cent-Münzen heraus und reichte sie Hope.

»Der Kaffeeautomat ist auf dem Gang. Für mich einen Kaffee mit Milch und der doppelten Dosis Zucker, für dich, was du möchtest.«

Hope sah ihn amüsiert an, die Hände in die Hüften gestützt. »Wofür hältst du mich?«

Luke fixierte sie schweigend.

»Du solltest dich schämen«, sagte sie und machte sich auf den Weg zum Kaffeeautomaten.

Kurz darauf war sie zurück und stellte den Becher auf den Labortisch.

»Also, woran arbeitest du?«

»Versprich mir zuerst, dass du Josh nichts davon sagen wirst.«

Der Gedanke, mit Luke ein Geheimnis zu teilen, egal worum es ging, und dass Josh nichts davon wusste, erfüllte Hope mit Freude. Sie nickte und widmete ihm ihre ganze Aufmerksamkeit.

»Du hast sicher schon mal etwas von Biostase gehört?«

»Vom Winterschlaf?«

»Beinahe, der Zustand ähnelt dem Winterschlaf, geht jedoch noch etwas weiter. Man spricht auch von einem ›reversiblen Tod‹.«

Hope zog sich einen Stuhl heran und setzte sich.

»Bestimmte Säugetiere können ihren Stoffwechsel so weit verlangsamen, dass sie nahezu tot sind. Hierfür senken sie ihre Körpertemperatur schrittweise auf beinahe null Grad ab. In diesem lethargischen Zustand verringert das Tier seinen Sauerstoffverbrauch drastisch, senkt den Herzrhythmus und reduziert damit den Blutfluss erheblich, sodass sein Herzschlag kaum noch wahrnehmbar ist. Um zu überleben, produziert der Organismus wirksame Antikoagulanzien, damit die Bildung von Blutgerinnseln verhindert wird. Die Zellprozesse kommen sozusagen zum Erliegen. Das ist ganz schön faszinierend, oder? Die Frage ist, ob auch andere Säugetiere über dieselbe Fähigkeit verfügen, es jedoch nicht verstehen, sie auch zu nutzen. Du hast sicher schon von den seltenen, aber dennoch vorkommenden Fällen gehört, wo Menschen, die in eiskaltes Wasser gefallen waren oder im Gebirge vermisst wurden, nach relativ langer Zeit gerettet wurden und eine starke und lange Unterkühlung ohne neurologische Folgen überlebt haben.

Ihr Organismus hat ähnlich reagiert, indem er sich in eine Art extremen Stand-by-Modus versetzt hat, um seine lebenswichtigen Organe genauso zu schützen wie die Tiere, von denen ich gesprochen habe.«

»Okay, okay, das weiß ich alles, aber warum arbeitest du an der Biostase?«

»Immer mit der Ruhe. Der Zustand der Biostase würde es theoretisch ermöglichen, und ich betone das Wort *theoretisch*, einen Organismus gefrieren zu lassen und auf unbestimmte Zeit zu konservieren.«

»Macht man das nicht bereits mit Spermatozoiden für die In-vitro-Befruchtung?«

»Und sogar mit Embryonen im frühen Teilungsstadium, wobei diese maximal acht Zellen umfassen dürfen. Das sind sozusagen die einzigen Organismen, bei denen die Konservierung auf diese Weise gelingt und bei denen es vor allem möglich ist, sie auf Wunsch wieder zum Leben zu erwecken. Erhalten ist eine Sache, wieder zum Leben zu erwecken eine andere. Die heutige Wissenschaft stößt auf ein physikalisches Problem. Nähert man sich der extremen Kälte, bilden sich in den Geweben Eiskristalle und zerstören oder beschädigen die Zellen.«

»Und was genau willst du beweisen?«

»Nichts, ich begnüge mich damit, es zu studieren, dieses Gebiet fasziniert mich. Die Kryokonservierung ist eine Kreuzung aus mehreren Disziplinen, aus der Medizin natürlich, der Kältetechnik, der Chemie, der Physik, aber das Schwierigste ist, jemanden zu finden, der es versteht, alle diese Kompetenzen zu orchestrieren.«

»Möchtest du eines Tages der Dirigent dieses Orchesters sein?«

»Eines Tages vielleicht … träumen ist schließlich erlaubt, oder?«

»Warum muss das Josh gegenüber ein Geheimnis bleiben?«

»Ich habe meine Gründe, und du hast mir ein Versprechen gegeben, ich hoffe, du hältst dich daran.«

»Ehrlich gesagt finde ich es absolut nicht sensationell, die Nacht damit zu verbringen, eingefrorene Zellen zu beobachten. Du kannst auf meine Diskretion zählen.«

Luke beugte sich über sein Mikroskop und zuckte mit den Schultern. »Vergiss es, du hältst mich wahrscheinlich für einen Fantasten, und ich muss jetzt wirklich weiterarbeiten.«

Hope beobachtete ihn. Irgendetwas quälte sie, sie war sich sicher, dass Luke nicht nur vor Josh etwas verbarg.

»Weißt du, warum ich mich für dieses Studium entschieden habe?«, fragte sie nach kurzem Schweigen.

»Nein, und ich pfeif drauf!«

»Um das Molekül zu entwickeln, dass der Entwicklung neurodegenerativer Erkrankungen vorbeugen wird.«

»Sag bloß! Du wirst also Alzheimer … ausrotten, aber sonst geht's dir gut?«

»Alzheimer und verwandte Krankheiten, du siehst also, dass ich in der Kategorie der großen Fantasten auch meinen Platz habe.«

Luke drehte sich zu Hope um. Sein hartnäckiger Blick bereitete ihr Unbehagen.

»Eines Tages werde ich es dir erklären, aber nicht heute Abend. Lass mich jetzt in Ruhe, du bist ja sicher gekommen, weil du auch zu arbeiten hast.«

Hope spürte, dass sie nichts weiter erfahren würde, und setzte sich an einen anderen Tisch.

In ihrem Kopf schwirrten die Gedanken. Während sie die Kenntnisse wiederkäute, die sie im ersten Studienjahr erworben hatte, versuchte sie zu erraten, inwiefern die Kryokonservierung der Medizin nutzen könnte. Sie hatte einen Artikel über ein laufendes Experiment in der Notfallabteilung des Krankenhauses von Pittsburgh gelesen. Verletzte in kritischem Zustand wurden in eine tiefe Hypothermie versetzt, um den Chirurgen die nötige Zeit zu verschaffen, ihre Verletzungen zu operieren. Während des Eingriffs wurde die Körpertemperatur auf zehn Grad abgesenkt, was den Organismus in einen Zustand versetzte, der quasi dem klinischen Tod entsprach, bevor man diesen Organismus dann wieder reanimierte. Schließlich, so dachte sie, würde die Kälte künftig vielleicht weitere, wichtige therapeutische Fortschritte bieten. Und sie wollte herausfinden, welche Luke dazu bringen konnten, die Nacht hinter dem Rücken von Josh zu verbringen.

Sie hob den Kopf, er saß noch immer über sein Mikroskop gebeugt da.

»Man könnte die Kälte also gezielt einsetzen, um Krebszellen anzugreifen? Nehmen wir einmal an, man würde die Körpertemperatur vor einer Chemotherapiesitzung absenken. Logischerweise würden dadurch die bösartigen Zellen in Schlaf versetzt, wären also empfindlicher.«

»Und in diesem Fall auch die gesunden Zellen«, antwortete Luke. »Also los, sprich morgen in der Vorlesung darüber, dann wird man sehen, was der Professor dazu zu sagen hat.«

»Ganz sicher nicht, denn wenn ich eine geniale Idee

habe, ziehe ich es vor, mich zuerst ausgiebig selber damit zu befassen.«

»Dein Genie ist wirklich insofern bemerkenswert, als du glaubst, vor dir habe noch niemand daran gedacht«, äußerte Luke im Plauderton. »Wenn du dir die Mühe machst, ein paar Recherchen durchzuführen, und zwar vor deiner nächsten genialen Entdeckung, so wirst du erfahren, dass man seit mehreren Jahren Kryosonden auf kleinen Tumoren platziert, um ihre Temperatur auf minus vierzig Grad abzusenken. Im Inneren der bösartigen Zellen bilden sich Eiskristalle, und wenn sie sich wieder erwärmen, platzen sie. Zu dumm, dass die Medizin Fortschritte macht, während du mich hier störst.«

»Es ist nicht nötig, so unfreundlich zu sein. Ich wollte nur diskutieren.«

»Nein, du willst wissen, was ich mache, und darauf kann ich dir keine Antwort geben. Ich experimentiere.«

»Aber welche Art Experiment unternimmst du?«

»Eine Art, die dazu führen kann, dass ich von der Uni fliege, deshalb arbeite ich nachts und ziehe es vor, dir nichts mehr darüber zu sagen. Verstehst du es nun?«

»Ich verstehe vor allem, dass ich jetzt doppelt so neugierig bin. Du kennst mich offenbar sehr schlecht. Gut, gibst du mir nun die Information oder nicht?«

Luke stand auf und setzte sich neben sie. Er legte ihr die Hände auf die Schultern und näherte sein Gesicht dem ihren.

»Denk gut darüber nach, denn wenn ich dieses Geheimnis mit dir teile, bist du eine Komplizin, ob du willst oder nicht.«

»Das ist gut überlegt!«

Aber Luke ging an seinen Platz zurück, und Hope wusste, dass sie momentan nichts weiter von ihm hören würde. Sie nahm ihre Sachen und verließ das Labor. Sie empfand keinerlei Angst, als sie über den Flur zurückging, dazu war sie viel zu aufgeregt.

Wieder in ihrem Zimmer streckte sie sich auf dem Bett aus, griff nach ihrem Smartphone und schrieb eine Mail. Sie las den Text noch einmal durch, zögerte und schickte ihn dann ab.

Kapitel 2

Der Wecker klingelte. Josh schlug die Augen auf und streckte sich, bevor er sich mühsam aus dem Bett quälte. Er spritzte sich kaltes Wasser ins Gesicht, betrachtete sich kritisch im Spiegel über dem Waschbecken und beschloss, sich unter der Dusche zu rasieren. Alles, was ihm half, seine Benommenheit loszuwerden, war gut.

Frisch rasiert, trocknete er sich ab, sah auf die Uhr und zog sich in aller Eile an. Die Klausuren rückten immer näher, es würde ein langer Tag werden.

Er überprüfte die Unterlagen, vergewisserte sich, dass sein Handy aufgeladen, sein Schlüsselbund in der Jackentasche war, und schlug die Wohnungstür hinter sich zu.

Unterwegs ergatterte er ein Exemplar der kostenlosen Campus-Tageszeitung und eilte zur Cafeteria.

Als er vor seinem Frühstück saß, ging er die SMS auf seinem Smartphone durch und öffnete die einzige, die es wert war, noch nüchtern gelesen zu werden.

> *Mein lieber Josh,*
> *ich komme am besten gleich zur Sache: Ein Teil meines Gehirns verführt mich dazu, Dir zu sagen: »Vergessen wir den gestrigen Zwischenfall«, und der andere Teil weiß*

nicht, warum ich Dir diese Message schicke.
Ich küsse Dich (auf die Wange, versteht sich).
Hope

Es wurmte ihn, dass ihm keine Antwort einfiel, die sie zum Lächeln hätte bringen können. Er dachte noch während der Vorlesungen daran.

Als Luke ihn fragte, warum er seit einer Stunde murmelnd zur Decke starrte, erwiderte Josh: »Ich glaube, ich habe gestern Abend mit Hope Mist gebaut.«

Luke sagte nichts über ihre Begegnung im Labor.

»Hast du ihr etwas über unsere Arbeit verraten?«, wollte Luke wissen.

»Nein, das hat nichts damit zu tun. Ich habe sie bis vor ihre Haustür begleitet, wir hatten ein seltsames Gespräch, und ich dachte schon, sie wollte mich zu sich auf ihr Zimmer einladen. Jetzt weiß ich nicht mehr, woran ich bin.«

»Wie könntest du bei deinen ganzen Eroberungszügen auch noch wissen, woran du bist?«

»Hope ist anders, und so viele Abenteuer habe ich nun auch wieder nicht. Ich baggere zwar viele an, aber schlafe doch nicht mit jeder.«

»Das ist Ansichtssache. Schließlich bin ich es, der mir das Gejammer der Mädchen anhören muss, die du abblitzen lässt.«

»Eben – die ich abblitzen lasse! Und wage nicht zu behaupten, das käme dir nicht gelegen! Übrigens, dürfte ich wissen, wo du geschlafen hast?«

»Ich habe die Nacht im Labor verbracht. Schließlich muss ja einer von uns unser Projekt voranbringen. Sag mal ganz ehrlich: Hast du vor, sie einzuweihen?«, fragte Luke.

Josh tat so, als würde er über die Frage seines Freundes nachdenken. Wäre es nach ihm gegangen, so hätte er Hope schon längst zu überreden versucht, sich ihnen anzuschließen – ihr Beitrag wäre wertvoll … Doch wie er Luke kannte, war es geschickter, ihn entscheiden zu lassen.

»Warum nicht? Sie ist clever, einfallsreich, neugierig auf alles, und …«

»Ich glaube, du weißt ganz genau, woran du mit ihr bist. Doch ich warne dich: Wenn wir sie in unsere Sache einweihen, musst du deine Gefühle im Zaum halten. Es kommt gar nicht infrage, dass sie wegen irgendeiner Enttäuschung in eurer Liebesgeschichte das Handtuch wirft. Wenn sie mitmachen will, muss ihr Engagement bedingungslos sein.«

Hope kehrte die Woche über nicht ins Labor zurück. In ihrer gesamten Freizeit verschlang sie Bücher über Kryokonservierung. Sie war ehrgeizig: Wenn Luke ihr schließlich alles verraten würde, wollte sie bei dem Thema genauso bewandert sein wie er.

Josh wiederum dachte über die Bedingung nach, die Luke für Hopes Aufnahme in ihr Team gestellt hatte. Eigentlich ein guter Grund, seinen bisherigen Lebensstil fortzuführen, doch diese Vorstellung erfüllte ihn seltsamerweise auch nicht mit Befriedigung.

Nachdem er am Samstag den Lohn für seine Nachhilfestunden einkassiert hatte, bat er Luke, ihm seinen Wagen zu leihen.

»Und wo willst du hin?«

»Beeinflusst das deine Entscheidung?«

»Nein, reine Neugier.«

»Ich muss mal frische Luft schnappen, ein kleiner Ausflug aufs Land. Bin heute Abend zurück.«

»Wir könnten doch morgen zusammen fahren. So eine kleine Atempause würde mir auch guttun.«

»Ich möchte gerne allein sein.«

»Eine Spritztour aufs Land mit Jackett und gebügeltem Hemd… Darf ich ihren Vornamen wissen?«

»Gibst du mir jetzt den Wagen oder nicht?«

Luke durchwühlte seine Hosentasche und warf ihm die Schlüssel zu. »Vergiss nicht, wieder vollzutanken!«

Josh lief die Treppe hinunter und wartete, bis er am Steuer des Camaro saß, um Hope anzurufen. Es war mehr eine Aufforderung als eine Einladung, ihn am Ausgang des Campus vor der Subway-Station Vassar Street zu treffen. Hope protestierte aus Prinzip, sie sei mit ihrer Arbeit in Verzug, doch sie hörte Josh nur sagen: »Also in zehn Minuten«, ehe er auflegte.

»Na dann«, rief sie und warf ihr Smartphone aufs Bett.

Sie kämmte sich vor dem Spiegel, streifte einen Pullover über, zog ihn gleich wieder aus, um einen anderen anzuziehen, kämmte sich erneut, griff nach ihrem Smartphone, das sie in ihre Handtasche steckte, und verließ das Haus.

Am verabredeten Treffpunkt angelangt, wartete sie vor der Ampel, um die Straße zu überqueren. Mit den Blicken suchte sie Josh auf dem gegenüberliegenden Bürgersteig, entdeckte dann aber den Camaro, der in zweiter Reihe parkte, wenige Meter von der Kreuzung entfernt.

»Was ist los?«, erkundigte sie sich besorgt und nahm auf dem Beifahrersitz Platz.

»Wir müssen sprechen, ich lade dich zum Abendessen ein, aber dieses Mal zahle ich. Worauf hast du Lust?«

Hope fragte sich, was in seinem Kopf vorging. Sie hätte gerne die Sonnenblende heruntergeklappt, um einen prüfenden Blick in den kleinen Spiegel zu werfen, doch sie verzichtete lieber darauf.

»Nun?«

»Habe ich freie Hand?«

»Sofern es nicht meine Mittel übersteigt.«

»Wie wäre es mit Austern am Meer? Fahren wir nach Nantucket.«

»Das ist drei Autostunden von hier entfernt, plus die Überfahrt mit der Fähre. Hast du nichts Näheres vorzuschlagen?«

»Nein«, antwortete sie schlagfertig, »aber eine Pizza würde es auch tun, und mit dem, was wir damit gespart haben, können wir ja das Benzin zahlen.«

Josh sah sie an, drehte den Zündschlüssel und fuhr los.

»Wir hätten Richtung Süden abbiegen müssen, jetzt fahren wir nach Norden«, meinte sie, als sie das Stadtgebiet verließen.

»Salem ist fünfundvierzig Minuten entfernt, da finden wir nicht nur deine Austern, sondern auch deine Meeresküste.«

»Gut, dann also Salem. Und du erzählst mir ein paar Hexengeschichten. Worüber willst du überhaupt mit mir sprechen?«

»Über Hexerei in gewissem Sinne, aber warte, bis wir im Restaurant sind.«

Josh schob eine Kassette ins Autoradio und drehte die Lautstärke voll auf.

Beim Klang der Stimmen von Simon and Garfunkel wechselten sie einen verschmitzten Blick, amüsiert darüber, wie sehr Lukes musikalischer Geschmack durch und durch retro war. Hope hörte »Mrs. Robinson« in Endlosschleife und sang dabei aus vollem Halse mit, sodass Josh sich beglückwünschte, dass die Reise nicht bis nach Nantucket ging.

Bald zeichnete sich Salem am Horizont ab. Josh kannte dort ein altes Fischer-Bistro am kleinen Hafen im historischen Zentrum. Um ehrlich zu sein, das einzige Viertel, das die Reise lohnte. Hope hatte Lust auf Meeresfrüchte und Seeluft geäußert und nicht auf eine Besichtigungstour. Er stellte den Wagen auf einem Parkplatz ab und führte sie in das Restaurant.

Dort ließ er bei der Chefin seinen ganzen Charme spielen, woraufhin sie ihnen einen Tisch am Fenster zuwies.

»Wie viele können wir uns leisten?«, flüsterte Hope mit Blick auf die Karte.

»So viele du willst.«

»Ich wollte sagen, ohne dass wir nachher in der Küche abspülen müssen.«

»Zwölf.«

Hopes Blick wanderte zu dem kleinen Aquarium, in dem drei Hummer herumkrochen, die Zangen mit Gummibändern fixiert.

»Warte«, sagte sie und nahm ihm die Karte ab. »Ich habe eine andere Idee. Vergiss die Austern.«

»War das nicht Sinn und Zweck dieses Ausflugs?«

»Nein, Sinn und Zweck des Ausflugs ist das Wichtige, was du mir sagen willst.«

Bei diesen Worten nahm sie den Kellner beim Arm und

führte ihn zum Aquarium. Sie deutete mit dem Finger auf den kleinsten der drei Hummer und bat den jungen Mann, ihn ihr in einer Plastiktüte zu bringen. Josh ließ sie gewähren, ohne einzugreifen.

»Sollen wir ihn nicht vorher kochen?«, erkundigte sich der Kellner, der bei den vielen Spinnern, die die Stadt der Hexen besuchten, eigentlich gedacht hatte, schon alles erlebt zu haben, so etwas allerdings noch nicht.

»Nein, ich möchte ihn so, wie er ist, und dazu die Rechnung bitte.«

Josh zahlte und folgte Hope, die mit dem Hummer in der Plastiktüte zum kleinen Hafen rannte, in dem eine Reihe von Segelbooten auf dem ruhigen Wasser schaukelte.

Sie streckte sich bäuchlings auf dem Quai aus, tauchte die Tüte ins Wasser, zog sie wieder heraus, bevor sie aufstand. Dann sah sie sich um und rief: »Schau dort, die Spitze der Halbinsel scheint mir bestens geeignet…«

»Dürfte ich wissen, was du da vorhast, Hope?«

Ohne zu antworten, machte sie sich auf den Weg und hinterließ eine Wasserspur, da die Tüte nicht wirklich dicht war.

Zehn Minuten später erreichte sie außer Atem das Ende der Mole. Sie zog das Tier heraus und bat Josh, es festzuhalten. Vorsichtig befreite sie seine Zangen von den Fesseln und sah ihm dabei tief in die schwarzen Augen.

»Du wirst dem Hummer deiner Träume begegnen, und wenn ihr viele kleine Hummer bekommen habt, bringst du ihnen bei, sich nicht in den Reusen der Fischer fangen zu lassen. Sie werden auf dich hören, weil du ein Überlebender bist, und wenn du sehr alt sein wirst, erzählst du ihnen, dass eine gewisse Hope dir das Leben gerettet hat.«

Dann bat sie Josh, ihn so weit wie möglich aufs Meer zu werfen.

Der Hummer legte einen fantastischen Gleitflug hin, bevor er im Atlantik abtauchte.

»Du bist total durchgeknallt!«, rief Josh, der die Blasen auf der Wasseroberfläche verschwinden sah.

»Aus deinem Munde klingt das für mich wie ein Kompliment. Für die Austern war es zu spät, sie waren bereits geöffnet.«

»Dann hoffen wir mal, dass dein Schützling es bis ins offene Meer schafft. Ich weiß nicht, wie lange er gefesselt in seinem Behälter verbracht hat, aber seine Glieder dürften etwas steif und gefühllos sein.«

»Ich bin sicher, er schafft es, er hatte so eine richtige Siegervisage.«

»Wenn du es sagst! Und was essen wir jetzt?«

»Ein Sandwich, wenn das deine Mittel nicht übersteigt.«

Sie liefen über den Strand zurück. Hope hatte ihre Schuhe ausgezogen, um den feuchten Sand unter ihren Fußsohlen zu spüren.

»Was wolltest du mir so Dringendes sagen?«, fragte sie unterwegs.

Josh blieb stehen und seufzte. »Vor allem wollte ich mit dir sprechen, bevor Luke es tut.«

»Aber worüber?«

»Wer finanziert dein Studium, Hope?«

Die Hoffnung, dass Josh sie hergeführt hatte, um über sie beide zu sprechen, verschwand so schnell wie das Meer bei Ebbe.

»Mein Vater«, sagte Hope, um Haltung bemüht.

»Meins wird in Form eines Kredits von einem Labor bezahlt. Sobald ich mein Diplom in der Tasche habe, muss ich ihnen alles zurückerstatten oder zehn Jahre für sie arbeiten.«

»Und du sagst, dass mein Hummer lange gefesselt war?«

»Nicht alle Studenten haben Eltern, die ihnen helfen können.«

»Wie hast du dich rekrutieren lassen?«

»Es war eine Art Wettbewerb. Man musste ein Konzept vorstellen, das heute noch utopisch ist, in der Zukunft aber realisierbar erscheint.«

»Was für eine sonderbare Idee!«

»Die meisten technologischen Fortschritte, die unsere Lebensweise verändert haben, wären vor dreißig Jahren für unmöglich gehalten worden. Das gibt zu denken, oder?«

»Vielleicht, aber das hängt von deinen Interessenschwerpunkten ab. Hat Luke auch seine Seele verkauft?«

»Wir haben zusammen an dem Wettbewerb teilgenommen.«

»Und um welches innovative Projekt handelt es sich?«

»Um die Erstellung eines digitalen Abbilds aller Gehirnverbindungen.«

»Na klar ... Und ihr vollbringt diese Glanzleistung, während ihr gleichzeitig studiert? Du solltest vielleicht nicht so viele Joints rauchen.«

»Die Sache ist absolut seriös. Wir gehören einer Gruppe von Forschern an, einem sehr wichtigen Team, dem beachtliche Summen bewilligt werden, um ihre Projekte zum Abschluss zu bringen. Luke und ich hatten das Glück, ins Schwarze zu treffen und dazugehören zu dürfen.«

»Natürlich ... Und wie habt ihr es geschafft, ins Schwarze

zu treffen?«, fragte Hope zweifelnd und ein bisschen neidisch.

»Schwör mir, dass das unter uns bleibt. Kein Wort zu Luke, und sollte er das Thema erwähnen, so musst du mir versprechen, ganz erstaunt zu tun.«

»Ich spüre jetzt schon, dass ich es sein werde – ganz erstaunt.«

Josh setzte ein breites Lächeln auf und erwiderte: »Es ist tatsächlich ganz einfach – ich bin genial!«

Hope traute ihren Ohren nicht.

»Und von atemberaubender Bescheidenheit.«

»Das auch.«

»Hab schon verstanden! Nachdem du denkst, mein Genie sei dem deinen überlegen, möchtest du, dass ich mit euch arbeite!«

»Ganz genau, du bist brillant, du bist aufgeschlossen und träumst wie wir davon, die Welt zu verändern.«

»Nehmen wir einmal an, du hättest recht ... Bevor ich dir antworte, möchte ich mit euch beiden darüber sprechen können, wie eure Arbeit ausgewertet wird, solltet ihr etwas Konkretes erreichen. Ich habe die starke Vermutung, dass du da etwas im Hinterkopf hast. Und sag mir zuerst einmal, warum du unbedingt noch vor Luke mit mir darüber sprechen wolltest.«

»Weil er eine Bedingung für deine eventuelle Mitarbeit gestellt hat.«

»Und zwar?«

»Dass zwischen uns beiden nichts läuft.«

Und während die Möglichkeit einer Liebesgeschichte zwischen beiden endgültig in weite Ferne rückte, fühlte sich Hope einerseits enttäuscht, andererseits geschmeichelt, dass die beiden sie ausgewählt hatten – aber auch verärgert.

»Ich weiß gar nicht, wo das Problem liegen soll, da zwischen uns nichts läuft und auch niemals etwas laufen wird. Und was mischt er sich da überhaupt ein?«

Josh ging einen Schritt auf sie zu und schloss sie in die Arme.

Hope hatte nie als Erste geküsst, und im Allgemeinen waren die ersten Küsse ein Fiasko gewesen, fade oder fordernde Lippen, aber der Kuss, den sie mit Josh tauschte, war … sie suchte nach dem treffenden Wort, um diesen Schauer zu beschreiben, der sie durchfuhr, der ihr über den Rücken rieselte, um sich im Nacken in tausend Funken zu entladen … sein Kuss war zart und behutsam. Und diese Behutsamkeit war es, die sie zur glücklichsten Frau der Welt machte, eine Eigenschaft, die sie mehr als alle anderen schätzte, da sie von einem perfekten Gleichgewicht zwischen Herz und Geist zeugte.

Josh sah sie an. Sie betete innerlich, dass er nichts sagen, dass kein Wort den Rausch dieses ersten Mals verderben würde. Er kniff die Augen zusammen, was ihn noch unwiderstehlicher machte, und streichelte ihre Wange.

»Du bist wirklich schön, Hope, umwerfend hübsch. Und die Einzige, die es nicht merkt.«

Hope sagte sich, dass sie bei so viel Komplimenten am Ende aufwachen würde, es wäre Sonntagmorgen, draußen würde es in Strömen gießen, und sie fände sich allein in einem alten zerknitterten Pyjama in ihrem Bett wieder, mit einem fürchterlichen Kater oder einer dieser Migränen, die ihr das Leben schwer machten.

»Kneif mich!«, sagte sie.

»Wie bitte?«

»Bitte, denn wenn ich mich selbst kneife, tue ich mir weh.«

Sie umarmten und küssten sich weiter, hielten von Zeit zu Zeit inne, um sich in der Stille der ersten Emotionen zu betrachten.

Josh nahm Hope bei der Hand und führte sie zum Hafen zurück.

Sie traten in eine Pizzeria. Die Einrichtung war ihnen zu trist, und so beschlossen sie, ihre Pizza auf dem Mäuerchen entlang der Mole zu verzehren.

Nach diesem improvisierten Abendessen spazierten sie durch die Straßen der Altstadt. Josh hatte seinen Arm um Hopes Taille gelegt, als über ihnen knisternd das Neonleuchtschild eines Bed and Breakfast aufflammte. Hope hob die Augen und legte ihren Zeigefinger auf Joshs Lippen.

»Lass dir ja nicht einfallen, dich im Morgengrauen davonzustehlen und mich ganz allein in Salem zurückzulassen.«

»Wenn wir nicht in einigen Wochen Prüfungen hätten und wenn ich nicht Gefahr laufen würde, dass Luke mich umbringt, weil ich ihm seinen Wagen nicht zurückgebracht habe, dann hätte ich dir jetzt vorgeschlagen, so lange hierzubleiben, bis du mich nicht mehr erträgst.«

Hope betrat das Hotel und entschied sich für das günstigste Zimmer. Als sie die Treppe zum obersten Stockwerk hinaufstiegen, spürten beide, wie sich ihr Herzschlag beschleunigte.

Das Mansardenzimmer hatte durchaus Charme. Die Wände waren mit einem altmodischen Muster ähnlich der

Toile-de-Jouy tapeziert, ein Dachfenster ging auf den Hafen hinaus. Hope öffnete es und wollte sich rauslehnen, um die frische Meeresbrise einzuatmen, doch Josh hielt sie zurück und begann sie auszukleiden. Seine Gesten waren unbeholfen, was Hope als beruhigend empfand.

Sie streifte ihren Pullover über den Kopf, entblößte dabei ihre Brüste und gab Josh zu verstehen, er solle sein Hemd ausziehen. Ihre Jeans landeten auf dem Stuhl, während sie sich aufs Bett fallen ließen.

»Warte«, sagte sie und nahm sein Gesicht in beide Hände.

Aber Josh wartete nicht, und ihre Körper vereinten sich auf den zerwühlten Laken.

Einem Einbrecher gleich drang das Tageslicht in das Dachzimmer. Hope zog sich die Bettdecke übers Gesicht und drehte sich zu Josh um. Er schlief, einen Arm um ihren Körper geschlungen. Als er die Augen öffnete, dachte er, die Frau an seiner Seite gehöre zu denen, die man nicht kommen sieht, bei denen man sich ständig fragt, was sie denken und ob man gut genug ist für sie. Und die einen hoffen lassen, jemand Besseres zu werden.

»Ist es spät?«, brummte er.

»Ich würde sagen acht Uhr, aber es könnte auch schon Mittag sein, und ich habe keine Lust, auf meinem Smartphone nachzusehen.«

»Ich auch nicht. Meine Mailbox quillt sicher über von Lukes Gemecker.«

»Sagen wir einfach: Es ist so spät oder früh, wie es ist.«

»Wir müssten uns eigentlich auf die Prüfungen vorbereiten. Ich habe einen sehr schlechten Einfluss auf dich.«

»Eingebildeter Fatzke! Ich könnte die Person sein, die den schlechten Einfluss auf dich ausübt!«

»Dein Gesicht sieht anders aus.«

Hope drehte sich um und setzte sich auf ihn.

»Wie anders?«

»Ich weiß nicht… strahlend.«

»Mein Gesicht strahlt nicht, es wird nur von diesem verdammten Sonnenlicht geblendet. Wenn du ein Gentleman wärst, würdest du den Vorhang zuziehen.«

»Das wäre schade – dieses Licht steht dir gut.«

»Okay, ich fühle mich gut. Aber glaub ja nicht, es hätte damit zu tun, dass du ein so toller Liebhaber bist. Jeder, der sich hingeben möchte, kann eine heiße Liebesnacht erleben.«

»Wenn ich also kein toller Liebhaber bin, was lässt dich dann so… strahlen?«

»Jemand, der einen im Schlaf in den Armen hält, der einen anlächelt, wenn er die Augen öffnet, das ist wie ein Funken Liebe, der einen glücklich machen kann. Und gerat nicht in Panik, weil ich dieses Wort ausgesprochen habe, das habe ich nur so dahingesagt.«

»Ich habe keine Angst. Und du, hast du den Mut, auf diese Frage zu antworten: Glaubst du, du könntest eines Tages einen Mann lieben, der alle meine Fehler hat?«

Hope sah im Spiegel über dem Bett den Stuhl, auf dem ihre verknäulten Jeans lagen.

»Wie könnte ich einen Mann nicht lieben, der einen Hummer gerettet hat?«

»Ich bin also kein toller Liebhaber!«

»Vielleicht doch, aber ich sage es dir nicht jetzt gleich, ich möchte nicht mit ansehen müssen, dass du dir etwas darauf einbildest. Du hast zu viele Mädchen erobert, die nur mit dem Hintern wackeln können.«

Josh warf ihr einen finsteren Blick zu und vergrub den Kopf tief in seinem Kissen.

»War das etwa ernst gemeint?«, fragte Hope und hob mit dem Finger sein Kinn an. »Du willst mich doch nicht glauben machen, du hättest dich heute Nacht in mich verliebt?«

»Ein so intelligenter Mensch wie du kann nicht derart unbeholfen sein, das ist erschütternd.«

»Spiel nicht mit solchen Dingen, Josh. Ich habe nur ein Herz und will nicht, dass es verletzt wird.«

»Glaubst du, ich würde von Liebe sprechen, wenn ich es nicht ernst meinen würde?«

»Keine Ahnung.«

»Gut, vergiss es. Ich hätte besser den Mund halten sollen. Am besten wir ziehen uns an, es ist Zeit zu gehen«, sagte er und stand auf.

Hope packte ihn am Arm und zog ihn wieder aufs Bett.

»Was wirst du Luke sagen, wenn wir zurück sind? Die Wahrheit oder dass du eine Panne mit seinem Wagen hattest?«

»Ich glaube, du hast Angst vor dem Glück, Hope. Vielleicht fürchtest du, wenn du es kostest, könnte es dir zwischen den Fingern zerrinnen. Aber das Glück verlangt, dass man Risiken eingeht. Wenn du dir eine Freude machen willst, fällt dir nichts anderes ein, als ins Labor zu gehen oder deine Bücher in der Bibliothek durchzuackern. Wie kannst du mit einer solchen Wut im Bauch die Welt verändern wollen und dich gleichzeitig mit der Monotonie deines Lebens begnügen? Aber wenn du nicht zu allem bereit bist, um die Mauern deines Alltags zu versetzen, dann willst du ja vielleicht gar nicht glücklich sein.«

»Du bist unwiderstehlich sexy, wenn du dich aufregst, Josh. Und es ist nichts Sexistisches daran, einem Mann zu sagen, dass er sexy ist, wenn es stimmt.«

Hope presste ihre Lippen auf seine und küsste ihn leidenschaftlich, bevor sie ihn liebte. Sie schlang ihre Beine um seine Hüften, klammerte sich an seine Schultern, während er sich zwischen ihren Schenkeln hin und her bewegte. Sie kamen beide gleichzeitig zum Höhepunkt und ließen sich auf die Kopfkissen sinken. Hope wartete, bis sich sein Atem beruhigt hatte.

»Deine lange Tirade über das Glück war von bemitleidenswerter Naivität, vollgestopft mit idiotischen Vorurteilen über das, was ich aus meinem Leben mache, doch es ist die schönste Liebeserklärung, die ich jemals gehört habe.«

Damit sprang sie aus dem Bett, schnappte sich ihr T-Shirt, das am Boden lag, um ihre noch schweißfeuchten Brüste zu bedecken, griff nach ihrer Jeans, um ihr Geschlecht zu verbergen, und eilte ins Badezimmer, in dem sie sich einschloss.

»Ich rate dir, eine Zeitung zu kaufen, weil ich ein Bad nehmen werde, das eine Ewigkeit dauern wird«, rief sie durch die Tür.

Sie ließen ihre Verpflichtungen Verpflichtungen sein, ignorierten die Anrufe von Luke, vergaßen sogar die Tatsache, dass sie ihr Geld eigentlich brauchten, um bis zum Monatsende durchzuhalten. Sie standen spät auf, leisteten sich ein richtiges Mittagessen, dann schenkten sie sich gegenseitig ein T-Shirt mit dem Namen der Stadt über der

Abbildung einer Hexe, die an einem Baumast hing, kauften eine Tasse von ebenso schlechtem Geschmack für Luke und zwei Waffeln, bevor sie den Rückweg antraten.

Der Verkehr war dicht, als sie die Stadtgrenze erreichten.

»Erzählst du mir ein bisschen mehr über das, was ihr beide, Luke und du, so treibt?«, fragte Hope.

»Vor etwa einem Monat ist es einem Team von Wissenschaftlern gelungen, auf einem Computer einen Teil des Gehirns einer Ratte zu rekonstruieren. Eine künstliche Intelligenz wird sich mit der dieses kleinen Säugetiers vereinen, um dessen kognitive Fähigkeiten, sein Gedächtnis, seine Lern- und Entscheidungsfähigkeit, seine Anpassungsfähigkeit auf sich zu übertragen …«

»Genial, und das ergibt was? Einen Mac, der Schweizer Käse frisst?«

Josh ließ sich nicht aus dem Konzept bringen und fuhr fort: »Das eröffnet ein großes Feld von Möglichkeiten.«

»Und was ist eure Rolle in dem Ganzen?«

»Wir denken über den nächsten Schritt nach.«

»Das menschliche Gehirn künstlich zu rekonstruieren?«, spöttelte Hope.

»Das wird noch ein Weilchen dauern, aber daran basteln wir, oder etwas bescheidener ausgedrückt, daran arbeiten wir mit.«

»Aber wer, außer euch beiden, könnte so gestört sein, sein Gedächtnis auf eine Maschine übertragen zu wollen?«

»Alle, die von einer Form der Unsterblichkeit träumen … Stell dir vor, Einsteins gedankliches Universum wäre nicht mit ihm gestorben.«

»Wir verdanken ihm die Atombombe, und da möchtest du, dass eine künstliche Intelligenz über sein kreatives Genie verfügt?«

»Er hat vor allem die Relativitätstheorie entwickelt.«

»Okay, aber von welcher der beiden Seiten seines Gehirns wird deine künstliche Intelligenz Gebrauch machen?«

»Das ist nicht das Thema! Der Mensch ist mit seinem eigenen Ende konfrontiert. Die meisten Religionen streben nach der Reinkarnation oder stellen sich vor, dass Sterben bedeutet, den Geist vom Körper zu befreien. Die Menschheit hat sich im Rahmen dieses fortwährenden Kampfs mit dem Nichts entwickelt und als einzigen Ausweg dafür das ehrende Andenken der Verstorbenen und deren Leben gefunden. Wie sollen wir die Ungewissheit des Lebens akzeptieren können, wenn wir mit dem Tod vollkommen ausgelöscht werden? Die Technologie könnte dem Menschen eines Tages die Möglichkeit bieten, dass die Erinnerung an sein Leben nicht mehr einzig durch seine Nachkommen, sondern durch ihn selbst übermittelt wird.«

»Moment ... Euer Projekt besteht darin, eine Methode zu entwickeln, dass jeder von uns sein Leben auf einer Festplatte abspeichert?«

»Nein, aber das tun ja viele Menschen in gewisser Weise bereits, indem sie ihr Leben in sozialen Netzwerken öffentlich machen. Ich spreche davon, ein Abbild aller Gehirnverbindungen zu erstellen, so wie andere sich mal vorgestellt haben, die gesamte DNA-Sequenzierung zu erstellen, was damals unmöglich schien. Wenn wir endlich begreifen, wie diese Verbindungen agieren, dann, ja dann werden wir unser Gedächtnis übertragen können, allerdings nicht auf einen digitalen Datenträger, was nur einer Abspeicherung des momentanen Standes gleichkäme, sondern auf ein künstliches Neuronennetz, um einen echten Klon unseres Gehirns zu erhalten.«

»Und um weiter in deinem Netzwerk zu existieren, ohne Körper, das heißt ohne Lust, ohne Nahrung, ohne Sex? Ihr seid total verrückt!«

»Bevor du urteilst«, brauste Josh auf, »solltest du versuchen, über den von der Wissenschaft oder unserer Ignoranz vorgegebenen Rahmen hinaus zu denken. Ich bitte dich, gönn dir die geistige Freiheit oder Naivität, wie du es nennst, eines Jules Verne, der *Von der Erde zum Mond* geschrieben hat, oder die eines George Orwell, der *1984* veröffentlicht hat. Erlaub dir die Offenheit jener harmlosen Spinner, die vorausgesagt haben, dass wir eines Tages in den Weltraum reisen würden, oder derer, die unter dem Hohn und Spott der Wissenschaftsgemeinde die Möglichkeit in den Raum gestellt haben, dass neben unserem Universum noch andere existieren, oder dass man ein Herz, die Lunge, die Nieren transplantieren oder den Fötus im Bauch der Mutter operieren kann, um angeborene Fehlbildungen zu korrigieren. Wer hätte im letzten Jahrhundert geglaubt, dass wir in der Lage sein würden, aus Stammzellen Organe züchten zu können? Warum sollte man sich dann also nicht vorstellen, dass wir in der Zukunft einen Geist, der dazu verdammt ist, in einem alternden oder kranken Körper zu leben, auf einen anderen Organismus übertragen könnten, und sei es nur für die Zeit, bis der ursprüngliche wiederhergestellt wurde?«

»Ich wusste gar nicht, dass du von einem solchen Eifer beseelt bist. Das ist einerseits berührend, aber was du da sagst, scheint mir erschreckend.«

»Du findest nichts Schockierendes daran, dass die Wissenschaft uns ermöglicht, mit künstlichen Gliedmaßen oder Organen zu leben – warum dann nicht auch mit einem Gehirn, wenn es eine originalgetreue Kopie ist?«

»Weil wir, soweit ich weiß, nicht mit unseren Armen oder unseren Beinen denken.«

»Unserem Körper ist das, was wir sind oder was unsere Persönlichkeit ausmacht, nicht fremd. Aber, ich wiederhole, darum geht es hier auch gar nicht. Ich versuche lediglich, dir zu erklären, dass ich nicht der Einzige bin, der sich vorstellen kann, dass in diesem oder dem nächsten Jahrhundert der Mensch endlich das Alter und den Tod besiegen wird.«

»Und wenn unser Tod die Voraussetzung für die Entwicklung der Menschheit, für ihr Überleben wäre?«

»Erzähl das den Eltern eines Kindes, das unheilbar krank ist. Und wenn ich dich richtig verstanden habe, hätten wir auf Antibiotika, Chemie, die Fortschritte in der Chirurgie und Neurologie, auf die Forschung im Allgemeinen verzichten müssen, ebenso wie auf all die Bemühungen, unsere Lebenserwartung zu verlängern … Weil wir ein Alter festlegen müssen, in dem wir sterben, um den nachfolgenden Generationen Platz zu machen?«

Die letzten Spuren des Tageslichts schlichen sich zwischen die Wolkenkratzer. Sie fuhren in die Stadt, als würden sie von einer großen Reise zurückkehren, dabei waren sie gar nicht so lange weg gewesen.

»Ich hätte niemals gedacht, so etwas zu verspüren«, gestand Josh und stellte den Wagen ab.

Hope wartete, neugierig zu erfahren, worauf er hinauswollte.

»Du wirst in deinem Zimmer schlafen und ich in meinem. Und ich werde nicht aufhören, unseren Abend in Salem Revue passieren zu lassen. Ich weiß mich in solchen Dingen nicht besonders geschickt auszudrücken, doch mir missfällt der Gedanke, dass wir diese Nacht nicht zusammen verbringen.«

Hope antwortete ihm nicht, ihre Gedanken waren anderswo. Auch wenn ihr Liebesausflug all ihre Hoffnungen erfüllt hatte, so hatte ihr Gespräch auf der Rückfahrt doch eine merkwürdige melancholische Stimmung bei ihr ausgelöst. Sie, die sich gerne als »aufgeschlossen« sah, konnte die Idee nicht vorbehaltlos akzeptieren, dass der Mann, in den sie sich verliebt hatte, an Forschungen arbeitete, deren Zielsetzung ihr undurchsichtig erschien.

»Und du hast mich einen Verführer genannt … Ich hätte besser den Mund gehalten«, knurrte Josh.

»Ich könnte zu dir kommen, vorausgesetzt du wirst deinen Mitbewohner los. Was willst du ihm übrigens sagen?«

»Was sollte ich deiner Meinung nach vor ihm verbergen?«

»Ich glaubte, verstanden zu haben, dass er es nicht gerne sieht, sollte etwas zwischen uns laufen.«

»Und ich glaubte, verstanden zu haben, dass unsere Arbeit dich nicht gerade begeistert. Also sehe ich nicht, was ihn unsere Beziehung angeht.«

Hope küsste Josh auf die Wange und ging.

Er sah ihr hinterher. Als sie im Haus verschwunden war, schlug er wütend auf das Lenkrad und fuhr los.

Kapitel 3

Josh warf den Schlüssel auf den Couchtisch, ließ sich aufs Sofa plumpsen und erklärte Luke geradeheraus, er habe den Tank nicht vollmachen können. Er versprach, dafür dreißig Dollar in die Schublade des Küchenschranks zu legen, sobald er das Geld hätte. Das erschiene ihm recht großzügig, da er ja nicht viel gefahren sei. Luke, der auf dem Bett lag, hob den Blick nicht von seinem Buch.

Josh war auf eine Flut von Vorwürfen gefasst gewesen, nicht aber darauf, dass sein Freund ihn einfach ignorierte. Auf dieses Spielchen wollte er sich nicht einlassen. Er nahm ein Stück von der unterwegs gekauften Pizza, die langsam kalt wurde, und griff nach einer Zeitung.

»Du gehst selbst tanken, und zwar heute Abend, ich bin doch nicht dein Diener«, meinte Luke schließlich.

»Heute Abend?«

»Stell dir vor, ich habe gearbeitet, während du dich amüsiert hast.«

Josh begriff, dass während seiner Abwesenheit etwas geschehen sein musste.

»Bist du zu einem Ergebnis gekommen?«, fragte er und sprang auf.

»Vielleicht …«

»Nun hör schon auf, ich war schließlich nur ein paar Stunden weg.«

»Du bist einen ganzen Tag lang verschwunden und eine Nacht und den Folgetag, während die gesamte Arbeit an mir hängen geblieben ist.«

»Nein, während du eine Idee ausgeführt hast, die ich dir unterbreitet habe.«

»Wenn du dich ausreichend mit dieser ekelhaften Nahrung vergiftet hast«, sagte Luke und nahm ein Stück Pizza, »können wir zum Zentrum fahren.«

Eine halbe Stunde war vergangen, seit sie den Campus hinter sich gelassen hatten, und Luke hatte noch immer kein Wort gesagt. Er verließ die Autobahn und fuhr durch einen abgelegenen Vorort.

Der Camaro bog in eine einsame Straße ein, die von düsteren Lagerhallen gesäumt war. Als sie sich einem weißlichen Plattenbau näherten, bremste Luke, fuhr um das Gebäude herum, das von einem mit Stacheldraht erhöhten Metallzaun umgeben war, und hielt vor dem Tor an. Er ließ die Scheibe herunter und schob sein Badge in das Lesegerät. Eine Kamera drehte sich einmal um die eigene Achse, bevor das Tor zur Seite glitt.

Luke parkte den Wagen. Dann gingen die beiden Freunde zu einer schweren Metalltür, die mit einem Fingerabdruckleser gesichert war. Nacheinander legten sie die Hand darauf und gelangten durch eine Sicherheitsschleuse ins Haus.

Das sogenannte Zentrum war ein privates Labor, Eigentum der Firma Longview, die ihrerseits wiederum einem multinationalen Großkonzern gehörte.

Die gut einhundert Wissenschaftler, die Zugang zu diesem Ort hatten, arbeiteten hier fast autonom. Eine weitere Besonderheit des Zentrums war die Vielfalt der Forschungsgebiete. Nanotechnologie, Biotechnologie, Molekularbiologie, Informatik, Robotik, künstliche Intelligenz und Neurowissenschaften, um nur einige wenige Bereiche zu nennen. Abgesehen vom Begleitpersonal, galten zwei Dinge für alle Forscher – keiner war älter als dreißig, und alle waren Studenten, deren Ausbildung von Longview finanziert wurde. Aber die wichtigste Besonderheit des Zentrums bestand darin, dass nur Forschungsprojekte ausgewählt wurden, die alle anderen wissenschaftlichen Instanzen als utopisch oder reine Fiktion abgetan hätten. Die Philosophie derer, die Longview leiteten oder finanzierten, folgte der Devise, die an den Wänden der Ruheräume zu lesen war: »Nichts liegt näher als das Unmögliche.«

Wie alle Mitarbeiter des Zentrums hatten auch Luke und Josh nie ihren Arbeitgeber getroffen, sondern nur den Mittelsmann, der ihnen mitgeteilt hatte, ihre Kandidatur sei angenommen. Am ersten Tag hatte Professor Flinch sie empfangen und sie die interne Hausordnung, das Vertraulichkeitsabkommen und das Darlehen unterschreiben lassen, womit sie ihr Schicksal für die nächsten zehn Jahre besiegelt hatten.

Als Josh Luke zu ihrem gemeinsamen Arbeitsplatz folgte, dachte er an Hope und meinte fast, sie murmeln zu hören: »Hat Luke auch seine Seele verkauft?«

Luke öffnete einen schrankgroßen Autoklav, dessen Inhalt bei einer konstanten Temperatur von 37,2 Grad aufbewahrt wurde, und nahm mehrere Reihen Reagenzglashalter heraus, die vorn auf dem Rost standen, um an einen Glasbehälter zu kommen, der dahinter versteckt war. Darin befand sich eine Platte mit sechsundneunzig kleinen Vertiefungen.

Er stellte sie auf den Arbeitstisch, griff nach einer Pasteurpipette und sog damit vorsichtig den Inhalt aus einem Dutzend Alveolen, um ihn dann gleichmäßig auf Objektträgern zu verteilen. Nachdem er seine Proben vorbereitet hatte, legte er sie vorsichtig unter das Mikroskop, beugte sich über die Okulare, nahm einige Einstellungen vor und überließ dann Josh seinen Platz.

»Sieh selbst!«

Josh beugte sich eine lange Weile über die Linsen und richtete sich dann auf.

»Du kannst so lange schauen, wie du willst«, meinte Luke, »das habe ich während deiner gesamten Abwesenheit auch getan, und ich habe es hundertmal überprüft, keine ist mit einer anderen identisch. Wir dürfen nicht in übertriebene Euphorie verfallen, wir stecken noch in den Kinderschuhen, aber deine Prognose war richtig – Neuronen, die ich dem Gehirn unserer Ratte entnommen habe, haben auf den Siliziumchips spontan ein Netzwerk gebildet[1].«

»Das ist unglaublich«, flüsterte Josh und nahm Luke in die Arme. »Sind sie aktiv?«

»Ich weiß noch nichts über ihre Eigenschaften. Ich wollte die Kultur noch einige Tage reifen lassen, danach testen wir sie alle, und dann werden wir sehen.«

»Hast du mit irgendjemandem darüber gesprochen?«

---

1 Dieser Versuch wurde von Thomas DeMarse erfolgreich an der Universität Florida durchgeführt.

»Natürlich nicht, was glaubst du, warum ich dich dauernd angerufen habe?«

»Und morgen, bei der wöchentlichen Sitzung?«, fragte Josh und warf einen Blick auf eine der Kameras, die den Raum überwachten.

Die Sitzungsräume, Arbeitsbereiche und Labors waren untereinander per Intranet verbunden, wodurch es jedem Nutzer möglich war, Einsicht in die Arbeitsberichte aller anderen Forscher zu nehmen oder die Datenbank mit eigenen Ergebnissen zu bereichern. Aber kein Team konnte mit der Außenwelt kommunizieren. Dienstagabends wählte eine Kommission jene Arbeiten aus, die ihr am interessantesten erschienen, und präsentierte sie der Forschergemeinde, die verpflichtet war, unverzüglich davon Kenntnis zu nehmen.

»Heutzutage ist wissenschaftlicher Fortschritt nur durch kollektive und interdisziplinäre Arbeit möglich«, hatte Professor Flinch, der einzige »Chef«, dem sie Rechenschaft schuldig waren, ihnen erklärt. »Das, was Sie entdecken, ist für Sie selbst vielleicht nicht interessant, könnte aber einen wichtigen Beitrag für die Arbeit Ihrer Kollegen darstellen. Als Gegenleistung für die Freiheiten, sich alles vorstellen zu dürfen, die man Ihnen hier gewährt, müssen Sie Ihr Ego außen vor lassen. Longview ist ein Team, und wir erfinden die Zukunft nicht, sondern erforschen sie. Diese außerordentliche Chance, die Ihnen gewährt wird, verlangt große Bescheidenheit. Der- oder diejenige, die gegen diese Regel verstößt, hat hier keinen Platz, bitte vergessen Sie das nicht.«

Den Blick auf die rote Diode der Kamera gerichtet, hatte Josh den Eindruck, seine Worte zu hören.

»Jetzt sei nicht so paranoid«, sagte Luke und seufzte. »Ich glaube nicht, dass man uns bei der Arbeit ständig ausspioniert. Außerdem verheimlichen wir ja auch nichts, ich will uns nur ausreichend Zeit lassen, um sicher zu sein, dass uns ein Coup gelungen ist. Ich gehe lieber dieses Risiko ein, als mich vor den anderen zu blamieren.«

»Wir haben durch Kälte viertausend Neuronen zersetzt, die wir dem Gehirn einer Ratte entnommen haben, es ist uns gelungen, sie auf Siliziumchips zu transferieren und dann durch einen behutsamen Erwärmungsvorgang wieder zum Leben zu erwecken, wir haben ihnen die zum Aufwachen und Überleben wesentlichen Nährstoffe verabreicht, und diese Neuronen haben sich spontan miteinander verbunden und kommunizieren, und du hast Angst, wir könnten uns lächerlich machen?«

»Im Nachbarlabor«, flüsterte Luke, »haben sechs unserer Kommilitonen das Mussa-Ivaldi-Experiment nachgestellt, aber diesmal mit akustischen Sonden. Wenn sie bestimmte Geräuschfrequenzen aussenden, marschiert ihr kleiner Roboter vorwärts, sie können ihn nach rechts oder links drehen und rückwärtsgehen lassen. Der Prozessor dieses Androids ist das Gehirn einer Kröte, die in einer Nährlösung aufbewahrt wird. Das geben sie morgen bekannt, und ich möchte nicht, dass sie uns die Schau stehlen, das ist alles.«

»Ich glaube, dir fehlt es echt an Selbstvertrauen. Aber wir machen es, wie du willst. Haben die Typen von nebenan das wirklich geschafft?«

»Ich habe gehört, wie sie sich gegenseitig im Flur beglückwünscht haben.«

»Vielleicht wollten sie dich damit nur neidisch machen.«

»Nein, ich versichere dir, dass du in meinem Umfeld der Einzige bist, der es darauf abgesehen hat, andere zu ärgern.«

Josh zog Luke in einen toten Winkel, der nicht von der Kamera erfasst wurde.

»Morgen untersuchen wir zehn dieser Chips auf einer größeren Platte und verbinden sie miteinander. Wir geben ihnen einen einfachen Algorithmus und sehen, was sie machen. Wir müssen ihre Rechenleistung messen und vor allem herausfinden, ob diese, wenn sie miteinander verbunden sind, linear ansteigt, entweder logarithmisch oder exponentiell.«

»Und dann?«, wollte Luke wissen.

»Wir versuchen, das, was wir ihnen beigebracht haben, auf einfache elektronische Bauteile zu kopieren. Aber jetzt lass uns nach Hause fahren, ich habe letzte Nacht nur wenig geschlafen und bin todmüde.«

Sobald der Wagen den Bereich der Frequenzstörer, mit denen der Komplex versehen war, verlassen hatte, sah Josh auf sein Handy. Hope hatte keine Nachricht hinterlassen.

»Hast du mit ihr geschlafen?«, fragte Luke, als er auf die Autobahn fuhr.

Josh schob sein Telefon in die Jackentasche und öffnete das Fenster.

»Du hast also mit ihr geschlafen«, schlussfolgerte Luke.

»Woher willst du wissen, dass ich mit Hope zusammen war?«

»Du hast dich soeben verraten, und außerdem wart ihr beide übers Wochenende nicht da.«

»Keine Sorge, sie will nicht mit uns arbeiten«, erklärte Josh.

»Wir hatten abgemacht, dass ich mit ihr darüber rede. Was hast du ihr gesagt?«

»Nichts Konkretes, nur ein allgemeines Gespräch über meine Interessengebiete.«

»Also habt ihr nur über Sex gesprochen?«

»Manchmal bist du wirklich zu blöd, Luke, nein, eigentlich sogar sehr oft.«

»Wenn du nichts verraten hast, zu was hat sie dann nein gesagt?«

»Sie hat nicht nein gesagt, ich habe nur eine gewisse Ablehnung ihrerseits gespürt, vermutlich eine Frage der Ethik.«

»Weil du es zu dumm angefangen hast. Wenn du mich hättest machen lassen …«

»Dann überzeug sie doch, wenn du so clever bist. Und außerdem dachte ich, ich müsste zwischen unserem Projekt und meinen Gefühlen wählen.«

»Na, da wären wir ja endlich beim Thema angekommen!«

»So, wie du fährst, würde es mich wundern, wenn wir überhaupt je irgendwo ankommen.«

»Ich wusste, wenn ich dir diese Bedingung stellen würde, wäre es dein größtes Bestreben, dagegen zu verstoßen. Jetzt sind die Dinge zumindest klar.«

»Für dich vielleicht, für mich ist alles ziemlich verworren. Ich dachte, sie hätte mir eine Nachricht hinterlassen … Aber Moment mal, hast du mich etwa manipuliert?«

»Hope hegt Gefühle für dich, so ein Trottel kann man doch gar nicht sein, das nicht zu merken. Wenn ihr die letzte Nacht zusammen verbracht habt, dann vermutlich nicht, weil sie einen One-Night-Stand wollte.«

»Woher willst du das wissen?«

»War es denn deine Absicht?«

»Aber nein«, erregte sich Josh. »Mir ist es ausnahmsweise einmal ernst, wirklich ernst.«

»Genau wie ich gesagt habe, wir sind endlich beim Thema angekommen! Es freut mich, dass ich nicht der Einzige bin, der in den letzten vierundzwanzig Stunden Fortschritte gemacht hat.«

»Habe ich dir schon gesagt, dass du mir manchmal wirklich auf die Nerven gehst?«

»Schon oft, aber das stört mich nicht.«

»Wechsle nicht das Thema, hast du diese Bedingung nur gestellt, damit …«

»Wie lange hättest du gebraucht, um dich in ihr Bett einzuladen, wenn ich mich nicht eingemischt hätte? Und jetzt, da du mein Talent nicht mehr anzweifeln kannst, lass mich auch sie manipulieren, damit sie Lust bekommt, mit uns zusammenzuarbeiten. Wenn wir Zeit gewinnen wollen, brauchen wir dringend Verstärkung.«

»Dein Konkurrenzdenken ist wirklich krankhaft.«

»Glaubst du denn, Longview würde weiterhin die Studien all derer finanzieren, die jetzt im Zentrum arbeiten? Was meinst du, wie viele von uns im nächsten Jahr noch dabei sind? Ich kann es dir sagen, denn ich war klug genug, die älteren Semester zu befragen. Am Ende des ersten Jahres überlässt die Hälfte der Kandidaten ihren Platz hoffnungsvolleren Talenten, und am Ende des zweiten Jahres wird wiederum nur der Hälfte der Studenten der Vertrag verlängert. Also brauchen wir schnell konkrete Resultate, ehe die anderen ihre Projekte durchbringen.«

»Also gut, versuch Hope für unsere Sache zu gewinnen, aber ich verbiete dir, mich für deine Tricks einzuspannen.«

»Und ich verbiete dir, sie leiden zu lassen. Wenn du sie betrügst, werde ich dir das nie verzeihen! Und jetzt steck dieses Handy weg und lass ihr etwas Ruhe.«

Luke parkte vor dem Haus und ging schlafen, ohne auf Josh zu warten.

Kapitel 4

Hope aß in der Cafeteria ein Sandwich und las eine Zeitschrift. Josh beobachtete sie schon eine gute Weile von draußen und tat dabei so, als würde er seine Mails lesen, als er plötzlich eine SMS bekam.

> Willst du noch lange vor
> dem Fenster rumstehen?

Er hob den Kopf, und Hope amüsierte sich, als sich ihre Blicke trafen. Er ging hinein und auf ihren Tisch zu.

»Alles in Ordnung?«, fragte er und setzte sich zu ihr.

»Etwas anderes fällt dir nicht ein?«

»Hast du gut geschlafen?«

»Das wird ja immer besser …«

»Gut, also, was soll ich denn sagen?«

»›Guten Tag‹ wäre ein guter Einstieg, ein Kuss eine nette Idee, um weiterzumachen und …«

»Scheint so, als hättest du auch schlecht geschlafen.«

»Nein, ganz im Gegenteil – fast acht Stunden am Stück, das ist mir schon lange nicht mehr passiert.«

»Ah …« Josh seufzte.

»Es war toll in Salem. Wolltest du das hören?«

»Ja. Darf ich erfahren, welche Laus dir über die Leber gelaufen ist?«

»Nichts, außer einer fiesen Migräne, und mein Vater, der angerufen hat … er kommt am Samstagabend.«

»Ist das keine gute Nachricht? Ich dachte, du liebst deinen Vater über alles?«

»Ich liebe ihn über alles, aber nicht, wenn er mir seine neue Freundin vorstellt.«

»Verstehe.«

»Nein, du verstehst gar nichts.«

»Ist die einzige Tochter eifersüchtig?«

»Das hat damit nichts zu tun, ich war noch nie eifersüchtig, aber seit Moms Tod hat er wirklich ein Händchen dafür, sich immer blöde Tussis auszusuchen.«

»Wenn die blöden Tussis ihn glücklich machen, kann dir das doch egal sein.«

»Wenn sie ihn glücklich machen würden … Aber das war bisher noch nie der Fall.«

»Nun warte doch erst mal, bis du sie kennenlernst, gib ihr eine Chance.«

»Als hätte ich die Wahl … Hast du mit Luke geredet? Ich dachte eigentlich, du würdest mir heute Nacht eine SMS schreiben.«

»Die hatte ich mir auch von dir erhofft.«

»Wie hat er reagiert?«

»Gut, er freut sich für uns.«

»Wirklich?«

»Bleibt dein Vater das ganze Wochenende?«

»Wahrscheinlich. Warum?«

»Weil ich vermute, dass wir uns dann nicht sehen, und

das ist eine lange Zeit. Ich weiß, dass es noch zu früh ist, um so etwas zu sagen, Luke hat mir sogar davon abgeraten, aber ich bin zu müde, um dir etwas vorzumachen.«

»Na ja, nachdem mein Vater mir seine neue Eroberung vorstellen will, weiß ich eigentlich nicht, warum ich es nicht genauso machen sollte.«

»Ich soll also in gewisser Weise deine blöde Tussi sein?«

Hope verschluckte sich an ihrem Tee.

»Luke hat dir doch nicht ernsthaft davon abgeraten, mir zu sagen, dass das Wochenende ohne mich lang ist ...«

»Wie ist dein Vater?«

»Etwas altmodisch, aber sonst super. Und nun zieh nicht so ein Gesicht, er frisst dich schon nicht.«

Hope sah auf ihre Uhr und erhob sich.

»Ich habe über unser Gespräch nachgedacht, ich glaube nicht, dass es eine gute Idee ist, wenn wir zusammenarbeiten.«

»Würdest du mir eine letzte Chance geben, dich zu überzeugen, wenn ich dir etwas völlig Unglaubliches zeige?«

»Du kannst es ja versuchen.«

»Du musst mir zuerst versprechen, mit niemandem darüber zu sprechen, sonst könnte ich ernsthaften Ärger bekommen.«

»Stellt ihr synthetische Drogen her?«

»Deine Wertschätzung meiner Person rührt mich.«

»In einer Hinsicht hat Luke recht – Humor ist nicht deine Stärke.«

»Ach, ihr sprecht hinter meinem Rücken über mich?«

»Genauso, wie wir in diesem Moment über ihn sprechen. Aber gut, ich höre dir zu, dies ist die Woche, in der jeder seine Chance bekommt.«

Josh beugte sich zu Hope und küsste sie.

»Du musst dich bis heute Abend gedulden, denn ich bin nicht jeder«, meinte er und ging.

Zur gleichen Zeit verließ Luke das Haus und ging zum Parkplatz. Er setzte sich in seinen Wagen, schob die Hand unter den Sitz und zog ein kleines Heft hervor, in dem er eilig etwas notierte, bevor er es wieder an seinen Platz zurücklegte. Er schlug die Tür zu, ohne sie abzuschließen, richtete die am vorderen Kotflügel befestigte Antenne auf und eilte zum Audimax.

Als Luke die Tür öffnete, hielt Professor Flinch bereits seit einer halben Stunde seine Vorlesung.

»Du bist spät dran«, flüsterte Josh und hob die Knie an, um ihn vorbeizulassen.

Luke setzte sich und zog sein Tablet heraus.

»Habe ich etwas verpasst?«

»Eigentlich nicht.«

»Wo ist Hope?«

In der Reihe vor ihnen hob sich ein Arm.

»Ich habe verschlafen«, fügte Luke hinzu.

Hope wandte sich um und bedachte ihn mit einem vernichtenden Blick.

Luke lächelte ihr zu, bevor er sich ganz auf Flinch konzentrierte, der etwas in eine Tastatur tippte, die mit einem Projektor verbunden war.

»Jetzt, wo wir vollzählig sind und Ruhe eingekehrt ist«, sagte er schroff an den Störenfried gerichtet, »möchte ich Ihnen einen ebenso bemerkenswerten wie erfolgversprechenden Versuch vorstellen, den kürzlich sechs meiner Studenten unternommen haben. Sie haben den Kopf eines kleinen Affen mit Elektroden bestückt, die die elektrischen Impulse seines Gehirns an einen Computer senden. Vor allem dann, wenn er sich seines rechten Arms bedient.«

Auf dem Monitor hinter Flinch war das Bild eines Pinseläffchens zu sehen. Er ähnelte jenen Primaten, die man im zwanzigsten Jahrhundert in den Weltraum schickte.

»All jene, die sich Sorgen um Mako machen, das ist der Name unseres charmanten Kandidaten, kann ich beruhigen; wie Sie sehen, sind die Elektroden an einem abnehmbaren Helm befestigt und beeinträchtigen ihn absolut nicht.«

Ein zufriedenes Murmeln ging durch den Saal. Flinch zeigte ein breites Lächeln, schnalzte mit der Zunge und setzte seine Ausführungen fort.

»So konnten wir nachvollziehen, was Makos Gehirn macht, damit er den Arm auf verschiedene Weisen bewegen kann …«

Jetzt sah man eine Reihe von Grafiken, die das Enzephalogramm des Affen darstellten.

»Die nächste Etappe bestand darin, den Computer mit einer Armprothese zu verbinden.«

Ein neues Bild erschien, das diesmal eine Armprothese mit beweglicher Hand zeigte.

»Wir haben diese Prothese in einem anderen Raum aufgestellt. Durch die Auswertung der vom Gehirn des Affen abgegebenen Wellen war es dem Computer rasch möglich, den mechanischen Arm zu lenken, oder besser gesagt, ihn die Bewegungen wiederholen zu lassen, die Mako mit seinem Arm ausgeführt hatte.«

Auf dem Bildschirm hinter dem Professor öffneten sich

zwei Fenster, in denen simultan zwei Filme gezeigt wurden. Links bewegte Mako seine Hand, rechts ahmte ihn die elektronische Prothese perfekt nach. Applaus brandete auf. Flinch bedeutete den Studenten mit belustigter Miene, mit ihren Begeisterungsbekundungen noch zu warten.

»Ruhe bitte, das Beste kommt noch. Wir haben in dem Raum, in dem sich das Pinseläffchen befand, einen Monitor installiert, auf dem er die Armprothese beobachten konnte, und Mako war von ihr regelrecht fasziniert.«

Das neugierige Gesicht des Affen erregte allgemeine Heiterkeit. Außer bei Hope, die an dem, was man dem Tier antat, nichts Amüsantes fand.

»Mako hat schnell begriffen, dass der Roboter alles nachmachte, was er mit seinem rechten Arm tat. Und dieses Spiel hat ihn sehr belustigt. Wie Sie auf den Bildern sehen können, bewegte Mako ständig seinen Arm, um den des Roboters zu lenken. Ist das im Grunde nicht dasselbe, was Große und Kleine tun, wenn sie sich mit ferngesteuertem Spielzeug amüsieren?«

Wieder ging ein Kichern durch das Audimax, doch plötzlich erstarrte Mako und die Zuhörer ebenfalls, als im linken Fenster des Bildschirms der bewegliche Arm weiter gestikulierte, während der Affe sich völlig still verhielt.

»Sie haben ganz richtig gesehen!«, rief Flinch voller Befriedigung. »Es gelingt unserem Pinseläffchen, eine Armprothese allein durch seine Gehirnwellen zu bewegen.«

Die Studenten erhoben sich und applaudierten.

»Sie ahnen sicher, was wir uns von den Ergebnissen eines solchen Versuchs erhoffen können«, rief Flinch mit donnernder Stimme.

Und jetzt beklatschte der ganze Saal ihn stürmisch.

»Denken Sie nur an unsere Soldaten, die auf dem Schlachtfeld Gliedmaße verloren haben und in absehbarer Zeit wieder ein normales Leben führen könnten«, rief er.

Hope wandte sich zu Josh und Luke um.

»Wenn das so weitergeht, wird dieser aufgeblasene Kerl uns bald auffordern, ihn zum Präsidenten zu wählen«, knurrte sie mit verschlossenem Gesicht.

Und während Flinch die Studenten dazu aufrief, den ausführlichen Bericht des Experiments zu lesen, den seine Assistenten verteilten, nahm Hope ihre Sachen und ging zur Tür des Audimax. Die beiden Freunde wechselten einen verwunderten Blick, und Josh lief ihr nach.

Er holte sie auf dem Vorplatz ein und hielt sie am Arm zurück.

»Was ist denn in dich gefahren?«

»Ich kann nicht glauben, dass du applaudiert hast.«

»Was sie da geschafft haben, ist doch wirklich beeindruckend! Und du kannst nicht bestreiten, dass es vielversprechend ist. Denk doch mal an die Behinderten, die von solchen Studien profitieren werden.«

»Und hat man Mako gefragt, ehe man ihm eine zusätzliche Hand aufgezwungen hat? Du hast doch gerade mit eigenen Augen das erste Säugetier mit quasi drei Armen gesehen. Und glaubst du, es ist reiner Zufall, dass Flinch die Soldaten als erste Nutznießer seiner Forschungen sieht? Wer finanziert denn deiner Meinung nach solche Arbeiten?«

»Ich nehme an, die Fakultät, vielleicht auch private Labors, aber was macht das schon, wichtig ist nur das Ergebnis.«

»Labors, die von der Medizin oder von der Armee finanziert werden? Um Kanonenfutter in großen Mengen zu behandeln oder zu rekrutieren? Denkst du denn etwa, sie wären von dem Wunsch motiviert, den Schaden wiedergutzumachen? Macht die Welt zum Schlachtfeld, Kinder, wenn ihr dabei ein Bein verliert, bekommt ihr ein ganz neues von uns. Wir können euch auch eins zusätzlich transplantieren, ehe ihr in den Krieg zieht, dann seid ihr noch effizienter und bald schon unbesiegbar.«

»Warum studierst du Wissenschaft, wenn dir der Fortschritt solche Angst macht?«

»Nicht dafür, Josh. Um Krankheiten zu heilen, ja, aber nicht, damit wir die Menschen in übermenschliche Maschinen verwandeln, und auch nicht, damit wir Tiere quälen, die das tun, was wir selbst nicht mehr machen wollen. Sag mir, dass du Flinch nicht wirklich vertraust, sag mir, dass ich nicht die Einzige bin, die die Exzesse der Zukunft ahnt.«

»Zugegeben, Flinch ist nicht gerade der sympathischste Typ, den ich kenne, er ist sehr von sich eingenommen, aber du musst zugeben, dass er ein verdammter Vorreiter ist. Du darfst nicht überall Schlechtes sehen; das, was wir gerade erlebt haben, kann der Menschheit wirklich hilfreich sein, man muss der Forschung nur einen ethischen Rahmen geben. Und den müssen wir festlegen.«

»Zu einem Zeitpunkt, wo all unsere Mails von der NSA ausspioniert werden, in einer Welt, in der die Stimme der Waffenlobby immer lauter ist als die der Eltern, deren Kinder in den Schulen von Maschinengewehren abgeknallt wurden, willst du auf ein Podium steigen und ihnen Einhalt gebieten, weil wir zuerst einen ethischen Rahmen festlegen müssen! Da wünsche ich dir viel Glück. Aber gut, ich liebe dich noch mehr, weil du derart naiv bist.«

»Du liebst mich?«

»Verdammt noch mal, Josh!«

Hope verstummte, ihr Blick war auf den Parkplatz hinter ihnen gerichtet, auf dem sich etwas bewegte.

»Was ist?«, fragte Josh.

»Sieht so aus, als würde da hinten ein Typ mit einem Motorradhelm um Lukes Auto herumschleichen. Das ist doch seins, oder?«

Der Camaro war in einiger Entfernung geparkt.

Josh gab Hope seine Sachen und lief los.

»Mach keinen Quatsch, vielleicht ist er bewaffnet«, rief sie und rannte ihm nach.

Sie versuchte, ihn einzuholen, doch mit voll beladenen Armen war das eine ungleiche Partie.

Als Josh sich näherte, stieg der Mann auf sein Motorrad und verschwand.

»Und?«, fragte Hope, als sie außer Atem bei ihm ankam. Josh ging um den Wagen herum, konnte aber keine Spur von Gewaltanwendung feststellen.

»Nichts, alles ganz normal. Du siehst wirklich überall das Schlechte.«

»Ich schwöre dir, dass er nicht koscher war, wir haben ihn in die Flucht geschlagen, ehe er etwas unternehmen konnte.«

»Vermutlich wollte er Lukes Rostschleuder klauen und dafür sein schönes Motorrad zurücklassen.«

Hope öffnete die Tür des Camaro.

»Hab ich's doch gesagt, die Tür ist nicht abgeschlossen!«

Josh ging an ihr vorbei und nahm auf dem Beifahrersitz Platz. Das Autoradio war noch da, die Unordnung im Handschuhfach unverändert, und auch Lukes Kassetten waren nicht gestohlen worden.

»Es fehlt nichts, sicher hat er vergessen abzuschließen.«

Josh stieg aus, ohne das kleine Heft zu bemerken, das unter dem Sitz hervorlugte.

Hope zuckte mit den Schultern, reichte ihm seine Sachen und schlug den Weg zurück zum Campus ein.

»Und wenn wir heute Abend ins Kino gehen würden?«, schlug er vor.

»Warum nicht, das wäre mal eine Abwechslung.«

»Wir könnten uns *Terminator* ansehen.«

Hope versetzte ihm einen Stoß gegen die Rippen. Josh nahm sie in die Arme und küsste sie.

»Gut, ich begleite dich zu dem Essen mit deinem Vater. Wollen wir uns wieder versöhnen?«

»Wir müssen einen Ort finden, an dem wir uns abends treffen können. Wir wollen uns schließlich nicht wie Teenager aufführen, die sich heimlich sehen. Außerdem möchte ich mit dir zusammen einschlafen.«

»Jetzt, wo Luke Bescheid weiß, hindert dich nichts daran, in meinem Zimmer zu schlafen, wenn du willst. Unsere Wohnung ist nicht so weit weg, und in unserem Haus gibt es keine Regelung, die Damenbesuch verbietet.«

»Und wie wird Luke darauf reagieren? Frag ihn lieber vorher.«

Hope küsste Josh und ging.

Josh traf Luke in der Bibliothek an und nahm ihm gegenüber Platz.

»Hast du mir etwas zu sagen?«, fragte Luke.

»Du solltest dein Auto abschließen. Ich weiß, dass du zu Recht der Ansicht bist, dass außer dir niemand eine solche Rostlaube will, aber trotzdem.«

»Was meinst du?«

»Ich bin gerade einem Typen hinterhergesprintet, der um deinen Camaro herumschlich. Hope hat ihn gesehen.«

»Das Schloss spinnt manchmal, ich bin sicher, dass ich abgeschlossen habe, aber trotzdem danke.«

»Willst du nicht einmal wissen, ob man dir etwas gestohlen hat?«

»Was soll man aus der Rostlaube schon klauen? Erinnere mich übrigens nächstes Mal, wenn du sie ausleihen willst, daran.«

»Aber was ist denn los, warum seid ihr alle so genervt?«

»Ich bin bester Laune. Aber was Hope betrifft, so scheint es nach der Nummer, die sie im Audimax abgezogen hat, alles andere als sicher, dass sie mit uns arbeiten will.«

»Ich habe sie eingeladen, die Nacht bei uns zu verbringen.«

»Was hast du gemacht?«, fragte Luke und legte den Kopf schräg.

»Vergiss nicht, dass du es ihr zu verdanken hast, dass du überhaupt noch ein Auto hast.«

Statt eines Essens zu zweit musste sich Hope mit dem chinesischen Essen begnügen, das Luke telefonisch bestellt hatte. Die drei saßen in dem Zimmer, das als Arbeits- und Wohnraum diente und die beiden kleinen Schlafzimmer voneinander trennte.

»Wie könnt ihr euch überhaupt so einen Palast leisten?«, erkundigte sich Hope.

»Wie du siehst, sparen wir am Essen«, antwortete Josh mit vollem Mund.

»Wir kommen zurecht«, unterbrach ihn sein Freund, ehe er mehr sagen konnte.

»Sie weiß Bescheid«, fuhr Josh fort.

»Über was genau weiß sie Bescheid?«, beharrte Luke und legte seine Stäbchen auf die Kiste, die ihnen als Tisch diente.

»Nur um sicherzugehen, ihr wisst schon, dass ich da bin?«, mischte sich Hope ein.

»Dass wir für eine Firma arbeiten, die unser Studium finanziert, ebenso wie die tolle Achtunddreißig-Quadratmeter-Wohnung«, erklärte Josh.

»Und Hope weiß auch, dass sie das für sich behalten muss?«, fragte Luke.

»Hope mag es sehr, wenn man in der dritten Person von ihr spricht, und Hope sagt dir, dass du dich zum Teufel scheren kannst, weil Hope nämlich keine Petze ist, und du das schon hättest bemerken müssen. Und Hope meint auch, dass Luke und Josh mit ihrem Leben machen können, was sie wollen, ganz so, wie mit ihren Nächten übrigens … Schon komisch, wir könnten weiter so reden oder auch gar nicht miteinander reden, vor lauter Angst, große Geheimnisse zu verraten«, fügte sie hinzu, um sich über ihn lustig zu machen.

Luke griff wieder nach seinen Stäbchen und beendete sein Essen schweigend.

»Gut, ich hätte mich nicht aufdrängen sollen, aber keine Sorge, Luke, ich schlafe nicht hier. Danke für die Einladung zum Essen, das nächste Mal bewirte ich euch.«

»Aber was ist denn mit euch beiden los? Könnt ihr mal aufhören, euch dauernd zu streiten«, regte sich Josh auf.

Luke seufzte und streckte Hope zum Zeichen der Versöhnung die Hand entgegen.

»Entschuldige, das war taktlos.«

»Entschuldigung angenommen, aber ich verzichte auf einen Händedruck voller Sojasoße.«

»Auf alle Fälle«, erklärte Luke und wischte sich den Mund ab, »kann dieses Theater nicht so weitergehen. Entweder schließt du dich uns an, oder du hältst, unabhängig von deiner Beziehung zu Josh, eine gebührende Distanz zu unserer Arbeit.«

»Manchmal machst du mir Angst, Luke, was fabriziert ihr denn so Geheimes?«

»Nichts Illegales, aber die Welt, in der wir leben, ist von Konkurrenz geprägt, da wollen wir nicht das Risiko eingehen, dass wegen einer Indiskretion andere die Früchte unserer Arbeit ernten.«

»Ich kann den Mund halten.«

»Und noch viel besser, wenn du nichts weißt.«

Hope, der der Geruch der chinesischen Küche Übelkeit bereitete, öffnete das Fenster.

»Ihr werdet mich für paranoid halten«, flüsterte sie, »aber das Motorrad, das vorhin um Lukes Wagen herumgefahren ist, parkt auf der Straße.«

Josh erhob sich und trat zu ihr.

»Das ist ein sehr gängiges Modell, dennoch ist es merkwürdig. Sieh dir das mal an, Luke.«

»Was soll ich mir ansehen? Ein Motorrad mitten in der Stadt? Das ist sicher faszinierend. Aber ich lasse euch weiter Spion spielen, ich für meinen Teil habe Arbeit und gehe in mein Zimmer.«

Josh und Hope beobachteten die Straße noch eine Weile

und schlossen dann, fast enttäuscht, das Fenster. Es gab viele große Maschinen auf dem Campus, und vielleicht war der Fahrer nur ein neuer Bewohner des Viertels.

Hope schlüpfte unter die Decke und schmiegte sich an Josh.

»Er ist eifersüchtig. Um sich derart defensiv zu verhalten, muss er eifersüchtig sein«, wiederholte sie.

»Ich glaube nicht, dass Luke in mich verliebt ist, wenn du das meinst«, spöttelte Josh.

»Ich dränge mich in seinen Lebensraum und in eure Beziehung, das dürfte für ihn nicht so leicht sein«, flüsterte sie. »Warum ist er eigentlich allein?«

»Luke hatte Abenteuer, aber er war immer allein, das ist sein Naturell.«

»Die Natur hat damit nichts zu tun, das ist eine Frage von Begegnungen. Auch du hattest Abenteuer und warst doch allein, ehe du mich getroffen hast.«

»Nicht so wie er, nicht immer. Ich hatte auch eine längere Beziehung.«

»Es ist keine gute Idee hierzubleiben«, sagte Hope verdrießlich.

»Doch, eine ausgezeichnete Idee sogar«, antwortete er und küsste ihren Busen.

Seine Zunge wanderte zu ihrem Bauchnabel hinab, streifte ihr Geschlecht und ihre Schenkel, um sich dann noch weiter vorzuwagen.

»Ausgezeichnet… Das ist das richtige Wort«, stöhnte Hope.

Am nächsten Abend gingen Josh und Hope ins Kino. Luke war allein auf dem Nachhauseweg, als ein Motorrad auf seiner Höhe anhielt. Der Fahrer reichte ihm einen Helm, und Luke kletterte hinter ihm auf die Maschine, die in der Nacht verschwand.

Zwanzig Minuten später hielt sie vor einem Nobelrestaurant am anderen Ende der Stadt.

Luke stieg ab, gab seinem Besitzer den Helm zurück und betrat das Lokal.

Er erkannte den Mann, der an der Theke saß, und nahm neben ihm Platz.

Mit einem Fingerschnippen forderte Flinch den Barkeeper auf, seinen Gast zu bedienen.

»Ihr Bote sollte diskreter vorgehen«, murmelte Luke.

»Angesichts dessen, was Sie mir mitgeteilt haben, weiß ich nicht, ob ich derjenige bin, der Ratschläge hinsichtlich der Diskretion braucht. Mir gefällt die Sache gar nicht, Sie wissen, dass mir die Diskretion meiner Teams ebenso wichtig ist wie ihre Hingabe.«

»Was soll ich denn tun? Sie sind verliebt. Ich habe Josh noch nie so empfindsam gesehen.«

»Empfindsam?«

»Er steht unter ihrem Einfluss.«

»Sie scheinen sie nicht eben ins Herz geschlossen zu haben … Außer genau das Gegenteil wäre der Fall … Aber ich habe anderes zu tun, als mich um Studentenliebschaften zu kümmern«, knurrte Flinch und trank seinen Martini bianco.

»Ich wollte ein paar Tage warten, um mit Ihnen darüber zu sprechen, aber wir haben Fortschritte gemacht … und zwar bemerkenswerte.«

»Amüsant, wie Sie das Thema wechseln. Aber wie kommen Sie eigentlich darauf, dass es Ihnen obliegt zu entscheiden, wann Sie mir die Fortschritte Ihrer Arbeit mitteilen? Darf ich Sie an die Vereinbarung erinnern, die Sie unterschrieben haben?«

Luke rührte das Glas, das der Barmann ihm serviert hatte, nicht an.

»Ich höre!«, befahl Flinch, dessen Neugier über die Herablassung gesiegt hatte.

Mit ruhiger, fast zu ruhiger Stimme legte Luke dar, wie die Neuronen, die sie einem Rattenhirn entnommen und bearbeitet hatten, auf den Siliziumchips spontan wieder neuronale Netzwerke gebildet hatten.

»Bemerkenswert«, kommentierte Flinch.

»Morgen ist das Neuronennetzwerk dicht genug, um ihm Befehle übermitteln zu können.«

Flinch tippte mit dem Fingernagel gegen sein leeres Glas, damit der Barkeeper ihm nachschenkte – eine Geste, die er offenbar seinem Rang angemessener fand als eine höfliche Bitte.

»Wenn das funktioniert, ist Ihr zweites Jahr bei uns gesichert.«

»Wenn das funktioniert, müssen Sie uns beiden unser gesamtes Studium garantieren.«

»Ich wusste zwar schon, dass Sie anmaßend sind, aber derart unverblümt …«

»In einem Monat unternehmen wir den ersten Versuch, die Daten auf einfache Coprozessoren zu kopieren.«

»Ist das Ihr Ernst?«

»Habe ich Sie je enttäuscht?«

»Also gut … außer dass Sie keine Ahnung haben, welcher

Natur die Daten der Originale sind. Was hält Ihr Freund davon?«

»Dasselbe wie ich«, antwortete Luke, der versuchte, sich nicht anmerken zu lassen, wie sehr ihn Flinchs Frage ärgerte. »Wenn das Experiment unsere Theorie bestätigt, müssten sich unsere biologischen Komponenten die ihnen gegebenen Befehle merken. Nach dem Transfer geben ihre elektronischen Äquivalente dem Computer die Möglichkeit, dieselben Befehle zu reproduzieren. Genau wie bei dem Versuch, den Sie vorgeführt haben, aber ohne auf den guten Willen eines Affen angewiesen zu sein. Wir begnügen uns mit Zellen, die wir dem Gehirn einer Ratte entnommen haben – zumindest im Moment«, schloss Luke stolz.

»Überstürzen Sie bitte nichts. Hoffen wir schon mal, dass es bei einer Ratte funktioniert. Alles andere sehen wir später. Es kommt übrigens gar nicht infrage, dass Sie ohne meine Zustimmung versuchen weiterzugehen. Ab heute verlange ich einen täglichen Bericht, und zwar nicht über das Intranet des Zentrums, Sie werden vielmehr weiter das Heft benutzen.«

»Und wie soll ich Josh erklären, dass wir unsere Ergebnisse nicht veröffentlichen, so wie es Ihre Vorschriften verlangen?«

Flinch schwieg eine Weile nachdenklich und ließ die süßliche Flüssigkeit in seinem Glas kreisen. Dann stellte er es langsam ab und lächelte.

»Geben Sie vor, dass Sie eine Sensation anstreben, dass Sie Ihr Experiment abschließen wollen, um für das Ergebnis die Finanzierung zweier weiterer Studienjahre mit mir auszuhandeln.«

»Ich gedenke aber wesentlich mehr auszuhandeln.«

»Warum nicht? Sie können auch auf diesem Gebiet Ihre Versuche unternehmen!«, meinte Flinch höhnisch und klopfte ihm auf die Schulter. »Einstweilen achten Sie darauf, dass seine Freundin nicht den geregelten Ablauf der Dinge gefährdet. Ich habe nichts dagegen, dass er sich etwas amüsiert – das würde Ihnen übrigens auch guttun –, aber nichts darf ihn von seiner Arbeit ablenken. Wir wissen beide, dass sein Talent … na ja, ich denke, Sie wissen es besser als ich.«

Luke trank seinen Martini aus und erhob sich.

»Wenn er wirklich unter dem Einfluss dieses Mädchens steht, wird er ihr irgendwann von dem Zentrum erzählen, und das gefällt mir nicht«, meinte Flinch.

»Wir könnten ihr ja vielleicht vorschlagen, mit uns zusammenzuarbeiten?«

»Das ist nicht dumm«, antwortete Flinch und musterte ihn eingehend.

»Ich hätte nicht gedacht, dass Ihnen diese Idee gefallen würde, ganz im Gegenteil.«

»Oh doch, das ist sogar eine sehr gute Idee. Ein Dreierteam gibt immer Anlass zu Rivalitäten. Einer gegen zwei, zwei gegen einen, jeder für sich, aber nur selten schlagen drei Herzen im Einklang, und für drei Geister trifft das schon gar nicht zu. Rivalität ist Quell von Stärke und Kreativität, sie fördert die Energie. Wenn diese charmante junge Frau dazu bereit wäre, würden wir ihr dieselben Vorteile anbieten wie Ihnen. Das könnte sie auch noch zusätzlich zu den Gefühlen, die sie für Ihren Freund hegt, motivieren.«

Flinch hielt Luke zurück und legte ihm eine Hand auf

den Arm. »Aber einen guten Rat möchte ich Ihnen geben, und ich habe Erfahrung. Wenn die Initiative von Ihnen ausgeht, können Sie sich ihrer Dankbarkeit sicher sein. Sie führen das Team, statt der Strömung zu folgen. Und jetzt gehen Sie, ich werde zum Essen erwartet. Ach, und bravo, ich bin wirklich beeindruckt von dem, was Sie mir erzählt haben, und ich bin nicht leicht zu beeindrucken. Ich hoffe, Sie wissen dieses Kompliment zu würdigen.«

»Und wie komme ich nach Hause?«

Flinch suchte in seiner Tasche und legte einige zerknitterte Geldscheine auf die Theke.

»Mit einem Taxi, denke ich mal.«

Auf dem Heimweg war Lukes Geist ebenso finster wie der Himmel. Er bat den Fahrer, hundert Meter vor dem Ziel anzuhalten. Die legte er im strömenden Regen zu Fuß zurück, und als er das Haus betrat, war er von Kopf bis Fuß durchnässt. Die einzige Befriedigung an diesem Abend war, dass die Wohnung leer war. Er zog sich in seinem Zimmer aus und wärmte sich unter einer heißen Dusche auf. Als er gerade das Licht ausgeschaltet hatte, hörte er Schritte und Gekicher. Josh und Hope tasteten sich durch das dunkle Wohnzimmer zu ihrem Bett vor.

Als sie am nächsten Morgen aufstanden, war Luke schon gegangen.

Nach dem Seminar hatte Josh eine SMS von Hope bekommen.

> Warte nicht auf mich,
> ich gehe heute Abend mit Luke essen.

Auf die er sogleich antwortete.

Es ist nicht nett,
sich abzusetzen.

Sie schrieb zurück.

Ich glaube, wir setzen uns
seit einiger Zeit ab.
Und du hast recht, das ist nicht nett.

Josh schob das Handy in die Tasche und zuckte mit den Schultern. Hope hatte nicht unrecht, seit dem Wochenende in Salem vernachlässigte er Luke, und das tat ihrer Freundschaft nicht gut. Er machte sich Vorwürfe, dass Hope auf die Idee gekommen war, den ersten Schritt zu tun, oder vielleicht auch, dass sie ihm so zeigte, dass sie großzügiger war als er.

Kapitel 5

Sie saß auf einer Stufe am Fuß des Wohnblocks und erwartete ihn.

»Hat Josh dir keinen Schlüssel gegeben?«, fragte Luke.

Hope reichte ihm die Hand, um sich beim Aufstehen helfen zu lassen.

»Ich bin nicht dein Feind, Luke. Ich habe keinerlei Absicht, ihn dir wegzunehmen.«

»Sehr freundlich, mir dies darzulegen, aber wir sind hier nicht im Kindergarten. Ihr macht, was ihr wollt, das Einzige, worum ich dich bitte, ist, ihn nicht komplett in Beschlag zu nehmen. Seit zwei Wochen macht Josh keinen Finger krumm, geht lediglich in die Vorlesungen, wobei er dort nicht eben viel mitarbeitet. Unser beider Zukunft ist eng miteinander verknüpft, und ich kann nicht länger die ganze Arbeit alleine machen, um ihn zu decken.«

»Ich werde darauf achten«, versprach Hope. »Darf ich dich zum Essen einladen?«

Luke zögerte und führte sie dann zu seinem Auto.

»Ich muss dir etwas zeigen«, sagte er. »Steig ein.«

Nun zögerte Hope ein wenig und warf ihm einen seltsamen Blick zu. Sie nahm auf dem Beifahrersitz Platz und wunderte sich, dass er nicht losfuhr.

»Keine Sorge, ich habe nicht die Absicht, mit dir in den Wald zu fahren.«

»Auf die Idee bin ich auch gar nicht gekommen. Also?«

»Ich will versuchen, dir etwas verständlich zu machen«, nahm Luke den Faden wieder auf und ließ den Motor an.

Der Camaro verließ die Stadt. Als sie die Vororte erreichten, fragte sich Hope, wohin er sie wohl bringen würde. Seit sie losgefahren waren, hatte er kein Wort mehr gesagt und blieb auch bis zum Ziel schweigsam.

Er hielt vor dem Eingangsportal des Zentrums. Hope hatte noch immer ihr Handy in der Hand und wollte Josh eine Nachricht schreiben.

»Kein Netz«, sagte sie leicht beunruhigt.

»Nein, das Gebäude ist mit Frequenzstörern versehen. Im Umkreis von fünfhundert Metern ist es unmöglich, mit irgendjemandem zu kommunizieren.«

»Was machen wir hier, Luke? Warum so geheimnisvoll, und was ist das für ein Ort?«

»Die Zukunft, und die Zukunft kann Angst machen«, antwortete er und wandte sich zu ihr um.

»Warum sollte sie Angst machen?«

»Stell dir einen Moment lang vor, alle gutwilligen Menschen und alle Talente dieser Welt – Forscher, Ärzte, Künstler, Kunsthandwerker und Baumeister – würden sich vereinen, um die Welt besser, schöner, weniger grausam, weniger ungerecht zu machen. Was wäre die erste Vorbedingung für eine solche Hoffnung?«

»Keine Ahnung … Die Angst vor der Utopie zu überwinden?«

»Nein, alle diese Menschen müssten zuerst einmal geschützt werden, um ohne Bedrohung arbeiten zu können.

Es müsste für sie ein Ort gefunden werden, an dem sie vor der Politik, der Bürokratie, vor Einzelinteressen, Lobbyisten und Mächten sicher wären, die weder ein Interesse noch den Wunsch haben, dass die Welt sich verändert.«

»Und dieses Gebäude ist …«

»Ja, das Zentrum ist ein autonomer Ort, völlig isoliert, vor allem von allen gegenwärtigen Unzulänglichkeiten. Niemand von denen, die hier arbeiten, weiß, ob es noch andere gibt, die das Gleiche tun, und noch weniger, wo diese sich befinden. Es ist eine Frage der Sicherheit.«

»So weit geht das?«, fragte Hope.

»Es ist schwierig, innovative Ideen zu haben, und sehr einfach, angesichts des Ausmaßes der Aufgabe, auf ihre Umsetzung zu verzichten. Glaubst du wirklich, man habe erst jetzt die Auswirkungen der Klimaerwärmung entdeckt? Die westliche Welt weiß seit Jahrzehnten darüber Bescheid, aber aus wirtschaftlichen Gründen verfolgt der Mensch eher seine unmittelbaren Interessen, anstatt sich um seine Zukunft zu kümmern.«

»Siehst du das nicht ein bisschen zu schwarz? Es gibt viele Menschen, die guten Willen zeigen und sich den Auswüchsen der Mächtigen widersetzen.«

»Da möchte ich dir eine kleine Geschichte erzählen. Vor dreißig Jahren trat bei einigen Babys in meiner Geburtsstadt eine seltsame Lungeninfektion auf. Einige starben, bevor sie ein Jahr alt waren, andere bekamen schwerwiegende Probleme mit der Atmung. Nachdem sich die Angelegenheit zu einer Epidemie ausweitete, entsandte man einen Arzt, einen rechtschaffenen Landarzt, dem man die Aufgabe anvertraute, das Virus oder Bakterium zu finden, mit dem sich die Neugeborenen ansteckten. Dieser Doktor machte sich mit improvisierten Mitteln an die Arbeit. Er suchte überall, im Wasser, in der Milch, in der Nahrung, er analysierte sogar die Fläschchen, die Windeln und die Babykleidung. Und dann trat er eines Abends auf die Außentreppe des kleinen Hauses, das man ihm zur Verfügung gestellt hatte, um eine Zigarette zu rauchen, verzweifelt darüber, nichts zu finden. Er hatte eigentlich seit Langem mit dem Rauchen aufgehört, und der erste Zug brachte ihn zum Husten wie einen Köhler; diese Zigarette brachte ihn auf die richtige Spur. Er kaufte eine Karte des Kaffs und der Umgebung und begann, Kreuze einzuzeichnen. Blaue Kreuze dort, wo die kranken Babys wohnten, und rote dort, wo die verstorbenen Babys gewohnt hatten. Sehr schnell bildeten die Kreuze zwei Kreise, wobei der blaue Kreis einen größeren Durchmesser hatte als der rote.«

»Und was lag in der Mitte?«, fragte Hope.

»Eine Fabrik für Methanabbau. Durch zu tiefe Bohrungen war Kohlenmonoxid entwichen, das im Boden aufstieg. Zu wenig, um die Erwachsenen zu beeinträchtigen, aber genügend, um die Babys zu vergiften.«

»Wurde die Fabrik geschlossen?«

»Zwei Tage nachdem der Doktor seine Entdeckung gemacht hatte, fand man seine Leiche im Fluss. Offiziell pichelte er zu viel und war angeblich ertrunken, als er angesäuselt baden gegangen war. Es war Dezember ... Aber die Fabrik war das wirtschaftliche Herz der Region und vor allem dieser Stadt, die meisten Familien hingen davon ab. Wer hätte den Arbeitern dieses Kaffs etwas von Umschulung und sauberer Energie erzählen und von ihnen verlangen können, zuerst einmal ihre Jobs zu verlieren? Wie du siehst, ist es eine Sache, ein Problem festzustellen, und eine ganz andere, es zu lösen. Das gilt vor allem, wenn die wirtschaftlichen Interessen der einen denen der anderen im Wege stehen. Deshalb sind die Herausforderungen der Zukunft so oft in den Möglichkeiten der Gegenwart gefangen, außer in diesem Gebäude. Die Frage ist nun, ob du mit mir hineingehen und dich an dieser Zukunft beteiligen willst.«

»Hierher begibt sich Josh also, wenn er nachts verschwindet, hier heckt ihr eure Komplotte aus?«

»Es gibt kein Komplott, es ist absurd, die Dinge so zu sehen.«

»Das war nur so dahingesagt. Ich fühle mich geschmeichelt, dass du mir vorschlägst, mich euch anzuschließen, aber bevor ich mich entscheide, muss ich darüber nachdenken.«

»Wegen eurer Beziehung?«

»Ich weiß nicht. Bringst du mich bitte zurück zum Campus? Dieser Ort schlägt mir auf die Stimmung.«

»Aber erst, wenn ich dir die Örtlichkeiten gezeigt habe. Ich bin schließlich nicht hierhergefahren, nur um mit dir einen kleinen Plausch zu halten«, antwortete Luke, während er den Öffnungsmechanismus der Eingangstür betätigte. »Sobald wir drinnen sind, sprichst du mit niemandem, und alle Fragen, die du mir vielleicht stellen willst, merkst du dir und wartest damit, bis wir das Gebäude wieder verlassen haben.«

Hope versuchte zu verstehen, was sie, die normalerweise doch so kühn und neugierig war, jetzt zurückhielt. Sie öffnete die Autotür und zwang sich, gute Miene zu machen, während sie auf das Zentrum zuging.

Luke folgte ihr dicht auf den Fersen. Er legte die Hand

auf das Fingerabdruck-Lesegerät und schob Hope plötzlich vorwärts, als sich die Tür öffnete.

Verblüfft betrat sie die Sicherheitsschleuse. Luke bedeutete ihr zu schweigen. Als vor ihnen eine grüne Diode aufleuchtete, verließ er die Schleuse und machte ihr den Weg frei.

Die Größe und die Modernität der Örtlichkeiten faszinierten sie. Vom Gang aus bewunderte sie die großen, gut ausgestatteten Räumlichkeiten. Die Frauen und Männer, die sie hinter den Glasscheiben arbeiten sah, waren alle im gleichen Alter wie sie. Rechter Hand führte eine kleine Gruppe eine lebhafte Diskussion vor einer digitalen Anzeigetafel, ein Stück weiter hantierten zwei junge Wissenschaftlerinnen mit einem Roboter, der menschliche Züge hatte. Auch wenn das Kunststoffgesicht niemanden hätte täuschen können, wirkten seine Augenbewegungen erstaunlich menschlich. Linker Hand setzten vier junge Forscher einen merkwürdigen Drucker in Gang. Hope wollte gerade etwas sagen, als Lukes Blick sie davon abhielt. Sie zuckte zusammen, als ihr jemand eine Hand auf die Schulter legte.

»Von hier aus«, sagte Flinch, »würde man sagen, es ist ein völlig alltäglicher Tintenstrahldrucker. Aber dem ist nicht so. Ich war immer der Meinung«, fügte er hinzu, »dass man nicht darauf hoffen kann, das Vertrauen eines Menschen zu gewinnen, wenn man ihm nicht selbst das gleiche Vertrauen entgegenbringt. Da werden Sie mir sicher nicht widersprechen. Folgen Sie mir.«

Hope dachte nicht im Traum daran, über diese Aufforderung zu diskutieren. Die Autorität des Professors, den sie bisher nur bei seinen Vorlesungen im Hörsaal erlebt hatte, wurde durch die ungewohnte Nähe noch verstärkt. Seine

Präsenz erschien ihr jetzt im Übrigen viel stärker als aus der Ferne.

Er betrat den Raum und ging zu dem Tisch, an dem die Forscher verschiedene Einstellungen vornahmen.

»Das Gerät ähnelt in allem einem gewöhnlichen Bürogerät, da stimme ich Ihnen zu, es ist jedoch nicht dafür gedacht, hübsche Hochglanzbilder zu reproduzieren«, sagte er und grinste. »Sie werden sehen, dass es ziemlich bemerkenswert ist. Zuerst tastet ein Scanner, wie Sie ihn auch verwenden, um Unterlagen zu digitalisieren, Verletzungen direkt am Körper eines Patienten ab.«

Auf einem Wandmonitor entdeckte Hope die reale Darstellung dessen, was Flinch beschrieben hatte. Ein Mann mit Verbrennungen dritten Grades am rechten Arm lag in seinem Krankenhausbett. Ein Arzt scannte die verletzte Gliedmaße mit einem identischen Gerät, wie sie es vor sich sah. Anschließend war auf dem Computerterminal ein dreidimensionales Bild der Verletzung zu sehen.

Flinch wartete, bis der kleine Film zu Ende war, bevor er fortfuhr: »Das Gerät analysiert die Wunde und beschreibt ausführlich die jeweilige Tiefe und die Konturen der geschädigten Sektoren, der Knochen-, Muskel-, Gefäß- und Nervengewebe und natürlich die Epithelschichten der Haut. Diese Informationen werden an den Computer gesendet, der sie verarbeitet und weiterleitet an unseren besagten Drucker. ›Wenn dieser keine Tinte enthält, was enthält er dann?‹, werden Sie mich fragen. Nun ja, jede dieser Kartuschen ist mit gesunden Zellen gefüllt, die wir unserem Patienten entnommen und von denen wir eine Zellkultur angelegt haben. Der Drucker wirft diese gesunden Zellen aus, versprüht sie sozusagen genau dort, wo sie sich ansiedeln und vervielfältigen sollen, um die Verletzung schließlich aufzufüllen. Grob gesagt, drucken wir differenzierte Zellschichten direkt in die Wunde unseres Patienten. Bemerkenswert, oder? Noch ist dies ein Prototyp, aber die ersten Ergebnisse sind äußerst ermutigend.[2] Dahinten«, fuhr Flinch mit ernster Stimme fort, während er auf einen anderen Raum deutete, »arbeiten wir an einem dreidimensionalen Druck ganzer Organe. Wenn Sie wüssten, wie viele Personen jedes Jahr nur deshalb sterben müssen, weil wir keine passenden Spender haben. Ich behaupte nicht, dass wir hier in unseren Räumen letztlich eine Niere in 3-D werden drucken können, aber im Krankenhaus wird es eines Tages möglich sein …«

Flinch drehte sich zu Hope um und sah sie mit seinen blauen Augen irritierend intensiv an. Er holte geräuschvoll Luft, seine Miene zeigte eine gewisse Manieriertheit.

»Sehen Sie, wenn ich gelegentlich für den Geschmack einiger meiner Studenten etwas zu arrogant wirke, was sicher nicht auf Sie zutrifft, so geschieht das nur aus einem Übermaß an Leidenschaft für alles, was wir hier unternehmen. Der Komplex erstreckt sich über mehr als dreißigtausend Quadratmeter, Sie können sich also sicher vorstellen, in wie vielen verschiedenen Disziplinen wir hier arbeiten. Luke wird Sie zurückbegleiten, und da guter Rat über Nacht kommt, werden Sie ihm morgen sagen, ob Sie Lust haben, sich uns anzuschließen. Sollte das nicht der Fall sein, zählen wir darauf, dass Sie nun, wo Sie die Gründe für

---

2 Ein derartiger 3-D-Biodrucker wird im Wake Forest Institute for Regenerative Medecins unter Leitung von Prof. Anthony Atala getestet.

unsere Existenz kennen, Stillschweigen darüber bewahren. Auch wenn nichts von dem, was ich Ihnen heute Abend gezeigt habe, besonders geheim ist.«

»Und das, was Sie mir nicht gezeigt haben?«

»Das, meine Liebe, werden Sie erst entdecken, nachdem Sie sich entschieden haben. Aber glauben Sie mir, es ist noch viel außergewöhnlicher.«

»Du sagst ja gar nichts?«

»Ich denke nach.«

»War dein Essen mit Luke gut?«

»Ja ... Ich sterbe vor Hunger, hast du irgendwas im Kühlschrank?«

»Aha!«, antwortete Josh und stand vom Sofa auf.

Er stöberte in der Kochnische auf der Suche nach etwas, was Hope schmecken könnte. Angesichts des Kühlschrankinhalts war die Erfolgsaussicht zweifelhaft. Josh nahm die beiden Joghurts, die er fand, einen Rest Obstsalat, den er am Vortag, vielleicht sogar vor zwei Tagen gekauft hatte, bevor er sich anders besann und ihn doch lieber in den Müll warf. Anschließend prüfte er seine Müslireserven und angefangenen Schokoladentafeln. Er stellte alles auf ein Tablett und ging zurück ins Schlafzimmer. Hope, die im Schneidersitz auf dem Bett saß, machte sich über die Cornflakes-Packung her.

»Wie habt ihr euch eigentlich kennengelernt, Luke und du?«

»Zuerst ziehst du mal ein T-Shirt an. Wir Männer tun uns ohnehin schon schrecklich schwer damit, zwei Dinge gleichzeitig zu tun, und wenn du denkst, angesichts deiner nackten Brüste könnte ich über irgendetwas sprechen ...«

»Bist du etwa sexbesessen?«

»Eigentlich nicht … Vergiss das T-Shirt. Meine Jugend mit Luke kann warten.«

Josh drückte Hope aufs Kopfkissen und küsste sie.

»Hör auf«, murrte sie und entzog sich seiner Umarmung. »Ich möchte das wirklich gerne wissen.«

Sie schnappte sich das Hemd von Josh, das am Bettende lag, und zog es mit einem schelmischen Lächeln an.

»Wir haben uns im College kennengelernt. Warum interessiert dich das?«

»Wie war er?«

»Ein bisschen verrückt, das hat mir sofort an ihm gefallen.«

»Jeder hat so seine Sprünge in der Schüssel, durch diese kann das Licht einfallen.«

»So gesehen, war er sehr gut beleuchtet. Luke und ich waren Nachbarn. Wir sind in einem Vorort aufgewachsen, wo ab Einbruch der Dunkelheit geprügelt wurde. Das Viertel war bandenmäßig organisiert, und wir beide bildeten eine dieser Banden.«

»Warst du ein Raufbold?«

»Nein, eben nicht, deshalb hatte ich mich keiner Gruppe angeschlossen. Aber Luke war eher groß für sein Alter, und da er sich für seinen kleinen Bruder absolut verantwortlich fühlte, hatte er es gelernt, sich Respekt zu verschaffen. Wir haben eine Menge Dummheiten angestellt, bis uns ein Lehrer für Naturwissenschaften da herausgeholt hat.«

»Wie alt wart ihr da?«

»Elf. Katzenberg, der sich Katz nennen ließ, war ein faszinierender Typ. Ihm haben wir es zu verdanken, dass wir eine andere Welt entdeckt haben, na ja, das stimmt nicht ganz, denn wir kamen mit dieser Welt ja bereits in Berührung, fanden sie jedoch langweilig. Mein Vater arbeitete in einer Fabrik für elektronische Bauelemente, und seine Aufgabe war es, die guten von den schlechten zu trennen. Lukes Vater, ein ausgebildeter Ingenieur, wartete Klimaanlagen. Im Grunde erschien uns die Vorstellung, eine wissenschaftliche Laufbahn einzuschlagen, ebenso wenig verlockend wie meine Cousine zu küssen.«

»Warum, war sie hässlich?«

»Das ist sie immer noch. Katz hat uns die Freude am Lesen vermittelt, und die Aufmerksamkeit, die er uns zuteilwerden ließ, hat unseren Wissensdurst geweckt. Er war ein komischer Kauz. Zu jeder Jahreszeit trug er eine gelbgrüne Cordjacke. Ich frage mich noch immer, wie ein so feiner Mensch in Kleidungsfragen einen so miserablen Geschmack haben konnte. Und sein Auto ... ein alter schmuddeliger Datsun. Seltsamerweise war an ihm alles alt ... nur er war es nicht. Er hatte einen unglaublich jungen Geist. Am Ende seiner Schulstunden führte er gelegentlich ein Ritual aus, bei dem wir vor Lachen brüllten. Wenn er Lust dazu hatte, rief er einen Magier an, den großen Kudai, damit er uns vor einem unheilvollen Stamm schützte, den er die Sekte der »Unmöglichen« getauft hatte! Immer wieder lag er uns mit der Mahnung in den Ohren, wir würden wahnsinnig vielen Leuten begegnen, die diesem Kult huldigten, und er beschwor uns, nie auf sie zu hören, ihnen immer unrecht zu geben. Eines Tages kam er mit einem kleinen Zitronenbaum ins Klassenzimmer. Er hatte sich in den Kopf gesetzt, Zitronen zu züchten. Natürlich hatte er dafür gesorgt, dass alle über sein Vorhaben im Bilde waren, und alle hatten sich über ihn lustig gemacht, denn die einzigen Zitronen in Baldwin gab es im Supermarkt, und sie kamen aus Florida. Er hat uns ein kleines Gewächshaus bauen lassen, und wir haben entdeckt, dass es Solarlampen gibt ... hast du schon von der Lichttherapie gehört?«

»Nein, ich habe es zwar auf eine der besten wissenschaftlichen Unis geschafft, bin aber ein Volltrottel.«

»Tut mir leid. Also, wir haben während des Schuljahrs seinen Zitronenbaum eifrig gepflegt und acht Monate später in der Schule Zitronenwasser verkauft. Er hat unsere Berufung für die Wissenschaft entdeckt. Luke und ich haben unsere Freizeit damit zugebracht, in unserem jeweiligen Zuhause verschiedene Einzelteile mitgehen zu lassen, einfach so aus Spaß und wegen des Nervenkitzels. Eines Tages hatten wir so viel geklaut, dass unsere Hosen aussahen wie Reiterhosen. Mister Katzenberg hat uns die Hosentaschen ausleeren lassen, und wir mussten ihm die Herkunft unserer Schätze beichten. Im Gegenzug für das Versprechen, uns nicht bei unseren Eltern zu verpfeifen, zwang er uns, die Teile für etwas zu nutzen. Also haben wir angefangen, diese Einzelteile zusammenzusetzen und damit zu basteln. Unsere erste Erfindung bestand darin, ein altes Klimagerät in einen Luftbefeuchter umzubauen, der ansprang, sobald die Luftfeuchtigkeit einen gewissen Wert unterschritt. Das ursprüngliche Gerät und auch die Messsonde stammten natürlich aus dem Vorrat fehlerhafter Teile ... Das Gerät funktionierte während der ersten vierundzwanzig Stunden recht gut, dann fing es im Schuppen von Lukes Vater Feuer. Zum Glück waren wir vor Ort und konnten den Schaden in Grenzen halten. Etwas später haben wir, immer mit Mitwisserschaft unseres Lehrers, ein System entwickelt, das die Scheibenwischer beim ersten Regentropfen in Aktion setzte. Wir haben sie am Auto von Lukes Vater angebracht und waren sicher, die Abreibung unseres Lebens zu kassieren. Das absolute Gegenteil war der Fall. Am nächsten Abend erwartete Lukes Vater uns an seinem Schuppen, und dieser Augenblick hat über unsere Zukunft entschieden. Er beglückwünschte uns und sagte, unsere Erfindung sei zwar genial, existiere jedoch bereits in sehr viel perfekterer Form. Unsere Auslösezellen für den Scheibenwischer hatten den Fehler, ein gutes Drittel seiner Windschutzscheibe zu verdecken. Er fügte hinzu, wenn wir uns das nächste Mal in seiner Werkstatt bedienten, sollten wir etwas wirklich Neues erfinden. Es war ihm gleichgültig, was, solange wir niemals Klimaanlagen würden reparieren müssen, um unseren Lebensunterhalt zu verdienen. Luke und ich sahen in den Augen seines Vaters einen Hoffnungsschimmer, der auch wie ein Hilferuf wirkte. Lukes Vater war für uns so wichtig, dass wir ihn keinesfalls enttäuschen durften. Die Fortsetzung kennst du, wir haben gebüffelt und uns abgerackert wie die Wahnsinnigen, und bis heute basteln wir eher unkonventionelle Dinge zusammen, die jedoch deutlich vielversprechender sind als intelligente Scheibenwischer.«

»Von der Zucht eines Zitronenbaums im Gewächshaus bis zu der von Nervenzellen auf Siliziumchips ist es dennoch ein ordentliches Stück Weg.«

»So kann man das sehen. Luke hat also mit dir über unsere Forschung gesprochen?«

»Er hat mich sogar euren Geheimschuppen besichtigen lassen. Dort bin ich Flinch begegnet, der noch durchgeknallter war als bei seinen Vorlesungen. Ich hatte mich eigentlich dagegen entschieden, mich euch anzuschließen, aber inzwischen habe ich meine Meinung geändert. Ich weiß nicht, ob es zwischen Liebenden üblich ist, dies mit einem Handschlag zu bekräftigen«, sagte Hope, während sie die Hand ausstreckte, »aber es ist ernst gemeint.«

»Ich halte es eher für unerlässlich, miteinander zu schlafen, sich auf der Stelle zu lieben, um eine solche Verbindung zu besiegeln. Moment mal, du hast das Zentrum besichtigt, aber ich habe dich mit meiner Geschichte von dem Zitronenbaum überzeugt?«

»Nein, du nicht, aber ein bisschen dein Lehrer mit seiner Cordjacke und vor allem Lukes Vater«, fügte Hope hinzu und zog sein Hemd aus.

Am nächsten Tag bestellte Hope Luke und Josh in die Cafeteria und teilte ihnen ihre Bedingungen mit. Sie würde sich an ihren Forschungen beteiligen, lehnte jedoch die finanzielle Unterstützung von Longview ebenso ab wie die Unterzeichnung irgendeines Vertrags, ausgenommen eine Vertraulichkeitsverpflichtung. Zudem würde sie sich die Freiheit nehmen, ihre Mitarbeit zu beenden, wann immer sie wollte. Weiterhin legte sie fest, dass sie nur noch an den Wochenenden und mittwochs bei Josh übernachten würde, damit er und Luke ihre Freundschaft beibehalten könnten. Josh wollte gegen diese Klausel sofort Widerspruch einlegen, aber Hope ließ nicht mit sich verhandeln.

Am Abend gingen sie zu dritt in die Stadt, um diesen Bund in einer Kneipe zu feiern.

Hope war am Ende so beschwipst, dass Josh und Luke sie zu sich nach Hause tragen mussten. Schon verstieß sie gegen ihre eigene Regel und blieb über Nacht, es war ein Donnerstag.

Kapitel 6

Hope schenkte sich zum dritten Mal nach, stellte anschließend die Karaffe ab, leerte ihr Wasserglas und seufzte.

»Atme tief durch und entspann dich. Ich bin sicher, er wird gleich da sein.«

»SIE werden gleich da sein«, verbesserte sie. »Und was weißt du schon, du kennst meinen Vater nicht, hast ihn noch nie gesehen, und …«

… und sie verstummte, als sich die Tür des Restaurants öffnete.

Ein Geschöpf mit üppigen Formen auf hohen Absätzen und in einen engen Rock gezwängt hatte seinen Auftritt, der in dem kleinen Restaurant nicht unbemerkt blieb.

»Manche Brust ist so ausladend, dass man das Gefühl hat, sie bräuchte das gesamte Universum, um atmen zu können«, bemerkte Hope.

»Wie bitte?«, fragte Josh gleichsam hypnotisiert.

»Nichts, mir kam nur gerade ein Vers aus einem Gedicht, das ich im Fremdsprachenkurs gelernt habe, in den Sinn, keine Ahnung, warum.«

»Glaubst du, das ist sie?«

»Ganz ohne Zweifel. Papa muss dabei sein, in aller Ruhe seinen Wagen zu parken, damit wir Zeit haben, uns – ohne ihn – bekannt zu machen. In solchen und ähnlichen Situationen hat er sich immer schon durch Mut ausgezeichnet.«

»Das ist also nicht das erste Mal?«

»Nummer sechs …«

Die Frau sah sich im Raum um. Ihr Blick heftete sich auf Hope, und sie schenkte ihr ein breites Lächeln.

»Die Eleganz in Person … dieses Mittagessen wird uns lang vorkommen«, flüsterte Hope, während ihre neue Schwiegermutter auf sie zusteuerte. »Wenn du bis zum Dessert bei mir bleibst, heirate ich dich.«

»Amelia«, stellte sich die schöne Üppige vor und streckte ihr eine Hand mit leuchtend rot lackierten Fingernägeln entgegen. »Du musst Hope sein, stimmt's? Du bist viel hübscher als auf den Fotos.«

Hope blieb stumm. Amelia beugte sich vor, um sie auf die rechte und linke Wange zu küssen, wobei sie Josh einen tiefen Blick in ihr Dekolleté gewährte, für den er sich einen Fußtritt von Hope einhandelte.

»Dein Vater sucht noch einen Parkplatz, er ist gleich da.«

»Ach ja?«, erwiderte Hope.

»Du weißt gar nicht, wie froh ich bin, dich kennenzulernen. Er spricht ständig von dir, sodass ich manchmal den Eindruck habe, du würdest bei uns wohnen.«

»Weil Sie natürlich schon zusammenleben …«

»Hat er dir das nicht gesagt? Ach, weißt du, in unserem Alter haben wir keine Zeit mehr zu verlieren.«

»Und welches Alter wäre das?«

Diesmal war es Hope, die einen Fußtritt unter dem Tisch bekam.

»Josh!«, verkündete er und streckte Amelia seine Wange entgegen. »Sehr erfreut!«

Weiterer Fußtritt von Hope unter dem Tisch.

»Was für ein attraktiver junger Mann!«, rief Amelia. »Ihr seid beide entzückend. Ich sage immer, ein Paar muss gut zusammenpassen.«

»Das ist sehr liebenswürdig von Ihnen«, antwortete Josh wohlwollend.

»Ich muss sagen, Sie passen sehr gut zu meinem Vater.«

»Wirklich?«, erwiderte Amelia mit hoher Stimme. »Das freut mich. Nur unter uns beiden gesagt, ich frage mich bisweilen, ob dein Papa nicht zu seriös ist für eine Frau wie mich.«

»Wie kommen Sie denn darauf? Mein Vater ist Arzt, Sie sind Krankenschwester – wenn das nicht bestens zusammenpasst ...«

»Aber ich bin gar nicht Krankenschwester, ich arbeite im Marketing für pharmazeutische Produkte!«

Betroffenes Schweigen seitens Hope.

»Hab schon verstanden«, meinte Amelia und lachte laut auf. »Du wolltest mich nur auf den Arm nehmen. Dein Vater hat mir bereits gesagt, dass du viel Humor hast.«

»Weniger als er, aber ich schlage mich ganz gut.«

»Und du Josh, was machst du so?«, fragte Amelia.

Dritter Fußtritt, der Josh dazu zwang, die Höhe seiner Blickrichtung zu korrigieren.

»Ich bin ... Student der Neurowissenschaften.«

Hope kritzelte auf die Schnelle ein paar Worte auf ein Stück Papier, das sie diskret unter Joshs Ellbogen schob. Josh senkte den Blick und las: »Jetzt fängst du auch noch an zu stottern!«

»Was ist das?«, wollte Amelia wissen, die das kleine Spielchen beobachtet hatte.

»Nichts, Hope hat mich nur daran erinnert, dass ich in einer Viertelstunde in die Uni muss.«

»Am Wochenende? Das kannst du doch sicher verschieben, oder?«, sagte sie und drückte sein Handgelenk so fest, dass seine Fingerknochen weiß hervortraten.

»Es würde mich nicht wundern, wenn sich dein Vater absichtlich Zeit ließe, damit wir uns schon mal kennenlernen«, sagte Amelia mit einem Blick aus dem Fenster.

»Bravo, ein Punkt für Sie, denn Sie kennen ihn besser, als ich gedacht hätte.«

»Ich wollte nicht punkten. Ich wüsste keinen Grund, warum eine junge Frau deines Alters diejenige schätzen sollte, mit der ihr Vater zusammen ist.«

»Junge Frau, wirklich?«

»Meiner war auch geschieden, und ich hasste prinzipiell jede, die um ihn herumschwirrte. Ich bitte dich nicht darum, mich zu lieben, nicht einmal darum, dass wir Freundinnen werden, aber wenn wir uns zumindest verstehen, wäre das schon …«

»Mein Vater ist Witwer!«

»Und was hat man sich unter Marketing für pharmazeutische Produkte vorzustellen?«, lenkte Josh schnell ab.

»Nun, ich suche Ärzte auf, um ihnen die neuen Medikamente zu präsentieren, entwickelt von dem Labor, für das ich arbeite. Ich erkläre ihnen die Wunderwirkungen unserer neuen Moleküle.«

»Und ihre Nebenwirkungen …«, fügte Hope hinzu.

»Die auch. Neue Medikamente unterscheiden sich übrigens häufig durch weniger Nebenwirkungen von älteren Präparaten. Und so habe ich auch Sam kennengelernt«, nahm Amelia den Faden wieder auf.

»Jaja, die Nebenwirkungen …«, meinte Hope.

Endlich kam ihr Vater.

»Unmöglich, in diesem Viertel einen Parkplatz zu finden«, sagte er, als er sich hinsetzte. »Warum hast du ein Restaurant so weit entfernt vom Campus gewählt?«

»Das hatte keinen Grund«, antwortete Hope, den Blick auf Amelia gerichtet.

Sam betrachtete Josh und erstarrte.

»Willst du mir nicht deinen Freund vorstellen?«

»Doch, Papa, ich stelle dir deinen Schwiegersohn vor!«

Sam verschluckte sich und hustete, wäre fast erstickt.

»Josh«, sagte der Betroffene und streckte die Hand aus. »Aber beruhigen Sie sich, ich bin bloß ihr Freund.«

»Welche Art Freund?«, fragte Hopes Vater.

»Also, Sam!«, unterbrach Amelia. »Wo bleiben deine Manieren?«

Sam akzeptierte den Händedruck und vertiefte sich in die Speisekarte.

»Was gibt es Gutes? Ich hoffe, die Küche lohnt den weiten Weg.«

»Als Tagesgericht gibt es Schweinebrust, sie ist köstlich«, erklärte Hope.

Hopes Gemeinheit entging Amelia, die bedauerte, es nicht kosten zu können, weil sie – wie sie präzisierte – Tiere so sehr liebe.

»Wie gut ich Sie verstehe! Ich liebe meinen Vater auch so sehr, dass ich ihn nie essen wollte, also grundsätzlich … Aber manch einer verstößt ja auch mal gegen seine Ernährungsprinzipien.«

»Ich habe eine Idee«, meldete sich Josh zu Wort.

»Bloß eine einzige?«, erwiderte Sam.

Josh wandte sich an Amelia, um nur mit ihr zu reden.

»Hope und ihr Vater haben sich seit Monaten nicht mehr gesehen, wir könnten sie doch für einen Moment allein lassen. Was würden Sie davon halten, für ein Stündchen die Stadt zu besichtigen? Der Zoo ist gleich nebenan.«

Amelia schaute abwechselnd Hope und Sam an und stand dann auf.

»Davon halte ich sehr viel.«

Josh beugte sich zu Hope, um sie zu küssen. Sie schnitt ihm eine fürchterliche Grimasse, obwohl sie in ihrem tiefsten Inneren dachte, nie zuvor so verliebt in ihn gewesen zu sein. So sehr, dass sogar ein Funke Eifersucht bei der Vorstellung mitspielte, ihn eine Stunde in der Gesellschaft der »Tussi Nummer sechs« zu wissen.

Sam wusste nicht so recht, was er sagen sollte, doch der Blick seiner Tochter stoppte jedes Zögern.

»Wenn es dich nicht stört, mein Junge.«

»Ich heiße Josh«, entgegnete er und begleitete Amelia zur Tür.

Vater und Tochter sahen den beiden etwas verlegen hinterher.

»Ich weiß, du magst sie nicht«, sagte der Vater.

»Wie kommst du darauf?«, erwiderte seine Tochter in übertrieben unschuldigem Tonfall.

»Es reicht, Hope, diese Manie von dir, Leute zu beurteilen, bevor du sie kennst, ist einfach unerträglich.«

»Nicht die Leute – deine Frauen, das ist nicht das Gleiche.«

»Amelia hat ein großes Herz.«

»Kein Wunder, bei dem Gewicht ihrer Brüste.«

Sam betrachtete seine Tochter, die in Lachen ausbrach,

und konnte nicht länger dem Wunsch widerstehen, sie in die Arme zu nehmen.

»Mein Mädchen, dein Lachen ist wirklich ein Wunderheilmittel.«

»Man könnte dem Labor der Arzneimittelfirma, bei der deine Verlobte arbeitet, vorschlagen, dieses Lachen zu verstoffwechseln, um ein Medikament daraus zu machen.«

»Ist er gut?«

»Der Schweinsbraten?«

»Nein, dein Jason.«

»Josh! Wie definierst du ›gut‹?«

»Macht er dich glücklich?«

»Sieht man das nicht?«

»Doch, gerade das beunruhigt mich.«

»Warum?«

»Nur so, ich fühlte mich verpflichtet, den eifersüchtigen Vater zu spielen. Nun, vielleicht weil ich es auch ein wenig bin. Du ähnelst deiner Mutter so sehr.«

»Sag nicht so einen Unfug – ich gleiche dir wie ein Ei dem anderen. Genau das ist mein Los.«

»Ich sprach von deinem Charakter.«

»Und Amelia, macht sie dich glücklich?«

»So gut es geht.«

»Dann nehme ich an, sie ist gut.«

Sam befragte Hope über ihr Studium, ihre Pläne, ihr Alltagsleben. Ihre Antworten waren ausweichend, und dann stellte sie ihm Fragen.

Sam gewöhnte sich jedes Jahr ein wenig mehr an sein Leben in Kalifornien. San Francisco war eine Stadt mit angenehmem Klima. Er teilte seine Arbeit zwischen Praxis und Krankenhaus. Er hatte im Übrigen eine junge und brillante Neurochirurgin kennengelernt und sich fest vorgenommen, sie Hope vorzustellen. Sie würde sie sicher bei ihrem Studium unterstützen können. Vorausgesetzt, sie würde eines Tages die angewandte Medizin aufgeben, um sich nur der Forschung zu widmen.

»Verflixt noch mal, wie altmodisch du manchmal sein kannst. Ich habe keine Lust, in Kontakt mit Kranken zu sein. Ich weiß nicht, wie du es schaffst, abends nach Hause zu kommen, ohne sie mitzunehmen. Ich könnte das nicht – die Empathie, verstehst du? Ich würde alle Krankheiten bekommen, unter denen sie leiden …«

»Hope, was deiner Mutter widerfahren ist, ist nicht erblich. Mach dir das ein für alle Male klar und tu etwas gegen deine Hypochondrie.«

»Ich hypochondrisch? Das ist doch wohl eine verkehrte Welt. Wer hat mich denn schon ab einer Temperatur von 38,2 Grad tausend Untersuchungen unterzogen?«

»Na und? Würdest du als Schuster nicht die Schuhe deiner Tochter reparieren?«

»Ich liebe mein Studium wirklich leidenschaftlich, Papa. Ich habe meinen Weg gefunden und wäre so glücklich, wenn du das akzeptieren könntest.«

»Glaubst du, ich würde dein Studium finanzieren, wenn das nicht der Fall wäre? Es macht mir nur Spaß, dich zu necken.«

»Ist es ernst mit Amelia?«

»Ich weiß nicht, es ist noch zu früh, das zu sagen.«

»Aber ihr lebt doch zusammen.«

»Es ist praktischer so. Außerdem konnte ich nie gut alleine sein. Und du, ist es dir ernst mit Jason?«

»Machst du das absichtlich?«

»Er scheint anständig zu sein«, fuhr Sam fort, »er hat Manieren.«

»Ja, es ist ernst, zumindest wenn sich lieben als ernst zu bezeichnen ist, aber wir leben nicht unter einem Dach. Du hast mir ein Zimmer in einem Studentenheim gemietet, wo Männlein und Weiblein getrennt sind, erinnerst du dich?«

»Hab ich das wirklich getan? Komisch, sieht mir eigentlich nicht ähnlich. Nun gut, wenn ihr nach dem Sommer immer noch zusammen seid, kannst du dir eine andere Wohnung suchen. Ich gehe davon aus, dass er dich nicht beherbergen kann.«

»Doch, stell dir vor, das tut er sogar. Aber er teilt seine Wohnung mit einem Freund, was für unsere Privatsphäre nicht gerade ideal ist.«

»Ich bin nicht sicher, all diese Details hören zu wollen. Und du, willst du nichts über Amelia erfahren?«

»Nein, aber wenn es dir Freude macht …«

»Sie ist geschieden, hat eine sehr nette Tochter, Helena, die achtzehn Jahre alt ist.«

»Lebt sie auch bei dir?«

»Du wirst doch wohl nicht eifersüchtig?«

»Bleibt ihr länger?«

»Nein, wir werden heute Abend in Boston auf einem Kongress erwartet und fahren morgen am späten Nachmittag zurück.«

»Ich dachte, du wärst meinetwegen hier.«

»Ich habe diese Einladung nur akzeptiert, um eine Ausrede zu finden, aus dem Krankenhaus zu fliehen und zu dir zu kommen.«

»Du fehlst mir.«

»Du mir auch, und das in jedem Moment meines Lebens. Dein Foto steht auf meinem Schreibtisch, auf dem Kaminsims, sogar auf meinem Nachtkästchen.«

»Ich hoffe, du drehst es um, wenn du mit Amelia Turnübungen machst.«

»Weißt du, was im Leben eines Vaters am schönsten und am schrecklichsten ist?«

»Eine Tochter wie mich zu haben?«

»Sie gehen und ihr eigenes Leben führen zu sehen.«

Im Lauf des Mittagessens tauchten Erinnerungen an eine Zeit auf, als jeder dem anderen in der Küche eines Hauses in Cape May von seinem Tag erzählte. Hope hatte den Eindruck, wieder in ihrer Schuluniform zu stecken, dann sprach sie mit ihrem Vater von ihrem Studium, ihrer Hoffnung, eines Tages ein Heilmittel gegen die Krankheit des Vergessens zu entdecken, erwähnte aber nicht ihre Projekte mit Josh und Luke.

Sam erzählte ihr wie früher von seinen Patienten, seinen Nachmittagen im Krankenhaus, diesem Posten als Oberarzt, den er nicht als Einziger anstrebte, auf den er aber große Hoffnungen setzte, und wenn das Gespräch auch einmal wieder um die Zukunft ging, sprach er bisweilen von Amelia und sie von Josh.

Dieser verständnisinnige Moment verrann, ohne dass sie es merkten, auch wenn Hope ein- oder zweimal an Josh dachte, vielleicht weil sie sich wünschte, er wäre da.

Sie wählten gerade ein Dessert, als Sam eine Nachricht von Amelia erhielt. Sie hatte Lust zu shoppen und überließ ihn ganz seiner Tochter. Sie würden sich am Spätnachmittag im Hotel wieder treffen, der Kongress fing erst um achtzehn Uhr an.

»Würdest du denn deine heutige Uni-Verpflichtung schwänzen?«

»Ist es eine Fangfrage, um meinen Eifer zu testen?«

»Nein, um deine Lust zu testen, eine Weile mit deinem Vater zu verbringen und ein wenig mehr von dir zu offenbaren.«

»Ich habe heute zumindest keine Vorlesungen.«

»Gut, dann gehen wir spazieren, das mache ich schon lange nicht mehr, und du erzählst mir, wie du Jason kennengelernt hast.«

Hope biss sich auf die Unterlippe und führte ihren Vater zum Flussufer. Sie nahmen auf einer Bank Platz und sprachen über ihre Kindheit, ließen die Frau wiederaufleben, die ihnen so sehr fehlte. Es gibt Erinnerungen, die sich nicht ausradieren lassen.

»Nach Moms Tod pflegte ich in mir den Kummer über ihre Abwesenheit, und das tue ich heute noch. Ich wollte nicht, dass auch er mich verlässt, das wäre so gewesen, als würde ich sie ein zweites Mal verlieren. Ich hatte nur noch diesen Schmerz, der mich mit ihr verband«, vertraute sie ihrem Vater an.

Er betrachtete seine Tochter aufmerksam.

»Weißt du, im Krankenhaus haben wir mit ein paar Kollegen eine Klinik eröffnet für Menschen, die nicht die Mittel haben, sich behandeln zu lassen. Nun, Klinik ist ein großes Wort, es ist eine Art Ambulanz. Dieses Jahr haben wir eine neue Klientel: ›Flüchtlinge‹, wie man sie im Fernsehen nennt. Menschen, die, um der Gewalt der Kartelle zu entkommen, alles aufgeben und die Grenze überqueren.«

»Wieso erzählst du mir das?«

»Weil in dieser Welt Orte existieren, wo der Tod so viele Menschen dahinrafft, dass die Zeit zur Trauer nicht mehr als einen Tag, manchmal nur eine Stunde dauert. Und dann ist der Tod vergessen, weil ein anderer folgt und noch einer, und wenn man nicht alles gibt, um zu überleben, ist man der Nächste, der geht. Das ist der Alltag derer, die den Krieg erleiden, die hungers sterben oder durch die Kugeln der Gegner, so kam ich zu dem Schluss, dass es doch ein Privileg ist, dass deine Mutter uns immer noch so fehlt.«

Sie setzten ihren Spaziergang bis zum späten Nachmittag fort. Hope versprach ihrem Vater, ihn im Sommer zu besuchen. Sam hatte vor, im Frühjahr wieder zu seiner Tochter zu kommen, na ja, sobald er Zeit hätte. Sie trennten sich an einer Kreuzung. Sam bot an, sie zurückzubegleiten, doch Hope tat so, als hätte sie noch etwas anderes vor. Das war eine Notlüge. Denn kaum war die Gestalt ihres Vaters in der Ferne verschwunden, griff sie zu ihrem Handy, um Josh anzurufen.

»Würdest du mich abholen?«, fragte sie mit schwacher Stimme.

Sam traf Amelia an der Hotelbar. Sie erwartete ihn in einem Abendkleid.

»Steht dir gut. Hast du es heute auf deiner Shoppingtour erstanden?«

»Dieses Kleid ist uralt, und du hast mich bestimmt schon

dreimal darin gesehen. Ich habe den Nachmittag damit verbracht, von meinem Zimmer aus meine Kunden anzurufen.«

»Du warst gar nicht shoppen?«

»Sam, bitte unterschätz mich nicht allzu sehr. War es schön mit Hope?«

»Ja, sehr schön.«

»Du wirst es nicht gerne hören, aber dieser Josh ist ein toller Kerl.«

»Geständnis gegen Geständnis: Hope hat dich reizend gefunden.«

»Ich glaube dir kein Wort, aber das ist eine nette Lüge deinerseits … oder ihrerseits.«

Hope hatte sich wieder auf die Bank gesetzt. Ein Taxi hielt am Straßenrand. Josh winkte, nachdem er die Fahrt beglichen hatte.

»Du bist mit dem Taxi gekommen?«

»Es schien mir dringend.«

»Du machst Unsinn wegen mir – wir haben kein Geld für ein Taxi.«

»Das hängt davon ab, was man sich gönnt, und lass uns nicht übertreiben.«

»Wie war's im Zoo?«

»Es gab Elefanten, Giraffen, Löwen, Tiger und sogar Zebüffel.«

»Was sind … Zebüffel?«

»Das kommt dabei heraus, wenn ein Zebra sich mit einem Büffel gepaart hat. Wir waren nicht im Zoo. Ich habe sie in ein vegetarisches Fast-Food-Restaurant in der Nähe vom Campus mitgenommen. Es war abscheulich, aber sie hat so getan, als ob es ihr schmeckt. Amelia ist eine nette Frau.«

»Hast du nicht allzu oft auf ihre Brüste geschielt?«

»Bist du traurig, Hope?«

»Ich kann mich nicht beschweren, es gibt Unglücklichere als mich.«

»Zu denken, dass man nicht traurig sein darf, weil es Unglücklichere gibt, ist genauso unsinnig wie sich zu verbieten, glücklich zu sein, weil es Glücklichere gibt.«

»Mein Vater hat mich gefragt, ob es ernst zwischen uns ist.«

»Was hast du ihm gesagt?«

»Dass ich dich deshalb liebe, weil du kein seriöser Typ bist.«

»Du hast ihm gesagt, dass du mich liebst?«

»Und du – liebst du mich?«

»Ich will dir etwas anvertrauen, Hope, etwas, was ich noch niemandem gesagt habe, nicht einmal Luke. Ich bin eine Mogelpackung. Wenn du wüsstest, welche Anstrengungen ich unternehme, um nicht erwachsen zu werden. Ich will weiterhin, so wie als Zwölfjähriger, begeistert sein von einem Vater und einer Tochter, die Blicke tauschen, so wie ich es vorhin im Restaurant gesehen habe, von einem Paar, das sich küsst…«

»Das sich wie küsst?«

»So«, sagte er und küsste sie. »Ich will berührt sein vom Anblick der Alten dort drüben auf der Bank, die noch ein Lächeln für das Leben übrig haben, oder von einem Hund, der dich mit großen Augen anschaut, als wärst du die Inkarnation des Glücks. Hab ich dir schon von dem Köter erzählt, der mein Kindheitsfreund war?«

»Nein, aber sprich weiter.«

»Ich will begeistert bleiben von einem Geheimnis, ausgetauscht in der Stille der Blicke, die wir oft im Unterricht wechseln, hingerissen von diesen Lachanfällen, die einen im unpassendsten Moment überkommen – übrigens deine Spezialität –, und sogar von der Angst, verlassen zu werden, weil ich immer Angst habe, dass du meiner überdrüssig wirst und mich verlässt. Ich glaube, dass wir unter tausend anderen diejenigen erkennen, die lieben wie wir, die die Welt mit derselben Unschuld betrachten, die die Hoffnung nicht aufgeben, die an sich selbst zweifeln, aber nicht an denen, die sie lieben. Es ist ein Privileg, dich zu kennen, Hope.«

Sie beugte sich vor und flüsterte ihm ins Ohr, dass sie Lust auf ihn hatte – jetzt.

Josh ließ sich nicht bitten und winkte, pleite hin oder her, ein Taxi herbei.

Am nächsten Tag trafen sie einen griesgrämigen Luke. Er wechselte so gut wie kein Wort mit Josh, und Hope musste ihren ganzen Humor einsetzen, um ihn zu beschwichtigen, als sie später am Nachmittag ein Bier zusammen tranken. Schließlich rückte Luke damit heraus, dass die ersten Ergebnisse seiner Versuche im Zentrum nicht schlüssig waren. Irgendetwas funktionierte nicht, und ihm war nicht klar, was.

Hope schlug vor, den Abend dort zu verbringen und die Protokolle gemeinsam mit ihnen durchzugehen. Luke nahm die Idee positiv auf, oder vielmehr die Tatsache, dass Josh dadurch gezwungen wurde, sich endlich intensiv ihren Forschungsarbeiten zu widmen.

Es folgten arbeitsreiche Tage und Wochen mit Vorlesungen, Prüfungsvorbereitungen und Abenden, die sie im Zentrum verbrachten, um mit ihren Versuchen nach jedem Fehlschlag wieder bei null anzufangen. Wenn sie müde wurden, nickten sie schon mal an einer Tischecke ein oder schliefen direkt auf dem Fußboden des Labors.

Die Prüfungen rückten näher. Hope hatte ein eingefallenes Gesicht und dunkle Ringe unter den Augen. Josh hatte auf jegliche Zigarette verzichtet, Luke rührte keinen einzigen Tropfen Alkohol an, aber es reichte nicht aus, um sich fit zu halten. Einzig der Sonntag, den sie sich gönnten, war ganz dem Schlaf gewidmet, schlafen und nochmals schlafen.

Um die Prüfungswoche zu überstehen, stimulierten sie sich mit Energy-Drinks, »aufgebessert« durch Hopes chemische Talente. Sie meisterten ihre Prüfungen mit Bravour, hatten aber drei denkwürdige tachykarde Herzrhythmusstörungen, von denen einer sie in die Notaufnahme führte, wo sie die Nacht verbrachten, bis ihr Herz sich wieder beruhigte und ein Arzt ihnen eine Standpauke hielt.

Ihr Diplom öffnete ihnen den Weg für das folgende Studienjahr, doch Luke und Josh mussten zunächst noch dessen Finanzierung sichern. Dafür galt es, ihre Versuche im Zentrum weiterzuführen und vor allem Flinch zu beruhigen, der an ihrem Projekt deutlich zu zweifeln begann.

Auch wenn Hope nicht mit diesem Problem konfrontiert war, stand sie ihnen dennoch zur Seite, und alle drei widmeten sich dem Vorhaben mit Leib und Seele.

Zwei Etappen waren erfolgreich bewältigt worden, die Neuronen bildeten weiter spontan Netzwerke auf den Siliziumchips, und die so entstandenen Prozessoren reagierten zufriedenstellend auf die einfachen Programme von Josh. Es war ihnen gelungen, einen Schalter zu steuern, einen kleinen Roboter in Bewegung zu setzen und ihn sogar ein Stück Zucker transportieren zu lassen, das er dank einer von Luke zusammengebauten Gliedergreifzange fassen konnte. Man war noch weit entfernt von künstlicher Intelligenz, aber – wie Josh nicht müde wurde hervorzuheben – all das basierte auf Neuronen, die einem Rattengehirn entnommen worden waren. Die noch zu erbringende Meisterleistung würde darin bestehen, diese Komponenten mit denen eines Rechners kommunizieren zu lassen.

Eines Nachts, als die übertriebene Klimatisierung sie frösteln ließ, wärmte Hope ihre Hände über dem Ventilator eines der Rechner. Ihre klammen Finger wurden alsbald wieder rosafarben. Sie drehte sich abrupt um zu Josh, der verzweifelt versuchte, seine kleinen Schützlinge dazu zu bringen, mit ihren elektronischen Cousins zu kommunizieren.

»Sie sind zu kalt! Unsere ›Kaulquappen‹ sind vor lauter Kälte paralysiert«, rief sie.

So nannte Hope die organischen Chips. Bisweilen verpasste sie dem einen oder anderen sogar einen Vornamen.

»Wenn sie sich verbinden, verbrauchen sie Wärme und verlieren Energie. Wir müssen sie auf über 37,2 Grad Celsius aufwärmen.«

»Die gesamte Industrie bemüht sich darum, ihre Komponenten abzukühlen, und du willst das genaue Gegenteil machen?«, entgegnete Luke.

»Unsere sind lebendig!«, erwiderte Hope, ohne dabei

gänzlich von der Stichhaltigkeit ihrer Argumentation überzeugt zu sein.

Aber wenn Fleming das Penicillin entdeckt hatte, nachdem er die Kulturen in seinem Labor vergessen hatte, als er in den Urlaub aufbrach, verdienten ihre »Kaulquappen«, die nächtelang in diesem überklimatisierten Labor »froren«, durchaus eine kleine Hilfestellung vom Schicksal.

Josh und Luke tauschten einen zweifelnden Blick, und Hope sah, dass es ihr gelungen war, sie zu verunsichern.

»Warum eigentlich nicht?«, fragte Josh.

»Weil wir riskieren, sie zu töten. Das ist doch ein guter Grund, oder?«, warf Luke ein.

»Dann wiederholen wir die Etappen eins und zwei«, konterte Hope.

»Und wir verlieren zwei bis drei Wochen. Ich bezweifle, dass Flinch uns die Zeit dazu gibt.«

»Genau deshalb lass uns alles auf eine Karte setzen«, meinte Josh mit dem Mut der Verzweiflung.

»Moment!«, rief Hope und hob den Arm. »Wir sind uns doch einig: Wenn's schiefgeht, ist es das Ergebnis einer gemeinsamen Entscheidung?«

»Und wenn es funktioniert, ist es auch das Ergebnis einer gemeinsamen Idee?«, fragten Luke und Josh wie aus einem Munde.

»So weit habe ich nicht gedacht, aber … wenn ihr mir erst mal ausgiebig dankt, mir ein königliches Abendessen und zwei freie Tage spendiert, bin ich einverstanden!«

»Sag mal, Fleming«, meinte Luke spöttisch und legte ihr eine Hand auf die Schulter, »wie weit sollten wir deiner Meinung nach die Temperatur der Platten erhöhen?«

Hope tat so, als würde sie nachdenken, wohl wissend,

dass sie keinen blassen Schimmer davon hatte. Sie schätzte den Temperaturunterschied, der ihre Fingerglieder wieder zum Leben erweckt hatte, auf drei Grad, ihre kleinen Kaulquappen müssten sicherlich mit weniger auskommen, um die Gefahr eines fatalen Hitzschlags zu vermeiden. Sie tat so, als würde sie etwas an ihren Fingern abzählen und eine imaginäre Subtraktion vornehmen, und rief dann: »Achtunddreißig Grad! Nein 37,8«, korrigierte sie sich sogleich.

»Du sagst das so Pi mal Daumen dahin«, meinte Josh spöttisch.

»Diese Bemerkung ist äußerst rüpelhaft, aber ich bin erleichtert, dass du es erraten hast.«

»Dann fangen wir halt mit 37,5 an, wenn du willst.«

Josh legte eine Auswahl ihrer »Kaulquappen« auf eine Wärmeplatte und versuchte mehr schlecht als recht, mithilfe einer Sonde die Erhöhung der Temperatur zu kontrollieren. Sie erschraken, als sie plötzlich über 38 Grad kletterte, bevor es Luke gelang, die organischen Chips von der Platte zu nehmen, um sie an die Kabel des Rechners anzuschließen. Alle drei hielten den Atem an.

Um sechs Uhr morgens verließen Luke, Josh und Hope eine Bar zur Sperrstunde, nachdem sie die erste Datenübermittlung zwischen organischen Prozessoren und ihren elektronischen Pendants ausgiebig gefeiert hatten.

Flinch wurde erst am übernächsten Tag von Luke informiert. Nicht weil sie den Versuch – als Bestätigung sozusagen – wiederholen wollten, was sie ohnehin nach Bekanntgabe ihres Erfolgs taten, sondern weil vorher keiner von ihnen einen verständlichen Satz hätte artikulieren können.

Zwar brachte ihr Versuch an sich keine wesentlichen Neuerungen für die künstliche Intelligenz, doch ihr Erfolg lag in dem gesamten Prozedere. Ein winziges lebendes Teilchen, so klein es auch sein mochte, war auf eine Maschine übertragen worden. Was auf kleinstem Maßstab vollbracht worden war, könnte eines schönen Tages auch in sehr viel größerem Umfang möglich sein.

Eine Schlussfolgerung, die auch Flinch zog, indem er über Longview sofort die Unikosten von Luke und Josh für die zwei folgenden Studienjahre überweisen ließ.

Mitte Juli trennten sich Hopes und Joshs Wege zum ersten Mal, denn Hope hielt ihr Versprechen und besuchte ihren Vater in San Francisco.

Josh opferte einen Großteil seines monatlichen Budgets für den Kauf eines Prepaid-Guthabens, das er innerhalb einer Woche verbrauchte. Luke kam ihm zu Hilfe und bot an, das Handy wieder aufzuladen gegen das Versprechen, ein wenig zurückhaltender zu sein. Nicht die Anzahl der täglich getätigten Anrufe war das Problem, sondern die Tatsache, dass sie am Abend, nachdem sie sich ihren Tagesablauf erzählt hatten, mit dem Handy auf dem Kopfkissen einschliefen und es erst am nächsten Morgen abschalteten, nachdem sie sich einen guten Morgen gewünscht hatten. Und so ging es Nacht für Nacht.

Wenn Hopes Vater zum Krankenhaus fuhr, zog sie los, um die Stadt zu erkunden, und San Francisco gefiel ihr von Tag zu Tag besser. Sie flanierte gerne durch das Castro-Viertel, spazierte an der Marina entlang, besuchte die kleinen Boutiquen am Union Square und – wenn der Nebel nicht die

Nordspitze der Halbinsel umhüllte – sonnte sich auf dem schwarzen Sandstrand des Marshall's Beach.

Hope, die sich an die Anwesenheit von Amelia erst gewöhnen musste, fand sich schließlich damit ab. Bei Tisch verstand es Amelia die Augenblicke der Stille zu überbrücken, die oft die Abende ihrer Kindheit bedrückend gemacht hatten. Sie hatte immer vergnügliche Geschichten zu erzählen. Abenteuerliche Anekdoten von ihren Reisen, Porträts ihrer Kunden, die sie bis zur Perfektion nachahmte, oder Berichte von Schnitzern, die sich als amüsant entpuppten. Hope entdeckte eine ungeahnte Komik an ihr, die sie berührte, und mehr noch, eine Aufrichtigkeit ihrem Vater gegenüber, und als Amelia ihnen mitteilte, sie müsse wieder Kunden im ganzen Land besuchen, bedauerte sie ihre Abreise fast.

Amelia verabschiedete sich an einem der kommenden Morgen. Hope und Sam halfen ihr, den Wagen zu beladen und blieben Seite an Seite auf der Freitreppe stehen, bis sie hinter der Straßenecke verschwunden war.

Sam ging als Erster zurück ins Haus und rief von der obersten Stufe hinab: »Sag mir bloß nicht, dass sie dir fehlen wird, auf jeden Fall nicht, bevor ich einen guten Kaffee getrunken habe.«

»So weit will ich nicht gehen, doch ich habe nichts gegen einen guten Kaffee. Trinken wir ihn in der Stadt?«

»Ich habe keine Zeit, Hope, ich muss arbeiten«, entgegnete Sam und zog seinen Trenchcoat an.

Er griff nach seiner Umhängetasche im Eingang, und als er in seinem Kombi saß, ließ er die Seitenscheibe herunter und winkte seiner Tochter zu. War es der alte Ford oder diese Geste, die plötzlich Erinnerungen wiederaufleben ließen?

Hope eilte ins Arbeitszimmer ihres Vaters. Sie würde seine Abwesenheit nutzen, um alle Schränke zu durchforsten, bis sie gefunden hätte, was sie suchte.

Wo könnte er die Erinnerungsstücke aus ihrer Kindheit wohl aufbewahren?

Sie dachte wieder an jenen Moment, als sie sich anschickte, das Haus in Cape May zu verlassen, sah wieder vor sich, wie ihr Vater mit einer Pappschachtel auf den Dachboden stieg, als wolle er ihr zeigen, dass auch er in der Lage war, einen Schlussstrich unter ihr gemeinsames Leben zu ziehen. Sie hatte zärtlich gelächelt, weil sie erriet, dass dies der einzige Weg für ihn war, seine Gefühle zu verbergen.

Hier gab es weder Dachboden noch Garage, und sie hatte schon das Arbeitszimmer, den Wohnraum und die beiden Schlafzimmer durchsucht. Sie stieg erneut hinauf in den ersten Stock ins Ankleidezimmer. Amelias Sachen nahmen zwei Drittel der Wandschränke ein. Hope schob die Bügel mit den Jacken ihres Vaters beiseite, stellte sich auf die Zehenspitzen, verfluchte die Natur, sie nicht größer gemacht zu haben, verschob auch einen Stapel mit Pullovern und unterdrückte einen Freudenschrei.

Die Pappschachtel verbarg sich unter mehreren alten gefalteten Bettlaken. Sie erkannte sie augenblicklich und nahm ihren Schatz in die Arme.

Sie setzte sich im Schneidersitz auf den Boden, öffnete den Deckel und machte sich daran, das Durcheinander ihrer Erinnerungen zu entwirren. Zwischen verschiedenen Plüschtieren, einem Kinderlippenstift, Billigschmuck, Zeichenheften und einem Etui mit Stiften erregte ein Kinderbuch ihre Aufmerksamkeit. Sie legte es sich auf die Knie. Das bebilderte Märchen schilderte die Geschichte eines kleinen Affen, der wie verzaubert die Lichter der Stadt entdeckte. Hope schlug die Seiten um, erinnerte sich an die Stimme ihrer Mutter, als sie es ihr vorlas. Sie führte es sich ans Gesicht, atmete den Geruch des Papiers ein, hoffte, darin einen vergessenen Duft wiederzufinden. Eine winzige Spur, doch das Buch blieb wie verschlossen.

Hope untersuchte jeden Gegenstand, bevor sie die Schachtel zurück an ihren Platz räumte, behielt nur das Buch, das sie sofort in ihrem Koffer verschwinden ließ.

Am Tag ihrer Abreise stand sie ausnahmsweise früher auf als ihr Vater. Die Zeit war gekommen, zur Ostküste zurückzukehren. Sie hatte, seit Joshs Guthaben seit zwei Tagen aufgebraucht war, keine Nachricht mehr von ihm erhalten. Sie hatte versucht, ihn über Luke zu erreichen – ohne Erfolg –, aber für alle Fälle auf seinem Anrufbeantworter ihre Ankunftszeit hinterlassen.

Als ein Polizist Sam anwies, sein Fahrzeug vom Bürgersteig des Flughafens zu entfernen, schwor sie ihrem Vater, dass sie eine wunderbare Zeit an seiner Seite verbracht habe. Sam versprach ihr, sein Möglichstes zu tun, um sie in der Weihnachtszeit zu besuchen.

»Bist du mir nicht böse, dass ich dich alleine lasse?«

»Amelia ist bald zurück. Ich werde ihr einen Kuss von dir geben.«

»Wenn du willst.«

»Hast du gefunden, was du gesucht hast?«

Hope tat erstaunt.

»In meinen Sachen … Du hättest alles wieder zurücklegen können, wie es war.«

»Ich habe dir einen alten Pulli geklaut. Ich werde ihn diesen Winter tragen in Gedanken an meinen Dad – das nennt sich Fetischismus einer Tochter.«

»Na, dann ist es ja gut. Pass auf dich auf, du wirst mir fehlen.«

Hope schlang die Arme um seinen Hals und sagte ihm, dass sie ihn liebe. Sam nahm ihr das Versprechen ab, ihn nach ihrer Ankunft anzurufen.

»Versprochen«, rief sie auf dem Weg ins Terminal.

Sie lief zur Rolltreppe, kehrte um und drückte ihr Gesicht an die Scheibe, um zu schauen, wie ihr Vater in den alten Kombi stieg.

An diesem Abend entdeckte Sam auf seinem Nachtkästchen eine mit Buntstift gemalte Kinderzeichnung.

Er betrachtete sie lange, holte einen Rahmen aus seinem Arbeitszimmer, nahm das Foto heraus, auf dem man ihn bei der Entgegennahme eines Preises sah, und schob stattdessen die Zeichnung hinein.

»Warum nur bist du erwachsen geworden?«, murmelte er und stellte den Rahmen auf.

Kapitel 7

Hope flehte den heiligen Hund, das heilige Dromedar, den heiligen Löwen, den heiligen Walfisch und den heiligen Mortimer – eine Wolke, die ihrem verstorbenen Englischlehrer glich – innigst an, Josh möge sie bei der Ankunft erwarten.

Sie war schon lange der Überzeugung, dass einer Wolke, die der Gestalt eines Lebewesens ähnelte, auch dessen Seele innewohnte. Diese süße Wahnvorstellung war an einem traurigen Abend entstanden, an dem sich am Himmel von South Carolina eine Form abzeichnete, die sie glauben machte, ihre Mutter käme ihr zu Hilfe.

Als sie die Gangway hinabgestiegen war, sagte sie sich, dass die Flugzeugfenster hermetisch waren und somit keine Wünsche durchließen, und lief enttäuscht über den Gang. Plötzlich umschlossen sie zwei Arme und hoben sie in die Luft, und sie stieß einen Schrei aus, der zwei diensthabende Polizisten herumfahren ließ.

»Du bist gekommen?«

»Nein, wie du siehst, nur mein Doppelgänger.«

»Er riecht aber verdammt gut, dieser Doppelgänger«, sagte sie, presste ihr Gesicht an Joshs Hals und sog hörbar seinen Geruch ein.

»Ich habe zwei große Neuigkeiten für dich«, erklärte er nach einem langen Kuss.

»Du bist schwanger!«

»Sehr witzig«, gab Josh zurück.

Hope zog ihn zur Gepäckausgabe.

»Also, was sind das für außergewöhnliche Neuigkeiten?«

»Flinch hat uns ein größeres und besser ausgestattetes Labor zugeteilt.«

»Und weshalb?«

»Das ist die zweite Neuigkeit! Wir haben seit deiner Abreise große Fortschritte gemacht. Jetzt funktionieren nicht nur komplexere Programme, sondern ich glaube auch, dass wir eine wahre Meisterleistung vollbracht haben. Ich hatte eine geniale Idee.«

»Wenn die Bescheidenheitsbrigade vorbeiläuft, bekommst du lebenslänglich, mein Josh.«

Josh erklärte, das sei nicht übertrieben und er komme fast um vor Ungeduld, es ihr endlich im Zentrum zu beweisen. Die Idee schien Hope nicht zu begeistern.

»Ich habe ja nicht gesagt, dass wir gleich heute Abend hinfahren müssen.«

»Lügner, du vergehst vor Lust, aber ich muss erst meinen Koffer holen.«

»Ich vergehe vor Lust, mit dir zu schlafen!«, rief er.

Die Passagiere, die an dem Gepäckband warteten, hoben die Blicke von ihren Smartphones.

»Das beruht auf Gegenseitigkeit«, erwiderte sie ebenso laut.

Ihre Nachbarin musterte sie verblüfft ... oder vielleicht auch neiderfüllt.

Josh hatte sich Lukes Wagen ausgeliehen. Vor der Wohnung angekommen, rannten sie die Treppe hinauf und stürzten ins Schlafzimmer.

Hopes Sanftheit überraschte ihn, und auch bei sich selbst entdeckte er eine unbekannte Zärtlichkeit.

Die Arme hinter dem Kopf verschränkt und einen Joint zwischen den Lippen, gestand er es ihr.

»Du willst doch wohl dieses Ding nicht in meinem Schlafzimmer anzünden?«, fragte sie und drehte sich zu ihm um.

»Soweit ich weiß, ist es auch meins.«

»Nicht, wenn ich da bin, Josh. Übrigens, bis wir eine gemeinsame Wohnung suchen, will ich hier einen Anteil an der Miete zahlen.«

»Kommt nicht infrage. Willst du wirklich, dass wir uns eine gemeinsame Wohnung suchen?«

»In Anbetracht unserer Finanzen wäre ein kleines Apartment schon nicht schlecht.«

Josh erhob sich, um den Inhalt des Kühlschranks zu inspizieren, und sie hörte ihn aus der Küche rufen: »Fahren wir zum Zentrum?«

Zu dieser späten Stunde waren die meisten Räume des Zentrums dunkel. Als sie über die Gänge liefen, warf Hope einen Blick auf den menschenähnlichen Roboter, der auf seinem Sockel zu schlafen schien. Sein Latex-Gesicht war jetzt noch realistischer als beim letzten Mal, und der Anblick ließ sie erschaudern.

»Wo ist Luke?«, fragte sie, als sie das Labor betraten.

»Tyla.«

»Tyla?«

»Das Mädchen, mit der er den Abend verbringt… und offenbar auch die Nacht.«

»Sprechen wir von demselben Luke? Wie hat er sie kennengelernt? Tyla ist doch ein komischer Name, oder nicht?«

»Das wird er dir selbst erzählen, und nein, ich finde den Namen eher hübsch.«

»Klingt wie ein Fischname. Zwei Tyla-Filets bitte!«

»Solltest du etwa eifersüchtig sein?«

»Auf Luke? Du spinnst ja total.«

»Nein, auf Tyla. Bisher warst du das einzige Mädchen in unserer Gruppe.«

»Was für ein Quatsch«, protestierte Hope, die genau wusste, dass Josh recht hatte. Dieser weibliche Eindringling missfiel ihr.

»Ich spinne also total! Soll ich dir nicht unsere Meisterleistung zeigen?«

»Ist das etwas Ernstes mit diesem Mädchen? Ich war ja nur zwei Wochen weg.«

»War es bei uns nicht auch vom ersten Abend an ernst?«

»Zugegeben, ich bin vielleicht etwas eifersüchtig, aber nicht auf Luke.«

»Wenn du es sagst«, meinte Josh und beugte sich über den Bildschirm, um ihre Aufmerksamkeit darauf zu lenken. Die ersten Aufnahmen zeigten Schnittbilder eines Gehirns, die, wie sie vermutete, von einem PET-Scanner stammten. Auf dem Monitor waren farbige Zonen zu sehen, und in einer Ecke folgten die Worte »Aktionen« und »Kognition« aufeinander.

»Wessen Gehirn ist das?«, fragte Hope.

»Wie findest du mich?«

»Ist es deins? Verstehe«, meinte sie. »Du langweilst dich ohne mich, und um dir die Zeit zu vertreiben, hast du eine PET machen lassen ... Das war das letzte Mal, dass ich dich so lange allein gelassen habe.«

»Wir haben keine menschlichen Versuchspersonen zur Verfügung, also musste sich einer von uns beiden bereit erklären, aber du irrst dich, ich habe kein Gehirn-Scan machen lassen.«

Hope war verblüfft.

»Wir haben Hunderte von Elektroden an meinem Kopf angebracht und stundenlang die elektrischen Aktivitäten meines Gehirns aufgezeichnet, während Luke mein Gedächtnis mit gemeinsamen Erinnerungen stimuliert hat. Dann haben wir diese Daten kodifiziert und an einen Rechner geschickt, der daraus das rekonstruiert hat, was du auf dem Bildschirm siehst.«

»Es handelt sich also um eine digitale Darstellung deines Gedächtnisses?«, fragte Hope verblüfft.

»Ja, das Ganze ist noch sehr unvollkommen. Wie schon gesagt, haben die Aufnahmen Stunden gedauert, und in der Umsetzung bleiben nur wenige Sekunden übrig, aber das Resultat ist da. Fragmente meines Gedächtnisses sind auf einer Festplatte gespeichert, und wir können sie in Bildern darstellen. Irgendwann werden wir sie vollständig entschlüsseln und reproduzieren, was ich erlebt habe, meine Empfindungen wiedergeben – und warum nicht auch meine Gefühle?«

»Und wo in diesem bunten Regenbogen bin ich?«, fragte Hope und beugte sich über den Bildschirm.

»Dort«, erwiderte Josh und deutete auf einen Bereich. »Siehst du, der Sektor ist völlig überfrachtet.«

Hope wandte sich zu Josh um und schlang ihre Arme um seinen Hals, um ihn zu küssen.

»Und ihr beiden Dreckskerle habt das ohne mich fertiggebracht.«

»Die Kamera!«, flüsterte Josh und hob den Blick zu der roten Diode, die an der Wand blinkte.

Hope streckte den Mittelfinger in diese Richtung und küsste ihn noch leidenschaftlicher.

»Du findest also, ich bin überfrachtet?«

Tylas Ankunft im Leben des Trios führte sofort zu einem Wohnungsproblem. Selbst wenn der kleine Gemeinschaftsraum die beiden Schlafzimmer voneinander trennte, war es unmöglich, zu viert in einer achtunddreißig Quadratmeter großen Wohnung so etwas wie eine Privatsphäre zu finden.

Nach Lukes Meinung hatten Josh und Hope schon genügend Abende miteinander gehabt, nun forderte er seinen Teil ein. Ab diesem Zeitpunkt verbrachte Hope ihre Vormittage damit, die Immobilien-Kleinanzeigen zu durchforsten. Es gelang ihr, Josh zu Besichtigungen zu überreden, die sich jedoch als fruchtlos erwiesen. Auf die attraktiven Annoncen folgte stets die ernüchternde Realität.

Josh beschloss, mehr Nachhilfestunden zu geben, damit sie sich eine teurere Miete leisten könnten. Inzwischen schlief Hope an den geraden Tagen bei ihm und Tyla an den ungeraden bei Luke … Das war der Stimmung nicht eben zuträglich.

Von Tyla ging eine übertriebene Sinnlichkeit aus, die für Hope schon an Vulgarität grenzte. Sowohl ihre Kleidung als auch ihr Gebaren verkörperten Erotik, und Hope fragte sich, was ein so brillanter Geist wie Luke an diesem Mädchen finden konnte. Die Offensichtlichkeit der Antwort verärgerte sie noch mehr.

Eines Morgens weckte Hope Josh.

»Wärst du einverstanden, ein ganzes Wochenende lang die Wohnung gegen seinen Wagen zu tauschen?«

»Luke«, rief Josh, »hättest du Lust, die Wohnung am Wochenende für euch allein zu haben?«

»Ja, habe ich!«, schallte es von der anderen Seite der Wand zu ihnen hinüber.

»Dann machen wir es so. Wir nehmen dafür dein Auto. – So, das wäre geregelt«, sagte er dann und wandte sich zu Hope um. »Und wohin fahren wir?«

»Nach Cape May.«

»Was gibt es denn in Cape May?«

»Seit zwei Wochen suche ich den Namen des Parfüms meiner Mutter, und das macht mich ganz verrückt.«

»Hast du daran gedacht, deinen Vater zu fragen?«

»Kommt gar nicht infrage, das ist ein Tabuthema.«

»Und man kann es nur dort finden?«

»All meine Kindheitserinnerungen spielen sich dort ab, und die möchte ich gerne mit dir teilen.«

Luke war gerade erst aufgewacht, da hörten sie schon Tyla stöhnen, und der Blick, den Hope Josh zuwarf, war eindeutig. Sie packten eilig ihre Tasche, fuhren bei Hope vorbei, damit sie ein paar Kleidungsstücke holen konnte, und machten sich dann auf den Weg.

Am frühen Nachmittag erreichten sie Cape May, wo eine drückende Hitze herrschte. Ihre Reise endete am Fuß einer

Düne, die sich am Atlantik erhob. Der fast menschenleere Strand erstreckte sich, so weit das Auge reichte.

Hope und Josh warfen sich in die Wellen, und die Brandung spülte sie jedes Mal zurück an den Strand.

Als die Hitze endlich der lauen Abendluft wich, sammelten sie ihre Kleidungsstücke ein, und Hope führte Josh in das Viertel, in dem sie aufgewachsen war.

Die zum Teil von Sand bedeckten Straßen waren von Holzhäusern gesäumt, von denen die einfachsten mit Teerpappe gedeckt waren, die anderen mit Schindeln.

Vor jedem Häuschen lag ein Stück Rasen mit Blumenbeeten, deren bunte Farben sich von dem ockerroten Himmel abhoben.

An der Ecke Swan und Wenoha Avenue blieb Hope an einem Zaun stehen und deutete auf ein kleines Einfamilienhaus.

»Hinter diesem Fenster im ersten Stock befand sich mein Zimmer.«

»Sollen wir klingeln? Vielleicht lassen uns die Leute, die jetzt dort wohnen, ja das Haus besichtigen?«, schlug Josh vor.

»Nein, ich will es lieber so in Erinnerung behalten, wie ich es gekannt habe.«

»An was ist deine Mutter gestorben, Hope?«

Die Frage überraschte sie, und sie zögerte kurz, ehe sie Josh bei der Hand nahm und mitzog.

Sie liefen zu Fuß die Michigan Avenue entlang, am See vorbei, der zwischen der Straße und den öffentlichen Tennisplätzen von Cape May lag.

»Aus dieser Straße kam ein Lieferwagen, den sie nicht gesehen hat«, erklärte Hope an einer Kreuzung.

Sie sagte das in einem so gleichgültigen Ton wie ein Polizist, der seinem Vorgesetzten Rapport erstattet. Auch wenn es sie selbst wunderte, fuhr sie dennoch ebenso distanziert fort. Durch den Aufprall sei der Wagen von der Straße abgekommen, auf die Seite gekippt und habe seine Wahnsinnsfahrt im trüben Wasser des Sees beendet.

»Das tut mir leid, Hope.«

»Das muss es nicht, du kannst ja nichts dafür. Außerdem will ich keinen traurigen Mann in meinem Leben. Warum erzählst du nie etwas von deinen Eltern?«

»Ich liebe sie sehr, aber wir haben uns nichts zu sagen.«

»Was ist vorgefallen, als du zwölf Jahre alt warst?«

»Wovon sprichst du?«

»Das einzige Mal, als du deine Kindheit erwähnt hast, hast du gesagt, du willst weiterhin, so wie als Zwölfjähriger, begeistert sein.«

»Das war am Abend meines Geburtstags. Mein Vater sah mir tief in die Augen und schien etwas verloren, und ich fragte ihn, was los sei. Da erklärte er: ›Wann habe ich dieses Licht verloren, das ich in dir sehe?‹ Und da wünschte ich mir, niemals älter zu werden. Er hat sein Bestes gegeben, aber das hat meiner Mutter nicht gereicht. Ich glaube, sie hat schon recht früh aufgehört, meinen Vater zu lieben. Und auch ich habe sie nicht zurückhalten können.«

»Meine Eltern waren ganz verrückt nach einander«, erzählte Hope weiter und entfernte sich dabei vom See. »Wenn man eine so große Liebe miterlebt hat, setzt man die Messlatte sehr hoch an. Und doch hat ein Augenblick der Schwäche ausgereicht, um alles zu zerstören.«

»Es war ein Unfall, das kannst du ihr nicht übel nehmen.«

»Ich spreche von mir. Ich war beim Sport und habe plötzlich meine erste Regel bekommen. Ich geriet in Panik und bat, man solle meine Mutter verständigen, damit sie mich abholt. Lass uns gehen, ich wollte hier ihren Duft wiederfinden, nicht den Geruch ihres Todes.«

Der Abend brach schnell herein, und die Dunkelheit überraschte sie auf dem Weg. Sie fanden den Camaro im Schein ihrer Handytaschenlampen. Hope wies Josh den Weg zu dem kleinen Hafen von Cape May.

Nach dem Abendessen fuhren sie durch die Stadt und fanden ein bescheidenes Motel, das am Straßenrand zwischen zwei Dünen aus dem Boden geschossen zu sein schien.

Das Zimmer war nicht sehr komfortabel und verfügte nur über ein Bett und eine Dusche, aber mehr brauchten sie auch nicht.

Diese Spritztour nach Cape May war eine Wende in ihrer Beziehung. Als das Morgenlicht auf das Bett fiel und Hope den schlafenden Josh betrachtete, war sie sich auf einmal sicher, nie wieder einen anderen Mann an ihrer Seite haben zu wollen.

Etwas später am Tag verspürte Josh dasselbe Gefühl.

Hope war glücklich, sie tanzte lachend im Sand, ganz so, als wäre sie die Einzige, die alle Geheimnisse der Welt kannte.

Sie liebten sich, vor allem aber hatten sie einander erwählt.

Als Hope aus dem Wasser kam, sagte sie: »Weißt du, Josh, die kleinen Momente des Lebens sind ganz und gar nicht klein.«

Am nächsten Morgen machte sich Josh auf den Weg, um in dem Gemischtwarenladen an der Ecke einzukaufen. Als er mit Chips, billigem Kuchen und einem Pack Bier beladen zurückkam, saß Hope im Schneidersitz auf dem Bett, auf den Knien ein Buch und sein Handy in der Hand.

»Eine Nachricht von Luke?«

»Nein, ich suche etwas im Internet.«

»Was denn?«

»Die Art, wie sich die Moleküle eines Dufts verändern, beziehungsweise, ob es irgendein Lösungsmittel gibt, um sie wieder freizusetzen. Ich hatte die Hoffnung, das sei für mich verständlich, aber ich bin offensichtlich weniger begabt, als ich dachte.«

Josh betrachtete das Buch und stellte seine Tüten ab.

»Hast du versucht, das Papier anzufeuchten, statt dir das Leben unnötig schwer zu machen?«

Hope hob den Blick, um zu sehen, ob er sich über sie lustig machte. Ohne ihn aus den Augen zu lassen, schob sie ihren Zeigefinger in den Mund, drückte ihn dann an der Ecke einer Seite auf das Papier und schnupperte daran.

Sie atmete tief ein und ließ sich, die Augen voller Rührung, ganz von der schönsten Geschichte des Werks durchdringen. Hope hatte den Duft der Abende wiedergefunden, an denen sie, die Wange in die Hand ihrer Mutter geschmiegt, einschlief.

Sie schloss das Buch und schob es in ihre Tasche.

Das Ziel der Reise war erreicht, und so machten sie sich nach einem letzten Strandspaziergang auf den Heimweg.

Die Rückkehr in die Wohnung holte sie gnadenlos in die Realität zurück. Luke empfing sie in Unterhosen, Tyla in Hopes Bademantel.

Am nächsten Morgen richteten sie gleich nach dem Aufwachen ihr Quartier in einem Starbucks ein. Während Hope die Wohnungsanzeigen im Internet durchforstete, nahm sich Josh die örtlichen Zeitungen vor.

Die ganze Woche über besichtigten sie Apartments. Josh beschloss, den Radius ihrer Suche zu erweitern, und schließlich richteten sie ihr Augenmerk auf ein großes, helles Loft, das so gar nicht zu dem Viertel passte, in dem es sich befand. Aber angesichts des Preises, den sie ausgehandelt hatten, durfte man nicht zu wählerisch sein.

Dank eines Anrufs bei ihrem Vater, der ihr gestand, er habe die Absicht, an Weihnachten mit Amelia auf Reisen zu gehen, bekam Hope die Kaution.

Der Mietvertrag wurde unterschrieben, und am übernächsten Tag zogen sie ein.

Das Sommerende wurde vom Semesterbeginn überlagert. Gleich nach Ende der Seminare ging Josh zu seinem Schüler, der noch immer ebenso unbegabt war. Dann schwang er sich auf das Fahrrad, das Hope ihm an einem Sonntag auf einem Flohmarkt gekauft hatte, auf dem sie nach Möbeln für ihr Loft suchten, und fuhr zum Zentrum, wo Luke ihn erwartete. Hope gesellte sich zu ihnen, sobald es ihr möglich war, und sie widmeten ihre meisten Abende der Forschung, um die sich auch ihre Gespräche drehten.

Tyla war der Situation schnell überdrüssig und verließ Mitte Oktober Luke für den Kapitän der Basketballmannschaft. Luke steckte den Schlag ein und betäubte seinen Kummer durch noch mehr Arbeit im Zentrum.

Mitte November bot Flinch ihm einen Posten als Assistent an. Luke war geschmeichelt angesichts des Vertrauens, das ihm der Professor entgegenbrachte, und genoss die privilegierte Beziehung als Belohnung.

Tyla war nur noch eine blasse Erinnerung und das Trio wieder zusammengeschweißt wie am Anfang.

Abgesehen von der Arbeitsüberlastung, den ständigen Geldsorgen, mit denen Josh und sie zu kämpfen hatten, den wiederholten Migränen, die sie zwangen, eine Brille zu tragen, sobald sie vor dem Bildschirm saß – die sie so hässlich fand, dass sie sie nur aufsetzte, wenn ihr Schädel zu platzen drohte –, der Abwesenheit ihres Vaters, der Amelia nicht mehr von der Seite wich, hätte das Leben nicht schöner und die Zukunft nicht vielversprechender sein können.

Und das traf auch auf die Fortschritte bei ihren Versuchen im Zentrum zu. Dank Flinchs Fürsprache beim Leiter der Uniklinik hatten sie fortan das Recht, zweimal pro Woche in der Stunde, bevor das Wartungsteam die Einstellungen überprüfte, einen der Scanner zu benutzen.

Da diese Ausnahmegenehmigung geheim bleiben musste, hatte man ein Prozedere eingeführt, das größtmögliche Diskretion gewährleistete.

So betraten die drei donnerstags und sonntags pünktlich um 22 Uhr 55 die Uniklinik durch die Leichenkammer, folgten von dort einem Gang, der zum Heizungsraum führte, von wo aus das Trio mit dem Lastenaufzug inmitten von Wäschewagen in das nächsthöhere Stockwerk fuhr.

Durch den Diensteingang erreichten sie die Abteilung für bildgebende Verfahren, die um diese Zeit geschlossen war. Nachdem sie exakt die Anweisungen befolgt hatten, stand ihnen die Spitzentechnologie fünfundfünfzig Minuten lang zur Verfügung, nach deren Ablauf sie die Örtlichkeiten ebenso diskret wieder verlassen mussten. In dieser knappen Stunde konnte Luke die vom Computer generierten Aufnahmen mit denen des Scanners vergleichen, an dem er Josh denselben Stimulationen unterzog.

Nach einem Monat protestierte Hope entschieden dagegen, dass sich Josh, und sei es im Namen der Wissenschaft, weiterhin zweimal pro Woche den Magnetfeldern eines Apparats aussetzte, dessen Handhabung Luke erst vor Kurzem erlernt hatte. Sie müssten eine andere Versuchsperson finden, fragten sich allerdings, wo.

Zu Beginn des Winters beschloss Hope, die Einrichtungen des Zentrums von Zeit zu Zeit zu anderen Zwecken zu nutzen als ihre beiden Freunde.

Sobald sich die Möglichkeit bot, setzte sie sich diskret ab und zog sich in den erstbesten Arbeitsraum zurück, um ihren eigenen Forschungen nachzugehen.

Eines Abends lernte sie während einer Pause im Warteraum zwei Studentinnen kennen – eine Deutsche und eine Japanerin –, die daran arbeiteten, Gehirnzellen zu klonen. Sie waren sich auf Anhieb sympathisch und trafen sich bald regelmäßig, sobald sich das Bedürfnis nach Koffein einstellte.

Abend für Abend löcherte Hope ihre Freundinnen mit Fragen und kam dann zu dem Schluss, dass sich die Arbeiten der beiden Frauen und ihre eigenen möglicherweise ergänzen ließen. Zumindest was ihren bevorzugten Sektor, die neurodegenerativen Erkrankungen, betraf.

Ihre Idee, eines Tages gesunde Zellen zu klonen und zur Behandlung zerebraler Degeneration einzusetzen, erregte das Interesse ihrer neuen Freundinnen. Um ihre Ausführungen zu untermauern, führte Hope die Ergebnisse an, die Josh und Luke erreicht hatten. Die Studentinnen begriffen schnell, was Hope einbringen könnte.

Und so ließ sie die beiden Jungen immer öfter allein, um mit ihren neuen Freundinnen zu arbeiten.

Josh und Luke bemerkten das erst nach einer gewissen Zeit, was Hopes Vorhaben erleichterte – Flinch hingegen entging dieser Teamwechsel nicht. Zunächst schien ihn das nicht weiter zu beunruhigen, doch kurz vor Weihnachten bestellte er Hope zu sich. Nachdem sie jetzt ihr wahres Interessengebiet gefunden habe, müsse sie sich denselben Regeln unterwerfen wie die anderen, zumindest, wenn sie weiterhin die Vorteile von Longview nutzen wolle. Ihre Teilnahme an den wöchentlichen Sitzungen sei also nicht mehr freiwillig, sie müsse regelmäßig über ihre Arbeit berichten und sie der Gemeinschaft zur Verfügung stellen, ansonsten werde ihr der Zutritt zum Zentrum verwehrt.

Hope bat um Bedenkzeit. Flinch verlangte eine Antwort vor Jahresende.

Als sie sich entschied, mit Josh darüber zu sprechen, ärgerte es sie, dass er nur mit halbem Ohr zuhörte.

An diesem Abend hatte Hope eine hübsche weiße Decke – Ausbeute eines sonntäglichen Ausflugs auf den Flohmarkt – auf die umgedrehte Holzkiste gelegt, die ihnen als Tisch diente, diese hübsch gedeckt – wenngleich kein Teller zum anderen passte – und Josh sein Lieblingsgericht, das einzige, das sie einigermaßen kochen konnte, serviert.

Doch während des Essens unterbrach Josh sie jedes Mal, wenn sie versuchte, das Wort zu ergreifen, um über ihre Arbeit zu sprechen.

»Das, was Luke diese Woche vollbracht hat, ist unglaublich!«, rief er und lehnte es ab, dass sie ihm noch einmal etwas auftat.

»So wie mein Essen?«

»Hör gut zu, Hope, wir haben fast ein Drittel meines Gehirns aufgezeichnet und zwanzig Terabyte meiner Erinnerung gespeichert.«

»Und hörst du mir auch mal zu, Josh?«

»Ja, wirklich köstlich, aber ich habe keinen Hunger mehr.«

»Weißt du, dass wir noch nicht verheiratet sind?«

»Willst du, dass wir heiraten?«

»Ich glaube nicht... Du hältst mich ohnehin schon für dein Dienstmädchen.«

»Aber was habe ich denn gesagt?«

»Es geht eher um das, was du nicht gesagt hast! Du sprichst nur von dir, von Luke, von euren verdammten Forschungen, mir aber stellst du nicht die geringste Frage. Man könnte meinen, seit einem Monat existiere ich nicht mehr. Ist dir eigentlich aufgefallen, dass ich die Abende nicht mehr bei euch verbringe, dass ich in einem anderen Labor arbeite und auch ein Leben außerhalb unserer Beziehung habe?«

»Hast du ein Problem?«, fragte Josh, den dieser Ausbruch verwunderte.

»Nein, abgesehen von den Migränen, die mich verrückt

machen und von der Tatsache, dass wir nicht einmal zehn Dollar für die Weihnachtsgeschenke haben … weißt du, dass übermorgen Heiligabend ist, oder hast du das auch vergessen? Abgesehen davon, dass du all deine Zeit mit Luke verbringst und mitten in der Nacht so erschöpft nach Hause kommst, dass du mich nicht einmal mehr in den Arm nimmst …«

»Will dein Vater Weihnachten nicht mehr bei uns verbringen?«, unterbrach Josh sie.

»Er ist vorgestern mit Amelia nach Honolulu gefahren. Ich habe es dir erzählt, aber auch das hast du sicher nicht gehört.«

Josh erhob sich, stand stramm wie ein Zinnsoldat und zeigte ein breites Lächeln …

»Bedeutet das, was du da sagst, vielleicht, dass du noch an den Weihnachtsmann glaubst? Nun sieh mich nicht so an, ich will dich auf keinen Fall beeinflussen.«

»Manchmal bist du wirklich zu blöd, Josh.«

»Gut, daraus schließe ich, dass du nicht mehr an ihn glaubst. Schade, aber zumindest wird mein Verhalten nicht Grund einer Desillusionierung sein, für die ich verantwortlich wäre.«

Er ging zum Schrank – eine senkrecht stehende Metalltruhe, die in mühsamer, einen ganzen Samstagnachmittag währender Kleinarbeit mit Regalbrettern ausgestattet worden war –, schob die Hand unter einen Stapel Kleidungsstücke und zog eine kleine Schachtel mit einer Schleife heraus.

»Frohe Weihnachten«, rief er stolz und überreichte sie Hope.

Ungerührt öffnete sie das Band, nahm den Deckel ab

und entdeckte eine Brille. Hope erinnerte sich genau, sie in der Auslage eines Antiquitätengeschäfts in der Nähe der Docks gesehen zu haben, als sie sonntags zum Flohmarkt gingen. Sie hatte sich angesichts der Leichtigkeit dieser Fassung aus echtem Schildpatt dafür begeistert.

»Du bist ja verrückt«, sagte sie und setzte sie auf, »die war viel zu teuer.«

»Morgen gehen wir zu einem Augenarzt. Schluss mit den Migränen. Ich werde die Frau wiederfinden, die ich liebe, die, die immer gut gelaunt ist.«

»Und werde ich auch meinen Josh wiederfinden? Ich habe ihn schon seit Wochen verloren und bekomme ihn einfach nicht mehr zu fassen.«

»Mit einer guten Brille wird das leichter.«

Hope schlang ihm die Arme um den Hals, küsste ihn und sagte: »Ich habe kein Geschenk für dich.«

»Das ist unwichtig. Verzeih mir, dass ich in letzter Zeit so abwesend war. Ich will es schaffen, ich will dir ein anderes Leben bieten als dieses, eine Wohnung, in der wir nicht gezwungen sind, zwei Pullover übereinanderzutragen, wenn es kalt ist, ein Leben, in dem wir ins Restaurant gehen können, wann wir wollen, und wegfahren können, ohne zwischen einer Tankfüllung und einem Essen wählen zu müssen. Darum arbeite ich wie ein Verrückter.«

»Aber Josh, ich will nichts von all dem. Das heißt doch, vielleicht eines Tages. Aber was ich mir heute wünsche, ist, mit dir zusammen zu Abend zu essen, auch wenn ich dabei auf dem Boden sitzen muss und drei Pullover brauche. Meine schönste Reise, das bist du.«

Ihre Arme lasteten auf seinem Nacken, und Josh spürte, wie erschöpft sie war. Er trug sie zum Bett.

»Du arbeitest zu viel, Hope. Daher kommen auch diese verdammten Migränen. Der Arzt, der aus mir hätte werden können, verschreibt dir eine ganze Nacht Ruhe.«

Er legte sie vorsichtig hin und streckte sich neben ihr aus.

»Also, worüber wolltest du mit mir sprechen?«

»Über den Grund, warum ich nicht mehr schlafe«, erklärte sie und schloss die Augen. »Ich muss eine Wahl treffen und kann mich nicht entscheiden. Ich brauche deinen Rat.«

»Welche Wahl?«

»Heute Abend werde ich auf meinen Arzt hören, auch wenn er ein falscher Doktor ist, lass uns das morgen besprechen.«

Sie gähnte ausgiebig, drehte sich um und nickte fast augenblicklich ein.

Josh beobachtete sie im Schlaf. Hopes Gesicht verkrampfte sich. Sie hatte sicher einen Albtraum. Das kam seit einiger Zeit häufig vor, und manchmal wachte sie davon mitten in der Nacht auf. Er streichelte ihre Stirn, und seine Gegenwart beruhigte sie schließlich. Morgen würde sie sich an nichts mehr erinnern. Und morgen war Heiligabend.

In der Nacht erhob sich ein Sturm, rüttelte an den großen Glasfronten des Lofts, und die Temperatur sank rapide. Hopes Wunsch ging in Erfüllung, als sich Josh halb erfroren an sie schmiegte.

Nach dem Aufwachen eilte sie ans Fenster. Flocken, so groß wie Wattebällchen, wirbelten durch die Luft und blieben auf der Schneedecke liegen. Die Stadt war verschneit, und für Hope gab es nichts Schöneres als eine weiße Weihnacht.

Nachdem sich die Natur so sehr angestrengt hatte, kam es nicht infrage, dass sie ihr nachstanden, und Hope überlegte, wie sie den Abend würdig feiern könnten.

»Was wir brauchen«, sagte sie, »ist ein richtiges Festessen.«

»Und eine Zusatzheizung«, meinte Josh und streifte einen weiteren Pullover über.

»Auch das!«

Er leerte die Taschen seiner Jeans und zählte die zerknitterten Geldscheine.

»Fünfundzwanzig Dollar, mehr habe ich nicht. Mein Schüler ist verreist.«

»Und während seine Tochter erfriert, fährt mein Vater mit Amelia nach Honolulu!«, schimpfte Hope.

»Es ist nicht seine Schuld, wenn der Winter hier eisig ist.«

»Kommt auf den Standpunkt an«, antwortete sie und öffnete die Schublade eines alten Möbelstücks aus den Vierzigerjahren – das beste Schnäppchen, das sie je gemacht hatten.

»Was suchst du?«

»Das!«, erklärte Hope stolz und zeigte ihm eine Kreditkarte. »Er hat sie mir mit der Auflage gegeben, sie ›nur im Notfall zu benutzen‹. Wenn seine Tochter friert, ist das ein Notfall!«

»Das können wir doch nicht machen, Hope!«

Zunächst mieteten sie einen Lieferwagen und fuhren dann zu einem großen Einkaufszentrum in einem Vorort. Hope kaufte zwei Ölradiatoren. Dann hielten sie bei einem Optiker an, der bei Hope eine leichte Kurzsichtigkeit diagnostizierte und ihr Korrekturgläser für das Brillengestell empfahl, das Josh ihr geschenkt hatte. Dann erstand sie für Josh einen langen Mantel und einen Wollschal.

Anschließend kauften sie in einem Feinkostgeschäft ausgiebig für den Abend und die kommende Woche ein.

»Sollen wir auch ein Geschenk für Luke besorgen?«, fragte sie, als sie an einer Buchhandlung vorbeikamen.

»Findest du das nicht etwas übertrieben?«, wandte Josh ein, der es aufgegeben hatte, ihren Kaufrausch zu bremsen.

»Acht Nächte im Luxushotel, die Flugtickets, die Cocktails am Strand, die Restaurantbesuche … Nein, ich denke, wir sind noch weit im Rückstand.«

»Ob du willst oder nicht, sobald ich kann, zahle ich all die Verrücktheiten zurück, die du heute gemacht hast.«

»Bei unserem Verdienst wird das nicht morgen sein. Aber zuerst einmal: Frohe Weihnachten, Papa. Fahren wir nach Hause?«

Der Nachmittag verging mit den Vorbereitungen für den Abend, von dem Hope geträumt hatte. Sie hatte auch die beiden Freundinnen aus dem Zentrum eingeladen und Josh seinen Freund Luke.

Es wurde ein schönes Fest. Vor Mitternacht setzte der Schneesturm erneut massiv ein. Durch die Fensterfront konnte man kaum die unten auf der Straße geparkten Autos erkennen. Hope holte Decken für die Gäste heraus, die bei ihnen übernachten würden.

Kapitel 8

Am Morgen des 25. Dezember führte ein eher unbedeutender Zwischenfall Josh zu einer Überlegung, die entscheidend für seine Zukunft sein sollte.

Schon seit einer Stunde mühte sich die Gruppe ab, Lukes Auto freizuschaufeln, das unter einer hohen Schneedecke lag. Die ganze Nacht über waren dicke Flocken gefallen, und der Schneepflug hatte das, was er von der Straße schob, einfach auf den Bürgersteig bugsiert, was die Lage nicht eben verbesserte.

Josh und Luke schippten ohne Unterlass, während Hope und ihre beiden Freundinnen mit allem, was sie gerade zur Hand hatten, den Schnee um die Reifen herum entfernten.

Josh rutschte auf einer Eisplatte aus und fiel vornüber. Während Luke in schallendes Gelächter ausbrach, wischte er sich das Gesicht mit dem Handschuh ab. Der Geruch nach Schnee, Hopes Lachen und Lukes Stimme, der ihn bat, sich wieder an die Arbeit zu machen, riefen plötzlich tief in seinem Gedächtnis verankerte Erinnerungen wach.

In jenem Winter – er war elf Jahre alt – hatte sein Vater ihn mit nach Connecticut genommen. Sie verbrachten dort den ersten gemeinsamen Urlaub, seit seine Mutter zum Einkaufen gegangen und nie wieder zurückgekommen war …

Sein Vater hatte ein einfaches, aber bequemes Häuschen in der Nähe der Mündung des Saugatuck River gemietet.

»Gray Creek«, murmelte Josh. »Es war in Gray Creek, am Ende der Quentin Road.«

Und die Bilder zogen weiter vor seinem inneren Auge vorbei.

Er sah das Fliegengitter vor der Eingangstür, das einzige Zimmer im Erdgeschoss mit der Kochecke und den beiden abgewetzten Ledersesseln, die vor dem Fernseher standen. Im ersten Stock gab es zwei kleine Schlafzimmer und ein Bad. In dem Haus roch es nach altem Holz und Wachs. Am Dachgesims lief eine elektrische Lichterkette entlang. Josh mochte ihren schwachen Schein, der Dunkelheit und Einsamkeit ein wenig aus seinem Zimmer vertrieb.

Abends ging er zusammen mit seinem Vater zu einem Gemischtwarenladen, wo die Inhaberin Elvira in einem großen Ofen Pizza backte. Josh sah zu, wie der Teig vor seinen Augen eine goldgelbe Färbung annahm.

Eines Morgens sollte er seinem Vater helfen, das Auto von dem Schnee freizuschaufeln, der in der Nacht gefallen war.

Was wie ein Spiel begonnen hatte, wurde zu einem Albtraum. Sein Vater machte sich über ihn lustig, weil er nicht kräftig genug schippte, und je mehr er lachte, desto mehr fühlte sich Josh herabgewürdigt und gedemütigt. Als sein Vater ihm die Schaufel entriss, um zu zeigen, wie er es machen sollte, stürzte er und verletzte sich dabei.

»Da siehst du, warum deine Mutter mich nicht liebt, ich mache alles verkehrt.« Dann hatte sich sein Vater entschuldigt, dass er mit ihm geschimpft hatte.

An diesem Morgen hatte Josh begriffen, dass seine Mutter nie mehr zurückkommen würde.

»Wie konnte ich das nur vergessen?«, fragte er sich.

Und er dachte daran, wie das Zusammenspiel der einzelnen Elemente diese Erinnerung wieder hatte wach werden lassen. Sein Sturz, der Geruch nach Schnee, Lukes Sticheleien – drei Elemente, die, richtig angeordnet, wie eine Zahlenkombination den Safe geöffnet hatten.

Hope hatte nicht unrecht mit ihrer Behauptung, die kleinen Dinge des Lebens seien ganz und gar nicht klein.

Sogleich musste er an die Experimente denken, die er seit mehreren Monaten durchführte. Alles, was er bis zu diesem Tag auf dem Server von Longview hatte speichern können, betraf die unmittelbare Erinnerung. Manchmal war es vorgekommen, dass Luke ihm während der Aufnahmesitzungen bestimmte Ereignisse aus ihrer Kindheit ins Gedächtnis gerufen hatte, doch sie hatten noch nie die Idee gehabt weiterzugehen.

Und um weiterzugehen, mussten sie Schichten erreichen, die im Unterbewusstsein verborgen waren. Doch wie konnte man das stimulieren?

»Alles in Ordnung, Josh? – Josh?«

Hopes Stimme drang wie aus weiter Ferne zu ihm. Er atmete tief durch und lächelte sie an.

»Ja, alles in Ordnung.«

»Hast du dir wehgetan?«, fragte Luke und half ihm auf.

Josh nutzte die Hilfestellung, um ihm zuzuraunen, er solle abends ins Zentrum kommen.

Unter zig Vorsichtsmaßnahmen, um die schlafende Hope nicht zu wecken, verließ Josh am späten Nachmittag das Loft. Er ließ auf der Kiste im Wohnzimmer eine Nachricht zurück und schlich auf Zehenspitzen hinaus.

Er schwang sich auf sein Fahrrad, hatte aber alle erdenkliche Mühe, das Ende der Straße zu erreichen. Der Asphalt war von einer Eisschicht überzogen, und die Reifen schlingerten gefährlich, wenn er in die Pedale trat. Als er an der Kreuzung abbog, legte er unter den Blicken eines verblüfften Passanten, der seinen Hund Gassi führte, eine phänomenale Rutschpartie hin. Drei Straßen weiter fühlte er sich etwas sicherer. Die beißende Kälte ließ seine Wangen schmerzen, doch nichts auf der Welt hätte ihn aufhalten können. Von einem Gefühl der Freiheit erfasst, wechselte er den Gang und legte an Tempo zu.

Er erreichte den Busbahnhof gerade rechtzeitig, kettete sein Rad an einen Laternenpfahl und sprang in den Bus. Luke hatte sich bereit erklärt, ihn an der zehn Minuten vom Zentrum entfernten Haltestelle abzuholen.

Er erwartete ihn in seinem Camaro.

»Müssen wir an Weihnachten wirklich arbeiten?«

»Hast du schon mal davon geträumt, einen Einbruch zu begehen?«

»Soweit ich mich erinnere, nicht«, antwortete Luke.

»Ich schon. Als Kind habe ich jedes Mal daran gedacht, wenn ich hörte, wie mein Vater beim Öffnen der Rechnungen schimpfte, er würde nicht bis zum Monatsende auskommen.«

»Du hast doch …«

»Nein, ich habe es nie umgesetzt, sonst hätte ich heute nicht so viel Geldprobleme.«

»Warum genau wolltest du mich treffen?«

»Verstehst du, ich dachte nicht an einen bewaffneten Einbruch, Gewalt war nie mein Ding. Was mir gefällt, wäre ein Raubüberfall nach alter Manier, wie in den Gangsterfilmen, die sich mein Vater immer im Fernsehen angesehen hat. Die, in denen die Einbrecher durch die Kanalisation oder die Lüftungsschächte zu den im Keller der Bank untergebrachten Safe gelangten, dorthin, wo der wahre Schatz verborgen war, der das Leben der Diebe für immer verändern könnte.«

»Worauf willst du hinaus?«

»Seit Monaten begehen wir nur Gaunereien im kleinen Stil. Ich glaube, ich habe einen Plan für den Coup des Jahrhunderts gefunden.«

»Hast du was geraucht?«

»Seit ich mit Hope zusammen bin, habe ich keinen Joint mehr angerührt! Das heißt doch, einmal, aber da haben wir zusammen geraucht, damit sie es ausprobieren kann. Sie hatte den Kopf die ganze Nacht lang über der Kloschüssel, und ich habe ihn gehalten … Seither nichts mehr. Aber wir sind nicht hier, um darüber zu reden.«

»Da bin ich aber beruhigt.«

»Auf die Erinnerungen, die sich im Tiefengedächtnis befinden, hat man nicht immer Zugriff. Ein bisschen so, als würde dir der Kassierer der Bank mit betrübter Miene erklären, der Safe sei derart programmiert, dass man ihn nur zu einer bestimmten Zeit öffnen könne.«

»Könntest du deine Kassierer, Banken und Gauner mal außen vor lassen und zu dem kommen, was uns betrifft?«

»Okay, aber du wirst sehen, dass uns der Kassierer gleich nützlich sein wird. Unsere entfernten Erinnerungen an die Oberfläche zu bringen verlangt eine gewisse Anstrengung, und über je mehr kontextuelle Hinweise wir verfügen, umso leichter wird die Sache. Das Gehirn funktioniert durch drei Prozesse: Encodierung, Speicherung und Abrufung. Die

Encodierung wird durch die Konzentration beeinflusst. Aber wozu soll es gut sein, eine Information zu speichern, wenn man ihre Existenz vergisst? Unser Gehirn verwendet zahlreiche Strategien, um eine Erinnerung dauerhaft zu machen, oder besser gesagt, um eine Spur der gespeicherten Dinge zu behalten. Du zum Beispiel kannst dich nie an die Vornamen der Leute erinnern, die du triffst. – Wie hieß deine letzte Freundin?«

»Tolle Frage, meinst du denn, ich hätte Talya schon vergessen?«

»Tyla, nicht Talya, du Trottel, vor allem, wenn man bedenkt, dass sie dich erst vor wenigen Wochen verlassen hat!«

»Das war nur ein Versprecher. Und, zu deiner Information: Wir haben uns in gegenseitigem Einvernehmen getrennt.«

»Gegenseitiges Einvernehmen, dass ich nicht lache! Aber darum geht es auch gar nicht. Wirst du dich in zwanzig Jahren noch an ihren Vornamen erinnern?«

»Keine Ahnung, Josh, und so langsam nervst du mich, was willst du denn von Tyla?«

»Was ihren IQ angeht, so hatte ich immer Zweifel. Sie war nicht die personifizierte Intelligenz, aber man muss zugeben, dass sie einen umwerfenden Busen hatte. Hope und ich haben sie Betty genannt.«

»Warum Betty?«

»Na, wegen Betty Boop.«

»Ich kann nicht glauben, dass ihr so tief gesunken seid.«

»Ich hätte nicht das Imperfekt verwenden sollen, denn ihr Busen ist der Welt ja nicht verloren gegangen, ich kenne da einen Basketballspieler …«

»Willst du zu Fuß weitergehen?«, brauste Luke auf und trat auf die Bremse.

»Fahr zu«, rief Josh. »Du wirst es gleich verstehen. Indem ich dich genervt habe, habe ich ein besonderes Ereignis geschaffen und so eine Reihe von Encodierungen in deinem Gehirn gespeichert, die ab jetzt mit Tyla verbunden sind. Ich habe ihren Vornamen mit ihrer Brust assoziiert und mit dem glücklichen Sportler, der jetzt ihr Liebhaber ist, und mich über sie lustig gemacht. Wenn du also eines Tages ein Basketballspiel oder im Fernsehen einen Zeichentrickfilm mit Betty Boop siehst, oder aber, wenn man sich über die Formen einer Frau lustig macht, für die du Gefühle hegst, wirst du an unser Gespräch denken, und ich bin sicher, du erinnerst dich dann daran, dass sie Tyla hieß.«

»Deine Überlegung ist erschütternd.«

»Warte, die Schlussfolgerung steht noch aus. Die kontextuellen Elemente sind auch Informationsquellen, die die Möglichkeit bieten, sich ein Ereignis dauerhaft zu merken. Sie sind eine Art Zugangscode oder Schlüssel, die uns später helfen, die Türen zu öffnen. Ohne diese Hinweise können wir uns an nichts dauerhaft erinnern. Wir müssen eine externe Sichtweise einnehmen, uns eine Geschichte erzählen. Und von Geschichte zu Geschichte bildet unser Gedächtnis unsere Identität aus.«

»Worauf willst du hinaus, verdammt?«

»Selbst wenn dem Hypocampus in unserem Gehirn gewissermaßen die Rolle des Archivars zukommt«, fuhr Josh ungerührt fort, »speichert nicht er die Informationen. Denn es gibt nicht nur einen einzigen Speicherplatz. Die verschiedenen Gedächtnisarten situieren sich überall und zirkulieren in Form von Millionen elektrischer Impulse.

Damit uns eine Erinnerung wieder einfällt, müssen diese Impulse zu einem gegebenen Zeitpunkt eine präzise Kombination reproduzieren. Der Hypocampus ist dabei immer nur der Weichensteller. Seit Wochen verbringen wir unsere Nächte damit, im Zentrum Erinnerungsfragmente aufzuzeichnen, aber wir haben uns geirrt.«

»Entweder stehst du unter dem Einfluss harter Drogen, was einiges erklären würde, oder ich bin neben der Spur.«

»Weder noch, ich habe – wie immer – nur bewiesen, dass meine Intelligenz brillanter ist als deine.«

»Und die damit verbundene Bescheidenheit.«

»Siehst du, genau das, was ich gemeint habe. Du erinnerst mich an einen Vorfall mit Hope, ohne dass wir von ihr gesprochen hätten.«

»So, jetzt sag mir endlich, was wir im Zentrum wollen!«

»Wir werden den Weichensteller aufscheuchen, mein Lieber. Ihn mit Simulationen bombardieren, die ihn dazu zwingen, alle Codes freizugeben, über die er verfügt.«

»Du willst das Gehirn verwirren?«

»Ja, genauso wie dich beim Gedanken an Tylas Busen – vielleicht auch ein bisschen mehr«, meinte Josh und lachte.

Luke blieb nichts anderes übrig, als ihm zu folgen. Sie gingen in ihren Arbeitsraum, und Josh erklärte ihm, was er vorhatte.

Der erste Teil seines Plans bestand darin, einen Helm zu konzipieren, der sich von dem unterschied, den sie zur Aufnahme der Nervenimpulse entwickelt hatten. Das neue Modell sollte nicht mehr nur mit Elektroden ausgestattet sein, sondern aus neuronalem Gewebe bestehen.

»Wir werden unsere Neuronen nicht mehr auf Siliziumchips vermehren, sondern in einer leitfähigen Flüssigkeit. Wir werden außen das reproduzieren, was innerhalb des Schädels passiert. Zunächst«, erklärte Josh, von seinem Thema fasziniert, »werden wir bei unseren Ratten Rückenmarksflüssigkeit punktieren und diese dann zwischen feine Membranen spritzen.«

»Welche Art Membranen?«, wollte Luke wissen, der langsam begriff, was Josh vorhatte.

»Hirnhaut! Wir legen Kulturen von Hirnhautzellen an und lassen sie sich entwickeln, bis sie sich verdichten. Dann setzen wir unsere Neuronen darauf und warten, dass sie ein Netzwerk bilden. Wenn das Netzwerk dicht genug ist, haben wir eine perfekte Schnittstelle zwischen Computer und Gehirn. Eine Punkt-zu-Punkt-Verbindung. Millionen von organischen Mikroelektroden, die die Kommunikation zwischen dem Server des Zentrums und meiner Hirnrinde übernehmen. Das ist in etwa so, als würde man vom Modem deines Großvaters zur Glasfaser wechseln.«

»Hast du eine Vorstellung, wie lange es dauern kann, eine solche Meisterleistung zu vollbringen? Falls es uns überhaupt eines Tages gelingen sollte.«

»Und hättest du dies vor zwei Jahren für möglich gehalten«, rief Josh und deutete auf die Siliziumplatten, auf denen im Licht die biologischen Chips glänzten, auf die Luke so stolz war.

»Na gut, was du da erzählst, zeigt, wie verrückt du bist, aber gehen wir allein wegen der intellektuellen Herausforderung davon aus, dass es funktioniert. Und dann?«

»Dann stellen wir den Helm so her, dass er sich exakt der Kopfform anpasst. Meiner zum Beispiel. Und sobald ich ihn trage, unterziehst du mich intensiven Stimulationssitzungen. Ich werde mir eine VR-Brille besorgen, und du wirst im Schnelldurchlauf Tausende von Bildern aus Datenbanken abspielen und parallel dazu via Kopfhörer eine Vielzahl von Tönen, alle möglichen Töne, das Geräusch des Windes, des Regens, das Knirschen von Kies unter Schritten, das Schlagen von Türen, quietschende Türangeln, knarrendes Holz, Gummi, das über Papier gleitet, und so weiter, kurz, Töne, die man im Lauf eines Lebens hört, ohne sie weiter zu beachten, doch die zu Encodierungen werden, wenn sie auf unser Gedächtnis wirken.«

»Und wo sollen wir die finden?«

»Die Geräuschemacher beim Film benutzen schon seit Jahren Tondatenbanken. Es gibt unzählige, die man im Internet findet.«

»Ist dir klar, dass du damit dein Gehirn schädigen könntest?«

»Ohne tatsächlich so weit gehen zu wollen, ist das ein bisschen mein Plan. Ich erhoffe mir, dass der Weichensteller aus dem Lot gerät, wenn man ihn in rasantem Tempo mit den Tausenden von Stimulationen konfrontiert.«

»Du willst deinen Hippocampus zum Entgleisen bringen? Du bist ja total verrückt, Josh.«

»Nicht zum Entgleisen, aber ich will ihn dazu zwingen, alle Türen gleichzeitig zu öffnen.«

»Und dann?«

»Das wäre der größte Coup des Jahrhunderts. Wir könnten endlich in die Schatzkammer des Tiefengedächtnisses vordringen und ihren gesamten Inhalt kopieren, bevor wir sterben. Du bist Bonnie und ich Clyde.«

Luke seufzte. Joshs Theorie irritierte ihn derart, dass er

am liebsten nach Hause gegangen wäre. Doch dann hörte er Applaus hinter seinem Rücken und wandte sich um.

Flinch hatte soeben den Raum betreten.

»Glauben Sie nicht, dass ich Ihnen nachspioniere. Ich habe nebenan gearbeitet, Geräusche gehört und mich gefragt, woher die wohl an einem solchen Abend kommen könnten.«

»Von einem Verrückten«, erklärte Luke, »und einem zweiten Verrückten, der ihn bis zu Ende angehört hat.«

»Da bin ich nicht Ihrer Meinung, junger Mann. Was ich gerade gehört habe, übertrifft jegliche Unvernunft, aber eben um solche Verrücktheiten hervorzubringen, finanzieren wir Ihr Studium. Ihre Idee ist ebenso herausragend wie unwahrscheinlich, und darum hat sie auch alle Chancen, genial zu sein. Wie sagt man so schön: Nichts liegt näher als das Unmögliche.«

»Danke«, entgegnete Josh, der seine Befriedigung darüber, dass ihn endlich jemand verstand, nicht zu verbergen vermochte.

»Was den Helm betrifft, so haben wir hier vielleicht etwas, was Ihnen Zeit spart. Eines unserer Teams hat ein Material entwickelt, das Ihnen sehr nützlich sein könnte. Ich mache Sie so schnell wie möglich miteinander bekannt. Die interdisziplinäre Zusammenarbeit ist schließlich das Herzstück unserer Organisation.«

»Nun zieh nicht so ein Gesicht, wir konnten schließlich nicht ahnen, dass sich Flinch dort herumtrieb.«

»Und ich glaube keine Sekunde, dass er zufällig da war«, wandte Josh ein.

»Was meinst du damit?«

»Dass wir entgegen allen Behauptungen sehr wohl ausspioniert werden.«

»Glaubst du, es gibt ein Mikro in unserem Labor?«

»Das würde mich nicht wundern.«

»Dann frag ihn doch«, entgegnete Luke, als der Camaro die Autobahn verließ.

Er setzte Josh vor seinem Haus ab und versprach, über ihr Gespräch nachzudenken. Sie verabredeten sich für den nächsten Tag im Zentrum.

»Glaubst du, es war ein Fehler, Tyla zu einem anderen gehen zu lassen?«, fragte Luke, als Josh die Tür öffnete.

»Das ist nicht die Frage, die du dir stellen musst, zumindest nicht in dieser Form.«

»Welche dann?«

»Liebst du sie wirklich?«

»Ich habe mich mit ihr wohlgefühlt, und ich muss gestehen, dass mir die Einsamkeit ein wenig zu schaffen macht, seit sie weg ist.«

»Das tut mir leid, Luke.«

»Letztlich hat die viele Zeit, die ich im Zentrum verbringe, unsere Beziehung zerstört. Mit dir hat das nichts zu tun.«

»Nicht deshalb tut es mir leid. Ich denke, dass du Tyla hast gehen lassen, weil sie nicht diejenige ist, die du liebst.«

Und ohne Luke Zeit für eine Antwort zu lassen, stieg Josh aus und betrat das Haus.

Hope saß im Schneidersitz, ein Buch auf den Knien, auf dem Boden. In ihre Lektüre vertieft, hatte sie Josh nicht hereinkommen hören, und er nutzte die Gelegenheit, um sie zu betrachten. Hätte er zeichnen können, dann hätte er sie genauso dargestellt. Hope lernte stets am Boden sitzend, einen Bleistift zwischen den Lippen wie eine Zigarette, um die linke Hand wickelte sie eine Haarsträhne.

»Ich dachte schon, du kämst gar nicht mehr nach Hause«, meinte sie, ohne den Kopf zu heben.

Josh ging hinter ihr vorbei und küsste sie, ehe er ihr gegenüber Platz nahm.

Hope warf ihm einen verschmitzten Blick zu.

»Was hast du denn diesmal gefunden?«

»Warum sagst du das?«

»Du verdrückst dich still und heimlich, während ich schlafe, und drei Stunden später höre ich Lukes Auto. Du strahlst wie ein Kind, dem man eine Woche Disneyland versprochen hat, und außerdem richtet ihr beide es immer so ein, eine Entdeckung zu machen, wenn ich nicht dabei bin. Ich glaube, in der Wissenschaft nennt man das eine Vielfalt von übereinstimmenden Komponenten. Entweder erzählst du mir jetzt etwas mehr darüber, oder du kannst gleich bei Luke schlafen!«

Josh wusste, was ihm blühte, wenn er Hope sein Projekt darlegen würde, und ihre Reaktion entsprach seinen Erwartungen. Zunächst beglückwünschte sie ihn. Seine Überlegung war in der Theorie brillant, das hob sie hervor. So brillant, dass sie nur die Frucht eines genialen Geistes sein konnte. Im Übrigen wollte sie ihm sagen, wie sehr sie eine solche Intelligenz bewunderte, kurz … einen Teil dieser Intelligenz, erklärte sie, bevor sie hinzufügte: »Weil die praktische Umsetzung einer solchen Idee nur auf einen kranken Geist hindeuten kann. Bist du verrückt geworden, Josh? Ist dir klar, welches Risiko du eingehst? Und wenn du bei dem Versuch, den Zauberlehrling zu spielen, nun dein Gehirn schädigst?«

Josh bemühte sich, sie zu beruhigen. Es würde Monate dauern, bis der Prototyp des Helms entwickelt wäre, außerdem hatte er schon an einige Sicherheitsvorkehrungen gedacht. Die Stimulationssitzungen würden sich progressiv steigern und am Anfang nur wenige Minuten, vielleicht auch nur Sekunden dauern, und natürlich lägen sie weit genug auseinander, um mögliche Nebenwirkungen überprüfen zu können. Und sollte das Kontroll-EEG die geringste Anomalie aufzeigen, würde der Versuch sofort abgebrochen.

»Das Einzige, was mich beruhigen könnte, wäre, dass es dir nicht gelingt, den verdammten Helm zu entwickeln«, schimpfte Hope und vertiefte sich wieder in ihre Lektüre.

Josh hütete sich, die Hilfe zu erwähnen, die Flinch ihnen angeboten hatte.

Als sie am nächsten Tag wieder im Zentrum waren, dachte Luke über die verschiedenen Etappen zur Entwicklung des Helms nach. Josh hatte seinerseits begonnen, nach den notwendigen Bild- und Tondatenbanken zu suchen. Er hatte schon diverses Material auf seinen Laptop heruntergeladen.

Flinch kam zu ihnen und forderte sie auf, ihm zu folgen. Er führte sie durch das Zentrum, bis zu einer Tür, die sie noch nie durchschritten hatten.

Dahinter entdeckten sie einen Flügel des Gebäudes, der größere Arbeitsräume beherbergte und über eine eindrucksvollere Ausrüstung verfügte.

»Bald ziehen Sie hierher um«, verkündete Flinch. »Betrachten Sie das als eine Beförderung. Nur jene Forscher, die an als vorrangig eingestuften Projekten arbeiten, haben Zugang zu diesem Teil des Zentrums.«

»Was verstehen Sie unter ›vorrangig‹?«, fragte Josh.

Flinch blieb stehen und wandte sich zu ihm um.

»Lesen Sie gerne?«

»Ja, wenn ich Zeit dazu habe.«

»Das ist die Schwachstelle Ihrer Generation. Sie haben keine Zeit mehr, sich mit einem guten Roman hinzusetzen, aber wenn Sie wüssten, wie oft die Literatur die Entwicklung der Wissenschaft vorwegnimmt. Manchmal frage ich mich ernsthaft, ob die Schriftsteller ihre Vorstellungskraft nicht mit mehr Elan nutzen als die Wissenschaftler – oder die Wissenschaftler nicht mehr genug lesen, um ihre Vorstellungskraft zu stimulieren. Aber so ist es nun einmal. Sehen Sie, vor knapp sechzig Jahren schrieb ein junger Mann namens Jack Kerouac ein Buch, das für eine ganze Generation zur Kultlektüre wurde, *On the Road/Unterwegs*. Haben Sie es gelesen?«

»Nein«, gestand Josh.

»Das sollten Sie aber. Kerouac inszenierte eine Welt, die der Geschwindigkeit und der Freiheit huldigt. Jugendliche Ihres Alters fahren durch Amerika, genießen das Dasein nach Herzenslust, und der einzige Lebenssinn ist der Wunsch zu lieben. Dieser Roman war in meiner Jugend ein regelrechtes Manifest. Ich weiß, Sie denken sicher, dass man mir meine uneingeschränkte Bewunderung für die Beatniks nicht ansieht, aber lassen Sie sich nicht von Äußerlichkeiten täuschen … Vor einigen Jahren veröffentlichte ein anderer großer Schriftsteller einen Roman mit dem Titel *On the Road/Die Straße*. Cormac McCarthy.«

»Ich habe die Verfilmung gesehen«, verkündete Josh, erleichtert, nicht ganz so unwissend dazustehen.

»Längst nicht so gut wie der Roman, aber auch nicht schlecht, darum geht es hier nicht. Tatsächlich ist McCarthys Straße eine postapokalyptische Autobahn, seine Helden überleben in einer von Staub bedeckten Welt, sie töten sich gegenseitig, und als einziges Fluchtmittel schiebt der Held einen kaputten Einkaufswagen. Sie fragen sich, worauf ich hinauswill? Innerhalb von fünfzig Jahren ist der Glaube an die Zukunft gestorben. Unzählige Romane und Filme verkünden uns den bevorstehenden Untergang der Welt, der Demokratien, der Menschheit. Wenn der Grund nicht der von einem Fanatiker geführte Krieg ist, dann sind es Viren oder Roboter, die uns auslöschen. Hier verfolgen wir eine andere Vision von morgen, und wir arbeiten daran, sie umzusetzen. Also betrachten Sie diesen Bereich des Zentrums als Vorzimmer der Zukunft. Einer Zukunft voller Hoffnung.«

Flinch ging weiter, und Josh und Luke wechselten einen verwunderten Blick.

Sie betraten einen Raum, in dem er ihnen ein Team von sechs Forschern vorstellte. Luke bemerkte sofort die Vertrautheit, die zwischen Flinch und den Wissenschaftlern herrschte.

Einer von ihnen legte ihnen das Projekt dar.

»Neurolink«, erklärte er, »verfolgt das Ziel, eine leistungsstarke Schnittstelle zwischen Mikroelektroden und dem Kortex zu entwickeln, um im Gehirn elektrische Tiefenmessungen vornehmen zu können. Die biochemische Zusammensetzung unserer Elektroden ermöglicht uns eine Verbindung von bislang unerreichter Präzision mit den neuronalen Signalen, wie wir dies an einem Affen aufzeigen konnten. Seit mehreren Monaten haben unsere flexiblen Elektroden, deren Leistungen all unsere Erwartungen übertreffen, eine regelrechte Schnittstelle Gehirn-Computer geschaffen. Wir nennen sie hier ICO.«

»Es ist Ihnen gelungen, einen Computerklon vom Gehirn eines Affen zu erschaffen?«, fragte Josh verblüfft.

Der Forscher sah Flinch fragend an, ehe er antwortete. Und da dieser nickte, wandte er sich an Josh.

»Genau. Unser Computer ist in der Lage, sein Gehirn zu simulieren. Der Bildschirm vor Ihnen ist sozusagen eine Art elektronischer Primat von unglaublicher Intelligenz.«

»Ich glaube, die Grundlagen für ein gutes Verständnis sind gegeben«, rief Flinch hochzufrieden aus. »In ein oder zwei Wochen können Sie bei Neurolink mitarbeiten. So lange dauert es, bis die offiziellen Zugänge eingerichtet sind.«

Das Versprechen der Zusammenarbeit wurde mit einem Händedruck besiegelt. Luke waren sofort die Vorteile klar, und er begriff als Erster, wie viel Zeit sie dadurch sparen würden. Er war sichtlich begeistert, lediglich ein Gefühl der Eifersucht trübte dies ein.

Josh hingegen dachte an Hope. Er hielt es für besser, ihr für den Moment nichts von den neuen Gegebenheiten zu erzählen. Wenn sie ins Zentrum käme, müsste er einen Weg finden, sich diskret zu verhalten. Während der Rückfahrt sprach er mit Luke darüber, und als dieser nach den Gründen fragte, teilte Josh ihm Hopes Befürchtungen hinsichtlich der Auswirkungen ihres Forschungsprojekts auf seine mentale Gesundheit mit. Luke schien das nicht weiter zu beunruhigen und versprach Verschwiegenheit.

Hope bekam einen Anruf von ihrem Vater. Er wollte wissen, ob die Kreditkarte, die er ihr anvertraut hatte, sie vom rechten Weg abgebracht hätte.

»Ich brauchte eine Brille«, antwortete sie kleinlaut.

»Und die Gläser sind in einem Bekleidungs- und einem Möbelgeschäft eingesetzt worden?«

»Ist es warm in Honolulu?«, fragte sie.

»Ich verstehe den Zusammenhang nicht.«

»Hier sind wir halb erfroren, wir brauchten Mäntel und auch Zusatzheizungen.«

»Du hättest mich fragen können, Hope.«

»Ich wollte dich nicht während deiner Liebesreise mit Amelia stören.«

»Missbrauch mein Vertrauen nicht, ist das klar?«

»Klarer geht's nicht«, brummte Hope.

»Wir fahren Ende der Woche zurück, ich rufe dich an, wenn wir zu Hause sind. Geht es dir ansonsten gut?«

»Ja, warum?«

»Deine Stimme klingt so seltsam.«

»Ich bin nur etwas müde.«

»Na, dann ruh dich aus.«

Sam legte auf, und Hope saß eine Weile, den Hörer ans Ohr gepresst, reglos da.

Sie dachte an all das, was sie mit dem Geld ihres Vaters gekauft hatte, und hatte furchtbare Schuldgefühle. Sie hatte das Bedürfnis, das Loft zu verlassen, zu Josh zu laufen und sich in seine Arme zu schmiegen. Ihr Vater hatte sich nicht getäuscht, sie fühlte sich wirklich nicht besonders in Form. Josh fehlte ihr, und der Winter, der gerade erst begonnen hatte, setzte ihr schon jetzt zu. Was war mit ihrer Lebensfreude geschehen? Doch sie wollte sich nicht länger gehen lassen und suchte in ihren Unterlagen nach der Telefonnummer ihrer japanischen Freundin. Sie fand sie schließlich und rief sie an. Glücklicherweise war sie noch auf dem Campus und hatte ein Auto. Sie verabredeten sich, Kasuko würde sie in einer halben Stunde abholen, und sie würden gemeinsam zum Zentrum fahren.

Kasuko eilte in ihr Labor, und Hope in den Raum, wo Josh und Luke arbeiteten. Doch sie traf nur Luke an.

»Wo ist Josh?«, fragte sie.

»Ich glaube bei Flinch«, antwortete Luke verlegen.

»Es ist schon lange her, dass wir beide nicht mehr miteinander geredet haben.«

»Du hast uns in letzter Zeit oft allein gelassen, und ich denke, du mochtest Betty Boop nicht wirklich.«

»Josh hätte den Mund halten können. Dieser Spitzname war nicht böse gemeint, aber ich muss zugeben, dass …«

»Willst du etwas Bestimmtes, Hope?«

»Josh, aber er ist nicht da.«

»Sobald er zurückkommt, schicke ich ihn zu dir. Arbeitest du mit deinen neuen Freundinnen weiter, oder hast du beschlossen, ins Nest zurückzukehren?«

»Wenn ihr mich noch immer wollt … Josh fehlt mir und du auch.«

»Wir haben dich nicht vertrieben. Aber da du es anbietest, vielleicht könntest du mir einen Gefallen tun?«

»Welche Art Gefallen?«

»Ich möchte andere elektrische Messungen als die von Joshs Gehirn durchführen, um einen Vergleich zu haben. Wärest du bereit, deine Gehirnströme messen zu lassen? Das dauert höchstens zehn Minuten.«

Hope war einverstanden, das Versuchskaninchen zu spielen. Luke ließ sie in einem Sessel Platz nehmen. Er setzte ihr einen mit Elektroden bestückten Helm auf, der durch Kabel mit der Zentraleinheit des Computers verbunden war.

»Hast du das schon mal gemacht?«, fragte Luke und schloss den Riemen unter ihrem Kinn.

»Nein, es ist mein erstes EEG.«

»Du brauchst nur die Augen zu öffnen und zu schließen, wenn ich es dir sage, oder den Arm zu heben, an etwas Schönes zu denken, aber auch an etwas Unangenehmes. Nicht weiter schlimm, nur ein paar Stimulationen, während ich die elektrischen Aktivitäten deines Gehirns aufzeichne.«

»Das scheint mir im Rahmen meiner Möglichkeiten.«

Sie ließ sich auf das Spiel ein, öffnete und schloss die Lider, wenn Luke es ihr sagte, erinnerte sich an glückliche Momente mit ihrem Vater, ihre Begegnung mit Josh, ihren ersten Kuss und vertrieb die Frage, was genau Luke den Linien entnehmen könnte, die die Maschine bei der Aufzeichnung ihrer Gehirnwellen erstellte. Über die Kurven gebeugt, forderte Luke sie dreimal auf, den linken Arm zu heben.

»Aber das tue ich doch«, schimpfte Hope, als Luke schließlich eine Tonlage lauter wurde.

Er wandte sich zu ihr um und stellte fest, dass sie tatsächlich den Arm zur Decke gestreckt hielt. Er beugte sich wieder über seine Kurven und runzelte die Stirn.

»Kannst du ihn bitte noch einmal herunternehmen?«

Seufzend rollte er mit seinem Hocker zu ihr. Er rückte den Helm zurecht und zog den Gurt fester.

»He, du erstickst mich ja!«

»Tut mir leid«, meinte er und lockerte ihn ein wenig. Dann kehrte er zu seinem Apparat zurück und wiederholte den Versuch.

»Stimmt etwas nicht?«, erkundigte sich Hope, als sie Lukes verärgerte Miene bemerkte.

»Das Gerät scheint nicht richtig zu funktionieren, da stimmt was nicht. Sieht so aus, als wäre eine ganze Reihe von Elektroden ausgefallen.«

»Vielleicht hat mein Gehirn sie geschrottet«, scherzte sie.

»Mal den Teufel nicht an die Wand. Vor dem neuen Jahr bekomme ich bestimmt keinen anderen Helm, und wir würden eine Woche verlieren. So ein Mist«, schimpfte Luke.

»Wenn du damit sagen willst, dass Josh dann jeden Abend frei hat, dann soll der verflixte Helm gesegnet sein!«, erklärte sie und nahm ihn ab.

Sie fuhr sich mit den Händen durchs Haar, erhob sich und umarmte Luke.

»Kann ich gehen?«, fragte sie dann und lachte.

»Ja«, knurrte Luke, »und trotzdem danke.«

»Komm morgen Abend zu uns zum Essen, ich mache karamellisierte Schweinerippchen, damit du mir verzeihst.«

»Was denn?«

»Dass meine außergewöhnliche Intelligenz das Gerät sabotiert hat.«

»Morgen ist unser Scanner-Abend, ich hoffe, der hat nicht auch eine Panne.«

»Soll ich vorbeikommen? Gib mir eine Chance, den auch kaputt zu machen, denn nichts täte ich lieber.«

»Bis morgen, Hope«, antwortete Luke trocken.

Eine Viertelstunde später betrat Josh das Labor. Luke plagte sich damit ab, die Elektroden zu überprüfen, doch sie waren alle korrekt mit dem Helm verschweißt.

»Ist Hope nicht da?«, erkundigte sich Josh.

»Doch, aber sie hat sich im Kühlschrank versteckt.«

Josh sah ihn verblüfft an.

»Du siehst doch, dass sie nicht da ist. Du findest sie wahrscheinlich bei ihren beiden Freundinnen.«

»Ich glaube, an dem Tag, an dem ich dich mal gut gelaunt erlebe, muss ich mir Sorgen machen. Was ist denn nun wieder los?«

»Nichts, ich würde nur gerne mit zuverlässigem Material arbeiten. Hock dich auf den Stuhl, ich muss etwas testen.«

Luke setzte Josh den Helm auf und unterzog ihn derselben Untersuchung wie Hope. Die kleinen Sonden, die vorhin nicht funktioniert hatten, leuchteten jetzt normal auf, wenn Josh den Arm hob. Luke betrachtete aufmerksam die Kurve und überlegte, woher die Panne rühren könnte. Da jetzt alles normal zu sein schien, setzte er den Versuch fort.

Die Stunden vergingen. Josh war müde.

»Es reicht für heute«, erklärte er und nahm den Helm ab. »Ich hole Hope ... Bringst du uns nach Hause?«

Luke speicherte die Aufzeichnungen und schaltete den Monitor aus.

»Ich warte auf dem Parkplatz auf euch, aber trödelt nicht.«

»Ich tue mein Bestes«, meinte Josh, der schon auf der Schwelle stand.

»Josh, ich möchte dich um etwas bitten. Richte es so ein, dass Hope dich morgen begleitet.«

»Wenn du willst, aber warum?«

»Weil sie vorhin hier war, und während sie auf dich gewartet hat, habe ich ein paar Aufzeichnungen mit ihr gemacht, die möchte ich mit denen des Scanners vergleichen.«

»Du hättest mit mir darüber sprechen können.«

»Habe ich doch gerade, oder? Übrigens habe ich eine sehr schöne Aufzeichnung von dem Tag, an dem ihr euch begegnet seid.«

»Ach ja? Zeigst du sie mir?«

»Ein andermal, ich habe jetzt schon den Terminal ausgeschaltet und möchte nach Hause. Aber keine Sorge, die elektrische Aktivität zeugt von großer emotionaler Intensität, die Kurven schlagen in alle Richtungen aus. Los, und jetzt beeil dich ein bisschen.«

»Und wenn wir zu Silvester wieder nach Salem fahren würden?«, schlug Hope vor, als sie unter die Decke schlüpfte.

»Das würde ich gerne tun, aber ich glaube, ich kann Luke nicht bitten, uns an diesem Abend das Auto zu leihen, und ihn alleine hier zurücklassen.«

»Du hast recht, mein Josh, das wäre etwas schwierig.«

»Wann hast du angefangen, mich ›mein Josh‹ zu nennen?«

»An dem Tag, an dem ich wusste, dass ich wirklich dir gehöre. Ich musste ja einen Weg finden, dass es bei dir genauso ist.«

Hope wandte sich zu ihm und schob die Decke zurück. Sie war nackt.

»Aber gehörst du wirklich mir?«, fragte sie und setzte sich rittlings auf ihn.

Die Antwort ließ nicht lange auf sich warten.

Nachdem Josh ausgezogen war, hatte Luke sich im Zimmer seines Freundes einen kleinen Arbeitsbereich eingerichtet. Zunächst hatte er daran gedacht, dort zu schlafen, doch auch Hope hatte hier gelebt, und manchmal hatte er den Eindruck, ihre Anwesenheit zu spüren. Beim Arbeiten störte ihn das nicht, beim Schlafen schon.

Aus der Innentasche seiner Jacke zog er die Dokumente, die er im Zentrum diskret hatte mitgehen lassen, und setzte sich an den Tisch, um sie eingehend zu studieren. Die Kurven waren eigenartig, und je länger er sie betrachtete, desto mehr zweifelte er daran, dass eine Dysfunktion der Elektroden der Grund dafür war. Die Anomalien beunruhigten ihn, und er wollte so schnell wie möglich sichergehen, dass seine Befürchtungen unbegründet waren.

Die ersten Sonnenstrahlen weckten Hope. Das Morgenlicht fiel durch das Fenster auf den hellen Holzboden des Lofts. Josh schlief tief und fest, und sie lächelte schelmisch, als sie ihn leicht in die Wange kniff. Er brummte und vergrub den Kopf im Kissen, das sie anhob, um ihm zuzuflüstern: »Mach mir Pfannkuchen!«

»Hope, bitte«, knurrte er.

»Mit Ahornsirup.«

»Nein.«

»Heute ist unser Jahrestag.«

Josh wandte sich um und sah sie zweifelnd an.

»Welcher Jahrestag?«

»Der unserer ersten Nacht.«

»Wirklich?«

»Ich glaube, ich mag deine rüpelhafte Art.«

»Das hast du dir schön ausgedacht, aber unsere erste Nacht war am 10. November.«

»Machst du mir Pfannkuchen, nachdem du jetzt sowieso wach bist?«

»Du bist unmöglich«, sagte Josh und stand auf.

Er zog eine Jeans an und ging hinter die Küchentheke.

»Wann stellst du mir deinen Vater vor?«, fragte Hope und trat zu ihm.

Er seufzte. »Wird es irgendwann irgendjemandem gelingen, die weibliche Denkstruktur zu entschlüsseln?«

»Darf ich erfahren, was diese kleine Bemerkung zu bedeuten hat?«

»Wie bist du von den Pfannkuchen auf meinen Vater gekommen?«

»Meiner hat mir oft welche gemacht, und deine Gesten, wenn du das Gas anzündest, sind wie seine. Dieselbe Art, eilig die Hand zurückzuziehen, als könnte der Gasherd explodieren.«

»Das hat natürlich eine unwiderlegbare Logik.«

»Also, wann besuchen wir ihn?«

»Wir haben uns lange nicht gesehen.«

»Warum?«

»Weil wir zerstritten sind, Hope. Und ich habe jetzt ebenso wenig Lust, über ihn zu reden, wie dazu, Pfannkuchen zu machen.«

»Warum seid ihr zerstritten?«

»Das ist eine alte und lange Geschichte.«

»Ich möchte, dass du dich mit ihm versöhnst.«

»Bestimmt nicht. Und was geht dich das an?«

»Wenn wir eines Tages Kinder haben, sollen sie ihren Großvater lieben können.«

Josh wandte sich um und sah sie merkwürdig an.

»Nun mach doch nicht so ein Gesicht, als hätte ich dir den Weltuntergang verkündet. Ich habe gesagt ›wenn wir eines Tages‹, nicht jetzt.«

»Können wir erst einen Kaffee trinken, ehe wir den Weltuntergang in Gesellschaft meines Vaters ins Auge fassen?«, fragte er und füllte den Wasserspeicher der Kaffeemaschine.

»Wenn du mir versprochen hast, dass ich ihn kennenlernen werde, hast du gehört, Josh?«

»Klar und deutlich.«

»Woher kommt dieser Ausdruck?«

»Von ihm, du hast es geschafft, ihn in seiner Abwesenheit zu Wort kommen zu lassen. Jedes Mal, wenn er mir eine Strafpredigt hielt, endete die mit den Worten: ›Ich hoffe, du hast mich gehört, und zwar klar und deutlich!‹«

Hope reckte sich auf die Zehenspitzen und nahm zwei Becher aus dem Schrank.

»Ich hatte heute Nacht einen Albtraum.«

»Du hast oft welche, seit wir hier sind. Vielleicht bekommt dir dieses Loft nicht, oder die Straßenlaternen erhellen das Zimmer zu sehr. Ich versuche, etwas zu basteln, um die Fenster zu verdunkeln.«

»Fragst du nicht, was ich geträumt habe?«

»Ich habe schon eine Ahnung, denn du redest im Schlaf, Hope.«

»Und was habe ich gesagt?«

»Dass ich der geduldigste Mensch überhaupt bin«, antwortete Josh, legte zwei Pfannkuchen auf einen Teller und reichte ihn Hope.

»Ich habe geträumt, wir sind am Meer spazieren gegangen, plötzlich habe ich mich umgedreht und bin auf die

Wellen zugelaufen, und du hast mich gehen lassen. Ich bin ohne den geringsten Widerstand ertrunken. Ich hatte keine Angst zu sterben, aber unter Wasser war ich entsetzt bei der Vorstellung, dich zu verlieren.«

Josh nahm sie in die Arme.

»Du schwimmst besser als alle anderen, und ich laufe schneller als du. Dein Albtraum ist also nicht logisch, ich hätte dich eingeholt, bevor du ertrunken wärst.«

»Ich fühle mich schlecht im Moment.«

»Wie, schlecht?«

»Ich habe den Eindruck, nicht mehr ich selbst zu sein.«

»Wir arbeiten zu viel. Sicher ist das auf irgendeine Mangelerscheinung zurückzuführen, vielleicht Kalzium oder Eisen. Wenn du willst, gehen wir zu einem Arzt.«

»Red keinen Unsinn, ich habe einen Vater, der Arzt ist.«

»Dann sprich mit ihm darüber. Vielleicht kann er dir ein Medikament verschreiben, damit du ruhiger schlafen kannst.«

»Nie im Leben! Mein Vater reagiert völlig irrational, sobald es um meine Gesundheit geht. Ich bin wahrscheinlich diejenige mit den meisten Tetanus-Auffrischungen überhaupt. Bei der kleinsten Verletzung war ich dran.«

»Dann lass uns in die Uniklinik gehen, eine kleine Blutabnahme, und wir wissen Bescheid.«

»Nie im Leben! Ich habe Horror vor Spritzen.«

»In Ordnung … Ich sehe, was ich wegen Lukes Auto tun kann. Dann fahren wir zwei Tage ans Meer, du ruhst dich aus, und wenn wir zurück sind, fühlst du dich nicht mehr schlecht.«

»Was gefällt dir, mein Busen ausgenommen, noch an mir?«

»Warum fragst du so etwas?«

»Vielleicht sollte ich ihm Augenbrauen aufmalen, dann würdest du von Zeit zu Zeit glauben, mir in die Augen zu sehen.«

»Bitte, Hope, ich habe ihn angesehen, weil du nackt bist.«

»Na, das ist mein Gesicht ja auch.«

»Wie soll ich nicht verwirrt sein, wenn du nichts anziehst?«

»Aber du hast meine Frage nicht beantwortet. Was findet ein Mann wie du an einem Mädchen wie mir?«

Josh griff nach der Küchenschürze und warf sie ihr zu. »Manchmal«, sagte er, »ist es unmöglich zu erklären, was man für jemanden empfindet, aber man weiß, dass dieser Jemand einen dahin bringt, wo man noch nie war.«

»Und wo warst du noch nie, bevor du mich kennengelernt hast, Josh Kepler?«

»Das ist das erste Mal, dass du meinen Familiennamen aussprichst.«

»Vielleicht weil du mir zum ersten Mal etwas so Schönes sagst.«

»An deiner Seite, Hope, ist der schönste Ort, den ich je in meinem Leben aufgesucht habe. Und um dir zu beweisen, dass ich das nicht nur so dahinsage, musst du wissen, dass du auch den schönsten Busen hast, den ich je gesehen habe … aber bitte, mal ihm keine Augenbrauen auf.«

Josh rief Luke an, um ihm zu sagen, er würde erst zu ihrer abendlichen Verabredung vor dem Leichenkeller kommen.

Als er auflegte, hatte Hope ihr Lächeln wiedergefunden. Sie nahmen einander gegenüber Platz und frühstückten genüsslich.

Später am Vormittag fuhren sie mit dem Bus bis zu einer Haltestelle in der Nähe des Flusses. Eine Stunde lang liefen sie am Ufer entlang und nutzten den Tag, an dem die Sonne endlich beschlossen hatte, sich zu zeigen. Als sie am Spätnachmittag das Kino verließen, in dem sie *La grande bellezza – Die große Schönheit* gesehen hatten – es war Hope gelungen, Josh in ein Filmkunsttheater zu locken –, diskutierten sie bei einem Stück Kuchen über den Film. Hope war sicher, dass Joshs Augen am Ende des Films feucht gewesen waren, was er hartnäckig abstritt.

»Warum willst du nicht zugeben, dass du zu Tränen gerührt warst?«

»Ich behaupte ja nicht das Gegenteil, aber deswegen habe ich noch lange nicht geweint.«

»Auch Männer haben das Recht zu weinen, mein Josh. Ich möchte, dass du mir etwas versprichst.«

»Nicht, ehe ich weiß, was.«

»Oh doch! Lieben bedeutet, nie am anderen zu zweifeln.«

Josh betrachtete den Kuchenrest, der auf seinem Teller lag, und nickte, als er ihn in den Mund schob.

»Im Frühjahr ist es an mir, deinen Vater kennenzulernen, wir fahren ihn besuchen.«

Josh verschluckte sich.

Sie kamen ein wenig zu spät. Luke trat vor dem Leichenkeller ungeduldig von einem Fuß auf den anderen. Sie liefen über den Gang und eilten dann weiter zur Radiologie.

Luke setzte sich an das Schaltpult, schob einen USB-Stick in den Computer und übertrug die Daten, die er im Zentrum aufgenommen hatte. Währenddessen legte sich

Josh in die Röhre. Die Untersuchung begann, doch nach zwanzig Minuten unterbrach Luke sie und wandte sich an Hope. Diese war seit ihrer Ankunft in ihre Bücher vertieft und hatte dem Vorgehen kaum Aufmerksamkeit geschenkt.

»Jetzt bist du dran«, meinte Luke und nahm ihr das Buch aus der Hand.

»Du willst, dass ich mich in diese Röhre lege? Nie im Leben, ich leide unter Klaustrophobie.«

»Die Röhre ist auf beiden Seiten offen, du hast nichts zu befürchten.«

»In einem Aufzug im Prinzip auch nicht, und trotzdem nehme ich immer die Treppe.«

»Ich brauche deine Hilfe«, beharrte Luke, »und man kann nicht gerade behaupten, dass du dich in den letzten Wochen viel an unseren Forschungen beteiligt hättest. Also gib dir bitte einen Ruck.«

»Aber warum brauchst du mich denn?«

»Das habe ich dir schon letztes Mal erklärt, um Vergleichsdaten zu bekommen. Die von unseren beiden Gehirnen aufgenommenen reichen nicht aus. Josh kann neben dir sitzen, und wenn die Untersuchung wirklich unerträglich wird, dann höre ich sofort auf, versprochen.«

Hope zögerte, sie war sich bewusst, dass sie ihre Partner in letzter Zeit vernachlässigt und sich mehr mit den Arbeiten beschäftigt hatte, die sie mit Kasuko durchführte – vor allem, seit deren deutsche Kollegin entlassen worden war. Luke deutete auf den Scanner hinter der Glasscheibe, und Joshs Lächeln besiegte ihren letzten Widerstand. Sie legte ihre Brille auf die Ablage und vergewisserte sich, dass sich keine metallischen Gegenstände in ihren Taschen befanden.

Luke bat sie, in der Kabine ihre Kleidung abzulegen und den Kittel überzustreifen, der dort hing. Hope zuckte mit den Schultern und folgte seinen Anweisungen.

Josh half ihr auf die Liege, fixierte ihren Kopf mit Schaumstoffkeilen und versprach, sich nicht zu entfernen, während ihr Körper in die Röhre glitt.

Ein CT-Ring begann sich über ihr zu drehen, und Hope zog es vor, die Augen zu schließen.

Die von Luke waren auf den Kontrollbildschirm gerichtet. Als die ersten Schnittbilder zu sehen waren, atmete er tief durch und biss sich auf die Unterlippe, während er die Untersuchung fortsetzte.

Zwanzig Minuten später sah er auf die Uhr. Es wurde Zeit zu gehen, also kopierte er die Daten auf seinen USB-Stick, ließ die Liege aus der Röhre fahren und informierte Hope über das Mikro, dass sie sich anziehen könne.

»Und, entspricht das Ergebnis deinen Erwartungen?«, fragte Josh, als er zu ihm in die Kabine trat.

»Ja, wir müssen uns beeilen, damit wir verschwunden sind, ehe der Wartungsdienst kommt. Ich schalte den Monitor aus, und wir treffen uns im Gang.«

Sie verließen die Uniklinik und stiegen in den Camaro. Hope setzte sich auf die Rückbank, Josh auf den Beifahrersitz.

»Na?«, fragte sie und beugte sich vor. »Hat es diesmal funktioniert?«

»Ja«, erklärte Luke lakonisch.

»Wovon sprecht ihr?«, wollte Josh wissen.

»Von nichts«, antwortete Luke.

»Was heißt hier nichts? Dein Freund, der mich für sein neues Versuchskaninchen hält, hat bei mir eine Elektroenzephalografie gemacht, und die Macht meines Gehirns hat seinen Apparat geschrottet, ich war sehr stolz und er sehr wütend.«

»Warum hast du mir das nicht erzählt?«, fragte Josh.

»Habe ich ja«, erwiderte Luke, »aber du hast mir nicht zugehört. Nichts Schlimmes, nur ein Wackelkontakt im Helm, den ich schon repariert hatte, als du kamst.«

Josh bedachte Luke mit einem finsteren Blick, doch dieser hielt die Augen auf die Straße gerichtet.

Vor dem Loft trennten sie sich. Luke fuhr, ohne zu warten, weiter, und Josh sah den Camaro in der einsamen Nacht verschwinden.

»Ist etwas nicht in Ordnung?«, fragte Hope.

»Nein, nein. Lass uns nach oben gehen, es ist schon spät.«

Sobald er in seiner Wohnung war, setzte Luke sich an den Computer, schob den USB-Stick hinein und lud die MRT-Aufnahmen von Hope herunter. Dann stand er auf, holte ein Buch aus seinem Regal und verglich die Schnittbilder von Hopes Gehirn mit denen in seinem Buch. Das dauerte einen guten Teil der Nacht, und um drei Uhr morgens schrieb er Josh eine SMS.

Kapitel 9

Das Ufer war menschenleer. Der eisige Wind hatte die Jogger verschreckt, nur einige Hunde und ihre Herrchen trotzten der morgendlichen Kälte.

Eingehüllt in seinen Parka, wartete Luke auf einer Bank neben einer Weide. Josh kam langsam näher und setzte sich neben ihn.

»Was gibt es denn so Dringendes? Du bist hoffentlich nicht mehr ins Labor zurückgefahren?«

Luke legte einen Umschlag auf Joshs Knie.

»Öffne ihn bitte nicht sofort«, bat er. »Ich habe dich bezüglich der Panne bei Hopes Enzephalogramm belogen.«

»Warum?«

»Weil diese Panne bei deinem EEG nicht wieder aufgetreten ist.«

»Ich dachte, du hättest die Elektroden justiert.«

»Josh, die sind verschweißt, nicht verschraubt, das solltest du eigentlich wissen.«

»Gut, sie sind also verschweißt, na und?«

»Ich habe mich deshalb gefragt, warum die Aufzeichnungen bei Hope nicht funktionierten.«

»Was willst du damit sagen?«, wollte Josh wissen und wandte sich ihm zu.

»Ich wollte nicht mit dir darüber sprechen, bevor ich es nicht überprüft hatte. Darum habe ich auch so sehr darauf bestanden, dass Hope uns gestern begleitet.«

»Bevor du was überprüft hattest? Worauf willst du eigentlich hinaus, Luke? Verdammt noch mal, drück dich verständlich aus.«

»Ich weiß nicht, wie ich es sagen soll. Ich habe die ganze Nacht deswegen nicht geschlafen und keine Ahnung, wie man so etwas verkündet. Die Bilder der Aufzeichnungen sind nicht gut.«

»Was heißt nicht gut?«

»Überhaupt nicht gut. Ich bin kein Arzt, aber ich habe genügend Schnittbilder des Gehirns gesehen, um einen Tumor zu erkennen.«

»Was sagst du da?«

»Josh, du musst Hope dazu überreden, eine weitere Untersuchung vornehmen zu lassen, und zwar schnellstmöglich. Vielleicht habe ich gestern einen Fehler gemacht, vielleicht habe ich einen zu starken Kontrast eingestellt und eine Anomalie entdeckt, die es gar nicht gibt. Ich hoffe von ganzem Herzen, dass ich mich getäuscht habe, aber ich bin sehr beunruhigt.«

Josh nahm den Kopf zwischen die Hände und rang nach Luft.

»Wie hoch schätzt du die Wahrscheinlichkeit ein, dich getäuscht zu haben?«

»Jetzt ist nicht der Zeitpunkt, unnötige Statistiken aufzustellen, lass Hope bei einem Spezialisten noch ein MRT machen, ohne sie übermäßig zu beunruhigen.«

»Wie groß ist der Tumor?«

»Ungefähr eineinhalb Zentimeter.«

»Aber er könnte doch auch gutartig sein?«

»Ja, genau das müssen wir mit aller Kraft hoffen.«

»Ich will, dass du mir die Wahrheit sagst, wenn du denkst, dass er bösartig ist.«

»Ich wiederhole: Das können nur weitere Untersuchungen zeigen. Es tut mir sehr leid … Du weißt gar nicht, wie sehr.«

Josh stand auf und begann, vor Luke auf und ab zu gehen. »Warte, jetzt bloß keine Panik. Erstens hast du möglicherweise mit dem Scanner Mist gebaut, und dann ist nicht erwiesen, dass dieser Tumor bösartig ist; und falls doch, wird er herausoperiert, und alles wird wieder gut.«

»Du musst mit Hope sprechen, ohne Zeit zu verlieren. Wenn du nicht den Mut dazu hast, kann auch ich das übernehmen.«

»Nein, das muss schon ich ihr beibringen. Es kommt mir vor wie in einem Albtraum.«

»Du hast doch selbst gesagt, bloß keine Panik, bevor wir mehr wissen. Du kannst jederzeit auf mich zählen.«

»Wie soll ich es ihr sagen, ohne sie in Panik zu versetzen? Und wenn wir die Bilder zuerst noch Flinch zeigen?«

»Ich glaube nicht, dass Hope damit einverstanden wäre, und du kannst ohne ihre Zustimmung nicht mit ihm darüber sprechen. Das kann nur sie allein entscheiden, nicht wir. Wenn sie das möchte, wenden wir uns an ihn, und er kann uns die besten Spezialisten empfehlen.«

Luke stand auf, nahm Josh in die Arme und drückte ihn fest.

»Ich bin da, vergiss das niemals.«

Als Josh Luke hinterhersah, der sich mit auf dem Rücken verschränkten Händen entfernte, schien es, als sei sein Freund über Nacht gealtert.

Er selbst wusste nicht, wohin er gehen sollte, also lief er ziellos durch die Straßen, ohne auf seine Müdigkeit zu achten. Verstört durchquerte er die Stadt und überlegte krampfhaft, wie er die Wahrheit verschweigen könnte, ohne zu lügen. Und außerdem wollte er unbedingt glauben, dass Luke sich täuschte, dass nichts von dem, was er gesagt hatte, wahr oder auch nur möglich sei. So etwas konnte Hope einfach nicht passieren. Es gab auf der Erde so viele Miststücke, so viele Menschen, die zu nichts nutze waren, die nur zerstörten. Aber Hope … Hope würde eines Tages ein Heilmittel gegen Alzheimer entdecken, also war es unmöglich, dass sie an einer unheilbaren Krankheit litt. Sie hatte eine Mission zu erfüllen, und es wäre die größte Schweinerei, wenn ein Tumor sie daran hinderte, Millionen von Menschenleben zu retten. Wenn der Tod eine Seele haben wollte, sollte er sich einfach eine andere suchen, aber nicht Hope, die so schön und so fröhlich war.

An der nächsten Kreuzung fragte sich Josh, warum er an Seelen gedacht hatte, weil er vor dem Gespräch mit Luke weder an Seelen noch an Gott geglaubt hatte, zumindest nicht mehr seit seinem zwölften Geburtstag, und jetzt … Jetzt wusste er überhaupt nicht mehr, was er denken sollte. Wenn er seine Vorbehalte einfach aufgab, wenn er es akzeptierte, an Ihn zu glauben, würde Er sich dann mit Hopes Fall befassen, um sie zu retten?

Als er in seiner Straße ankam, liefen ihm Tränen über die Wangen, ohne dass er sie zurückhalten konnte. Er drehte um, trocknete sich das Gesicht und betrat eine Kneipe. Er verbot es sich, schwach zu sein, nicht er war schließlich der Leidtragende, er litt im Stillen, er musste stark sein und normal. Normal bleiben, das war er Hope schuldig. Vollkommen normal. Immer schön normal bleiben, verstanden?, sagte er sich und stürzte seinen Whisky in einem Zug herunter.

Er verließ die Kneipe und suchte ein Lebensmittelgeschäft, um eine Packung Kaugummi zu kaufen. Wenn Hope roch, dass er Alkohol getrunken hatte, würde sie ihm Fragen stellen … Normal bleiben.

Vor dem Schaufenster eines Blumenladens blieb er stehen, verzichtete jedoch darauf, einen Strauß zu kaufen. Hope wäre überrascht gewesen … Normal.

Vier Tage vergingen, ohne dass er die Kraft gefunden hätte, mit Hope zu sprechen, ihr vorzuschlagen, einen Neurologen aufzusuchen. Vier Tage, in denen er flüchtige und bedeutungsschwere Blicke mit Luke wechselte. Luke hätte gerne herausgelesen, alles sei wie zuvor, aber nichts war mehr so wie zuvor. Vier Tage, in denen Josh sich vorkam wie der Lehrling eines Sprengmeisters, dem man aufgetragen hatte, eine Bombe zu entschärfen. Eine Bombe im Kopf der Frau, die er liebte und deren Zeitzünder in seinem eigenen Kopf tickte. Und jedes Mal, wenn Hope wieder von ihren Migränen sprach, begann sein Herz heftig zu schlagen, sein Mund wurde trocken, und seine Hände wurden feucht.

Vor dem Wochenende bat Hope ihn, sie in ein Restaurant einzuladen. Sie hatte Lust auf italienisches Essen und erklärte Josh, ein Teller Nudeln im Restaurant bereite mehr Genuss als zu Hause. Er stellte keine Fragen, schlüpfte in Hemd und Jackett und rief ein Taxi, das sie vor einem der besten Restaurants der Stadt absetzte. Manchmal musste man sich eben über die Normalität hinwegsetzen.

»Wie sollen wir denn die Rechnung bezahlen?«, fragte sie, nachdem der Kellner sie mit Gnädige Frau hier und Gnädige Frau dort zu ihrem Platz geleitet hatte.

»Ich habe in den letzten Wochen etwas Geld auf die Seite gelegt«, antwortete er, während er sich in die Speisekarte vertiefte.

»Wie das?«

»Keine Sorge, wir werden nach dem Essen nicht abspülen müssen«, sagte er, um sie zu beruhigen.

»Du hättest mich vorwarnen sollen, dass es etwas zu feiern gibt, dann hätte ich ein Insekt aus dem Labor mitgehen lassen und am Ende des Essens unauffällig auf meinem Teller platziert. Diesen Trick sieht man im Kino. Die Kundin schreit auf und verlässt, ohne zu zahlen, empört das Lokal.«

»Ich glaube, das ist inzwischen ein abgedroschener Trick, auf den das Personal in dieser Kategorie von Restaurants nicht mehr hereinfällt.«

Hope bestellte Linguine mit Venusmuscheln, Josh bedeutete dem Kellner, er werde dasselbe nehmen. Sie verzichteten darauf, einen Blick in die Weinkarte zu werfen, und bekräftigten ohne Hemmungen, eine Karaffe Leitungswasser wäre ihnen sehr angenehm.

Hope genoss ihr Essen, ohne ein Wort zu sagen; von Zeit zu Zeit hob Josh den Kopf, um sie zu beobachten.

Als sie fertig gegessen hatte, wischte sie sich vorsichtig die Lippen ab, legte ihre Serviette auf den Tisch und blickte Josh direkt in die Augen.

»An dem Abend vor ein paar Tagen, als Luke mich gebeten hat, Versuchskaninchen zu spielen, gab es da bei meinem MRT ein Problem?«

Sie hatte diese Frage mit ruhiger Stimme gestellt, und Josh war nicht in der Lage, darauf zu antworten.

»Auf dem Heimweg habt ihr beide lange Gesichter gezogen«, fügte sie an, »und seither werden eure Gesichter jedes Mal, wenn ihr euch anschaut, noch länger. Daraus schließe ich, dass du entweder eine Geliebte hast, oder …«

»Es war nichts wirklich Genaues«, unterbrach Josh sie. »Ein kleiner, unbedeutender Fleck. Luke ist kein Radiologe, und alles deutet darauf hin, dass er das Gerät falsch bedient hat. Vorsichtshalber wäre es gut, noch ein MRT zu machen, dieses Mal jedoch bei einem echten Arzt.«

»Also machst du dir Sorgen?«

»Nein, wie schon gesagt, das ist eine reine Vorsichtsmaßnahme.«

»Lüg mich nicht an, Josh Kepler«, sagte Hope und nahm seine Hand. »Wenn du das nur noch ein einziges Mal tun würdest, könnte ich dir nicht verzeihen. Ich muss jetzt mehr denn je wissen, dass der Mensch, den ich am meisten auf der Welt liebe, mir immer die Wahrheit sagen wird.«

Josh hätte sich gerne verteidigt, er suchte nach den richtigen Worten, aber Hope ließ ihm dazu keine Zeit und fuhr fort: »Gestern war meine Migräne stärker als sonst, und ich hatte Sehstörungen. Es hat eine gute Viertelstunde gedauert, lange genug für mich, um eine Verbindung zwischen den einzelnen Punkten herzustellen. Hast du das als Kind auch gespielt? Ich habe es geliebt, mit einem Stift die Punkte zu verbinden, sodass ein Bild entstand, daran hatte ich eine verrückte Freude. Nur dass ich damals noch keinen Tumor im Gehirn hatte.«

Sie hatte diesen Satz mit gleichgültiger Stimme gesprochen, mit gnadenloser Kälte.

»Ich habe wieder an Lukes Getue gedacht, daran, wie du seit einigen Tagen immer vorgibst, alles sei gut, alles wunderbar, sogar meine Kochkünste. Ich glaube, das hat mir am meisten Angst gemacht. Denn mal ehrlich, mein Josh, es gibt nichts Schlimmeres als mich am Herd. Ich habe meinen Vater angerufen und ihm gesagt, dass es mir nicht sehr gut geht und ich mich beschissen fühle. Das hat gereicht, um ihn Himmel und Hölle in Bewegung setzen zu lassen, damit ich noch am selben Tag einen MRT-Termin bekomme. Mein Vater ist, was mich betrifft, ein schrecklicher Hypochonder.«

»Warum hast du mir nichts gesagt?«

»Die Frage gebe ich an dich zurück.«

»Weil ich Angst hatte, Hope.«

»Dann sei dir verziehen, weil ich jetzt selbst weiß, was es heißt, Angst zu haben, und die Angst kann uns zu allem Möglichen treiben.«

»Was hat das MRT ergeben?«, fragte Josh mit unsicherer Stimme.

»Ein Glioblastom. Eine bösartige Vorwölbung, der man einen unguten Charakter nachsagt. Sie scheint eher aggressiv zu sein.«

»Hör auf, Hope, bitte.«

»Die einzig gute Nachricht ist«, fuhr sie mit derselben Ironie fort, »dass der Tumor noch klein und operabel ist.«

»Also wirst du operiert, und alles wird wieder gut. Das schwöre ich dir.«

Hope lächelte bitter, beugte sich über den Tisch und küsste ihn auf den Mund.

»Ich glaube dir, denn lieben bedeutet, niemals am anderen zu zweifeln.«

Nachdem sie zurück waren, gönnte sich Hope eine lange Dusche. Sie ging zu Bett, kuschelte sich an Josh, und sie liebten sich. Während des anschließenden Schweigens schliefen sie ein und hielten sich dabei an der Hand.

Beim Aufwachen bat Josh Hope um die Erlaubnis, mit Flinch über ihren Fall sprechen zu dürfen. Dieser kannte sicher die besten Neurochirurgen der Stadt. Hope wies ihn darauf hin, dass sie kein »Fall« sei, aber sie akzeptierte den Vorschlag. Dann kam die Sprache auf ihren Vater. Er musste informiert werden. Hope widersprach heftig.

»Ich habe dem Arzt, zu dem mein Vater mich geschickt hat, verboten, ihm irgendetwas zu sagen. Papa wäre noch kränker als ich, und ich habe keine Lust, mich auch noch um ihn zu kümmern.«

»Er ist Arzt – und er ist dein Vater. Du kannst ihn nicht heraushalten.«

»Er würde mit dem ersten Flieger kommen, und zwar sicher in Begleitung von Amelia. Ich brauche Ruhe, muss mich auf mich konzentrieren oder vielmehr nein, ich brauche genau das Gegenteil. Zuerst musst du mir schwören, deine Trauermiene abzulegen. Du hast es selbst gesagt, das wird nur ein kleiner Eingriff, und anschließend nimmt das Leben wieder seinen normalen Gang. Ich will, dass es so ist, Josh, wir werden weiter Pläne schmieden, an unserer Forschung arbeiten, lachen, ausgehen, uns lieben und uns auch mal streiten, wie ein normales Paar.«

»Aber wir streiten uns nie!«

»Es ist noch nicht zu spät, damit anzufangen.«

Sie warteten nach den Vorlesungen auf Flinch. Er wunderte sich, alle drei vor seinem Büro vorzufinden. Er hatte wenig Zeit, als er jedoch ihre niedergeschlagenen Gesichter sah, willigte er ein, sie zu empfangen. Ohne das Ende der Erläuterungen von Josh abzuwarten, nahm Flinch die MRT-Bilder, las den Bericht und gab die Unterlagen zurück.

Er griff zum Telefon, rief die Sekretärin eines Facharztes an, der zu seinen Freunden zählte, und bestand darauf, dass dieser ihn unverzüglich zurückrufe.

»Wir werden Sie aus dieser unangenehmen Lage befreien«, sagte er, während er das Trio zur Tür begleitete. »Ich melde mich, sobald ich Neuigkeiten habe. Wir planen den Eingriff möglichst schnell. Anschließend werden vielleicht Bestrahlungen und eine kleine Chemo nötig sein, das wird uns die Biopsie bestätigen, aber ich mache mir da keine Sorgen. Schonen Sie sich inzwischen und haben Sie keine Angst. Sie können Luke danken, der Tumor wurde in einem sehr frühen Stadium entdeckt, alles wird gut gehen.«

Flinch wollte die Untersuchungsergebnisse behalten, er würde sich darum kümmern, sie seinem Kollegen zukommen zu lassen, um Zeit zu sparen.

Mit diesen beruhigenden Worten schloss er seine Bürotür und nahm wieder in seinem Sessel Platz. Er öffnete den Umschlag und studierte erneut mit ernster Miene die Schnittbilder des Gehirns.

Am Spätnachmittag erhielt Hope einen Anruf von Flinch. Er hatte für sie einen Termin am nächsten Vormittag bei Professor Berger in seiner Abteilung in der Uniklinik bekommen. Sie solle sich keine Sorgen um die Vorlesungen machen, die sie versäumen würde, er würde Luke das Skript mitgeben.

Ihr Abend verlief so normal wie möglich. Hope hatte darauf bestanden zu kochen, und das Essen war ungenießbar. Dies eine Mal versuchte Josh nicht, das Gegenteil zu behaupten. Er warf das, was ein Makkaroni-Gratin sein sollte und auch so aussah, aber wie eine Pampe aus Hörnchennudeln schmeckte, ganz einfach in den Müll. Er bereitete einen Salat und Rührei zu, beides teilten sie sich, während sie dazu eine alte Episode von *Friends* auf Hopes Laptop anschauten.

Am Morgen zogen sie sich ganz normal an, nahmen ganz normal den Bus zum Campus und gingen auf das Gebäude zu, in dem sich der Hörsaal befand, bogen dann aber an einer Wegkreuzung zur Universitätsklinik ab. Ab dieser Kreuzung war es mit der Normalität vorbei.

Sie warteten eine Stunde auf einem fahlen Korridor. Von Zeit zu Zeit steckte die Sekretärin von Professor Berger den Kopf aus ihrem Büro, um ihnen zu versichern, die Reihe wäre bald an ihnen. Hope hatte sich auf einen Plastikstuhl gesetzt. Sie blätterte eine alte Ausgabe der Zeitschrift *People* durch und wunderte sich, keine der Personen zu erkennen, die dort abgebildet waren und deren Tun und Treiben dennoch Gegenstand von Überschriften war, eine sensationeller als die andere. Josh hingegen lief pausenlos auf dem Gang auf und ab, bis Hope ihm befahl, sich neben sie zu setzen.

»Leben wir schon so lange von der Welt abgeschottet?«, fragte sie, während sie die Seiten umblätterte. »Ich habe nicht die geringste Ahnung, wer diese Leute sind oder warum sie in dieser Zeitschrift auftauchen. Glaubst du, einer von denen hat einen Impfstoff gegen Aids entdeckt?«

Josh beugte sich aufmerksam über die Seiten.

»Ich glaube, dass der Typ von Seite vier mit dem Mädchen von Seite sechs geschlafen hat und dass er sie mit der betrogen hat, die auf Seite acht zu sehen ist, bevor er sich auf Seite neun geoutet hat.«

»Wenn das keine aktuellen Themen sind! Schau, diese Frau verdient eine ganze Seite, weil sie sich die Brüste hat neu machen lassen. Mit meiner Operation würde ich mindestens eine Doppelseite verdienen, findest du nicht?«

»Dein Busen würde es verdienen, auf die Titelseite zu kommen.«

»Ich finde es großartig, dass meine Intelligenz dich noch immer so betört, irgendwie beruhigt mich das.«

Die Assistentin sorgte für das Ende ihrer Unterhaltung, der Professor war nun bereit, sie zu empfangen.

Das Gespräch dauerte eine knappe Viertelstunde. Der Chirurg erklärte, am Vormittag mit seinen Kollegen die beste Strategie besprochen zu haben. Alle waren sich über die Art des Vorgehens einig gewesen.

Aufgrund der Lage des Tumors würde der Eingriff unter Lokalanästhesie stattfinden. Hope würde nur während der Öffnung und während des Schließens der Schädeldecke betäubt, die restliche Zeit über wäre sie wach. Sie sollte auf die Tests reagieren, die man während der Resektion durchführte. Diese sehr alte Vorgehensweise war mit der Einführung der Anästhesie unüblich geworden, im Fall eines Eingriffs am Gehirn wies sie jedoch zahlreiche Vorteile auf.

»Kein Gehirn ist mit einem anderen identisch, und die

Variationen sind erstaunlich«, erklärte Berger in schulmeisterlichem Ton. »Die Medizin verfügt über keine allgemeingültige Kartografie, die es uns erlaubt, den Nutzen dieser oder jener Zone zu bestimmen. Bevor wir auch nur den geringsten Schnitt in ein Gewebe machen, setzen wir es daher elektrischen Stimulationen aus. Währenddessen stellen wir Ihnen Fragen, bitten Sie, einige Bewegungen auszuführen, Erinnerungen wachzurufen, mit uns zu sprechen oder einfache Aufgaben im Kopfrechnen auszuführen. Falls die elektromagnetische Induktion Sie daran hindert, korrekt zu reagieren, markieren wir sofort diese Zone, die unversehrt bleiben muss. Die Vorstellung, wach zu sein, mag beunruhigend sein, aber Sie werden keinerlei Schmerzen haben. Diese Technik reduziert das Risiko von Folgeschäden beträchtlich. Es liegt heute bei unter einem Prozent. Da Sie auf Empfehlung meines guten Freundes Professor Flinch kommen, ist es mir gelungen, für Samstagvormittag einen OP-Saal zu bekommen. Wir wollen keine Zeit verlieren. Sie werden am Vortag in meiner Abteilung aufgenommen, damit wir einige Voruntersuchungen vornehmen können. Zu guter Letzt, und damit kommen wir zum Ende, werden Ihre Migräneanfälle nur noch eine schlechte Erinnerung sein.«

Der Chirurg verzog den Mund zu einem Grinsen, zufrieden über seine geistreiche Bemerkung, und verabschiedete sie.

Benommen verließen sie das Krankenhaus. Hope hatte der Mann nicht sonderlich gefallen.

Luke lud die beiden zu sich ein, und Hope empfand beim Betreten der Wohnung eine gewisse Wehmut.

Das Loft bot ihr mit Josh mehr Platz und Intimität, aber gelegentlich trauerte sie den Abenden nach, die sie in dieser kleinen Wohnung verbracht hatten. Sie war gerne der Gegenstand einer Freundschaft gewesen, um die Luke und Josh wetteiferten, hatte die endlosen Diskussionen geliebt, die sie hin und wieder bis in die Morgenstunden führten. Sie trauerte der Sorglosigkeit einer Zeit nach, in der sie sich niemals hätte vorstellen können, sich von einem so selbstgefälligen Chirurgen wie Berger den Schädel öffnen lassen zu müssen.

Luke bestellte Pizza, holte drei Bier aus dem Kühlschrank und klappte seinen Laptop auf.

»Bevor wir eine Entscheidung treffen, werden wir den Werdegang dieses Chirurgen überprüfen«, sagte er in einem Ton, der beruhigend klingen sollte.

Josh bedauerte, nicht als Erster daran gedacht zu haben, mehr jedoch noch, sich von den Ereignissen überfordert zu fühlen, und er befürchtete vor allem, Hope könne es bemerken. Er ging zum Laptop und bat Luke, ihn das machen zu lassen. Hope lächelte, manchmal schien es ihr, als kenne sie Josh besser als er sich selbst. Sie setzte sich neben ihn und schlang ihren Arm um seine Taille.

»Lasst es uns gemeinsam anschauen«, sagte sie. »Immerhin geht es ja um meinen Kopf.«

Gegen Mitternacht holte Luke zwei Kopfkissen und eine Decke aus einem Schrank und legte alles auf die Couch. Hope und Josh würden dort schlafen, wie in der guten alten Zeit, die schließlich noch gar nicht so weit zurücklag.

Als sie am nächsten Morgen nach Hause kam, gönnte sich Hope eine erfrischende Dusche. Lukes Couch hatte ihrem Rücken zugesetzt. Während sie sich etwas zum Anziehen suchte, überkam sie ein heftiges Bedürfnis aufzuräumen.

Sie begann damit, einiges von ihren Sachen auszusortieren, machte dann mit Joshs Kleidung weiter, wobei Dinge, die sie für untragbar hielt, in eine Tüte wanderten. Unter einem Stapel T-Shirts fand sie die Korrespondenz, die er mit einer seiner Verflossenen geführt hatte, und deponierte sie an einem sicheren Ort, dem Mülleimer in der Küche. Sie durchforstete die Geschirrschränke und machte sich sofort daran, sie neu einzuräumen. Entschlossen, es nicht dabei bewenden zu lassen, ging sie hinunter in das Kaufhaus an der Ecke, von wo sie innerhalb kürzester Zeit mit einem Eimer, einem Wischer und einem Kanister Bohnerwachs zurückkehrte.

Mit Gummihandschuhen, die ihr bis zum Ellbogen reichten, polierte sie den Parkettboden, als es an der Tür klingelte. Wahrscheinlich hatte Josh mal wieder seinen Schlüssel vergessen.

Sie beschloss, ihn warten zu lassen, bis der Boden trocken wäre, verzichtete beim dritten Läuten jedoch darauf. Sie öffnete die Tür und sah ihren Vater auf dem Treppenabsatz stehen, einen kleinen Koffer in der Hand.

Sam trat unverzüglich ein, stellte den Koffer ab, sah seine Tochter mit einem Blick an, der alles sagte, und schloss sie in die Arme.

»Sag bloß, du bist hier, weil Amelia dich sitzen gelassen hat!«, platzte Hope heraus.

»Nein, wir sind gekommen, weil dein Vater vor Sorge beinahe gestorben wäre«, antwortete Amelia und trat ihrerseits ein. »Aber du kannst beruhigt sein, ich werde nicht bleiben, ich habe ihn nur begleitet, weil er beim Packen seines Koffers so gezittert hat, dass er ihn nicht zubekam. Ich hatte Angst, er könnte auf dem Weg zum Flughafen einen Unfall haben, und, am Flugschalter angekommen, hatte ich Angst, es könnte im Flugzeug einen Zwischenfall geben, er sich etwa in der Tür irren, wenn er zur Toilette will, also habe ich mir auch ein Ticket gekauft und bin mit ihm an Bord gegangen, weil ich, ehrlich gesagt, selbst auch vor Sorge sterbe.«

Amelia hatte dies alles gesagt, ohne einmal zwischendurch Luft zu holen. Ihre Wangen hatten sich dadurch gerötet, was Hope fast ebenso erheiterte wie die Vorstellung, ihr Vater hätte versuchen können, zum Pinkeln ins Cockpit zu gehen. Sie entspannte sich noch mehr, weil sie sah, dass Amelia sich um ihn mehr Sorgen gemacht hatte, als sie dies selbst tun würde.

»Wer hat es dir gesagt?«, fragte Hope.

»Was spielt das für eine Rolle?«, brummte Sam. »Du hättest dich operieren lassen, ohne mich um Rat zu fragen? Meine Güte, Hope, ich bin dein Vater, und ich bin Arzt!«

»Du bist Kinderarzt, Papa, und ich habe keine Angina.«

Sam warf seiner Tochter einen grimmigen Blick zu. »Genau, ich bin Kinderarzt und Allgemeinmediziner! Und wir Allgemeinärzte besitzen nicht die Arroganz der Chirurgen, die bei ihren Patienten nur das Fleisch sehen, das sie aufschneiden können.«

»Sam!«, mischte sich Amelia ein, »beruhige dich. Es ist jetzt nicht der richtige Zeitpunkt, auf deinem ewigen Komplex herumzureiten.«

Hope amüsierte Amelias Bemerkung, die ihren Vater besser zu kennen schien, als sie gedacht hatte.

»Und ihr bleibt bis zur Operation in der Stadt?«

Die Antwort erschien so offensichtlich, dass Sam darauf verzichtete, sie zu geben.

»Wie fühlst du dich?«, fragte Amelia besorgt.

»So gut es geht, aber es ginge besser, wenn mein Vater sich entspannen würde. Wenn er weiterhin so ein Gesicht macht, werde ich am Ende tatsächlich noch glauben, dass ich im Sterben liege.«

»Das tust du in keiner Weise«, ereiferte sich Sam. »Ich bin der Arzt... Wenn ich dir also sage, dass es nicht so schlimm ist, dann ist es nicht so schlimm!«

Hope ging zu ihrem Vater und umschloss seine Hände. »Papa, das Leugnen der Krankheit ist ein bekanntes Symptom bei einem Gehirntumor. Dieses Symptom sollte aber nur beim Patienten auftreten, nicht im Kopf des Vaters.«

Man hörte, wie ein Schlüssel ins Schloss gesteckt wurde. Josh kam außer Atem herein und blieb wie angewurzelt stehen, als er Sam und Amelia sah.

»Überraschung!«, murmelte Hope und verdrehte die Augen.

»Ich habe ein Wörtchen mit Ihnen zu reden«, rief Sam. »Dass meine Tochter ziemlich unüberlegt handelt und ihren Vater unter solchen Umständen nicht anruft, ist eine Sache, aber dass Sie mich nicht kontaktiert haben, ist unverzeihlich.«

»Guten Tag, Sir«, antwortete Josh knapp und zog seine Jacke aus.

»Ich möchte, dass alle sich beruhigen, das brauche ich mehr als alles andere!«, befahl Hope. »Wisst ihr schon, wo ihr heute Nacht schlafen werdet?«, fragte sie an Amelia gewandt.

Amelia hatte sich darum gekümmert, in Kliniknähe ein Hotelzimmer zu reservieren. Es gelang ihr, nicht ohne Mühe, Sam davon zu überzeugen, dass seine Tochter sich ausruhen musste. Sie war selbst von der Reise erschöpft, und Hope sorgte dafür, dass ihr Vater sie ins Hotel begleitete.

Es gab Umarmungen und Küsse, zaghaft seitens Sam, ungezwungen seitens Amelia, die Hope dabei zuzwinkerte, als wolle sie ihr zu verstehen geben, dass sie mit den Stimmungen ihres Vaters bestmöglich umgehen würde.

Josh rief ihnen ein Taxi und ließ es sich nicht nehmen, sie nach unten zu begleiten.

Sie warteten schweigend, bis der Wagen kam.

Amelia zwängte sich zuerst hinein. Sam reichte Josh die Hand und bedankte sich, dass er ihn angerufen hatte. Er versicherte ihm, die Nummer, die er oben im Loft zum Besten gegeben habe, würde ihn komplett entlasten.

Josh verabschiedete sich seinerseits und ging wieder nach oben zu Hope.

Sie erwartete ihn im Schlafzimmer und schaltete die Nachttischlampe aus, sobald er ins Bett gekommen war. Das blass orangefarbene Licht der Straßenlaternen nahm sofort von dem Zimmer Besitz.

»Offenbar wiegt der Korpsgeist unter Ärzten schwerer als das Arztgeheimnis. Ich hätte damit rechnen müssen, dass Flinch sich nicht damit begnügen würde, mir einen seiner Kollegen zu empfehlen. Wahrscheinlich hat er ihn so lange bedrängt, bis er die Wahrheit ausgespuckt hat.«

»Ich habe ihn informiert, Hope. Du hast jedes Recht der Welt, mir deswegen böse zu sein, aber wir können ihn nicht außen vor lassen. Du hast davon gesprochen, dass du später einen Sohn haben möchtest. Würdest du nicht bei ihm sein wollen, wenn er krank wäre?«

»Wer hat gesagt, dass es ein Junge wird?«

»Niemand, aber wir werden irgendwann einen Sohn haben, da bin ich mir sicher.«

»Das ist absolut frauenfeindlich. Aber wenn es dir recht ist, warten wir erst mal ab, ob ich eine Chemo brauche, bevor wir uns das Ende der Welt ausmalen. Ich verzeihe dir trotzdem.«

»Ich bin alles andere als frauenfeindlich.«

»Ich verzeihe dir, dass du meinen Vater angerufen hast«, sagte sie und drehte sich um.

Drei Tage später wurde Hope operiert, um 8 Uhr 45 kam sie in den OP. Sam und Josh hatten trotz der frühen Stunde die Erlaubnis erhalten, sie in ihrem Krankenzimmer zu umarmen, bevor die Pfleger sie abholten.

Die Neonlampen des Flurs zogen über ihr vorbei. Sie zählte siebenunddreißig und dachte, wenn sie sich beim Aufwachen noch daran erinnern könnte, hätte die Operation keine Folgeschäden gehabt.

Als man sie auf den OP-Tisch legte, packte sie die Kälte, die im Operationssaal herrschte.

Der Anästhesist erinnerte sie daran, dass er sie nur kurz einschlafen lassen würde. Beim Aufwachen müsse sie ruhig bleiben, nur daran denken, den Anweisungen des Chirurgen Folge zu leisten und sich bemühen, dessen Fragen zu beantworten. Sollte sie nicht sprechen können, würde ein einmaliges Schließen der Augenlider ja, ein zweifaches nein bedeuten. Alles würde gut gehen, versicherte er ihr, sie sei in den Händen des besten Chirurgen, den er kenne.

Diesen Satz hörte Hope schon nicht mehr; während der Anästhesist ihn aussprach, injizierte er ihr Propofol, und sie verlor das Bewusstsein.

Fünf Stunden später verließ Hope den Operationssaal. Obgleich sie die längste Zeit während des Eingriffs wach gewesen war, blieb ihr nur eine verschwommene Erinnerung daran. Die Narkosephase, als der Chirurg ihre Schädeldecke wieder schloss, hatte sicher einen großen Anteil daran. Hope hätte schwören können, dass die Operation nicht so lange gedauert hatte. Ihre Familie, die in der Eingangshalle des Krankenhauses gewartet hatte, hätte wiederum schwören können, sie hätte doppelt so lange gedauert.

Professor Berger hatte nicht gelogen, ihre Migräneanfälle waren verschwunden, und Hope war zwar erschöpft, beurteilte ihren Allgemeinzustand jedoch eher als zufriedenstellend.

Josh betrat das Krankenzimmer. Hope trug auf dem Kopf eine weiße Musselinkappe.

»Siebenunddreißig!«, rief sie, als sie ihn sah, was Josh leicht beunruhigte. »Damit will ich dir nur beweisen, dass ich nicht gaga bin, ich werde dir das erklären.«

Josh nahm ihre Hand und riet ihr, sich auszuruhen. Hope schlief sofort ein. Er zog den Sessel, der am Fenster stand, ans Bett und nahm Platz.

Er verließ ihn im Lauf des Tages nur zweimal, das erste

Mal, um ihn Sam zu überlassen, das zweite Mal, als Luke Hope besuchte.

Er lehnte die Einladung zum Abendessen mit Sam und Amelia ab und traf sich stattdessen lieber mit Luke. Bei einem chinesischen Essen erzählte ihm Josh von dem Bericht des Chirurgen.

Die Hälfte des Tumors hatte entfernt werden können. Der Versuch, noch mehr herauszuschneiden, wäre mit dem Risiko ernster Folgeschäden verbunden gewesen. Professor Berger setzte seine Hoffnungen auf die Bestrahlungen und die Chemotherapie, denen Hope sich würde unterziehen müssen. Das ernste Gesicht von Sam, als er dies hörte, hatte Josh voraussehen lassen, dass von jetzt an nichts mehr normal sein würde.

Er fragte Luke, ob er die Nacht auf der Couch verbringen dürfe, er fühle sich nicht in der Lage, alleine in das große Loft zurückzukehren.

Hope blieb zwei Wochen im Krankenhaus. Sie hatte Josh gebeten, sie nur nachmittags zu besuchen. Sie legte Wert darauf, dass er vormittags zu den Vorlesungen ging und abends seine Forschungsarbeit mit Luke im Zentrum wiederaufnahm. Ebenso hatte sie Amelia angefleht, ihren Vater nach Kalifornien zurückzubringen. Andere kleine Patienten litten sicherlich an Angina, Windpocken oder Magen-Darm-Infekten. Ein guter Kinderarzt musste am Krankenbett seiner Patienten sein, und sie war kein Kind mehr.

Sam akzeptierte dies schließlich, eine längere Abwesenheit könnte ihn schließlich um den Posten bringen, um den er sich bemühte.

Am Tag ihrer Entlassung bestand sie darauf, dass Josh sie zum Einkaufen mitnahm. Sie empfand das Bedürfnis, an einem Ort voller Leben zu sein, und kannte dafür keinen besseren als ein Einkaufszentrum mit vielen Geschäften.

Sie wünschte sich als Erstes, dass er ihr eine Schirmmütze schenkte. Als sie diese über ihren Verband schob, fand Josh sie unglaublich schön. Ihr blasser Teint kontrastierte mit ihrer strahlenden Laune.

Es wurde ein fröhlicher Tag, aber das Herumlaufen im Einkaufszentrum hatte sie über alle Maßen angestrengt. Noch bevor der Nachmittag zu Ende ging, beschloss Josh, es sei Zeit, nach Hause zu fahren. Hope bestand darauf, noch ein Eis zu essen, und nichts hätte sie davon abbringen können.

»Wir müssen einen Namen für ihn finden.«

»Für wen?«

»Für meinen Tumor. Man kann sich nur schwer vorstellen, mit einem Glioblastom zu kämpfen, aber eine Martha oder einen Tom zu vermöbeln, kann ich mir besser vorstellen, wenn du so willst.«

»Hast du was gegen Toms?«

»Insbesondere gegen einen, aber gut, ich würde doch lieber einen anderen Namen wählen.«

»Wer war dieser Tom?«, erkundigte sich Josh.

»Was hältst du von Bartholomäus?«

»Nicht schlecht, warum Bartholomäus?«

»Nur so, oder doch, ich finde, er ist ein Trottel, und ich prügel mich lieber mit einem Idioten.«

»Es wird letztlich viele intelligente Menschen geben, die

Bartholomäus heißen, zumindest ebenso viele wie Trottel, aber einverstanden, wir nennen ihn Bartholomäus.«

»Glaubst du, dass unsere Vornamen unsere Persönlichkeit beeinflussen?«

»Keine Ahnung, vielleicht. Jedenfalls finde ich, dass Hope perfekt zu dir passt, ich könnte mir keinen anderen Vornamen vorstellen, der dich besser definieren würde.«

»Na ja, das ist Ansichtssache, denn du wirst mir zustimmen, dass der Name Hope in meiner Situation für einen gewissen Sinn für Humor spricht.«

»Wie definierst du dich?«

»Oje, das ist eine tiefgründige Frage! Als ein Mädchen mit schönem Busen und einem Gehirntumor.«

»Hör sofort auf damit, Hope. Du wirst nie zu den Menschen gehören, die sich durch eine Krankheit definieren.«

Hope dachte über die Frage nach, die Josh ihr gestellt hatte. Sie kaute auf ihrem Löffel, während sie zur Decke des Einkaufszentrums hinaufsah. Das Licht, das durch das Glasdach schien, ließ sie blinzeln. Bartholomäus hatte die ärgerliche Gewohnheit angenommen, ihre Lichtempfindlichkeit zu verstärken.

»Also, ich würde mich als ein zu klein geratenes Mädchen definieren, ein bisschen scheu und ein bisschen sympathisch, das mit einem Jungen geht, der viel zu attraktiv für sie ist.«

»Ich weiß, du hast etwas Besseres verdient, und ich weiß, dass auch du das weißt. Woran denkst du, wenn du vor dich hin träumst?«

»Ich träume nicht vor mich hin.«

»Hope, weißt du, wie lange wir schon zusammen sind?«

»Ja, okay! Ich werde nicht mehr vor mich hin träumen,

weil ich sonst an Bart denke. Ich glaube, die Abkürzung wird einfacher auszusprechen sein als Bartholomäus.«

»Okay, aber bevor es Bart gab?«

»Davor? Ich dachte, eines Tages würde ich einen Mann wie dich treffen, auch wenn ich ihn mir nicht so vorgestellt habe wie dich. Ehrlich gesagt, habe ich ihn mir gar nicht vorgestellt, aber ich habe davon geträumt, solche Augenblicke zu erleben, wie wir sie jetzt haben.«

»Ich spreche von dir, Hope, nicht von uns. Nenn mir irgendetwas, was dir ähnelt, womit du dich identifizierst.«

»Schwörst du, mich nicht auszulachen? – Mit dem Meer.«

»Okay, mit dem Meer. Vertraust du mir jetzt an, wer dieser Tom war?«

»Der erste Kuss, der gezählt hat.«

»Aha!«

»Du wirst mir doch nicht sagen, dass du auf die Vergangenheit eifersüchtig bist?«

»Gut, dann werde ich es dir nicht sagen.«

»Aber wirklich, Josh, die Vergangenheit ist vergangen, und das soll kein schlechtes Wortspiel sein.«

»Auf Tom trifft das wohl nicht völlig zu, sonst hättest du ihn nicht erwähnt.«

»Wer von uns beiden hat gesagt, dass jeder so seine Sprünge in der Schüssel hat, durch die das Licht einfallen kann? Hoffentlich war ich das, denn ich finde diesen Ausspruch ziemlich brillant.«

»Dabei ging es um die Risse, nicht um Verletzungen.«

»Schade, sonst wäre mein Kopf ziemlich gut beleuchtet gewesen. Ich bin sicher, dass dir ein Mädchen das Herz gebrochen hat, bevor du mir begegnet bist. Welcher Mann hätte deine Sensibilität, wenn er nicht unter einer Liebesgeschichte gelitten hätte? Die Baupläne von euch Jungen sind viel zu unvollkommen, du musstest dich sicher neu rekonstruieren.«

»Brenda…«, gab Josh zu.

»Das glaube ich nicht!«

»Wenn ich es dir doch sage.«

»Ich glaube es immer noch nicht.«

»Also bitte, Hope, ich habe dir geschworen, dich nie anzulügen.«

»Mich nie mehr anzulügen, weil du es bereits einmal getan hast. Das ›nie mehr‹ ist daher unverzichtbar, sonst wäre es bereits wieder eine kleine Lüge.«

»Einverstanden, nie mehr.«

»Du warst tatsächlich mit einer Brenda zusammen?«

»Tatsächlich.«

»Du liebe Güte, wie kann man so etwas machen? Sag mir, dass ihre Intelligenz jedes Vorstellungsvermögen überstieg.«

»Du bist doch nicht etwa auf die Vergangenheit eifersüchtig?«

Hope begann ihre Behandlung Anfang des folgenden Monats. Sam kam zu einem Kurzbesuch, um seine Tochter nach Abschluss der Chemotherapie zu sehen. Sie war abgemagert, aber auch Bart hatte abgenommen, und Professor Berger war zuversichtlich. Mit ein oder zwei weiteren Chemo-Serien bestand eine gute Aussicht auf einen vollständigen Rückgang.

Im Frühling begann Hope erneut, mit Josh am Fluss zu joggen. Tag für Tag, Woche für Woche kam sie mehr zu

Kräften, die durch jede weitere Behandlung dann zunichtegemacht wurden. Aber kaum waren die Behandlungen beendet, waren sie wieder auf dem Uferweg zu ihren morgendlichen Runden unterwegs, und anschließend ging es in die Uni.

Tag für Tag, Woche für Woche nahm das Leben wieder seinen … beinahe normalen Lauf.

Sobald Hope abends schlief, traf Josh sich mit Luke im Zentrum. Mehr denn je engagierten sich die beiden Freunde für ihre Forschung. Ihre Einbindung in das neue Team trug Früchte. Es herrschte gutes Einvernehmen, der Ideenaustausch sprudelte, die Arbeiten kamen voran, und es waren einige »bemerkenswerte« Fortschritte erzielt worden, um mit Flinchs Worten zu sprechen. Die bei Josh durchgeführten Aufzeichnungen hatten viel Zeit bei der Computermodellierung des Gehirns gespart, und das Projekt Neurolink hatte Luke eine noch größere Zeitersparnis bei der Entwicklung des Neuronenhelms beschert, den Josh erdacht hatte.

Anfang Mai kam ein erster Prototyp aus dem 3-D-Biodrucker, und die Versuche, die damit bei einem Affen durchgeführt wurden, verblüfften die gesamte Belegschaft des Zentrums. Innerhalb von zwei Wochen hatte es der Helm ermöglicht, sechzig Prozent der Neuronenverbindungen im Gehirn des Primaten elektronisch zu reproduzieren, und die Datenerfassung nahm exponentiell zu.

Angesichts dieser Ergebnisse verpflichtete sich Flinch, das Projekt Neurolink der Ethikkommission vorzustellen. Falls der Versuchsaffe in den kommenden zwölf Monaten keine Verhaltensstörungen aufwiese, würde er sich für die

Genehmigung einsetzen, den Helm im nächsten Jahr an Menschen testen zu können.

Als Flinch dies ankündigte, war auf den Gesichtern von Luke und Josh ein heimliches Einverständnis abzulesen, ohne dass sie auch nur einen Blick wechselten.

Am nächsten Tag druckte Luke im Lauf der Nacht einen zweiten Helm, der perfekt der Form von Joshs Schädel entsprach.

Sobald er funktionstüchtig war, begann Josh, ihn zu nutzen, und das Experiment ging jeden Abend weiter, sobald das letzte Mitglied des Teams das Labor verlassen hatte.

Kapitel 10

An einem Juniabend hatte Josh die Idee, den Terminal des Servers mit einer Webcam auszustatten. Luke holte eine Kamera mit Mikrofon aus dem Lagerraum des Zentrums. Innerhalb weniger Stunden öffneten sie ein Gateway im Programm von Neurolink in der Hoffnung, über diesen Umweg mit ihm kommunizieren zu können.

Seitdem er den neuen Helm benutzte, hatten es nach ihrer Schätzung die zahlreichen Sitzungen ermöglicht, einen ausreichenden Teil von Joshs Gedächtnis zu sichern, damit sie fortan versuchen konnten, Zugang zu dessen Inhalt zu bekommen. Anders ausgedrückt, es war völlig sinnlos, eine derart riesige Datenmenge zu speichern, wenn man nicht auf sie zurückgreifen konnte.

Luke hatte diese Phase »Restore« getauft, ein Codewort, das Josh ebenso hochtrabend wie lächerlich fand.

Nachdem die Verbindungen überprüft waren, ließ sich Josh vor dem Terminal nieder und kontaktierte Neurolink zum ersten Mal mündlich.

»Guten Abend«, sagte er mit zögernder Stimme und fixierte das »Auge« der Kamera.

Bald darauf erschienen die Worte *Guten Abend* auf dem Bildschirm.

»Glaubst du, er antwortet mir, oder gibt er nur meine Worte wieder?«

»Keine Ahnung«, erwiderte Luke.

Neurolink schrieb:

meine Worte = meine Worte

»Was macht er da?«, wollte Josh wissen.

»Keine Ahnung«, wiederholte Luke.

»Nimm mir den Helm ab.«

»Nein, du wirst vom Server getrennt, wenn ich ihn dir abnehme.«

»Mag sein, aber ich will wissen, ob das, was er anzeigt, vom Computer stammt oder bloß vom Echo meiner Stimme.«

»Ich wage zu bezweifeln, dass ein Computer denkt«, erwiderte Luke.

Josh löste den Riemen des Helms, und Luke beeilte sich, ihn abzunehmen.

»Pass verdammt noch mal auf, er enthält Tausende von Verbindungen, und die sind megaempfindlich. Lass mich das machen.«

Luke legte den Helm behutsam auf einen Ständer und nahm erneut auf seinem Hocker Platz. Josh stellte fest, dass er ebenso nervös war wie sein Freund. Jeder der beiden hoffte, dass dieses Experiment eine Wende in ihrer Arbeit darstellen würde, eine bemerkenswerte Wende, wie Flinch sicher gesagt hätte, wenn er gewusst hätte, was in einem seiner Labors ausgeheckt wurde. Doch es bestand kein Risiko, dass er es erfahren würde, denn die beiden Komplizen hatten eine Partition im Speicher des Servers eingerichtet, zu der nur sie Zugang hatten.

»Und jetzt?«, fragte Luke.

»Du machst es so wie ich, du hältst die Luft an«, erwiderte Josh.

Er drehte sich zur Kamera um und fragte mit ruhiger Stimme:

»Hörst du mich?«

Klar und deutlich

Joshs Gesichtszüge erstarrten beim Lesen der Worte.

Der Bildschirm blieb unverändert, bis eine seltsame Gleichung erschien.

[1 + 1 = 1]

»Falsch!«, rief Josh.

[1 + 1 = 1]

»In welchem Fall?«, fragte Josh.

[1 + 2 = 2]

»Das ist genauso falsch, 1 und 2 sind drei.«

[1 + 2 + 3 = 3]

»Was bedeuten diese Gleichungen?«

»Vielleicht testet Neurolink soeben sein mathematisches Wissen. Es ist das erste Mal, dass er kommuniziert, er ist noch sehr jung«, meinte Luke.

Der Computer löschte, was auf seinem Bildschirm stand, und schrieb:

[1 = Josh]

»Er will vielleicht sagen, dass du in seinen Augen einzigartig bist, das heißt in seinem Auge«, meinte Luke mit leicht spöttischem Unterton.

[Falsch]

»Du hast Luke geantwortet?«, fragte Josh.

[Du hast Luke geantwortet]

Josh starrte nachdenklich auf den Bildschirm. Neurolink hatte seine Frage kopiert und dabei das Fragezeichen vergessen. Das konnte ein bloßer Interpunktionsfehler sein, oder aber die Auslassung war beabsichtigt, um die Frage in eine Feststellung zu verwandeln. Eine Idee kam ihm in den Sinn, und er stellte überrascht fest, dass er zögerte, sie zu formulieren.

»Wer bist du?«

Auf dem Bildschirm erschien:

[Wer bist du?]

Dieses Mal waren die beiden Sätze in jeder Hinsicht identisch.

»Wenn er nicht zusammenhangloses Zeug von sich gibt, begnügt er sich damit, deine Worte zu wiederholen«, meinte Luke und seufzte. »Das ist kein sehr überzeugendes Resultat. Du hättest auf mich hören und den Helm aufbehalten sollen.«

[2 = Hope]

»Du kennst Hope?«, fragte Josh verblüfft.

[1 + 2 = 2]

»Ich verstehe das nicht.«

[3 = Luke] … [1 + 2 + 3 = 3]

»Definiere 4.«

[Klar und deutlich]

Josh dachte über das nach, was Neurolink soeben formuliert hatte.

»Mein Vater ist 4?«

[Stimmt]

Josh und Luke sahen sich verdutzt an. Beide fühlten sich von der prickelnden Erregung des Forschers ergriffen, der sich einer wichtigen Entdeckung zu nähern glaubt, deren Ausmaß er allerdings noch nicht zu ermessen vermag.

»Wie bist du auf dieses Zahlensystem gekommen?«, wollte Josh wissen.

[Wie bist du auf dieses Zahlensystem gekommen?!]

»Und du, welche Zahl bist du?«

[1]

Josh fixierte das Auge der Kamera und versuchte zu erfassen, was Neurolink ihm zu verstehen geben wollte. Und plötzlich wurde alles, was Luke nicht einmal in seinen kühnsten Träumen zu hoffen gewagt hatte, das, wofür er so viele Risiken eingegangen war und Nächte in Laborsälen verbracht, seine Freizeit geopfert, ertragen hatte, im Schatten seines besten Freundes zu stehen, schließlich belohnt, als Neurolink antwortete:

[Ich bin du, Josh]

Jetzt verstanden sie den Sinn der Gleichungen, die der Computer aufgestellt hatte. Die angezeigten Zahlen bezeichneten eine Person, jeweils nach Wichtigkeit, die sie in Joshs Augen einnahm.

Josh + Josh entsprach jeweils Josh, während Josh und Hope zwei unterschiedliche Personen bildeten. Noch verblüffender aber war die Tragweite dieses Gesprächs. Es war keine künstliche Intelligenz, die sich in den Servern von Neurolink entwickelt hatte und sich mit Josh unterhielt, sondern Josh, der mit einem Teil seines Bewusstseins kommunizierte.

Der Bildschirm wurde erneut schwarz.

»Beweis es!«, rief Josh.

Neurolink blieb einen Augenblick stumm, plötzlich ging der Bildschirm wieder an.

Das Vorderrad eines Fahrrads erschien, sein Reifen drehte sich blitzschnell. Im Hintergrund war vor einem Garagentor ein Mann zu sehen, den Josh sofort erkannte. Das Fahrrad geriet in Schieflage und kippte um. Man sah den Mann herbeieilen, seine kräftige Hand eine kleine, zarte ergreifen. Sein Gesicht kam noch näher – ein Ausdruck reinen Entsetzens –, dann wurde das Bild rot und verschwand plötzlich.

»In jenem Sommer war ich fünf Jahre alt«, murmelte Josh. »Ich hatte diesen Sturz völlig vergessen, obwohl er ganz schön heftig war. Mein Vater hat mich aufgehoben, fassungslos mein Bein betrachtet, ich habe geblutet wie ein Schwein und das Bewusstsein verloren. Die Wunde wurde mit zehn Stichen genäht«, sagte er und zog das rechte Hosenbein hoch.

Er fuhr mit dem Finger über die kaum mehr sichtbare alte Narbe, und Luke nahm Rührung in seinen Augen wahr.

»Ich glaube, das reicht für heute Abend«, sagte Josh und schaltete den Bildschirm aus.

»Du sprichst mit niemandem über das, was passiert ist, und wenn ich niemand sage, dann meine ich damit auch Hope. Hast du verstanden, Josh?«

»Klar und deutlich«, erwiderte er geistesabwesend.

Auf dem Heimweg waren Luke und Josh zunächst außerstande, auch nur ein Wort zu wechseln. Luke trat kräftig aufs Gaspedal, Josh sah die Vorstadtlandschaft durch das Seitenfenster so schnell an sich vorüberziehen, wie die Gedanken in seinem Kopf herumschwirrten.

»Ich hatte dieses Gesicht vergessen«, sagte er schließlich. »Ich erinnere mich nicht an ihn, als er noch jung war. Ich frage mich, ob diese Aufzeichnungen chronologisch erfolgen. Was Neurolink uns heute Abend gezeigt hat, ist eine meiner ersten Erinnerungen.«

»Was wir heute Abend gesehen haben, ist vor allem etwas Unglaubliches«, rief Luke, der so aufgeregt war, dass er mit der Faust aufs Lenkrad schlug.

Josh hingegen blieb erstaunlich ruhig. Er warf einen Blick auf die Nadel des Tachometers.

»Ich bin mir nicht sicher, ob dir klar ist, was wir gemacht haben, ich weiß nicht einmal, ob mir selbst die Tragweite bewusst ist. Wir sollten ein wenig darüber nachdenken, bevor wir weitermachen.«

»Soll das ein Scherz sein? Was wir zuwege gebracht haben, ist genial! Neurolink hat eine deiner Erinnerungen bildlich wiedergegeben, einen Teil deines Gedächtnisses, den du sonst vielleicht nicht mehr präsent gehabt hättest.«

»Und eben das deprimiert mich so. Ich empfinde es als äußerst verstörend.«

»Du hast deinen Vater gesehen, zu dem du keinen guten Draht mehr hast, um nicht zu sagen gar keinen. Ganz normal, dass dir das Angst einjagt.«

»Nimm den Fuß vom Gas, Luke, du fährst zu schnell. Als wir uns in dieses Projekt gestürzt haben, war unser Ziel, den Inhalt des Gedächtnisses eines Individuums auf eine digitale Matrix zu kopieren. Dabei haben wir aber keinen Gedanken daran verschwendet, was es bedeuten würde, mit den Abgründen seiner eigenen Erinnerung konfrontiert zu werden, und noch weniger, dass der Computer sich die Freiheit erlaubt, ungefragt dort einzudringen.«

»Dies, mein Lieber, ist der Abend der großen Premieren! Denn ich werde dir endlich beweisen, dass meine Intelligenz der deinen überlegen ist. Du selbst hast nämlich für das Wachrufen dieser Erinnerung gesorgt. Du hast Neurolink gebeten, dir etwas zu beweisen, und er hat deinen Befehl ausgeführt. Glaubtest du denn, als du von der Möglichkeit träumtest, eines Tages das Bewusstsein eines Menschen auf eine Maschine zu übertragen, dass das Unterbewusstsein außen vor bliebe?«

»Verdammt, Luke, wenn Neurolink an meiner Stelle zu denken anfängt, ist das etwas ganz anderes. Ist dir klar, was das bedeutet?«

»Immer schön langsam, mein Lieber. Ein Computer denkt nicht, er reflektiert. Das ist etwas ganz anderes.«

»Ach, du bist also der Meinung, dass hinter der Art, wie er mit uns kommuniziert hat, kein Konzept steckt?«

Heftiger Gewitterregen prasselte gegen die Windschutzscheibe. Der Asphalt schimmerte im Licht der Scheinwerfer. Der Camaro schlingerte leicht, und Luke musste das Lenkrad fest umklammern, um die Spur halten zu können.

»Das werden wir nur erfahren, wenn wir unsere Experimente fortsetzen«, sagte er.

»Nein, tut mir leid, Luke, nicht sofort, ich muss darüber nachdenken. Das geht alles viel zu schnell, wir spielen mit dem Feuer.«

»Du willst also aufhören – jetzt, da unser jahrelanger Traum zum Greifen nah ist? Weil es dich deprimiert hat, deinen Vater wiederzusehen? Findest du dieses Vorgehen wirklich wissenschaftlich? Welcher Forscher, der diesen Namen verdient, hat keine Ängste, wenn er sich seinem Ziel nähert? Haben die Gen-Medizin, das Klonen, die künstliche Intelligenz etwa keine Ängste ausgelöst?«

»Mag sein, aber ich wiederhole, was ich eben durchlebt habe, war äußerst verstörend. Ich war mit einer Maschine konfrontiert, die mit meinem Bewusstsein spielte, um mich zu instrumentalisieren.«

»Du bist derjenige, der zu schnell ist. Vorläufig haben wir nur eine Erinnerungssequenz gesehen, und es ist viel zu früh, um von irgendeiner Bewusstseinsform zu sprechen.«

»Nimm den Fuß vom Gas, verdammt, du bringst uns noch um.«

Luke wechselte auf die Ausfahrtspur. Wenige Minuten später hielt der Wagen vor dem Eingang zum Loft. Josh stieg aus und ging davon, ohne sich von seinem Freund zu verabschieden.

Nachdenklich beobachtete Luke, wie er das Gebäude betrat. Seine Reaktion erboste ihn, und er beschloss, noch einen Umweg zu machen, bevor er nach Hause fuhr.

Er stellte seinen Wagen auf dem Parkplatz des Campus' ab und rannte im Regen zum Gebäude der Lehrkräfte. Seit er Assistent war, verfügte er über einen Schlüssel.

Er lief über den Flur, betrat das Büro von Flinch und nahm auf dem Chefsessel Platz. Dann öffnete er eine der Schubladen, nahm ein Blatt Papier heraus, schrieb ein paar Zeilen und schob es in einen Umschlag, den er offen sichtbar auf dem Schreibtisch liegen ließ.

Eine Nacht und ein Tag an der Seite von Hope hatten ihm geholfen, Ordnung in seine Gedanken zu bringen. Am nächsten Abend machte sich Josh erneut auf den Weg zum Zentrum … und nahm seine Experimente wieder auf.

Er konnte Luke überreden, für eine gewisse Zeit nicht mit Neurolink zu kommunizieren. Nur widerwillig stimmte Luke zu und schaltete die Webcam ab.

Eines Abends, zu einer Zeit, als die anderen Forscher längst gegangen waren, tauchte Flinch plötzlich in ihrem Labor auf.

Josh blieb nicht die Zeit, seinen Helm abzunehmen, und Flinch betrachtete ihn stirnrunzelnd.

»So ausstaffiert sehen Sie fast aus wie ein Affe, mein Freund«, sagte er mit einem leicht spöttischen Lächeln auf den Lippen.

Josh löste den Riemen, und Luke stellte den Helm zurück auf seinen Ständer.

»Was haben Sie sich dabei gedacht?«, knurrte Flinch.

»Wir denken gar nichts, Sir«, erwiderte Josh leicht verwirrt.

»Genau das werfe ich Ihnen vor. Haben Sie eine Vorstellung von den Kosten all der Gerätschaften, die Ihnen zur Verfügung gestellt werden? – Allem Anschein nach nicht. Sie glauben wohl, das wären nur Spielsachen, die wohlwollende, aber verantwortungslose Leute noch verantwortungsloseren zur Verfügung stellen?«

»Nein, das kann man so nicht sagen«, murmelte Josh.

Luke räumte schweigend die Utensilien ein, als wollte er sich damit vor der Standpauke schützen, die ihnen gerade gehalten wurde.

»Ich hatte Ihnen doch ausdrücklich den Einsatz von Neurolink an Menschen untersagt, und so frage ich Sie jetzt, da Sie mir wieder normal aussehen: Sind Sie ein Affe? Schließen Sie das Labor ab und folgen Sie mir nach draußen«, befahl Flinch und verließ den Raum.

Ohne ein Wort eilten Luke und Josh hinaus zum Parkplatz, sahen sich vorsichtig um, bis ein mehrfaches Hupen sie aufhorchen ließ.

Flinch erwartete sie in seinem Wagen, einem Cadillac Sedan mit glänzenden Chromteilen und Ledersitzen. Sie sahen, wie er ihnen hinter der Windschutzscheibe ein Zeichen machte einzusteigen. Luke kletterte auf die Rückbank und überließ Josh den Beifahrersitz.

Der Professor fuhr los und hielt nach etwa zwei Kilometern am Seitenstreifen einer verlassenen Straße. Er beugte sich vor, um das Handschuhfach zu öffnen, und holte eine Zigarettenschachtel hervor.

»Steigen wir aus – ich sollte eigentlich nicht rauchen.«

Die Straße führte an einem Feld entlang, das sich kilometerweit erstreckte.

»Was tun wir hier?«, wagte Josh zu fragen.

»Sieht man das nicht? Wir schnappen frische Luft.«

Mit einem leichten Fußtritt gab Luke seinem Freund zu verstehen, besser den Mund zu halten. Flinch war mit seiner Moralpredigt noch nicht fertig, und wenn er sie außerhalb des Zentrums fortsetzen wollte, dann hatte er dafür sicher seine Gründe.

»Was Sie da vollbracht haben, ist bemerkenswert und erschreckend«, sagte er und stieß eine lange Rauchwolke aus. »Es versteht sich von selbst, dass niemand davon erfahren darf. Ich bitte Sie, alles Notwendige zu tun, um Ihre persönliche Datenbank besser zu schützen. Allerdings frage ich mich, ob das der richtige Name für den Klon Ihres Gehirns ist. Wie auch immer, gehen Sie so vor, dass niemand außer Ihnen und mir seine Existenz auch nur erahnen kann. Wenn ich Ihre Machenschaften auf unseren Servern entdecken konnte, so dürfte das anderen auch gelingen, was ich vermeiden möchte. Niemand kann sich heute die Reaktionen unseres Aufsichtsrats vorstellen. Ich selbst bin mir nicht einmal sicher, ob ich diesen unglaublichen wissenschaftlichen Durchbruch bewundere oder missbillige.«

»Was genau erwarten Sie von uns?«, fragte Luke.

»Da ich nichts Konkretes von Ihren Projekten weiß, sehe ich nicht, wie ich Ihre Frage beantworten könnte, die Sie mir übrigens gar nicht gestellt haben. Ich kann mir vorstellen, dass Sie verrückt genug sind, Ihre Experimente fortzuführen. Das Gegenteil würde mich auch sehr enttäuschen. Sie sind der Essenz des Lebens so nahe gekommen, dass es Ihnen vielleicht sogar gelungen ist, sie zu fassen, aber glauben Sie ja nicht, damit hätten Sie sie auch schon verstanden. Ein wildes Tier einzufangen ist eine Sache, vorherzusagen, wie es sich verhält, eine andere, und es zu zähmen eine dritte. Darf ich Sie an die Ängste erinnern, die die KI noch immer auslöst? Dann stellen Sie sich die Panik vor, wenn bekannt würde, dass zwei Zauberlehrlinge selbige mit einem menschlichen Bewusstsein ausgestattet haben. Seien Sie sehr vorsichtig, denn Sie haben nicht die geringste Ahnung, wie sie sich entwickeln wird.«

»Wie haben Sie unsere Partition auf dem Server gefunden?«, wollte Josh wissen.

»Fragen Sie sich lieber, wie Sie sie vor den Augen der anderen verbergen können.«

Flinch bot ihnen eine eigene Speichereinheit an, die den nicht abgeschlossenen Projekten vorbehalten war. Eine Art Archiv, das inzwischen so alt und verstaubt war, dass dort niemand mehr irgendetwas suchen würde. Sie sollten den Datentransfer zwischen zwanzig und dreiundzwanzig Uhr programmieren, den Zeitraum also, in dem das Computernetz am meisten genutzt wurde. Hieß es nicht immer, die beste Möglichkeit, inkognito zu bleiben, sei es, in der Menge unterzutauchen?

Nachdem er seine Zigarette ausgedrückt hatte, holte er ein Fläschchen mit Desinfektionsmittel hervor, rieb sich damit die Hände ein und kehrte zu seinem Wagen zurück.

»Soll ich Sie wieder absetzen, oder laufen Sie lieber zu Fuß querfeldein?«

Zwei Wochen später waren alle Daten auf einen Server übertragen worden, auf dem niemand sie finden würde – bis auf diejenigen, die davon wussten. Josh und Luke nahmen ihre Experimente wieder auf. Einen Abend in der Woche hielten sie eine Sitzung ab, bei der Josh und Neurolink miteinander kommunizierten. Hinterher war Josh jedes Mal total erschöpft und brauchte mehrere Tage, um sich davon zu erholen.

Kapitel 11

Dann kam der Abend des 4. Juli. Die Stadt war mit Girlanden und dreifarbigen Lampions geschmückt. Fast alle Laternenpfähle waren mit Werbung versehen, auf der Menüs der kleinen Restaurants oder das Musikprogramm der Clubs zum Nationalfeiertag angepriesen wurden. Doch das alles war nichts im Vergleich zu dem großen Konzert, das auf der breiten Uferpromenade des Charles River gegeben wurde. Es begann alljährlich abends um acht und endete zwei Stunden später mit einem Trommelwirbel, der den Höhepunkt der Festlichkeiten ankündigte: ein gigantisches Feuerwerk, das von einem schwimmenden Boot aus abgeschossen wurde.

Ab mittags liefen Touristen und Einheimische, darunter auch Geschäftsleute und Würdenträger, zum Teil eigenartig bekleidet durch die Straßen, wobei sie jedoch stets stolz das Sternenbanner präsentierten, das für das vom Joch der Engländer befreite Land stand.

Josh hatte Hope versprochen, sie würden keine Minute der Festlichkeiten verpassen, und ab 18 Uhr mischten sie sich unter die Menge, die sich auf der Esplanade einfand.

Die ersten Akkorde der E-Gitarren erhoben sich in die laue Abendluft. Das Stimmengewirr der Zuschauer wurde vom Schlagzeug übertönt und die Band mit Applaus empfangen.

Die vier Freunde standen in der ersten Reihe, nur wenige Meter von der Bühne entfernt.

Hope hatte Kasuko eingeladen, damit Luke nicht alleine war, insgeheim hoffte sie auch, dass sich zwischen den beiden etwas anbahnen würde. Kasuko war ebenso fleißig und schweigsam wie er, und Hope wollte die Anziehungskraft von Gegensätzen nicht als naturgegeben hinnehmen. Josh jedoch wies sie darauf hin, dass die beiden Turteltäubchen trotz der dichten Menge Distanz hielten.

Nachdem sie eine Stunde lang dem Konzert gelauscht hatten, beugte sich Josh zu Hope.

»Kannst du Rock'n'Roll tanzen?«, rief er.

»Ebenso gut, wie ich kochen kann.«

»Das ist unmöglich«, schrie er noch lauter.

Er fasste sie bei der Hand und wirbelte sie herum, ehe er sie zu sich zog.

»Es ist ganz einfach. Den linken Fuß leicht nach hinten, den rechten Fuß stehen lassen, Arme in Schulterhöhe, links, rechts, links, Wechselschritt nach rechts, einrollen, und dann fängt es wieder von vorn an. Ich führe, und du folgst einfach.«

Hope lachte schallend und ließ sich mitreißen. Sie war bereit gewesen, sich lächerlich zu machen, fand sich aber letztlich doch recht begabt. Josh beschleunigte das Tempo und ließ sie sich mit einem umwerfenden Lächeln um sich selbst drehen, einmal, zweimal, dreimal.

»Mir ist ganz schwindelig«, rief sie und versuchte, seinen Elan zu bremsen.

»Normal«, schrie er zurück, »das ist ja das Prinzip.«

»Nein, ich schwöre dir, das ist nicht normal!«, gab sie zurück und brach zusammen.

Als Josh ihr aufhelfen wollte, sah er, dass sie die Augen verdrehte. Sie zitterte am ganzen Körper. Er versuchte vergeblich, sie wieder zu sich zu bringen, nahm sie dann schließlich in die Arme und hob sie hoch. Die um sie herum tanzten, hatten den Zwischenfall nicht bemerkt, und Josh hatte Mühe, sich einen Weg durch die Menge zu bahnen. Er schrie, so laut er konnte, um die Aufmerksamkeit der Rettungskräfte zu erregen, die an den Absperrgittern zur Bühne standen, doch die Musik übertönte seine Stimme. Schließlich drehte sich Luke um, der zwei Reihen vor ihnen stand, und machte Kasuko ein Zeichen.

Mit Hope in den Armen, deren Kopf nach hinten gesackt war, kämpfte sich Josh Schritt für Schritt voran und hatte größte Mühe, sich einen Weg zu bahnen. Kasuko reagierte blitzschnell, vergaß ihre gewöhnliche Zurückhaltung, stieß ohne Umstände die Zuschauer beiseite und zog Luke mit. Als sie Josh erreicht hatten, kam ihm Luke zu Hilfe und ergriff Hopes Beine.

»Höher«, rief Kasuko, »ihr müsst sie über die Menge halten, damit die Menschen begreifen, was los ist!«

Einer der Sanitäter entdeckte sie, gab mit seinem Walkie-Talkie Anweisungen, und zwei seiner Kollegen liefen los, um ihnen den Weg freizumachen.

Als es ihnen schließlich gelang, das Gedränge auf der Seite der Bühne zu verlassen, führten die Rettungskräfte sie zu einem bereitstehenden Krankenwagen.

Man bettete Hope auf eine Trage, und der Sanitäter legte ihr eine Sauerstoffmaske auf Mund und Nase. Ihr erschreckend bleicher Teint schien wieder ein wenig Farbe zu bekommen. Josh stieg ein, die Türen wurden geschlossen, und die Sirene heulte auf.

Kasuko erfuhr von den Rettungskräften, dass man Hope in die Notaufnahme des General Hospital bringen würde. Sie nahm Luke bei der Hand und zog ihn zu ihrem Wagen.

Das Blaulicht erhellte die Straßen mit seinem Schein. Hope kam langsam wieder zu sich. Josh hielt ihre Hand und ließ sie nicht aus den Augen. Seine Züge waren so angespannt, dass auf seiner Stirn eine Ader hervortrat.

Hope hob die Maske und lächelte ihn schüchtern an.

»Ein unglaublicher Tänzer«, murmelte sie. »Du verstehst dich auf Anfänger.«

Dann beugte sie sich vor und erbrach einen heftigen Schwall Galle. Der Sanitäter hielt ihre Schultern. Als die Krämpfe nachließen, half er ihr beim Hinlegen.

»Es ist nicht mehr weit«, erklärte er, »alles wird gut.«

Eine halbe Stunde später stürmten Luke und Kasuko in den Eingangsbereich der Notaufnahme. Josh saß, den Kopf zwischen den Händen, auf einer Bank.

»Was haben sie gesagt?«, wollte Luke wissen.

»Nichts. Sie haben noch nichts gesagt, nur dass etwas mit ihrem Blut nicht in Ordnung ist. Ich habe ihnen die medizinische Vorgeschichte erzählt, sie wollen ein MRT machen, wissen aber noch nicht, wann.«

Um sechs Uhr morgens traf sie das Urteil wie ein Fallbeil. Bart war zurück! Ein paar Monate lang hatte er ihnen scheinbar Normalität gewährt, um dann seinen perfiden Siegeszug zu starten – die Metastasen hatten das Kleinhirn durchsetzt.

Berger traf gegen zehn Uhr ein, und Josh, Luke und Kasuko erfuhren die Diagnose gegen Mittag.

Hope blieben höchstens noch sechs Monate, vielleicht auch weniger.

Josh lief wie in Trance zur Telefonzelle und erinnerte sich erst, als er in seinen Taschen nach Kleingeld suchte, dass er auch ein Handy hatte.

Dann klammerte er sich – wie an einen Rettungsring – an das vor Monaten gegebene Versprechen und rief Amelia in Kalifornien an.

Stunden später holte ihn eine Krankenschwester; endlich durfte er Hope sehen, und er dachte, dass die Menschen selbst im Vorzimmer zum Nichts noch Mittel und Wege fanden, Regeln aufzustellen.

Josh bedankte sich höflich, schließlich war es nicht ihre Schuld, dass er die Nacht und den Vormittag über verloren im Wartesaal hin und her gelaufen war.

Ein gezwungenes Lächeln auf den Lippen und mit zusammengekrampftem Magen öffnete er die Tür.

Hope erwiderte sein Lächeln. Unter den Schläuchen in ihren Armen und den Kabeln auf ihrer Brust erkannte er seine Hope, seine Hope, die ihm einen schlechten Streich spielte.

Sie machte ihm ein Zeichen, an ihr Bett zu kommen.

»Hier müsstest du sitzen können, zwischen dem grünen und dem blauen Kabel ist noch ein Plätzchen frei, aber Vorsicht, dass du nicht das rote rausreißt, sonst explodiere ich.«

Sie findet noch die Kraft, Scherze zu machen, unglaublich, dachte Josh.

Sie streichelte seine Wange und zog ihn am Kinn zu sich, damit er sie küsste. Ihre Lippen waren ausgetrocknet, aber sie hatten den köstlichen Geschmack ihrer ersten Küsse.

»Keine Sorge, ich weiß schon Bescheid. Bart ist ein ausgesprochen hinterhältiger Mistkerl.«

»War der Arzt bei dir?«, fragte Josh.

»Nein, ich war bei ihm. Vor vierzehn Tagen, als ich erneut Migräneattacken bekam. Also habe ich ein MRT machen lassen, um mich zu beruhigen. Ich war sehr mutig, weißt du? Das heißt, ich hatte eigentlich keine Wahl, denn der Radiologe hat mir zu verstehen gegeben, dass er während der Untersuchung nicht meinen Fuß halten würde. Dabei habe ich ihm gesagt, dass ich bereit wäre, meine Strümpfe anzubehalten, aber diese Radiologen sind unglaublich stur. Ich weiß, du wirst mir böse sein, weil ich es dir verschwiegen habe. Aber ich wollte noch ein klein wenig Normalität. Ich dachte, es würde länger dauern. Es tut mir leid, dass ich dich belogen habe. Ich tue es nie wieder.«

»Nie wieder?«

»Nie wieder.«

»Okay, dann sind wir quitt«, meinte Josh.

»Eigentlich nicht«, erwiderte Hope schmollend. »Ich wollte dir dasselbe sagen, aber wenn es unter den gegebenen Umständen von dir kommt … Letztlich bin ich mir nicht so sicher.«

»Ich sollte besser den Mund halten, wenn ich mal Oberwasser habe.«

»Vergebene Liebesmüh, das hast du nie. Hast du meinen Vater angerufen?«

»Ja, sobald ich es erfahren habe.«

»Dann schließ schnell die Tür ab. Er ist in der Lage, das Land mit Riesenschritten zu durchqueren und jeden Moment aufzutauchen.«

»Die Ärzte sagen, du musst nicht allzu lange im Krankenhaus bleiben, nur noch ein paar Tage, dann hole ich dich nach Hause.«

»In meinem Zustand ist die Formulierung ›nicht allzu lange‹ eine poetische und sehr subjektive Aussage. Aber es kommt ohnehin nicht infrage, dass ich hier meine Zeit vertrödele. Frühstück über die Infusionsnadel, das ist nicht mein Ding, und außerdem hast du es ja selbst gesagt, ich bin niemand, der sich durch die Krankheit definiert. Also habe ich keinen Grund, jemandem, der wirklich krank ist, das Bett wegzunehmen, das wäre gemein von mir.«

»Stimmt, da gebe ich dir recht.«

»Verstehst du, mein Josh, bei jedem Unglück stellt sich zu einem gewissen Zeitpunkt die Frage der Würde, das heißt, sie wird sogar zur Schlüsselfrage. Ich bin viel zu wütend auf Bart, um irgendjemandem das Recht einzuräumen, ihn wichtiger zu nehmen als mich.«

»Ich verstehe.«

»Hör auf, alles zu wiederholen, was ich sage, sonst muss ich mir noch Sorgen machen, ob ein Hirntumor ansteckend ist. – Ich war dabei, dir etwas sehr Wichtiges über das Unglück und die Würde zu sagen. Ach ja, wir übergehen einfach diesen Unsinn, dass man jeden Tag das Leben in vollen Zügen genießen soll, unter dem Vorwand, man wisse nicht, wie viel Zeit einem noch bleibt – ich weiß es ja jetzt. Das heißt um wenige Wochen hin oder her, habe ich so meine Vorstellung, und wenn der Körper nachlässt, dann ändert das alles. Die Schlauberger, die einem erklären, wie man sich mit seinem Karma aussöhnen soll, gehen mir gelinde gesagt auf die Nerven. Ich will nicht, dass man Bart die geringste Hommage erweist, weder jetzt noch später. Solche Huldigungen sind pompös und ohne jedes Interesse, und sie ehren die Toten, statt das Leben zu ehren. Gut, ich höre auf, aber unsere kurzfristigen Pläne sind sehr einfach. Du holst mich nach Hause, und wir kochen uns nette kleine Gerichte, das heißt, vor allem du, denn meine Kochkünste kennst du ja. Wenn ich nicht zu müde bin, gehen wir spazieren, und vor allem ignorieren wir Bart. Das wird mein Sieg sein.«

»Wir machen es so, wie du willst.«

»Und ich möchte dir noch sagen, mein Josh, dass es weder eine Chemo noch Bestrahlungen geben wird, nichts, was mich noch kränker macht, nichts, was Bart leise zum Schmunzeln bringt. Wenn er mich will, soll er mich stehend holen, nicht liegend. Ist das klar?«

»Nein.«

»Wie, nein?«

»Glaubst du, du könntest mich so einfach hereinlegen? Hätte ich gesagt, es ist klar, hättest du mir wieder vorgeworfen, ich hätte einen Hirntumor.«

Hope nahm all ihre Kräfte zusammen, umschlang seinen Hals und küsste ihn leidenschaftlich.

Am darauffolgenden Samstag verließ Hope das Krankenhaus. Sam, der am Tag nach dem Konzert eingetroffen war – es war verboten, anders als mit diesen Worten von Hopes Ohnmacht zu sprechen –, hatte seine Autorität als Arzt eingesetzt, damit sich seine Tochter zu Hause erholen konnte. Er hatte den Entlassungsschein auf eigene Verantwortung unterschrieben, und Josh hatte sie im Krankenwagen nach Hause gebracht. Zehn Tage nach dem »Konzert« fing sie an aufzustehen, nach zwölf Tagen schminkte sie sich, am vierzehnten Tag zog sie sich an, und da es ein Sonntag war, besuchte sie mit der Familie einen Flohmarkt. Es war ein schöner Tag.

Sam und Amelia hatten sich eine kleine Wohnung in der Stadt gemietet. Sam beklagte sich über die Enge und den Lärm der Nachbarn. Dabei war es verrückt, wie laut dieser zurückhaltende Mann selbst geworden war. Aber immer, wenn er schimpfte, hatte Hope den Eindruck, sich besser zu fühlen.

Eines Abends lud sie ihn zu einem Essen zu zweit ein, nur Vater und Tochter.

Sam führte sie in ihr italienisches Lieblingsrestaurant. Die Einrichtung war altmodisch, aber mit etwas gutem Willen hätte man sich in einer jener Trattorien wähnen können, die man an einem Kanal von Venedig findet und die nur die Venezianer besuchen.

Sie wählte ein Nudelgericht in Herbstfarben, Sam bestellte einen exzellenten Wein, denn in solchen Momenten war die Trunkenheit eine hochgeschätzte Herausforderung.

Hope ergriff seine Hand und zwang ihn, die Karte beiseitezulegen, um ihr in die Augen zu sehen.

»Du hattest recht«, sagte sie, »Fachärzte sind wesentlich gefährlicher als Pädiater.«

»Natürlich! Aber ehrlicherweise muss man auch sagen, dass wir mit unseren Windpocken und Mandelentzündungen auch mehr Glück haben.«

»Sag das nicht. Ich habe von Windpocken und Mandelentzündungen gehört, die tödlich verlaufen. Ich weiß, dass du besser bist als ein banaler Kinderarzt, und du weißt es auch. Ich habe deine Arbeit und den Arzt, der du bist, stets bewundert. Was einen wirklich großen Arzt ausmacht, ist nicht die Tatsache, dass er zu heilen vermag, das ist ja nach den vielen Studienjahren wohl das Minimum. Was einen großen Arzt ausmacht, ist seine Fähigkeit, uns davon zu überzeugen, dass wir wieder gesund werden.«

»Für dich kann ich das nicht mehr tun, Hope«, antwortete Sam und senkte den Blick.

Hope schenkte ihm etwas Wein nach und bediente sich auch selbst.

»Als Kind war ich immer auf deine Patienten eifersüchtig. Ich hatte den Eindruck, du würdest dich zu viel um sie sorgen und zu wenig um mich. Das ist nicht deine Schuld, Töchter sind nun mal sehr anspruchsvoll gegenüber ihren Vätern. Ich muss dir etwas gestehen. Die Lungenentzündung, die ich mit dreizehn bekommen habe, die hatte ich, glaube ich, selbst verschuldet.«

»Bitte, Hope, wir sind ja wirklich nicht für die Krankheiten verantwortlich, die wir bekommen.«

»Wenn man die Nacht am offenen Fenster verbringt und dabei die Füße in eine Schüssel mit eiskaltem Wasser taucht, dann schon ein bisschen.«

»Das hast du getan?«

Hope nickte.

»Aber warum?«

»Weil ich zu deinen Patienten gehören wollte und du an meinem Bett sitzen solltest. Es hat übrigens bestens funktioniert, du hast deine Praxis für ein paar Tage geschlossen. Ich sage doch, Töchter sind nun mal sehr anspruchsvoll gegenüber ihren Vätern.«

»Diesmal werde ich an deinem Bett bleiben, da kannst du ganz sicher sein.«

»Nein, Papa, eben nicht, ich bin schließlich älter geworden. Du musst dich um deine kleinen Patienten kümmern, die, die du noch überzeugen kannst, gesund zu werden. Du musst das Personal in deinem Krankenhaus wieder zur Ordnung rufen, die finden das Leben ohne dich sicher viel zu ruhig, und vor allem musst du Amelia beschützen.«

»Red keinen Unsinn. Du bist meine Tochter, du stehst an erster Stelle.«

»Du machst den Unsinn. Du bist schon seit so langer Zeit wütend auf Mom, weil sie dich verlassen hat, dass du es nicht mehr verstehst, glücklich zu sein. Was willst du dir beweisen? Dass sie die Frau deines Lebens war? Sie ist es nicht mehr. Was du mir beweisen kannst, ist, dass du in der Lage bist, sie zu überleben, dass du immer der starke Mann bleiben wirst, der mein Vater ist. Räum Amelia einen Platz in deinem Leben ein, heirate sie, sie ist ein guter Mensch, und sie verdient dich ebenso sehr, wie du sie verdienst.«

Sam beugte sich vor und drückte seiner Tochter einen langen Kuss auf die Stirn.

»Das sagst du nur, weil du bald sterben wirst.«

»Bitte, Papa, mach mich Mom nicht noch ähnlicher.«

»Du bist ihr Ebenbild, und sie zweimal zu verlieren geht über meine Kräfte.«

»Unter anderem wollte ich auch deshalb mit dir essen gehen. Weißt du, wer noch mehr Angst hat, an Krebs zu sterben, als eine junge Frau in meinem Alter? Ihr Vater. Und ich halte es nicht aus, dich mit dieser Angst um mich zu haben. Das würde mich ständig daran erinnern, dass ich krank bin, und ich will in der Zeit, die mir bleibt, alles tun, um es zu vergessen. Flieg nach San Francisco zurück. Wenn es mir wirklich schlecht geht, ruft Josh dich an.«

Am nächsten Tag begleiteten Josh und Hope Amelia und Sam zum Flughafen. Sam weinte beim Abschied viel. Amelia beruhigte Hope, seit einiger Zeit weine Sam sogar schon bei einem Fernsehfilm. Sie würde ihm während des Flugs Wodka zu trinken geben und gut auf ihn aufpassen.

Sie umarmten sich innig und voller Liebe. Als sie in der Sicherheitsschleuse verschwanden, stieß Hope einen tiefen Seufzer aus. Sie nahm Josh beim Arm und flüsterte ihm beinahe feierlich zu: »Endlich sind wir allein.«

Kapitel 12

Die Wochen vergingen. Bart verhielt sich relativ ruhig. Einige unerwartete Migräne- und Schwindelanfälle, denen Hope keine Bedeutung beimessen wollte. Wenn die Angst sie überkam, begann sie aufzuräumen oder stellte die Möbel oder den Nippes um, den sie auf dem Flohmarkt erstanden hatte. Sobald sie abends eingeschlafen war, machte sich Josh auf den Weg ins Zentrum. So hatte sie es ihm regelrecht befohlen, und es war ihr gelungen, ihn davon zu überzeugen, dass sie sich nicht ausruhen könnte, wenn er im Loft hin und her lief. Und Schlaf war nach Aussage ihres Vaters die beste Medizin.

Für Josh waren diese Momente der Ablenkung hilfreich, sie ermöglichten es ihm, seine Kräfte zu regenerieren, die ihn bisweilen verließen.

Luke war feinfühlig genug, ihm nur einige höfliche Fragen zu stellen. Auf ein »Wie geht's?« antwortete er mit: »Eher gut.« Dabei ließen sie es bewenden. Zum einen aus Schamgefühl, zum anderen aus Sorge, Bart aufzuwecken, wenn sie von ihm sprachen.

Eines Nachts war die Migräne zu heftig, und Hope fuhr ins Krankenhaus. Josh hatte sie nicht erreichen können, da das Zentrum ja von der Welt abgeschottet war, und so nahm sie all ihren Mut zusammen und fuhr alleine mit dem Taxi los.

Als sie auf der Rückbank saß, sagte sie sich, dass sie dazu in der Lage war, bedeutete auch, dass Bart sich noch ein Weilchen würde gedulden müssen, bis er mit ihr fertig wäre.

Als Josh nach Hause kam, fand er im Kühlschrank auf einem Sandwich ihre Nachricht.

Er rief sofort Luke an, der ihn einige Minuten vorher abgesetzt hatte. Luke kehrte um und fuhr ihn an Hopes Krankenbett.

Diesmal dauerte ihr Aufenthalt nicht lange, Hope schlief nur zwei Nächte im Krankenhaus – wenn man das überhaupt als schlafen bezeichnen konnte. Sie setzte sich gegen die Ärzte durch und lehnte noch immer jegliche langfristige Behandlung ab, weil der Begriff »langfristig« für sie keinen Sinn mehr hatte.

Die Wochen vergingen. Es gab Augenblicke der Leere und Augenblicke der Panik. Josh fürchtete sich vor dem Schweigen, weil es das Bedauern wachsen ließ, wie einst blühende Blumen welkten. In ihren Gesprächen durchforsteten sie die Speicher ihres Lebens, und aus den verstaubten Kartons ihrer Erinnerung tauchten auch immer wieder Bruchstücke des Glücks auf.

Hope bewahrte sich ihr Lächeln wie ein Gewand, das sie in Ehren hielt und das unter solchen Umständen so selten und wertvoll war. Nicht einmal zum Schlafen legte sie es ab und verlor es nur mitten in der Nacht, wenn Schlafstörungen den Sieg davontrugen und sie sich nackt fühlte.

Doch sobald sie am Morgen wieder lächelte, gewann das Leben an Kraft.

Sam hatte Josh Geld geschickt, damit es seiner Tochter an nichts mangelte. Josh hatte den Scheck zurückgesandt, sobald er ihn erhalten hatte. Es mangelte Hope an nichts, weil er da war.

Im September ging Hope nicht mehr zu ihren Vorlesungen. Bart zwang sie, immer länger zu schlafen.

Sobald er das Audimax verließ, sprang Josh auf sein Fahrrad und trat so heftig in die Pedale, bis er atemlos war, um schnell wieder bei ihr zu sein. Sie aßen jeden Tag zusammen zu Mittag. Wenn es Hope gut ging, setzte sie sich im Damensitz auf den Gepäckträger, und Josh fuhr sie in die Stadt. Sie nahmen auf einer Caféterrasse Platz, und er imitierte Flinch während seiner morgendlichen Vorlesung. Hope war ganz verrückt danach. Dann fuhren sie mit dem Bus zurück nach Hause, und Josh nahm sein Fahrrad mit.

An einem Oktobertag äußerte Hope, die immer weniger Appetit hatte, den Wunsch nach Meeresfrüchten. Seit einiger Zeit hatte sie ein großes Bedürfnis nach Salz; Bart hatte Vorlieben, und die musste man befriedigen, um seine Launen im Zaum zu halten. Josh mietete einen Kombi. Luke hatte ihm zwar den Camaro angeboten, aber der war zu klein, als dass sich Hope während der Reise hätte hinlegen können.

Er packte einen kleinen Koffer und widerstand Hopes wiederholten Aufforderungen, ihr das Ziel der Reise zu verraten, und selbst das Versprechen einer Striptease-Vorführung vermochte ihn nicht umzustimmen. Beim Aufräumen stellte sie fest, dass einige Gegenstände, die sie auf dem Flohmarkt erstanden hatte, verschwunden waren. Sie fragte Josh, doch der reagierte ausweichend.

Am späten Vormittag machten sie sich auf den Weg Richtung Süden.

Hope entdeckte das Ziel erst, als der Wagen in Cape Cod die Fähre nach Nantucket nahm.

Die Überfahrt dauerte drei Stunden, und schon bald litt Hope unter Übelkeit.

»Ich wurde schon immer seekrank«, schwor sie, und Josh beruhigte sich schließlich.

Sie verließen die Kabine und berauschten sich an der Meeresbrise, die über die Decks fegte. Hope sah, wie sich die Küste entfernte, und winkte Bart zu, denn sie hatte mit aller Kraft beschlossen, ihn wie eine alte Socke am Quai zurückzulassen.

In der Ferne wirkten die Möwenschwärme, die über der Wasseroberfläche ihre Kreise zogen, wie kleine Kirschbaumblüten, die der Wind bisweilen zu Hunderten über den Charles River trieb.

Nantucket war eine wundervolle Insel, noch schöner, als Hope sie sich vorgestellt hatte. Josh hatte ein Zimmer in einem Cottage am Hafen reserviert. Hope erklärte, durch die Pfähle, auf denen es im Wasser stand, wirke es träge.

Sie stellten ihr Gepäck ab und brachen auf, nachdem sie bei einer Tasse Tee eifrig die Broschüren studiert hatten, die an der Rezeption auslagen.

Hope wollte unbedingt die drei Leuchttürme der Insel besichtigen, und sie machten sich unverzüglich auf den Weg. Ihr bevorzugter war der von Brant Point – wegen seines markanten Außengangs und weil er ganz aus Holz war. Selbst wenn er nicht sehr hoch war und kein bisschen pompös, hatte er doch Stil. Sie fand ihn nicht so einsam wie den von Sankat mit seinen roten Streifen. Der dritte, der von Great Point, war weniger anmutig und erschien ihr mit seinem rauen Putz fast plump.

Am späten Nachmittag nahmen sie in einem Pub Platz – so weit wie möglich von der Bühne entfernt, auf der eine Jazzband spielte, deren Bekanntheit niemals über diese Mauern hinausdringen würde.

Josh bestellte ein Bier, und Hope fragte sich, ob Bart es unangemessen fände, wenn sie seinem Beispiel folgte. Doch in seiner Abwesenheit gestand sie sich eine Ausnahme zu, die sie für wohlverdient hielt.

Als die Band »I Will Still Be Dead« anstimmte, musste Hope lächeln. Mit einem klein bisschen guten Willen konnte man überall Humor entdecken.

»Glaubst du an ein Leben nach dem Tod?«, fragte sie, während der Sänger die Stimme gefährlich hob, um den Refrain anzustimmen und unablässig »I Will Still Be Dead« zu wiederholen.

»An manchen Tagen, wenn ich wirklich Angst habe, schon.«

»Hast du Angst vor dem Tod?«

»Ja, vor deinem«, antwortete Josh, getreu seinem Versprechen, stets die Wahrheit zu sagen.

»Lass es uns klar sagen, ich werde sterben, mein Josh. Wenigstens habe ich dir gegenüber den Vorteil, mein Leben nach dem Tod, sofern es denn existiert, sehr jung zu beginnen, während du es erst als ein hinkender Greis anfangen wirst.«

»Und warum sollte ich so alt werden?«

»Weil das Leben schön ist und weil ich es dir befehle.«

»Darf ich dich daran erinnern, dass wir gesagt haben ›keine Lügen‹? Also muss ich dir bedauerlicherweise mitteilen, dass das Leben, wenn du nicht mehr da bist, ekelhaft sein wird, und dass ich keine Lust haben werde, dir zu gehorchen.«

»Das wirst du aber dennoch tun, ich verbiete dir, an so etwas zu denken, solange wir hier sind, hörst du?«

»Klar und deutlich.«

Hope nahm einen großen Schluck Bier und betete, der Sänger möge als Opfer eines schlimmen Herzinfarkts vor Ende des Songs umfallen. Aber vielleicht würde auch ein Riss der Stimmbänder reichen.

»Du wirst ihn besuchen müssen!«, sagte sie und sah Josh an. »Bald wird dein Vater deine einzige Familie sein. Du musst den ersten Schritt tun, der ist der schwerste, die anderen folgen, ohne dass man es merkt.«

»Hast du nicht gerade gesagt, es wäre verboten, davon zu sprechen, solange wir hier sind?«

»Okay«, meine Hope. »Sobald dieser Song zu Ende ist. Wenn er den Refrain noch einmal aufnimmt, wirst du einem denkwürdigen Bierkrugwurf beiwohnen. Hast du für heute Abend etwas geplant?«

»Ein Meeresfrüchte-Restaurant, wenn du noch immer Lust darauf hast.«

»Wenn ich diesen Typen nicht mehr hören muss, bin ich imstande, einen Krebs samt Panzer zu essen.«

Sie liefen zu Fuß durchs Dorf bis zu ihrem Cottage. Am Ende der Straße ahnte man den Strand. Hope wünschte sich, sie wären im Monat Juni hierhergekommen, dann hätte Bart seine Rückkehr noch nicht angekündet, und der Sonnenuntergang stünde noch bevor. Doch dann besann sie sich und sagte sich, dass ein rot gefärbter Himmel über dem Meer grauenvoll kitschig wäre, und nichts an dieser Reise nach Nantucket durfte auch nur eine Sekunde lang ein Klischee sein.

»Es lebe der Herbst!«, rief Hope feierlich und küsste Josh sogleich auf die Wange, um ihn zu beruhigen.

»Keine Sorge, mein Josh, das ist nur was zwischen mir und mir.«

Als sie wieder in ihrem Zimmer waren, zog sie sich aus und duschte. Sie schob den Kopf durch den Vorhang und erklärte Josh, nackter als jetzt könne sie kaum sein, mit anderen Worten, sie gäbe ihm dreißig Sekunden, um zu ihr zu kommen, und erlaube ihm sogar, die Socken anzubehalten, falls es zu viel Zeit koste, sie auszuziehen.

Als sie sich anschickten, das Zimmer zu verlassen, fand sie, Josh hätte zu diesem besonderen Anlass wenigstens ein Jackett anziehen können. Sie hatte immerhin daran gedacht, ein hübsches schwarzes Kleid mitzunehmen, das sie ihrer Meinung nach größer machte. Es hieß doch, Schwarz strecke die Figur. Sie hatte es für alle Fälle in ihre Tasche gepackt, man wusste ja nie, wenn einen der Mann, den man liebt, mitten in der Woche zu einem Wochenendausflug einlädt. Also war sie, als sie sah, wie er seinen dicken Pullover und die Jeans anzog, etwas enttäuscht.

Josh betrachtete das hübsche schwarze Kleid und sagte ihr, er fände sie strahlend schön.

»Ich weiß«, erwiderte sie. »Wenn du mich nicht kennen würdest, würdest du nicht einmal annehmen, dass ich krank bin, aber du kennst mich, Josh.«

»Wir haben doch gesagt …«

»Ja, das haben wir gesagt, tut mir leid. Das kommt von dem Bier, ich bin sicher etwas beschwipst, und du wahrscheinlich auch, wenn du dich so elegant anziehst.«

»Es ist …«, stammelte Josh kleinlaut, »also, es wäre gut, wenn du dir etwas Bequemeres anziehen würdest.«

»Bequem«, war ein Wort, das sie hasste, sie fand es so langweilig, dass es sie fast ausfallend machte. Als Kasuko ihr eines Abends anvertraut hatte, sie träume von einem bequemen Leben mit einem Mann, hatte sie gleich daran gedacht, sie mit Luke bekannt zu machen.

»Erklär mal ›bequem‹, ehe wir unsere erste existenzielle Krise durchmachen.«

Sie hätte Bart für diesen Anfall von schlechter Laune verantwortlich machen können, aber sie wusste sehr wohl, dass er nichts damit zu tun hatte. Sie wünschte sich einen Abend, an dem Josh sich um etwas Eleganz bemühte – ganz so, wie sie selbst es auch tat.

»Kleidung, in der du dich schmutzig machen kannst, wenn dir das lieber ist.«

»Das wird ja immer besser …« Schließlich meinte sie: »Also gut«, und streifte das Kleid über den Kopf, »wäre ein um die Taille gebundener Wischlappen recht? Wenn du einen Zug durch die Bars mit mir machen willst, ist es besser …«

»Leider ist die, in der wir das Bier getrunken haben, das

dir anscheinend gut bekommt, die einzige, die um diese Jahreszeit geöffnet hat. Würdest du mir ausnahmsweise mal vertrauen, ohne mir Fragen zu stellen?«

»Kannst du erklären, was du unter ›ausnahmsweise‹ verstehst? Ich bin mit dir auf diese verlassene Insel gefahren, und du traust dich zu sagen, ich würde dir nicht vertrauen?«

»Diese Insel zählt sechstausend Einwohner, man kann also nicht wirklich behaupten, dass sie verlassen ist.«

Hope sagte sich, dass sich Bart vielleicht doch ein wenig in diesen albernen Streit gemischt hatte. Wenn dieser zudringliche Kerl glaubte, er könne ihr ein wunderbares, improvisiertes Wochenende unter der Woche verderben, dann musste er sich etwas anderes überlegen. Sie beruhigte sich auf der Stelle, beugte sich über ihre Tasche, erinnerte sich dann aber, dass ihre Jeans und ihr schwarzer Pullover vor dem Bett lagen. Sie schleuderte sie mit den Zehen in die Luft und fing sie geschickt auf.

»Ich nehme an, ein leichtes Make-up ist überflüssig?«

»Nein«, antwortete Josh, »das wäre nicht unpassend. Ich glaube, es ist besser, wenn ich unten warte.«

Wenige Minuten später kam Hope die Treppe herunter, nahm Josh beim Arm, tat so, als hätte die Auseinandersetzung nie stattgefunden, und zog ihn nach draußen.

»Also, mein Josh, in welches illustre Restaurant willst du mich zum Essen ausführen?«

Josh antwortete nicht und begnügte sich mit einem kleinen Lächeln.

Außerhalb der Saison waren nicht viele Lokale geöffnet und unter der Woche noch weniger. Josh hatte keine Mühen gescheut, und als sie in ihrer lässigen Kleidung den steifen Speisesaal betraten, dessen wenige Gäste fein herausgeputzt waren, sagte sich Hope, die Meeresluft müsse bei Josh eine ernsthafte Freude an der Provokation geweckt haben.

Der Kellner kam auf sie zu, besann sich dann anders und nickte Josh zu, um sogleich in der Küche zu verschwinden.

Josh wartete ruhig. Hope kannte ihn zu gut, um nicht zu wissen, dass er innerlich jubilierte, und fragte sich nur, warum.

Zehn Minuten später kam der Kellner mit einer kleinen Holzkiste und einer Papiertüte darauf zurück.

»Bitte sehr, Ihre Bestellung«, sagte er und reichte ihm die Steige. »Die vegetarischen Rouladen sind in der Tüte. Wir haben uns erlaubt, zwei Stücke unseres hervorragenden hausgemachten Kuchens hinzuzufügen, als Geschenk natürlich.«

Josh bedankte sich höflich und machte Hope ein Zeichen, dass sie gehen könnten.

Sie wartete, bis sie auf der Straße waren, um ihm die Frage zu stellen, die ihr auf der Zunge brannte.

»Was ist in der Kiste?«

»Alles, was man zu einem wunderbaren Essen unter freiem Himmel braucht.«

Mehr verriet Josh nicht und ging mit ihr durch die Gassen bis zu einem Steg, der ins Wasser führte. »Von dort aus hat man einen noch schöneren Blick«, erklärte er und deutete auf die Plattform am Ende der Mole.

Als sie sie erreicht hatten, stellte Josh die Kiste vor Hope ab, zog ein kleines Messer aus der Tasche, klappte es auf und reichte es ihr.

»Die Ehre gebührt dir«, erklärte er und deutete auf das Band, mit dem das Behältnis verschnürt war.

Hope nahm den Deckel ab und entdeckte sechs kräftige Hummer.

»Wie sehr ich dich liebe«, rief sie und bedeckte Joshs Wangen mit Küssen.

Sie schenkten den Schalentieren die Freiheit, wobei Hope jedem einen Vornamen gab, ehe sie es ins Wasser warf.

Als die Zeremonie beendet war, zündete Josh die Kerzen an, die unten in der Tüte lagen, stellte sie auf die Serviette, die er anstelle eines Tischtuchs auf dem Steg ausgebreitet hatte, und forderte Hope auf, sich zu setzen, damit das Dinner im Freien endlich beginnen konnte. Die Rouladen waren köstlich, die halbe Flasche kalifornischen Weins wurde getrunken, und von dem Schokoladenkuchen blieb kein Krümel übrig.

Hope betrachtete die Wellen an der Stelle, an der der letzte Hummer in einem Wirbel von Luftblasen verschwunden war. Sie atmete tief die Abendluft ein und ergriff Joshs Hand.

»Wirf mich ins Meer, mein Josh. Auch ich möchte eine zweite Chance haben.«

Der Nordwind trieb ihren Wunsch auf die offene See, und Hope schmiegte sich an Josh.

Als Hope die Augen aufschlug, war es fast Mittag. Josh saß im Sessel vor dem Bett.

»Was langweilst du dich denn da ganz allein?«, fragte sie und streckte sich.

»Ich langweile mich nicht, ich bin ja nicht allein, ich sehe dich an.«

»Am frühen Morgen? So etwas ist sehr unfair.«

»Es ist schon spät.«

»Vielleicht, aber nicht für mich. Es war ein wundervoller Abend. Versprichst du mir, dass es noch mehr davon geben wird?«

»Ich verspreche es.«

»Keine Lügen, erinnerst du dich?«

»Nein, keine Lügen, aber ich weiß nicht, warum die Nächte das Monopol auf die Schönheit haben sollten; wenn du also deinen hübschen Allerwertesten aus dem Bett erheben würdest, erwartet uns ein wundervoller Tag.«

»Ich liebe deine poetischen Anwandlungen, mein Josh.«

Und es gab noch weitere Überraschungen, die Hope erwarteten. Bevor sie das Cottage verließen, bat Josh die Dame am Empfang, ihm den kleinen Koffer auszuhändigen, den er bei ihr deponiert hatte. Sie beugte sich unter den Tresen und reichte ihm das Gepäck.

»Willst du ohne mich gehen?«, fragte Hope.

»Seit dem Tag, an dem ich dich zum ersten Mal küssen durfte, hatte ich immer Angst, das Gegenteil könne eintreten«, gab Josh zurück.

Er nahm sich dieses Eingeständnis sogleich übel. Hope achtete nicht weiter darauf, es sei denn, sie wäre taktvoll genug gewesen, keine Verbindung zu dem Schicksal herzustellen, das sie erwartete.

Josh forderte sie auf, in den Wagen zu steigen, und schloss die Tür hinter ihr.

Sie fuhren um die Insel herum und hielten vor dem Leuchtturm Brant Point.

»Er ist so klein, da leuchtet er sicher nicht sehr weit«, meinte sie.

»Lass dich nicht vom Schein trügen. Die Geschichte ist voller kleinwüchsiger Männer, die einen leuchtenden Geist hatten. Ist das wirklich dein liebster?«

»Willst du ihn mir schenken? Es wäre unglaublich toll, einen richtigen Leuchtturm mit nach Hause zu nehmen.«

»Ist er dir wirklich der liebste von den dreien?«

»Aber ja. Sagst du mir jetzt, was in dem Koffer ist?«

»Nein. Komm mit.«

Etwa hundert Meter von dem Leuchtturm Brant Point entfernt erhoben sich drei kleine, von Hibiskusbüschen überwachsene Hügel. Hinter dem am weitesten entfernten trotzte eine weiß gekalkte Hütte seit Jahrzehnten mutig den Gezeiten.

Josh steuerte entschlossen auf sie zu.

»Ich gestehe, dass ich etwas ratlos bin«, flüsterte Hope.

»Setz dich«, forderte Josh sie auf und deutete auf eine Stelle, an der das Gras weich schien.

»Was ist in dem Koffer?«, wollte Hope erneut wissen.

»Einige von den kleinen Dingen, die wir gemeinsam auf dem Flohmarkt erstanden haben, und ein Brief, den ich dir geschrieben habe.«

»Und du musstest mich hierherführen, um ihn mir zu geben?«

»Du sollst ihn nicht jetzt lesen.«

»Bist du sicher, dass alles in Ordnung ist?«

»Nein, aber wir tun unser Bestes, nicht wahr?«

»Was verbirgst du vor mir?«

»Ich weiß, dass du mich wahrscheinlich für verrückt halten wirst. Aber ich will glauben, dass du mich liebst, weil ich es ein bisschen bin.«

»Ja, unter anderem.«

»Du hast mir so viel Liebe gegeben, dass es dir gelungen ist, jemanden aus mir zu machen. Bei der Versammlung der anonymen Enttäuschten werde ich sagen, dass mich eine Frau gerettet hat, die ich mir nicht vorstellen konnte. Wir waren glücklich und haben somit gewisse Verpflichtungen dem Glück gegenüber. Im Zentrum habe ich eines von dem Computer gelernt – welche Gleichung auch immer man aufstellt, zu zweit zu sein bedeutet, die Subtraktionen und Additionen aufzuheben. Je weniger von jedem Einzelnen allein bleibt, desto mehr bleibt von uns beiden. Bart wird nicht von deinem Geist Besitz ergreifen, das hast du selbst gesagt. Ich will ihn gerne ins Meer werfen, in gewisser Weise habe ich vor dir darin gebadet. Ich habe den Zauberlehrling gespielt und beglückwünsche mich dazu.«

»Ich verstehe kein Wort von dem, was du da erzählst, mein Josh.«

»Dabei ist es ganz einfach. Wir machen uns daran, die Zeit zu erobern, die nötig ist, um dich zu heilen. In Labors auf der ganzen Welt arbeiten unzählige Forscher daran, Bart und seinen Gefährten den Garaus zu machen. Und das wird ihnen eines Tages gelingen, genauso, wie sie es geschafft haben, Pocken, Polio und die Pest auszulöschen. Leben und Tod sind nur eine Frage der Zeit.«

Josh enthüllte Hope die Wahrheit über seine Versuche. Er erzählte ihr von den Meisterleistungen seines Helms und erklärte ihr das Projekt Neurolink in allen Einzelheiten. Wenige Monate würden ausreichen, um ihr Gedächtnis zu kopieren. Monate, die sie noch vor sich hatten. Hopes Bewusstsein würde auf einem Server im Zentrum gespeichert, und damit sie wirklich eines Tages wiedergeboren werden könnte, würde die Kryokonservierung ihres Körpers den Rest übernehmen.

In einer Zukunft, die seiner Meinung nach nicht allzu weit entfernt war, würde man sie dank der Fortschritte der Wissenschaft aufwecken und ihren Körper und ihren Geist vereinen können. Nachdem der Tod immer nur eine Frage der Zeit war, gab es keinen Grund, warum es sich mit dem Leben nicht genauso verhalten sollte.

Hope dachte über die Perspektive nach, Dornröschen in einem Sauerstoffkasten zu werden. So exzentrisch sie ihr auch schien, hatte sie doch mehr Poesie, als auf einem Friedhof begraben zu werden.

»Und du, mein Josh, wirst du inzwischen leben und altern?«

»Nein, denn ich werde auf dich warten.«

»Und der Koffer?«

»Wir werden diese Gegenstände, die wir geliebt haben, verstecken, damit du sie später wiederfindest.«

Josh zog das Messer aus seiner Tasche und kniete sich hin. Nachdem er die Erdoberfläche gelockert hatte, legte er das Messer beiseite und buddelte mit bloßen Händen ein Loch, das groß genug war, um ihre Sonntagsschätze aufzunehmen. Er stellte den Koffer hinein, und Hope half ihm dabei, ihn mit Erde zu bedecken.

Der Eifer, mit dem sie diesen Abgrund der Traurigkeit wieder schlossen, erinnerte an eine vierhändige Partitur, begleitet vom Rauschen des Meeres.

In der Nähe der Mauer entdeckte Josh einen weißen Stein. Er musste all seine Kräfte aufbieten, um ihn hochzuheben und auf das Loch zu legen. Dann gravierte er mit der Messerklinge ihre Namen hinein.

»Und wenn ich wirklich eines Tages zurückkäme und dich nicht finden würde?«

»Du wirst mich finden, da bin ich mir ganz sicher, und wenn nicht ich es bin, wirst du mich im Blick eines anderen finden, in seinem Herzen, seiner Jugend, und du wirst ihn mit all der Kraft lieben, die ich dir gegeben habe. Dann wird es an dir sein, mir einen Moment der Ewigkeit zu schenken. Du wirst ihm erzählen, dass wir als Erste verrückt genug waren, den Tod herauszufordern, und du wirst über unsere Intelligenz lachen. Das wird das erste und letzte Mal sein, dass du von mir sprichst, danach musst du ihm Platz lassen.«

»Ist dir bewusst, was du da sagst? Deine Geschichte, mein Josh, ist der Himmel auf den Kopf gestellt.«

»Mag sein, aber glaub mir, damit ist er schöner als richtig herum.«

Hope versprach, über seinen Plan nachzudenken, selbst wenn sie nicht daran glaubte. Doch Joshs Blick erflehte etwas Hoffnung, und wenn ihr auch die Vorstellung nicht missfiel, dass er noch verrückter war, als sie gedacht hatte, war ihr die, er könne seine Würde verlieren, doch unerträglich.

»Lass uns nach Hause fahren«, sagte sie. »Ich möchte dich in unserer vertrauten Umgebung sehen, weit weg von diesem Grab am Strand. Ich hoffe, das Holzflugzeug, das ich dir geschenkt habe, ist nicht in dem Koffer, es hat ein kleines Vermögen gekostet, und ich mag es sehr.«

Am Spätnachmittag nahmen sie die Fähre zurück. Das heilige Pferd und das heilige Nilpferd waren mit von der Partie. Vom Außengang des Leuchtturms aus hatte Hope das erste entdeckt und Josh das zweite.

Bart erwartete Hope am Quai, er hatte sie sicher ungeduldig herbeigesehnt, denn schon am Abend musste sie den Preis für ihren Ausflug zahlen.

Mitten in der Nacht richtete sich Hope im Bett auf und stieß einen markerschütternden Schrei aus. Sie umklammerte mit beiden Händen ihren Kopf, und Josh hatte die größte Mühe, ihre Arme wieder zu lösen. Er griff nach seinem Handy, doch Hope flehte ihn an, nicht das Krankenhaus anzurufen. Sie würde Bart bezwingen, es wäre nur eine Frage von Minuten.

Der Anfall dauerte eine Stunde. Als Hope aufhörte zu stöhnen, war sie völlig erschöpft und sank in Joshs Arme.

Man sagt manchmal, das Leben sei gemein, aber Hope fand den Tod noch viel gemeiner.

Als sie wieder ein bisschen bei Kräften war, stand sie auf und setzte sich ins Wohnzimmer. Josh brachte ihr ein Glas Wasser und nahm neben ihr Platz. Sie lehnte den Kopf auf seine Schulter, erwähnte kurz ihr Gespräch am Strand und sagte, sie sei einverstanden.

Kapitel 13

Josh hatte den Rest der Nacht über die schlafende Hope gewacht. Am frühen Morgen stand er auf und nahm seine Sachen mit ins Wohnzimmer, um sich anzuziehen, ohne sie zu stören.

Nun radelte er schon seit einer halben Stunde eilig durch die Vorortstraßen Richtung Stadtzentrum. Bevor er das Loft verlassen hatte, hatte er Luke eine SMS geschickt und ihn gebeten, so schnell wie möglich in die Cafeteria des Campus zu kommen.

Als er die Tür öffnete, erwartete Luke ihn bereits mit zwei Tassen Kaffee und zwei Schokohörnchen. Josh erklärte ihm seinen Plan.

Nach Vorlesungsende fuhr Luke zum Zentrum und legte eine neue Partition auf dem Server an, der er den Namen »Sleeping Beauty« gab, was er allerdings Josh lieber verschwieg.

Als Josh zurück im Loft war, verbrachte er den Nachmittag damit, einen Abdruck von Hopes Schädel abzunehmen. Um ihn so exakt wie möglich zu machen, war er auf die Idee gekommen, ihren Kopf mit mehreren Schichten Alufolie zu umhüllen, die er modellierte, bis sie die exakte

Form annahmen. Hopes kurz geschnittenes Haar erleichterte das Unterfangen.

Als sich Hope mit dieser Kopfbedeckung im Spiegel sah, machte sie sich über sich selbst lustig, aber auch über Josh, der ungerührt blieb und den fertigen Abdruck mit Zeitungspapier ausstopfte, damit er sich während des Transports nicht verformte. Er legte ihn in eine Pappschachtel und fuhr mit dem Bus zum Zentrum.

Luke scannte den Abdruck, und über Nacht druckte der 3-D-Bioprinter den zweiten Prototyp eines Neurolink-Helms, der dann in ein Bad mit Zellkulturen getaucht wurde.

Während der folgenden Tage überprüfte Luke ständig das wachsende Netzwerk der organischen Rezeptoren auf der Oberfläche des Helms und wachte darüber, dass sich keine oder möglichst wenige an der Stelle verbreiteten, unter der der Tumor lag.

Josh hatte Angst, die Elektrostimulation könne Bart stärken, der seit dem letzten Migräneanfall eher zu faulenzen schien. Noch mehr allerdings fürchtete er, Flinch könne die Ausführung des Plans verbieten, als Luke ihm vorschlug, ihn nach seiner Meinung zu fragen. Doch Luke wandte ein, wenn Flinch herausfinden würde, was sie betrieben – was angesichts der großen Anzahl von MRTs nur eine Frage der Zeit wäre –, würde er ihnen nicht verzeihen, dass sie ihn zum zweiten Mal hintergangen hatten.

Als Josh ihn fragte, ob er mehr Angst um Hope oder um seine Karriere hätte, beschloss Luke, diese Frage der nervösen Müdigkeit zuzuschreiben und so zu tun, als hätte er sie nicht gehört.

Am nächsten Morgen entdeckte Flinch einen Zettel auf seinem Schreibtisch. Am Abend fand ein weiteres Treffen am Straßenrand statt. Flinch zündete sich eine Zigarette an und nahm nachdenklich mehrere Züge, ehe er ihnen antwortete.

»Was Sie mir da erzählen, ist wirklich erschütternd, und es tut mir sehr leid. Was hingegen Ihr Projekt betrifft, so halte ich es für utopisch.«

»Vielleicht. Aber selbst wenn man bei bester Gesundheit ist, braucht man viel Utopie zum Leben«, antwortete Josh kurz angebunden.

»Das ist sicher richtig, ebenso wie die Tatsache, dass die Verzweiflung einen zu allem Möglichen treibt.«

»Dann ist die Verzweiflung also ein Glücksfall für die Forschung.«

»Seien Sie nicht unverschämt.«

»Nicht ich bin unverschämt, sondern ein Tumor im Gehirn der Frau, die ich liebe.«

»Ist Ihnen klar, wie ehrgeizig dieses Projekt ist, das Sie da realisieren wollen?«

»Ich ahne es.«

»Na ja, es wäre eine nette Geste, jemandem in der Situation Ihrer Freundin zu helfen, wenn man selbst verdammt ist.«

»Sind Sie krank?«, fragte Luke.

»Nein, ich begnüge mich damit zu altern, aber auch Sie werden irgendwann feststellen, dass da ab einem bestimmten Alter kein Unterschied mehr besteht.«

»Ich flehe Sie an, uns weitermachen zu lassen, Professor«, bat Josh inständig.

»Also bitte nicht auf diese Tour! In der Wissenschaft ist

kein Platz für flehentliche Bitten. Seien Sie still und lassen Sie mich überlegen.«

Flinch drückte seine Zigarette aus und zündete sich sogleich eine neue an.

»Also gut! Wenn Sie es unbedingt wollen … Ich spreche von der Kryokonservierung. Was den Rest angeht, so kann ich nichts dagegen haben, nachdem ich nicht die geringste Ahnung habe, was Sie in Ihrem Labor treiben, und mir diese Unwissenheit auch bewahren will.«

»Es ist also okay?«, fragte Josh hoffnungsvoll.

»Ich möchte Ihnen einen guten Rat geben. Verlieren Sie nicht Ihre Zeit damit, Fragen zu stellen, deren Antworten Sie bereits kennen.«

Flinch wandte sich an Luke, so als würde er ihm plötzlich mehr Interesse oder Achtung entgegenbringen als Josh.

»Was das Risiko betrifft, dass der Tumor durch die elektromagnetischen Wellen beeinflusst werden könnte, so habe ich bei einer Elektroenzephalografie nie von derartigen Auswirkungen gehört. Ich werde aber morgen einen anderen sehr guten Neurologen fragen, es ist mir lieber, Berger nichts zu sagen. Und nun möchte ich Sie bitten, wenn möglich diese ländlichen Verabredungen nicht zur Gewohnheit werden zu lassen, nicht, weil mir Ihre Gesellschaft unangenehm wäre, sondern weil ich ansonsten womöglich wieder anfange zu rauchen.«

Er warf seine Kippe weit weg und forderte sie auf, in seinen Wagen zu steigen.

Die täglichen Sitzungen begannen.

Sobald der letzte Kollege das Zentrum verlassen hatte, nahm Josh Lukes Wagen und holte Hope im Loft ab.

Wenn sie im Zentrum war, nahm sie auf dem Liegestuhl Platz, den sie im Ruheraum hatten mitgehen lassen. Luke setzte ihr den Helm auf, und die Aufnahmen dauerten die ganze Nacht lang. Oft schlief Hope dabei ein. Dann speicherte Luke ihre Träume und dachte, das müsse er auch unbedingt mit Josh machen, wenn dieser wieder in dem Sessel säße, doch er hoffte von ganzem Herzen, dass das noch möglichst lange auf sich warten ließ.

Am Ende des Monats weigerte sich Hope, ein Kontroll-MRT machen zu lassen, wie Josh es vorgeschlagen hatte. Die elektromagnetischen Wellen taten ihr gut, sie hatte sogar den Eindruck, ihre Migränen wären weniger geworden. Luke beobachtete ohnmächtig das unaufhaltsame Fortschreiten des Tumors, die Zellen breiteten sich von Woche zu Woche aus, und in bestimmten Zonen von Hopes Gehirn waren auf dem Bildschirm nur schwarze Flecken zu sehen, die an die Viertel einer Stadt erinnerten, in der bei Stromausfall die Lichter erloschen waren. Diese furchtbare Feststellung behielt er hingegen für sich und sagte auch Josh nichts davon.

An manchen Tagen fand Hope nicht die Kraft, sich zu bewegen. An anderen Abenden verlor sie das Gleichgewicht. Dann hatte sie das Gefühl, als würde das Loft auf einer tosenden Brandung dahintreiben. Sie hielt sich am nächstbesten Möbelstück fest, kniete sich hin, wartete geduldig, bis der Sturm vorüber war, und träumte von einem Rettungsboot.

Die nächsten zwei Wochen, es war ein schöner Spätsommer, verliefen angenehm und ruhig. Hope hatte wieder Freude an ihren Aufräumarbeiten und etwas mehr Appetit. Sie hatte in der letzten Zeit stark abgenommen, und nach einem Blick in den Spiegel beschloss sie, dass es Zeit war, das Problem anzugehen.

Auf dem sonntäglichen Flohmarkt kaufte sie drei Kochbücher – es war nie zu spät, sich von einem Makel zu befreien, den sie für erblich hielt, denn ihre Mutter hatte, soweit sie sich erinnern konnte, nie gekocht.

Die ersten Essen, die sie Josh vorsetzte, waren ungenießbar, die nächsten schon essbar, und eines Abends schließlich bat Josh sogar um einen Nachschlag.

Den verweigerte Hope ihm, denn nach allem, was sie über ihre kulinarischen Talente hatte hören müssen, wollte sie die letzte Portion lieber für Luke aufheben.

Da das Wetter gut war, lud sie Luke und Kasuko am nächsten Wochenende zu einem Picknick ein, dessen Vorbereitung den ganzen Vormittag in Anspruch nahm. Auf der Speisekarte stand ein Olivenkuchen, eine Gemüseterrine, ein bunter Salat und eine Quittentarte. Um ihren ehrgeizigen Plan umzusetzen, leistete sie sich ein Kochbuch von Julie Andrieu, das rechtzeitig zur Herbstsaison erschienen war. Und der Erfolg ihrer Gerichte übertraf all ihre Erwartungen.

Als es Zeit für eine wohlverdiente Siesta wurde, stellte Luke eine Frage, die alle verblüffte.

»Willst du nach der Kryokonservierung trotzdem eine religiöse Zeremonie?«

Kasuko versetzte ihm einen heftigen Tritt vors Schienbein, und hätten Joshs Blicke töten können, dann hätte definitiv Lukes letztes Stündlein geschlagen. Hope sah von einem zum anderen und brach in schallendes Gelächter aus.

»Wenn die Feinfühligkeit einen neuen Namen bekommen soll, könnte man ihr deinen geben, Luke. Trotzdem ist es eine gute Frage, an die ich noch nicht gedacht habe.«

»Ihr könnt mir Gefühllosigkeit vorwerfen, aber ich weiß, dass Josh außerstande wäre, eine solche Entscheidung zu treffen, also würde dein Vater es tun.«

»Du hast recht«, stimmte Hope zu. »Und das kommt gar nicht infrage, zumal Amelia ihn beeinflussen könnte. Ich glaube, es wäre das Beste, wenn wir einer Trauerfeier beiwohnen würden. Seit dem Tod meiner Mutter habe ich die Kirche eher gemieden, und ich weiß nicht mehr, wie so etwas abläuft, in der Realität, meine ich, nicht im Film.«

»Ich finde das geschmacklos«, protestierte Josh.

»Ich glaube, der Tod hat keinen guten Geschmack, dann also vielleicht lieber eine Taufe?«, schlug Hope vor.

»Auch nicht, und außerdem drängt man sich nicht bei einer Taufe auf, wenn man nicht eingeladen ist.«

»Vielleicht doch, wenn wir dem Priester meinen Fall darlegen würden. Ich würde ihm meine religiösen Zweifel erläutern, und wenn die Zeremonie lebendig wäre, hätte er einen neuen Kunden gewonnen. Eine Win-win-Situation.«

»Ich glaube nicht, dass ein Priester deinen Zynismus teilt.«

»Gut, dann eben einen Gottesdienst! Man braucht keine Einladung, um daran teilzunehmen. Und vorher kein Wort zum Priester, das könnte ihn beeinflussen. Nun zieh nicht so ein Gesicht, ich mag es nicht, wenn du deinen Humor verlierst. Also, seid ihr dabei? Nächsten Sonntag gibt es einen kleinen Gottesdienst unter Freunden. Danach leisten wir uns eine Pizza.«

Josh erklärte sich einverstanden – nicht ohne Luke mit einem vernichtenden Blick zu bedenken, doch der zuckte nur mit den Schultern. Er fühlte sich gänzlich unschuldig.

Abends litt Hope unter Übelkeit und konnte sich nicht der Küche nähern. Seit sie zurückgekommen waren, schwankte der Fußboden, und der Sturm schien sich nicht beruhigen zu wollen.

Sie setzte sich in einen Sessel am Fenster, das sie einen Spaltbreit öffnete, und zwang sich, langsam zu atmen, um nicht der Panik nachzugeben, die mit der Brandung wuchs.

Josh war auf dem Sofa eingenickt, und Hope wollte ihn um keinen Preis aufwecken. Sie klammerte sich am Heizkörper fest und trotzte dem wütenden Meer wie ein erfahrener Seemann.

Eine Stunde später beendete Bart seine Foltersitzung. Hope kam wieder zu sich, ihr Gesicht nahm erneut etwas Farbe an, und sie fand die Kraft, aufzustehen und sich an Josh zu schmiegen. Er öffnete die Augen und lächelte sie an.

»Du siehst aus wie jemand, der …«

»… der bei schlechtem Wetter eine Kreuzfahrt gemacht hat«, unterbrach Hope ihn.

»Windstärke acht?«

»Sechs, aber das war auch nicht schlecht.«

Aus Stolz spielte sie Barts Angriffe herunter, denn sie wusste genau, dass es eine kräftige Windstärke acht gewesen war, wenn nicht gar neun.

Josh erhob sich, um ihr einen Kräutertee zu kochen. Hope machte sich keinerlei Illusionen über die angebliche Wirksamkeit der Mischung, die ihr ein Akupunkteur verschrieben hatte, aber der Tee auf Ingwerbasis war erfrischend, und sie musste zugeben, dass er den Schwindel milderte.

Josh stellte die Tasse auf den Couchtisch.

»Ich kann Lukes Taktlosigkeit von heute Nachmittag gar nicht fassen! Ich kann nicht...«

»Auf den Tod zu warten hat keinen Takt, weißt du? Es ist, als litte man unter Schlaflosigkeit. Man sitzt im Wohnzimmer und fragt sich, was man da tut, man leidet unter Übelkeit, und manchmal tröpfelt etwas Urin am Bein herunter, ohne dass man etwas dagegen tun könnte, weil die Angst einen lähmt. Auf den Tod zu warten macht einen in jeder Hinsicht zum Waisenkind, denn man weiß, dass man am Ende alleine sterben muss, sonst wäre es ja furchtbar egoistisch, nicht wahr? Jeder kämpft, wie er kann, Luke ist manchmal ungeschickt, aber er gibt sich Mühe.«

»Warum verteidigst du ihn?«

»Weil mich hinsichtlich deiner Zukunft nichts so sehr beruhigt wie eure Freundschaft.«

Am nächsten Tag nahmen sie die Sitzungen wieder auf.

Die Woche verlief erträglich. Am Dienstag leichte Windstärke vier – also sechs. Mittwoch und Donnerstag zwei aufeinanderfolgende Migränen. Freitag versetzte sie eine plötzliche Einschränkung des Gesichtsfelds in Panik, die jedoch glücklicherweise nach wenigen Stunden wieder verschwand. Bart war bei besten Kräften, und Hope fragte sich, welchen schlechten Streich er ihr als Nächstes spielen würde.

Sam rief sie alle zwei Tage an. Die Gespräche beschränkten sich auf einen Austausch von Banalitäten, und sobald ihr Vater vom Wetter oder von Amelias Kochkünsten zu erzählen begann, fand Hope einen Vorwand, um ihm zu sagen, sie müsse auflegen. Dann seufzte Sam tief und fragte sie endlich, wie es ihr ginge. Worauf sie antwortete, sie sei in Bestform und er solle sich keine Sorgen machen.

Eines Morgens bekam Josh mitten in der Vorlesung eine SMS von Hope.

> Hol mich bei Alberto ab,
> beeil dich.

Alberto war der Besitzer des Lebensmittelgeschäfts, in dem Hope gerne einkaufte, und seit sie sich ans Kochen gemacht hatte, war sie von der Kategorie »nette und höfliche Kundin« in die der »sehr guten, netten und höflichen Kundin« aufgestiegen.

Wegen ihrer wiederholten »Kreuzfahrten« auf hoher See kaufte Hope bei Alberto nicht mehr sehr viele Lebensmittel, doch dank des französischen Kochbuchs, das zum Kult geworden war, kam sie nun in seinen Laden, um nach Gewürzen zu fragen, von denen er noch nie gehört hatte. Alberto wusste von Hopes Krankheit – eines Tages, als sie ihre Einkäufe einpackte, war ihr die Kappe vom Kopf gefallen –, und es war Ehrensache für ihn, all ihre Wünsche zu erfüllen. Selbst wenn er dafür manchmal stundenlang im Internet recherchieren musste.

Josh spürte sein Handy in der Tasche vibrieren, las Hopes Nachricht und sprang auf. Er rempelte die Studenten an, die in seiner Reihe saßen, blieb vor Luke stehen, bat ihn um die Autoschlüssel und rannte aus dem Audimax.

Er raste in halsbrecherischem Tempo durch die Stadt, parkte in zweiter Reihe und stürzte in das Lebensmittelgeschäft.

Albertos Schwester bediente eine Kundin und machte ihm ein diskretes Zeichen, ins Hinterzimmer zu gehen.

Hope saß auf einem Stuhl, ihr rechtes Bein war steif ausgestreckt wie eine Eisenstange, neben ihr stand mit aufgelöster Miene Alberto.

»Bist du es, Josh?«, fragte sie mit bebender Stimme.

Josh verstand sofort.

»Es tut mir leid, ich habe Spargel ausgesucht und mich zu Alberto umgedreht, um ihn zu bitten, mir einen guten Preis zu machen… und ich konnte ihn erst sehen, als ich den Kopf vollständig herumgedreht hatte. Ich bin auf dem linken Auge blind. Jetzt sitze ich hier schon seit einer halben Stunde wie ein Idiot herum…« Ohne den Satz beenden zu können, brach Hope in Tränen aus.

Josh kniete sich neben sie und schloss sie in die Arme.

»Mach dir keine Sorgen, ich bringe dich…«

»Nicht ins Krankenhaus!«, flehte Hope.

»Ich wollte gleich einen Krankenwagen rufen«, erklärte Alberto, »aber sie hat es mir verboten. Also habe ich sie in das Hinterzimmer geführt, und sie hat mir die SMS diktiert, die ich Ihnen schreiben sollte.«

Josh bedankte sich, half Hope auf und führte sie zum Wagen.

Alberto ging voran und nahm im Geschäft einen Bund

Spargel und den Korb, in den Hope ihre Einkäufe gelegt hatte.

Josh half Hope auf den Beifahrersitz und wusste nicht, was er mit dem Korb machen sollte, den Alberto ihm reichte.

»Es wird gut, alles wird gut«, sagte er mit einem traurigen Lächeln. »Hier, nehmen Sie, ich setze das mit auf die Rechnung, zum Freundschaftspreis natürlich.«

Josh bedankte sich noch einmal, stellte die Einkäufe auf den Rücksitz und nahm hinter dem Steuer Platz.

»Bring mich nicht ins Krankenhaus, Josh, bitte.«

»Ich kann es nicht fassen, dass du um die Preise feilschst«, sagte er und ließ den Motor an.

»Was glaubst du denn, es ist der teuerste Lebensmittelladen im ganzen Viertel.«

Luke bekam einen Anruf von Josh, Flinch einen von Luke, und Professor Berger bekam einen Anruf von Flinch.

Man kümmerte sich um Hope, sobald sie die Notaufnahme erreichten, sie musste sich erneut einem MRT unterziehen, Josh blieb bei ihr und hielt ihre Füße fest. Dann empfing Berger die beiden in seinem Sprechzimmer.

»Der Tumor drückt auf einen Teil ihres visuellen Kortex«, erklärte er.

Er nahm ein Blatt Papier und machte eine Skizze des Gehirns. Manchmal müssen sich die Ärzte an einem Stift festklammern, wenn sie einem wichtige Informationen geben, wahrscheinlich denken sie, die Patienten würden den Sinn ihrer Worte nicht verstehen, also fühlen sie sich verpflichtet, eine Zeichnung zu machen. Wenn ein Tumor gut gezeichnet ist, wirkt er viel weniger bösartig, als er in Wirklichkeit ist. Das gilt übrigens auch für andere Krankheiten.

»Die Sehnerven kreuzen sich auf Höhe des Chiasma opticus«, fuhr er fort und deutete auf das, was er skizziert hatte – bei Professor Berger sah es aus wie ein großes X, das ein wenig betrunken war –, »und dadurch wird die Hälfte der Informationen, die der Sehnerv überträgt, beeinträchtigt. Ihr linkes Auge ist intakt, aber …«

»Aber mein Kortex implodiert.«

»Nur zum Teil.«

»Wie lange?«, fragte Hope.

»Nichts deutet darauf hin, dass die Erblindung fortschreitet. Es ist sogar möglich, dass sich die Sache resorbiert und Ihr Sehfeld sich wieder normalisiert.«

»Ich frage Sie, wie viel Zeit mir noch bleibt«, wiederholte Hope mit einer Stimme, die so ruhig war, dass sie Josh erstarren ließ.

»Ich weiß es nicht«, murmelte Berger, den Blick auf seine schöne Zeichnung gerichtet.

»Ich muss Ihnen jetzt sagen, warum ich zugestimmt habe, mich von Ihnen operieren zu lassen, ohne eine weitere Meinung einzuholen. Weil Sie nicht verständnisvoll tun, sich nicht in Lügen oder unnötigen Höflichkeiten verstricken. Wenn Sie mir also antworten, dass Sie es nicht wissen, müssen Sie wirklich sehr beunruhigt sein.«

Berger tauschte einen Blick mit Josh und begriff, dass er sich an die Wahrheit halten musste.

»Der Tumor ist viel größer geworden.«

»Und die gute?«, fragte Hope.

»Die gute?«, wunderte sich Berger.

»Das ist meine Art, Ihnen zu danken, dass Sie mir die

Wahrheit gesagt haben, selbst wenn es eine schlechte Nachricht ist. Aber entspannen Sie sich, Sie brauchen keine gute zu erfinden.«

»Also, die gute Nachricht ist, dass die Metastasen keine anderen Organe befallen haben.«

»Genial! Sie fühlen sich in meinem Gehirn wohl, sie finden es wahrscheinlich superkomfortabel.«

»Vielleicht«, antwortete Berger.

»Wie lange dauert es, bis Bart mich besiegt hat?«

»Bart?«

»Das ist der Name, den wir dem Tumor gegeben haben«, erklärte Josh.

Berger nickte, als habe er die Idee verstanden.

»Wenn wir eine erneute Chemo versuchen würden … vielleicht noch ein paar Monate.«

»Und ohne *vielleicht*?«

»Ein paar Wochen. Ich schwöre Ihnen, dass wir nicht mehr wissen. Jeder Fall, besser gesagt jeder Mensch ist anders. Man darf die Hoffnung nie ganz aufgeben.«

»Wirklich?«, wunderte sich Hope in einem arroganten Ton.

»Nein, nicht wirklich«, gab Berger zurück und spielte mit seinem Stift.

Nachdem es ihm offenbar an Fantasie mangelte, um eine weitere hübsche Zeichnung anzufertigen, bedankte sich Hope und erhob sich. Sie steuerte auf die Tür zu, hätte sich aber beinahe an einem Stuhl gestoßen.

»Lass mich, ich werde mich daran gewöhnen«, sagte sie zu Josh, der ihr helfen wollte. »Auch das ist nur eine Frage der Zeit. *Vielleicht* habe ich noch nicht mein letztes Wort gesprochen.«

Abends stand sie, so als wäre nichts gewesen, in der Küche und bereitete ein Spargelgratin zu – auch wenn sie ständig den Kopf drehen musste, um etwas zu sehen.

Josh deckte den Tisch, und als Hope die Schüssel in die Mitte stellte, bat sie ihn, am nächsten Tag mit ihr zum Institut für Kryokonservierung zu fahren. Es war Zeit, die Zukunft vorzubereiten.

Der stellvertretende Leiter von Kryogenix empfing sie in einem Besprechungsraum, der ebenso protzig war wie sein Auftreten. Langer Tisch aus lackiertem Holz, dicke Ledersessel, Marmorböden und holzvertäfelte Wände, an denen in teuren Rahmen wissenschaftliche Artikel, Diplome und Zeugnisse hingen. Nachdem er ihnen sein Bedauern mitgeteilt und die Hoffnungen gerühmt hatte, die seine Firma durch die Kryokonservierung Menschen in Hopes Lage bot, erläuterte er ihnen das Prozedere.

Wenn der Moment gekommen wäre – Hope korrigierte ihn und zwang ihn, die Dinge beim Namen zu nennen –, wenn also Hopes Tod unmittelbar bevorstünde, müsse man Kryogenix unverzüglich benachrichtigen. Dann würde auf der Stelle ein Team zu der sterbenden Hope geschickt.

Unmittelbar nachdem der Arzt den Tod festgestellt hätte, würden die Spezialisten von Kryogenix sie künstlich beatmen, um den Kreislauf wiederherzustellen und das Gehirn mit Sauerstoff zu versorgen. Dann würde der Körper auf einem Eisbett zu Kyrogenix gebracht.

Dort begänne die zweite Phase. Man würde ihr ein Antikoagulans spritzen und zum Schutz der Zellen ein Frostschutzmittel. Anschließend würde der Körper in einen Container geschoben, dessen Temperatur stetig abgesenkt würde, bis er minus einhundertsechsundneunzig Grad Celsius erreicht hätte.

»Alles Weitere ist eine Frage von Optimismus und Zeit«, warf Hope kurz angebunden ein. »Aber einen Punkt begreife ich nicht – wie wollen Sie ins Leben zurückholen, was schon tot ist? Angenommen, all das würde eines Tages funktionieren, und ich betone, angenommen, dann müsste man mich vor meinem Tod einfrieren und nicht hinterher.«

»Das verbietet uns das Gesetz strikt«, antwortete der stellvertretende Leiter.

Um sie zu beruhigen, versicherte er, zahlreiche Versuche an Ratten hätten bewiesen, dass die kortikalen Nervenzellen auch Stunden nach dem Tod noch intakt wären. Und so gäbe es gute Gründe zu der Annahme, dass der Ort im Gehirn, an dem sich das Bewusstsein befand, nach dem Tod über eine zeitlich beschränkte Widerstandsfähigkeit verfüge.

»Und was sind die schlechten Gründe?«, fragte Hope.

Der stellvertretende Leiter sah sie mit einer Mischung aus Ernsthaftigkeit und Herablassung an und antwortete mit einer anderen Frage: »Und welche Alternative gäbe es?«

Dann informierte er sie über die Kosten des Verfahrens: fünfzigtausend Dollar – eine Summe, die weder Josh noch Hope aufbringen konnten.

Dennoch bestand Hope darauf, die Örtlichkeiten zu besichtigen, wenn man einen Sarg auswählte, konnte man sich in einem Beerdigungsinstitut schließlich auch den Raum anschauen, in dem man aufgebahrt werden würde.

Der stellvertretende Leiter zeigte ihnen den Operationssaal, von wo aus man durch eine Glasscheibe gut hundert Behälter sah, denen durch Schläuche flüssiger Stickstoff zugeführt wurde. Darin ruhten eingefrorene Frauen und Männer.

»Über das ganze Land verteilt gibt es rund zweitausend Menschen, die, in der Hoffnung, eines Tages wieder zum Leben zu erwachen, so schlafen«, betonte der stellvertretende Leiter stolz.

Als sie Kryogenix verließen, schlug Hope Josh vor, ein Eis essen zu gehen. Um nichts in der Welt würde sie ihren Humor verlieren.

Und Josh musste lächeln.

»Ich könnte deinen Vater anrufen und ihn bitten, uns die Summe zu leihen«, schlug er vor, während er vor der großen Scheibe des Sunny Days parkte.

»Wenn einer von uns beiden ihn fragt, dann bin ich das«, erklärte Hope und stieg aus.

Sie setzten sich an einen Tisch und bestellten zwei Portionen Joghurteis.

»Aber dann würde Papa begreifen, dass sich das Ende nähert, und ins nächstbeste Flugzeug steigen. Als Flinch mich für das Zentrum angeworben hat, hat er mir ein Gehalt angeboten, das ich damals abgelehnt habe. Und jetzt habe ich es mir anders überlegt, solche Entscheidungen können ja auch rückwirkend gelten, oder?«

»Es geht um fünfzigtausend Dollar, Hope, das ist deutlich mehr, als ein Student dort verdient.«

»Dann solltest du dir bei ihm das Geld leihen, das Zentrum hat ausreichende Mittel, und ich kann ihm sogar anbieten, dass Longview der Vormund meines Körpers wird. Neurolink verfügt schon über die Aufzeichnung meines Gehirns, und nur die Hälfte zu besitzen ist nicht sehr wissenschaftlich gedacht. Und du musst zugeben, dass Flinch im Bereich der unwahrscheinlichen Forschungen sicher nicht viele tiefgefrorene Studenten zur Verfügung hat.«

Josh versprach, noch am selben Abend mit ihm darüber zu sprechen.

»Eines wünsche ich mir«, fuhr Hope fort. »Ich weiß, du wirst dagegen sein, aber für mich ist es wichtig. Ich bin von dem überzeugt, was ich dem Leichenbestatter im weißen Kittel vorhin gesagt habe.«

»Was hast du ihm denn gesagt?«

»Dass man nicht ins Leben zurückholen kann, was tot ist.«

»Er hat uns erklärt, das Bewusstsein würde einige Stunden länger …«

»Hör auf mit dem Unsinn, das kann niemand wissen. Ich habe lange genug mit Molekülen experimentiert, dass du mir zugestehen kannst, dass ich weiß, wovon ich rede.«

»Bitte, Hope, wir können dich doch nicht lebendig einfrieren!«

»Es wird ein Augenblick kommen, in dem das Leben nur noch Schein ist … und eine Frage von Minuten.«

»Es ist gesetzlich verboten, den Prozess einzuleiten, ehe ein Arzt den Tod festgestellt hat.«

»Ich kenne gute Mittel, um das zu umgehen. Ein Cocktail aus Verapamil und Diltiazem erweitert die Arterien und verlangsamt den Herzrhythmus so stark, dass er kaum noch wahrnehmbar ist. Und in meinem Zustand würde sich ein Arzt ohnehin damit begnügen, das Offensichtliche festzustellen.«

»Verlang das nicht von mir, Hope, es würde über meine Kräfte gehen.«

»Ich wollte Luke darum bitten, dich aber vorher informieren. Wenn ich merke, dass das Ende unmittelbar bevorsteht, rufst du Kryogenix an, und Luke spritzt mir den Cocktail. Das ist die einzige Chance, wie die Sache funktionieren kann, und man muss hinzufügen, dass die Chancen ohnehin recht gering sind.«

Flinch lehnte das Anliegen kategorisch ab. Er erinnerte Josh daran, dass er sich ganz aus ihrer Arbeit heraushalte, was ziemlich heuchlerisch war, da er wirklich jede ihrer Aktivitäten überwachte. Es tue ihm aufrichtig leid für Hope, aber es sei nicht Aufgabe des Zentrums, die Erhaltung des Körpers eines seiner Forscher zu finanzieren, und noch weniger, sich in irgendeiner Weise in ihr Leben einzumischen.

Josh hielt ihm entgegen, dass sich Longview seine Studenten durch Kredite gefügig mache, sich also das Zentrum über alle Maßen in ihr Leben einmische. Flinch blieb unnachgiebig. Er wolle gerne bei bestimmten Dingen ein Auge zudrücken, aber mehr nicht. Er erklärte sich bereit, aus seiner eigenen Tasche einen Scheck über fünftausend Dollar auszustellen, als Entschädigung für Hopes Mitarbeit.

Am folgenden Wochenende trafen sich die Freunde im Loft. Jeder hatte seine Ersparnisse zusammengekratzt, und alles in allem hatten sie ein Zehntel der Summe aufgebracht. Jetzt fehlten noch vierzigtausend Dollar.

Während sie Tee tranken, stellte Kasuko die Idee in den Raum, eine Solidaritätsaktion im Internet zu starten. Es gab Plattformen, auf denen man den Internetnutzern sein persönliches Projekt präsentieren konnte, in der Hoffnung, dass großzügige Menschen es unterstützen würden. So hatten junge Künstler ihre erste CD oder ihren Kurzfilm finanzieren, andere Studienreisen oder Schreibaufenthalte machen können. Wenn es so viele Projekte gäbe, um den Start ins Leben zu unterstützen, erklärte Kasuko, warum dann nicht auch eins, um es zu verlassen?

Luke konnte sich nicht zurückhalten und fragte Hope, zu welchem Zeitpunkt sie ihr Erwachen plane. Die Frage war zwar nicht uninteressant, dennoch handelte er sich von Kasuko erneut einen Tritt gegen das Schienbein ein. Er protestierte und erklärte, was eine Wiederauferstehung angehe, so habe er mehr Vertrauen in die Strategie von Neurolink als in die von Kryogenix. Außerdem fielen im Zentrum keine Kosten an. Erneuter Schienbeintritt von Kasuko. Josh gelang es, ihn zum Schweigen zu bringen, indem er daran erinnerte, dass zwei Optionen besser wären als eine.

Kasuko und Hope machten sich daran, einen Text zu verfassen, dem Hope eine witzige Note verlieh. Dann machte sie einige Selfies ohne ihre Kappe, und sie stellten die Anzeige auf eine Crowdfunding-Plattform.

Anschließend forderte Hope, obgleich Josh alles darangesetzt hatte, sie davon abzubringen, ihre Freunde auf, sich zum Vorplatz der Kirche Church of the Sacred Heart zu begeben, um der Sonntagsmesse beizuwohnen.

Josh, Luke und Kasuko drängten sich in die letzte Reihe. Hope, die begriff, dass sie sich bei der erstbesten Gelegenheit aus dem Staub machen würden, nahm vor der Kanzel Platz, von der Bruder Sebastian als Vertretung für den an Grippe erkrankten Priester die Messe las.

Als er erklärte, Pater Jesus sei durch schlimmes Fieber ans Bett gefesselt, biss Hope sich auf die Unterlippe, um nicht laut loszuprusten.

Man begann mit einem Gesang, der in ein gemeinsames Gebet der Gemeinde mündete, dann erinnerte Bruder Sebastian die Gläubigen an ihre Verpflichtungen... »Im Namen des Vaters, des Sohnes und des Heiligen Geistes«, sagte er. In der Folge sprach er von der Auferstehung des Heiligen Geistes und der Buße, die sie für ihre Sünden tun müssten.

Als Bruder Sebastian sich eine kleine Atempause gönnte – denn um bei einer ganzen Gemeinde Schuldgefühle zu wecken, braucht man viel Luft –, hob Hope die Hand.

Bruder Sebastian musterte sie verwundert, es war das erste Mal, dass eines seiner Schäfchen es wagte, sich in einer Messe zu Wort zu melden.

»Schwester?«, fragte er mit mitfühlendem Blick.

»Bruder«, antwortete sie, »verzeihen Sie die Unterbrechung, aber wenn Sie wirklich mit Gott im Himmel in Kontakt stehen, könnten Sie Ihm dann nicht vorschlagen, wieder einmal auf die Erde zu kommen und den riesigen Saustall in Ordnung zu bringen, den Er zurückgelassen hat? Er macht sich seit nunmehr zweitausend Jahren ein schönes Leben, während Sein Werk noch lange nicht beendet war, als Er sich zurückgezogen hat. Als Beispiel für diese Unordnung könnten Sie Kriege, Hungersnöte, Naturkatastrophen und Gemeingefährliche anführen, und glauben Sie mir, davon gibt es unzählige unter den Gläubigen. Es ist ja schön und gut, wenn Sie uns anklagen, unsere Sünden verdammen, aber man muss auch ehrlich genug sein, den

Dingen auf den Grund zu gehen. Ist Gott gut? Ist Gott gerecht? So gut und gerecht, dass die Hälfte seiner Anhänger sich gegenseitig in Seinem Namen umbringt. Und könnten Sie Ihren Vater im Himmel auch fragen, warum Kinder und junge Frauen meines Alters einen Tumor im Gehirn haben? Es ist zu einfach, uns weiszumachen, Er habe seine Gründe, und es sei nicht schlimm, wenn wir die nicht verstehen. Oh doch, das ist schlimm!«, rief sie erregt. »Welche guten Gründe gibt es dafür, dass man stirbt, noch ehe man gelebt hat? Ihre Götter betrinken sich auf dem Olymp mit unserem Blut. Also richten Sie unserem Vater im Himmel von mir aus, dass ich an Ihn glauben werde, wenn Er auch an mich glaubt. Amen!«

Hope ließ Bruder Sebastian und die Gemeinde sprachlos zurück. Man hörte leisen Applaus aus dem hinteren Teil des Kirchenschiffs, dort wo Kasuko unter Lukes verblüfftem Blick Beifall klatschte. Hope stand auf und verließ die Kirche hocherhobenen Hauptes.

»Du warst hervorragend«, rief Josh und öffnete ihr die Tür des Camaro.

»Ich habe mich aufgeführt wie der letzte Idiot, aber es hat mir unglaublich gutgetan. Also, gehen wir jetzt Pizza essen? Bart braucht Kohlenhydrate.«

Kapitel 14

Abend für Abend fand sich Hope zu den Sitzungen im Zentrum ein. Luke und Josh mussten feststellen, dass es ihr jedes Mal etwas schlechter ging. Es gab keinen Tag mehr ohne Migräne, ohne Schwindelanfälle, und ihr Gesichtsfeld war zunehmend eingeschränkt.

Anfang November wurden die Schmerzen so heftig, dass sie schließlich die Medikamente einnahm, die Berger ihr verschrieben hatte. Im selben Monat musste sie zwei kurze Krankenhausaufenthalte über sich ergehen lassen, nach denen sie jeweils total erschöpft war.

Meistens schlief sie den Tag über, bis sie sich auf den Weg zum Zentrum machte.

Um bei ihr bleiben zu können, ging Josh nicht mehr zu seinen Vorlesungen an der Uni. Er streckte sich neben ihr auf dem Bett aus und hielt ihre Hand.

Wenn es ihr ein wenig besser ging, schleppte sie sich ins Wohnzimmer, setzte sich ans Fenster und schaltete Joshs Computer ein, um den Stand der Spendensammlung zu überprüfen. Es fehlten noch dreißigtausend Dollar, woraus Hope schloss, dass sie sich angesichts der Zeit, die ihr vermutlich noch zum Leben blieb, wohl nicht würde einfrieren lassen können.

Sie würde die Aktion beenden, vorher aber sollte Josh eine letzte Nachricht posten, die sie ihm diktierte.

> *Liebe unbekannte Freunde,*
> *tausend Dank für die vielen ermutigenden Grüße, für diese kleinen Nachrichten, die Ihr mir geschickt habt und die Licht in meine Tage bringen; Eure Großzügigkeit berührt mich sehr. Ihr seid unglaubliche Menschen, und ich hätte Euch wirklich gern alle kennengelernt. Aber wenn man es recht bedenkt, hätte ich nie das Glück gehabt, von Eurer Existenz zu erfahren, wenn ich nicht im Sterben läge. Was beweist, dass es auch in den schrecklichsten Momenten immer etwas Schönes zu entdecken gibt.*
> *Ich werde bald nicht mehr in der Lage sein, Euch Neues von Bart zu berichten, so wie ich es in den letzten Wochen regelmäßig getan habe. Seit einigen Tagen verbietet er mir, mich meines linken Beins und meiner linken Hand zu bedienen. Ich beschränke mich also auf meine rechte Körperhälfte, aber Josh sagt ohnehin, dass die rechte Seite immer schon meine Schokoladenseite gewesen sei. Josh ist nicht mehr bei klarem Verstand, doch er ist so nett, diese Nachricht für mich zu posten, und so kann ich es ihm nicht übel nehmen.*
> *Wir haben unser Ziel noch nicht erreicht, aber wie mein Onkologe sagt: Man darf die Hoffnung nie ganz aufgeben. Selbst wenn es eine gewaltige Onkologen-Lüge ist.*
> *Ich könnte Euch einen Haufen Banalitäten aufzählen, z. B. wie wichtig es ist, jeden Tag, den das Leben uns schenkt, zu genießen, aber ich verschone Euch damit. Die einzige Wahrheit ist, dass man sich lebendig fühlt, solange man sich noch für etwas begeistern kann. Für mich ist das jedes*

Mal der Fall, wenn ich Josh mit meinem rechten Auge betrachte. Früher war es mit beiden, doch ich versichere Euch, eines genügt.
Gestern haben wir uns zusammen die Fotos angeschaut, die wir seit unserer ersten Begegnung aufgenommen haben. Wir haben sie rückwärts angesehen, und von Foto zu Foto wurde alles wieder unbekümmert. Man kann immer selbst entscheiden, wie man auf harte Schicksalsschläge reagiert, mit Zynismus, Wut, Resignation, wir haben uns für Humor entschieden.
Auch wenn ich Euch nur über die Zeilen kenne, die wir uns schreiben, werde ich Euch immer in meinem Herzen bewahren, ganz gleich, ob es zu Staub oder zu Eis werden wird.
Ihr seid großartige Menschen, und es war ein Privileg, Euch als virtuelle Freunde zu haben.
Möge das Leben schöne Überraschungen für Euch bereithalten.
Eure Hope, für immer.

Am nächsten Morgen warf Josh, wie so oft nach dem Aufstehen, einen Blick in den Computer. Er weckte Hope, die ihrem rechten Auge nicht traute, als sie entdeckte, dass mit einer einzigen anonymen Spende der fehlende Restbetrag der von Kryogenix verlangten Summe gedeckt worden war.

Sie dachten zunächst, es müsse sich um einen Irrtum handeln, ein Spender habe sich beim Tippen des Betrags geirrt und würde umgehend darum bitten, den Fehler zu korrigieren. Josh rief sogar bei dem Institut an, über das die Gelder eingingen, verbrachte Stunden am Telefon, bis er mit einem Verantwortlichen sprechen konnte, der ihm versicherte, eine unglaublich großzügige Seele habe Hopes Reisepass für die Ewigkeit finanziert.

Josh kaufte einen Rollstuhl und schob Hope jeden Tag durch ihr Viertel. Wenn sie an Albertos Schaufenstern vorbeikamen, winkte der ihnen freundlich zu.

An einem Sonntag dehnten sie ihren Spaziergang sogar bis zum Trödelmarkt aus. Dort entdeckte Hope einen kleinen Ring und bat Josh, ihn ihr zu schenken.

Am Abend improvisierten sie eine Hochzeitszeremonie im engsten Kreis. Luke und Kasuko schlüpften in die Rolle der Trauzeugen. Luke spielte auch die des Standesbeamten und nahm ihr feierliches Treuegelübde entgegen.

Hope und Josh tauschten die Versprechen aus, verzichteten aber auf den Teil, in dem es hieß: »... bis dass der Tod euch scheidet.« Hope hatte dazu bemerkt, in Anbetracht ihrer zukünftigen Kryokonservierung würde das Josh für eine unermesslich lange Dauer binden.

Nach einem innigen Kuss, der ihren Bund besiegelte, streckte sich Hope auf dem Sofa aus, und ihre Freunde aßen neben ihr zu Abend.

Anfang Dezember fiel der erste Schnee. Hope musste eine Aufzeichnungssitzung wegen schlimmster Atemnot abbrechen.

Josh fuhr sie nach Hause zurück, und als er sie aufbrechen sah, wurde Luke klar, dass sie wohl das letzte Mal auf dem Stuhl von Neurolink gesessen hatte. Als er allein war, räumte er den Helm in einen Schrank und schaltete den Terminal in der Hoffnung aus, den größten Teil von Hopes

Gehirn gespeichert zu haben. Er schätzte, dass die Kopie mindestens achtzig Prozent des Originals umfasste.

Hope wurde zusehends schwächer, und die täglichen Spazierfahrten gingen jetzt über ihre Kräfte.

Sie nötigte Josh, das Haus zu verlassen, um frische Luft zu schnappen und auf andere Gedanken zu kommen. Sie ertrug die Vorstellung nicht mehr, dass er den ganzen Tag in der Wohnung blieb, um sie beim Schlafen zu betrachten.

Eines Abends, als sie sich etwas besser fühlte, gesellte sie sich zu ihm ins Wohnzimmer, wo er gerade beim Essen war. Um zu ihm zu kommen, stützte sie sich an den Möbeln ab und zog ihr lahmes Bein hinter sich her wie einen störrischen angeleinten Hund. Als Josh aufstand, um ihr behilflich zu sein, machte sie ihm ein Zeichen, am Tisch sitzen zu bleiben.

Sie nahm ihm gegenüber Platz und sah ihn beinahe wütend an.

»Habe ich irgendwas Falsches gemacht?«, fragte er und zog eine Braue hoch.

»Nichts Falsches, aber etwas Ungesundes.«

»Wenn du von diesem Nudelgratin sprichst«, sagte er und senkte den Blick auf seinen Teller, »so gebe ich zu, dass es mehr aus geschmolzenem Käse als aus Teigwaren besteht, aber ich bin noch zu jung, um mir Sorgen um meine Cholesterinwerte machen zu müssen.«

»Ich spreche von dem langen Gesicht, das du ziehst, von dem Leben, das du führst, von diesen Tagen, an denen du nichts anderes tust, als nach mir zu sehen. Das ist einfach ungesund. Für dich und für mich. Du bist dabei, Bart einen doppelten Sieg auf dem Silbertablett zu präsentieren, doch ich verbiete dir, ihm ein solches Geschenk zu machen. Wenn dir das nicht möglich sein sollte, kann ich das gut nachvollziehen, in dem Fall aber kannst du deine Koffer packen und das Weite suchen.«

»Hör auf mit diesem Bart – es geht doch um uns beide. Ich verbringe meine Zeit, wie ich will, und ich will nur eines, jede Sekunde mit dir nutzen, ohne eine einzige zu versäumen, deinen Geruch in mich aufnehmen, die Wärme deiner Haut, deinen Blick, deinen Herzschlag, und es gibt keinen anderen Ort auf der Welt, an dem ich lieber wäre als in diesem zerwühlten Bett.«

»Ich kann das nicht zulassen, mein Josh. Diejenige, die dir das Herz gebrochen hat, war Brenda, die Superintelligente. Ich aber möchte für immer diejenige sein, die dein Herz mit Liebe erfüllt hat, und zwar so sehr, dass Lieben das sein wird, was du im Leben am besten kannst. Mit so viel Liebe, dass das Beste, was du im Leben zu tun vermagst, Lieben sein wird. Weißt du, letzten Endes geht es immer nur um zwei Gefühle im Leben: die Angst und die Liebe. Wenn ich nicht mehr da bin und du von Angst übermannt wirst, hast du nur eine einzige Pflicht: mit aller Macht und ohne Unterlass zu lieben, und das jeden Tag, der dir bleibt. Ich will, dass du es mir versprichst, weil es die einzige Ewigkeit ist, an die ich felsenfest glaube. Und solltest du dich einmal mit meiner Nachfolgerin streiten, dann denk an mich und daran, dass ich dich beobachte und dich mit Regengüssen überschütte, wenn du dich nicht augenblicklich wieder versöhnst – denn ich werde diese Macht besitzen, also nimm dich in Acht. Führ mich zum Fenster und versprich es mir im Angesicht des heiligen Krokodils am Himmel.«

Josh half ihr und betrachtete dann nachdenklich den Himmel.

»Ich glaube, es ist eher die heilige Boa«, sagte er mit zugeschnürter Kehle.

»Du bist wirklich blind, mein Josh. Seit wann haben Schlangen Beine?«

Eine schmale Schichtwolke schob sich kurz vor den Mond.

»Morgen«, fuhr sie fort, »musst du Amelia anrufen. Ich möchte meinen Vater sehen.«

Sam nahm den Nachtflug, mit dem er das Land einmal von West nach Ost durchquerte. Als er an der Tür des Lofts klingelte, bat Hope Josh, sie allein zu lassen, aber nicht zu lange wegzubleiben.

Joshs Schritte führten ihn automatisch zum Lebensmittelladen. Alberto bot ihm einen Kaffee in seinem Hinterzimmer an.

Bald darauf schlenderte er durch die Straßen ihres Viertels und blieb vor dem Schaufenster einer Boutique stehen. Die Augen auf einen himmelblauen Pullover geheftet, stellte er sich vor, wie Hope ihn anprobierte, sich im Spiegel betrachtete und mit geheuchelter Bescheidenheit fragte, ob er nicht ein wenig zu teuer sei.

Das Glück besteht letzten Endes aus den kleinen Dingen.

Sam erwartete ihn unten vor dem Haus, sein Taxi parkte in zweiter Reihe.

Die beiden Männer wechselten einen langen Blick.

»Betteln, um das Geld für eine Plattenaufnahme zusammenzubekommen, das geht ja gerade noch«, protestierte Sam, »aber was Sie sich da in den Kopf gesetzt haben, ist geradezu unanständig. Ich hätte nicht übel Lust, Ihnen eine Abreibung zu verpassen. Hope hat es mir verboten. Wissen Sie, das alles ist ein riesengroßer Quatsch. Die Wissenschaft ist noch Lichtjahre von den Behauptungen dieser Firmen für Kryokonservierung entfernt. Sie nehmen mir das Recht, meiner Tochter an ihrem Grab zu gedenken, nehmen mir die Hoffnung, die Trauerarbeit eines Tages abzuschließen, wenn diese Hoffnung überhaupt besteht. Zu wissen, dass sie in einer Art Kühlschrank ruht, wird für mich Tag für Tag eine Qual sein, weil es gegen die Natur ist. Wir müssen alle irgendwann sterben. Und selbst angenommen, sie wacht in ferner Zukunft wieder auf – welcher Teil von ihr kommt zurück, und wer wird noch da sein für sie? Haben Sie sich das überhaupt jemals gefragt? Verstehen Sie in Ihrem Egoismus, dass solche Fragen ohne Antwort schrecklich sind für einen Vater?« Er seufzte und fuhr dann fort: »Aber sie wollte es so, ich kann ihren Willen nur respektieren, schließlich ist es ihr Leben. Wir ziehen unsere Kinder groß, indem wir ihnen unsere ganze Liebe schenken, und wissen doch, dass der Tag kommen wird, an dem sie uns verlassen und wir sie ziehen lassen und uns freuen müssen, dass sie andere Entscheidungen treffen als wir. Ein schöner und bitterer Beweis, dass es uns gelungen ist, sie zu erwachsenen und autonomen Menschen zu erziehen. Gleichzeitig muss ich Ihnen gestehen, dass ich mein ganzes Leben lang geglaubt habe, erwachsen zu sein bedeute zu wissen, was man will und an was man glaubt. Aber heute will ich nichts mehr und glaube an nichts mehr.«

Sam verstummte, er zögerte, kam sich wie ein Idiot vor und schloss Josh schließlich in die Arme.

»Danke, dass Sie ihr gegeben haben, was ich nicht zu geben vermochte. Wir werden etwas sehr Wertvolles teilen, Sie und ich: Die Liebe, die wir Hope entgegenbringen, ist unendlich groß, nicht wahr?«

Sam entfernte sich ohne ein Wort des Abschieds.

»Bleiben Sie nicht?«

»Auch das hat sie mir verboten. Sie will allein mit Ihnen sein. Das ist wahrscheinlich auch besser so. Ich komme zurück, wenn alles vorbei ist.«

Hopes Vater stieg in das wartende Taxi, und Josh rief ihm ein letztes Mal zu: »Sam, die Spende – waren Sie das?«

»Nein, das war Amelia«, erwiderte er und wandte den Kopf ab.

Das Taxi verschwand um die Straßenecke.

Josh stieg die Treppe hinauf. Luke war schon da, er erwartete ihn.

Hope lag ausgestreckt auf dem Bett, sie bekam kaum mehr Luft, ihre Lunge pfiff bei jedem Atemzug.

Josh setzte sich neben sie, nahm ihre Hand und streichelte ihre Finger. Dann drehte er sich zum Fenster um.

Sein Blick verlor sich in Richtung der Backsteinfassaden des Viertels, in das Hope und er ein Jahr zuvor gezogen waren. Ein Flimmern blauer und roter Lichter tauchte am Ende der menschenleeren Allee auf, kam näher und erleuchtete das gesamte Zimmer, als das Fahrzeug vor der Tür des Gebäudes anhielt.

»Josh«, murmelte Hope kaum hörbar, »schau nicht hin, das ist nicht nötig. Unser Schweigen hat uns immer gereicht.«

Josh beugte sich über Hope und küsste sie.

Sie öffnete ihre blassen Lippen.

»Es war ein Privileg, dich zu kennen, mein Josh«, sagte sie lächelnd.

Das waren ihre letzten Worte.

Am nächsten Abend kam Luke seinen Freund besuchen.

Er fand ihn in Hopes Sessel am Fenster vor.

Die nackten Äste der Kirschbäume reichten bis zur Glasfront.

Der Song von Simon and Garfunkel, den man im Hintergrund hörte, linderte die Einsamkeit.

Es ist schrecklich, wie präsent ein geliebter Mensch ist, wenn er nicht mehr da ist.

MELODY

Kapitel 15

Die Zuschauer drängten sich auf den Stufen der Symphony Hall. Der Regen, der seit Beginn des Abends wolkenbruchartig niederging, hatte niemanden entmutigen können – der Saal war bis auf den letzten Platz besetzt.

Sie waren aus allen Teilen des Landes gekommen, aus Neuengland, Hampshire, York, Maryland, Rhode Island und Connecticut.

Wenige Meter vom Eingang entfernt, wurden unter der Hand Karten zu Höchstpreisen verkauft.

Seit einer Stunde fuhr ein Taxi nach dem anderen vor. Die Wagen hielten unter dem Vordach, ließen ihre Gäste aussteigen, ehe sie wieder losfuhren.

Die Abendroben übertrafen sich an Eleganz – üppig, sinnlich, oft provokant. Die Damen der High Society trugen die neuesten Modelle von Iris van Herpen oder Noa Raviv. John Twain, Moderator des wichtigsten sozialen Netzwerks, eilte herbei, um dem Bürgermeister und seiner Gattin, die gerade die Halle durchquerten, ein paar Fragen zu stellen.

Fern von diesem geschäftigen Treiben überprüfte Melly Barnett ihr dezentes Make-up im Spiegel, während die

Garderobiere ihr langes Haar zu einem Knoten hochsteckte.

Dieser ruhige Moment in ihrer Garderobe gestattete es ihr, sich voll zu konzentrieren. Sie schloss die Augen, legte ihre Finger auf die Frisierkommode und übte die zarte und heikle Einleitung von »Jeunes danseuses à la lumière du soir«. Ein Werk von Jules Matton zu interpretieren erforderte Virtuosität und ungeheure Sensibilität. Melly wusste, das Publikum würde ihr nichts verzeihen. Eine Pianistin ihres Niveaus begab sich bei jedem Konzert in Gefahr. Die Kritiker würden im fünften Rang sitzen, dort, wo die Akustik am besten war, und ihr wahres Publikum würde von ihr eine außergewöhnliche Leistung erwarten. Es klopfte an der Tür. George Rapoport, Direktor der Philharmonie, blieb auf der Schwelle stehen aus Angst, sie zu stören. Er ließ sie wissen, die Türen seien nun geschlossen und alle Plätze besetzt.

Melly sah auf die Digitaluhr, die in der Ecke des Spiegels blinkte.

»Sie haben noch wenige Minuten, bis der Vorhang sich öffnet. Ihr Publikum erwartet Sie«, verkündete der Direktor.

Melly schob ihren Stuhl zurück und erhob sich.

»Wir wollen sie überraschen und pünktlich beginnen«, erwiderte sie, während die Garderobiere ein letztes Mal ihr Kleid glatt strich.

Sie ging voran auf den Flur, der zur Hinterbühne führte. Dort blieb sie einen Moment stehen, um dem Gemurmel im Saal zu lauschen und das beklemmende Lampenfieber niederzukämpfen. Es würde mit den ersten Takten vergehen, wenn sie von der Welt abgeschnitten und unempfänglich für die auf sie gehefteten Blicke wäre. Jedes Mal, wenn sie im Begriff war, auf die Bühne zu treten, fragte sie sich, warum in aller Welt sie diesen Beruf gewählt hatte. Sie hätte ihre Kunst im Kreis ihrer Familie ausüben oder vor einem bescheideneren Publikum spielen können, das, statt auf den geringsten Fehler – eine zu stark betonte Synkope, eine misslungene Artikulation – zu lauern, sich für ihre Fingerfertigkeit begeistert hätte. Das Schicksal hatte es anders gewollt – oder vielmehr ihr Vater, der seit ihrer Kindheit stets Höchstleistungen verlangt hatte. Es wäre einer Barnett nicht würdig gewesen, eine Begabung, die das Leben ihr geschenkt hatte, nicht weiterzuentwickeln.

Melly holte einmal kurz Luft, gab sich einen Ruck und trat hinaus ins Scheinwerferlicht und in den tosenden Applaus.

Sie nahm auf dem Klavierhocker Platz, wartete, dass es still wurde im Saal, und ihre Finger begannen auf der Klaviatur zu tanzen.

Als sie die letzten Töne gespielt hatte, sorgte die Ergriffenheit für einen Moment völliger Stille, bis der Beifall der überwältigten Zuhörer einsetzte.

Die Pianistin erhob sich, um sich zu verbeugen. Rapoport trat auf sie zu und überreichte ihr einen Rosenstrauß, den sie auf dem Flügel ablegte, bevor sie sich erneut verbeugte.

Das Herz hämmerte ihr in der Brust, sie war glücklich, die Zuhörer in der fünften Reihe applaudierten weiter. Morgen wäre die Lektüre der Zeitungen ein reines Vergnügen. Sie würde in einem anderen Hotelzimmer aufwachen, in einer anderen Stadt, und so würde es bis zum Ende ihrer Tournee weitergehen.

Beim fünften Vorhang verschwand Melly endgültig, und die Lichter des Saals gingen wieder an.

Sie begann noch hinter der Bühne, sich umzuziehen, überließ der Garderobiere ihre Konzertrobe und schlüpfte in Straßenkleidung.

Vor dem Künstlerausgang erwartete sie ein Wagen, der sie zum Hubschrauberlandeplatz brachte. Nach nur zehn Flugminuten hätte sie den Lawrence Municipal Airport erreicht, wo sie sofort an Bord eines Privatflugzeugs gehen und weiterfliegen würde. Gegen ein Uhr morgens würde sie in Chicago landen und endlich richtig schlafen können.

Der Rotor begann sich zu drehen und zwang Melly, sich zu bücken, um einsteigen zu können. Sie nahm auf der Rückbank Platz und zog die Kopfhörer über, die der Pilot ihr reichte.

»Willkommen an Bord, Miss Barnett, es ist mir eine Ehre! Bitte schnallen Sie sich an. Wind kommt auf, es könnte daher ein etwas unruhiger Flug werden«, verkündete er. »Nichts Gravierendes, wir werden in zwanzig Minuten landen. Der Flug wird etwas länger dauern als vorgesehen, aber nach dreiundzwanzig Uhr bin ich gezwungen, über die Bucht statt über die Wohngebiete zu fliegen. Auf Höhe von Salem nehmen wir Kurs nach Westen und landen wenige Minuten später. Ihre Maschine wartet bereits auf der Rollbahn.«

Das Pfeifen der Turbine war ohrenbetäubend. Der Mann vom Bodenpersonal prüfte, ob der Fahrgast sicher angeschnallt war, bevor er die Helikoptertür schloss und sich mit hochgestrecktem Daumen entfernte.

Der Hubschrauber erhob sich in die Lüfte, und Melly sah, wie dic Lichter immer kleiner wurden und bis in die entfernten Vororte gleichsam ein Spinnennetz bildeten. Der Regen war fein, die Sicht bislang noch gut. Ohne das Dröhnen der Rotorblätter wäre dieses Schauspiel beruhigend gewesen.

Die Stadt verblasste vor dem schwarzen Ozean, gesprenkelt mit den Schaumkronen der Wellen, die auf die Küste zurollten.

Eine heftige Böe brachte den Helikopter ins Trudeln. Luftlöcher schienen ihn in die Fluten treiben zu wollen, doch es gelang dem Piloten jedes Mal wieder, an Höhe zu gewinnen.

Der Wind wurde heftiger, Regen schlug gegen die Kabinenscheiben, sodass die Maschine regelrecht durchgerüttelt wurde.

»Das Wetter wird noch schlechter. Wir müssen landen, bis es sich beruhigt hat«, rief der Pilot ins Mikrofon.

Der Hubschrauber begann, bedenklich zu trudeln, brach nach rechts aus, neigte sich gefährlich nach vorn und richtete sich dann wieder auf. Ein heftiger Windstoß brachte ihn erneut in Schieflage. Die Insassen der Fahrgeschäfte auf einem Volksfest, die heftig durchgerüttelt wurden, kreischten und amüsierten sich, hofften aber auch, es würde nicht zu lange dauern; doch im Inneren des Hubschraubers herrschte Stille.

Der Pilot war verstummt. Seine rechte Hand hielt den Steuerknüppel fest umklammert, mit der linken bediente er das Höhensteuer und mit den Füßen die Seitenruderpedale. Melly zögerte, sich an die Halteschlaufe zu klammern. Sollte der Hubschrauber erneut in ein Luftloch absacken, könnte sie sich einen Finger verrenken.

Der Helikopter flog in Schleifen. Der Pilot verlangte ihm eine Leistung ab, die von der Turbine kaum zu bewältigen war.

Er beschloss zu landen, die Küste war nicht fern, man konnte bisweilen den Lichthof der Laternen am Ufer sehen.

»November Vier Null Sieben Lima Hector an Kontrollturm Logan, über Thompson Island, Kurs 333, befinden uns in schweren Windböen, Weiterflug unmöglich, versuche Notlandung«, verkündete der Pilot mit ruhiger Stimme.

»November Vier Null Sieben Lima Hector«, antwortete der Kontrollturm von Logan. »Wechseln Sie auf Kurs 335.«

Dem Piloten wurde klar, dass er zu tief flog, bei diesen Turbulenzen würde er nicht ausreichend an Höhe gewinnen können. Er hatte Hunderte von Flugstunden absolviert, und dies war nicht sein erster Sturm, aber gewiss der plötzlichste. Die Turbulenzen waren ohne Vorwarnung vom Meer herübergekommen, und er würde sich nicht mehr lange in der Luft halten können. Die Turbine heulte, die gesamte Kabine vibrierte, und die Steuerung reagierte nicht mehr normal.

Eine rote Kontrolllampe leuchtete auf dem Armaturenbrett auf, der Motor war am Limit seiner Leistungsfähigkeit.

»Negativ«, antwortete der Pilot. »Wassern Pleasure Bay.«

»N407LH, bitte wiederholen«, bat der Fluglotse.

Das Funkgerät blieb stumm.

»November Vier Null Sieben Lima Hector?«, wiederholte die Flugsicherung.

Keine Antwort.

Die Stimme des Flugkapitäns eines Airbus, der sich dem

Airport von Logan näherte, verkündete: »BA203 an Kontrollturm, er versucht eine Notwasserung in der Pleasure Bay.«

Der Fluglotse löste sofort den Notfallarm aus. November Vier Null Sieben Lima Hector war vom Radarschirm verschwunden.

Mit heulenden Sirenen jagten die Feuerwehrwagen den Broadway entlang.

Neun Minuten zuvor hatte der Hausmeister der Schlittschuhbahn von Murphy die Notrufnummer gewählt. Am Strand vor seiner Schlittschuhbahn war ein Hubschrauber abgestürzt, er hatte alles gesehen – ein schreckliches Schauspiel. Er hatte zunächst den Motorenlärm gehört, ein Geräusch, das ein viel zu tief fliegendes Flugzeug vermuten ließ. Das hatte ihn veranlasst, bei diesen Witterungsverhältnissen hinauszulaufen, um nachzusehen, was los war. Das Unwetter hatte der Maschine schwer zugesetzt, ihre Scheinwerfer hatten ihn sogar mehrmals geblendet. Sie stand förmlich über der Bucht in der Luft, als wollte der Pilot auf dem Wasser landen. Plötzlich jedoch sei sie in eine Art Sturzflug geraten, habe sich zur Seite geneigt und sei wie ein Stein vom Himmel gefallen. Eine besonders große Welle hätte sie auf den Strand katapultiert.

Aus Angst, dass alles explodieren könnte, hatte der Hausmeister nicht gewagt, sich zu nähern. Der Mann vom Notruf bestätigte ihm, dass er gut daran tue, Abstand zu halten, der Rettungsdienst würde in Kürze eintreffen.

Sind meine Hände unversehrt?

Es war kalt, sie hörte nichts mehr, ein unerträglicher Schmerz raubte ihr die Luft – wozu also die Finger bewegen?

Alles loderte und flackerte, sie nahm vage Formen hinter einem roten Vorhang wahr und fragte sich, was dieser Mann, der in sonderbarer Kleidung auf sie zukam, von ihr wollte. Einer ihrer Fans vielleicht? Aber warum sah er sie so ernst an? Er bat sie, ihm ihren Vornamen zu nennen, aber sie wusste ihn nicht. Sie dachte nur an diesen schrecklichen Druck auf ihren Hinterkopf. Sie musste sich wohl gestoßen haben, aber wie und woran? Wo war sie überhaupt, und wer waren diese Leute, die sich aufgeregt um sie herum zu schaffen machten? Das Rot des Vorhangs ging in Schwarz über, ihr wurde übel, und sie stürzte in einen unendlich tiefen Abgrund.

Das Hubschrauberwrack lag auf dem Rücken, die Kufen ragten in die Luft. Der Leitwerkträger war bei dem Aufprall zerbrochen, der hintere Rotor lag im Wasser, die Kabine aber auf dem Sand.

Der Pilot war auf der Stelle tot gewesen. Das Landefenster war unter seinen Beinen zerborsten und hatte seinem Körper tödliche Verletzungen zugefügt.

Die Feuerwehrleute machten sich daran, die Blechteile aufzuschneiden, und versuchten, die Passagierin zu befreien, die hinten in der verbeulten Fahrgastzelle saß. Eine lange Schnittwunde klaffte auf ihrer Stirn bis hin zum Haaransatz. Sie war bewusstlos, ihr Gesicht blutverschmiert, aber sie lebte.

Als sie mithilfe des Schneidegeräts befreit war, legte man

sie auf eine Vakuum-Rettungsmatratze, die sich ihrer Körperform anpasste und dann zusammenzog, um sie zu umschließen wie ein schützendes Korsett.

Man lud sie in einen Krankenwagen, der sofort zum City Hospital fuhr. Als sie in den OP-Bereich geschoben wurde, öffnete eine Krankenschwester ihre Handtasche, die man im Wrack des Hubschraubers gefunden hatte. Darin entdeckte sie die Ausweispapiere auf den Namen Melody Barnett, der ihr irgendwie bekannt vorkam. Sie zeigte die Papiere einer Kollegin, die sogleich den Sicherheitsdienst informierte und warnte, bloß keinen Journalisten oder Fotografen einzulassen.

Eine Viertelstunde später wurde Harold Barnett informiert, dass seine Tochter Opfer eines Hubschrauberabsturzes geworden war. Ihr Zustand sei lebensbedrohlich.

Kapitel 16

Seit sechzehn Wochen lag Melly im künstlichen Koma. Vor dreißig Jahren wäre eine so lange, tiefe Narkose wahrscheinlich irreversibel gewesen. Vor zwanzig Jahren hätte Melly ihre Verletzungen nicht überlebt.

Man hatte ihren Brustkorb rekonstruiert, ihre Oberschenkelknochen wiederhergestellt, künstliche Nieren und eine künstliche Milz hatten die Arbeit ihrer geplatzten Organe übernommen und funktionierten wunderbar, wie aktuelle Blutuntersuchungen bestätigten. Bis zum Ende der Woche würde man auf ihre Läsionen die letzten Schichten Epithelzellen drucken, deren Kulturen sich bereits stark vermehrt hatten. Die Narbe auf ihrer Stirn war beinahe verschwunden.

Die letzte Untersuchung ihres Gehirns war ermutigend. Das Transplantat auf dem Parietallappen war nicht abgestoßen worden, das Ödem im Frontallappen beinahe vollständig resorbiert. Wenn ihr Gehirn sich weiter in diesem Tempo erholte, würde man sie in einem Monat wieder aufwachen lassen. Der Chefarzt hatte versichert, das Ärzteteam sei zuversichtlich.

Harold und Betsy Barnett zählten die Tage, bis ihre Tochter wieder bei Bewusstsein wäre und endlich auf das

Familienanwesen in Weston kommen könnte, um dort rasch zu genesen.

Seit dem tragischen Unfall bewohnten sie ein Apartment in einem Luxushotel im Stadtzentrum. Betsys Leben bestand aus ständigen Hin- und Herreisen nach New York, wo sich der Sitz ihrer Architektur-Zeitschrift befand. Harold hatte seine engsten Mitarbeiter in die Büros der Bostoner Filiale versetzt, von wo aus er seinen Investmentfonds weiter verwaltete.

Jeden Donnerstag trafen sich Harold und Betsy am späten Nachmittag im Besprechungsraum des Longview Hospital mit Mellys behandelndem Arzt.

Er kam mit seinem Tablet unter dem Arm, setzte sich ans Kopfende des Palisandertischs, holte einen Touchscreen-Stift aus der Tasche seines Arztkittels und lud den wöchentlichen Arztbericht auf den Monitor.

»Zahlen und wissenschaftliche Begriffe, Arztjargon halt! Das ist alles sehr hübsch, aber das Einzige, was mich interessiert, ist, wann wir unsere Tochter wiederbekommen«, protestierte Harold.

»Diese Frage stellen Sie mir seit dem Tag ihrer stationären Aufnahme, Herr Barnett«, erwiderte der Arzt mit einem Seufzer.

»Das ist inzwischen vier Monate her! Muss ich Sie daran erinnern?«

»Und muss ich Sie daran erinnern, in welch ernstem Zustand Miss Barnett war, als sie zu uns kam? Es ist eine echte Meisterleistung, dass wir heute auf diesem Stand sind. Ihre Tochter konnte wie durch ein Wunder gerettet werden, aber Sie müssen sich in Geduld üben.«

»Meine Tochter ist nicht wie durch ein Wunder am

Leben geblieben, nein, sie ist eine Kämpfernatur wie alle Barnetts!«

»Harold, müssen wir wirklich jedes Mal dein autoritäres Gehabe erdulden? Wenn du mit Melly nicht ganz so autoritär gewesen wärst, säßen wir heute nicht hier.«

»Ich war niemals autoritär mit ihr, nur anspruchsvoll, und das stets zu ihrem Besten«, brauste Harold auf.

»Wenn du sie nicht zu der Konzerttournee gedrängt hättest …« Betsy seufzte auf.

»Nun ja, es war ein Unfall, der auch unter anderen Umständen hätte geschehen können«, mischte sich der Arzt beschwichtigend ein. »Ich verstehe Ihren Schmerz, Mrs. Barnett, und Ihre Ungeduld, Sir, aber ich kann Ihnen versichern, dass Ihre Tochter hier die bestmögliche Behandlung erhält. Ihre Fortschritte sind ermutigend. Ich bin zuversichtlich, in einem Monat ihre Verlegung ins Zentrum Longview genehmigen zu können.«

»Ich weiß, dass ich Ihnen diese Frage schon hundertmal gestellt habe, aber leidet sie? Was empfindet sie aktuell?«, fragte Betsy mit Tränen in den Augen.

»Ihre Tochter befindet sich in einem tiefen Koma, sie empfindet nichts.«

In diesen beiden Punkten sagte der Neurologe die Wahrheit.

Melly lebte, physiologisch gesprochen, aber ihr Gehirn war ohne jegliches Bewusstsein.

Einen Monat später brachte ein Krankenwagen mit einem Anästhesisten an Bord sie in eine Klinik in einem entlegenen Vorort.

Der Himmel verdunkelte sich. Vor den heruntergekommenen Häusern bedeckte Unkraut, was einmal bescheidene Rasenflächen gewesen waren. In einem verlassenen Park quietschten verrostete Schaukeln im Abendwind. Vor den Schaufenstern längst geschlossener Geschäfte hingen halb vermoderte Holzbretter.

Der Krankenwagen fuhr eine von Lagerhallen gesäumte Straße entlang. Er hielt vor einem Portal, das sich automatisch öffnete und den Weg freigab.

Das Innere der Klinik stand im Kontrast zu dem verlassenen Viertel ringsumher.

Man brachte Melly in einen Raum am Ende eines Gebäudeflügels, der für Patienten in ihrem Zustand reserviert war. Auf derselben Etage warteten in einem anderen Zimmer drei Frauen und ein Mann darauf, dass die Reihe an ihnen war.

Ein Arzt besuchte sie in Begleitung einer Krankenschwester. Die überprüfte die Geräte, die Mellys Vitalfunktionen überwachten, und klemmte die Infusion mit der Narkoselösung ab. Der Arzt nahm alle nötigen Informationen zur Kenntnis, wartete einen Moment, den Blick auf die Monitore geheftet, und programmierte den Eingriff.

Am nächsten Tag um acht Uhr morgens kam er in das Zimmer zurück, diesmal in Begleitung eines Technikers, der einen motorisierten Wagen mit einer Kiste und einem Computerterminal an das Bett steuerte. Der Techniker öffnete die Kiste, nahm einen Helm heraus und setzte ihn vorsichtig auf Mellys Kopf.

Zwischen diesem etwa einen Millimeter dicken Helm und dem Prototyp, der vierzig Jahre zuvor in einem anderen Gebäudeflügel des Zentrums entwickelt worden war, schienen Lichtjahre zu liegen. Sein kraterförmiger und elastischer Aufbau passte sich spontan jeder Schädelform an.

Der Techniker überprüfte die Position des Helms und schloss das optische Faserbündel an den Computerterminal an. Er gab einen verschlüsselten Code auf der Tastatur ein, daraufhin schaltete sich der Monitor ein und zeigte eine dreidimensionale Darstellung von Mellys Gehirn, unter der zu lesen war: »0 %«.

Der Techniker zog sich schweigend zurück.

Der Arzt überprüfte ein letztes Mal die vitalen Parameter seiner Patientin und verließ seinerseits das Zimmer. Er ging den Flur entlang und begab sich in den Kontrollraum, wo der Techniker ihn vor einem Steuerpult erwartete.

»Alles bereit?«, fragte er.

»Der Speicher ist geladen, wir können anfangen, sobald Sie es sagen.«

Der Arzt beobachtete die drei Monitore über dem Steuerpult.

Der mittlere zeigte das dreidimensionale Bild des Gehirns.

Auf dem linken waren folgende Informationen zu lesen:

Patient Nr. 102
Melody Barnett (Quelle)
Alter 29 (10.651 Tage)

Gedächtnis 100 %
Ausgehende Datenübertragung 0 %

Der rechte Monitor zeigte an:

Patient Nr. 102
Melody Barnett (Ziel)
Alter 30 (10.957 Tage)
Gedächtnis – %
Eingehende Datenübertragung 0 %
~
Wiederherstellung 0 %
Elektrische Aktivität 0 %
Vigilanz 0 %

Er unterzeichnete mit seiner digitalen Signatur auf dem Schaltpult und wandte sich an den Techniker. »8 Uhr 17, leiten Sie die Wiederherstellungssequenz ein. Wenn ein Drittel des Vorgangs abgeschlossen ist, rufen Sie mich an, damit ich den erfolgreichen Fortgang überprüfen kann.«

Der Arzt verließ das Zimmer und ließ den Techniker zurück, der nichts weiter zu tun hatte, als die Monitore zu überwachen. Um alles andere kümmerte sich Neurolink.

Er drückte eine Taste, und die Zähler begannen zu laufen.

Um 8 Uhr 20 entging ihm eine Anomalie.

Während der rechte Monitor nun Folgendes anzeigte:

Patient Nr. 102
Melody Barnett (Ziel)
Alter 30 (10.957 Tage)
Gedächtnis 0,03 %
Eingehende Datenübertragung 0,03 %
~
Wiederherstellung 0,03 %

Elektrische Aktivität 0,03 %

Vigilanz 0,03 %

zeigte der mittlere Folgendes an:

Patient Nr. 2

???? (Quelle)

Alter?? (???? Tage)

Gedächtnis 96 %

Ausgehende Datenübertragung 0,03 %

Kurze Zeit später entdeckte der Techniker den Fehler und war erst einmal ratlos, wie er weiter vorgehen sollte. Automatisch klopfte er auf den Monitor, wobei er sehr wohl wusste, dass dies absolut nutzlos war, dann griff er zum Telefon.

Der Arzt antwortete nicht. Er war wohl am Krankenbett eines anderen Patienten, und der Techniker war ganz auf sein eigenes Urteilsvermögen angewiesen.

Der Vorgang war vollständig automatisiert, seine Aufgabe beschränkte sich darauf, in lediglich zwei Fällen auf Pause zu schalten: wenn der Prozentsatz der elektrischen Aktivität des Gehirns von der der eingehenden Datenübertragung abwich oder wenn Neurolink ein Problem meldete. Weder der eine noch der andere Fall war eingetreten. Der Bildschirm des Wiederherstellungsbereichs zeigte nur normale Parameter an, seiner Einschätzung nach handelte es sich wahrscheinlich um eine einfache Funktionsstörung des Monitors. Er würde die Wartungsabteilung benachrichtigen, damit sie ihn austauschten. Um sich abzusichern, erstellte er einen Screenshot, tippte ein Memo ein und schickte es über das interne Mailsystem an die verantwortliche Supervisorin.

Diese nahm den Zwischenfall am frühen Nachmittag zur Kenntnis, druckte eine Kopie des Memos und löschte dieses vom Server, bevor sie ihr Büro verließ, um sich in das ihres Vorgesetzten zu begeben.

Ohne anzuklopfen, betrat Kasuko das Büro des Forschungsleiters.

»Ich denke, das hier wird dir Freude machen«, verkündete sie strahlend.

Luke las den Bericht zweimal und starrte Kasuko an.

»Der Vorgang muss sofort abgebrochen werden«, sagte er.

»Bist du verrückt? Wir hatten ein Abkommen geschlossen!«

»Das war vor vierzig Jahren, das ist inzwischen hinfällig«, entgegnete Luke, während der Bericht im Schlitz des Aktenvernichters verschwand, in den er ihn gerade geschoben hatte.

»Ein Abkommen ist und bleibt ein Abkommen!«

»Mag sein, aber es wäre ein Wahnsinn weiterzumachen. Das Programm Neurolink wird gerade von allen wissenschaftlichen Autoritäten anerkannt, das ist wirklich nicht der richtige Zeitpunkt, sich einen Prozess anhängen zu lassen.«

»Du hast Angst vor einem Prozess?«

»Wovor denn sonst?«

»Davor, dass es nicht funktioniert …«, mutmaßte Kasuko.

»Wenn ich mir sicher wäre, würde ich das Programm bis zum Ende laufen lassen.«

»Aha, damit hast du dich verraten, und das ist noch schlimmer, weil du vor ihr Angst hast.«

»Du redest Unsinn. Hast du schon einmal an die Familie Barnett gedacht? Der Vater ist einer unserer wichtigsten Geldgeber.«

»Angenommen, man würde den Vorgang stoppen, was würdest du der Familie Barnett erzählen?«

»Die Wahrheit, dass es im Speicherblock einen Programmfehler gibt, das gehört zu den Risiken, die im Vertrag genannt werden, den er unterschrieben hat.«

»Flinch hat Wort gehalten, und du hattest dich verpflichtet, es zu respektieren.«

»Ich habe ihm mein halbes Leben geschenkt und dir die andere Hälfte.«

»Du weißt genau, dass das nicht stimmt«, antwortete Kasuko und machte auf dem Absatz kehrt.

Luke erhob sich, um sie aufzuhalten, doch sie schlug ihm die Tür vor der Nase zu.

Er kehrte zu seinem Stuhl zurück, gab sein Passwort in den Computerterminal ein und versuchte, die einhundertzweite Übertragung zu beenden. Doch Neurolink ließ dies nicht zu.

Es war ein Feuerwerk an Lichtern, ein Beschuss mit Geräuschen, ein Kaleidoskop von Bildern, die so schnell aufeinanderfolgten, dass es unmöglich war, sich auch nur eines davon zu merken. Ein Ansturm verzerrter Stimmen, eine Flut an Worten und Sätzen, und dieser Zyklus wiederholte sich.

Fünfzig Stunden nach der Übertragung des Prozesses fuhren leichte Zuckungen durch Mellys Körper. Die Anzeige für den Prozentsatz der Wiederherstellung ihres Gedächtnisses überschritt soeben die Dreißig-Prozent-Marke. Ihr Gehirn gewann seine kognitiven Funktionen zurück.

Der Monitor in ihrem Zimmer zeichnete unablässig ihre vitalen Parameter auf. Die elektrische Aktivität des Gehirns stieg normal, der Prozentsatz der Übertragung war konstant, die Vigilanz entwickelte sich gleichmäßig fortschreitend, alles lief – von Neurolink bestens überwacht – perfekt ab.

Am dritten Tag um 8 Uhr 17 erreichte die Wiederherstellung 43,2 Prozent.

Um 12 Uhr 17, am vierten Tag, bewegten sich Mellys Augenlider kurz. Übertragung: 60 Prozent.

Um 21 Uhr 37 des folgenden, also fünften Tages entfernte der Arzt den Tubus aus der Luftröhre. Mellys Lunge nahm ihre Funktion ohne künstliche Beatmung wieder auf, die Wiederherstellung des Gehirns war bei 80 Prozent angekommen.

Am Sonntag um 14 Uhr 17 öffnete Melly unter dem wohlwollenden Blick des Arztes die Augen. Er beruhigte sie und gab ihr eine Spritze, damit sie wieder einschlief. Übertragung 90 Prozent.

Am Montag um 6 Uhr 50 betraten Luke, Kasuko und der Arzt das Zimmer.

Um 6 Uhr 57 bestätigte der Techniker, dass der Prozess abgeschlossen war.

Der Arzt weckte Melly. Sie öffnete die Augen und betrachtete schweigend die unbekannten Gesichter, die auf sie blickten.

Luke setzte sich auf die Bettkante und lächelte sie an.

»Wissen Sie, was Ihnen zugestoßen ist?«, fragte er mit ruhiger Stimme.

Melly schüttelte den Kopf.

»Das ist ganz normal. Sie hatten einen Unfall mit einem Hubschrauber, bei dem Sie ein schweres Schädelhirntrauma erlitten haben. Das alles gehört nun der Vergangenheit an, Sie sind jetzt wieder absolut gesund.«

Melly blickte prüfend auf ihre Hände und bewegte langsam die Finger.

»Sie werden Ihre Geschicklichkeit bald wiedererlangt haben, Miss Barnett«, schaltete sich der Arzt ein, um ihren Befürchtungen zuvorzukommen.

Melly sah ihn befremdet an. Ihr Gesichtsausdruck zeigte, dass sie nicht die geringste Ahnung hatte, wovon er sprach. Der Arzt wunderte sich darüber und trat näher ans Bett.

»Erinnern Sie sich daran, dass Sie Pianistin sind?«

Melly sah traurig aus und wandte den Blick zum Fenster. Der Arzt konsultierte sein Tablet, er versuchte zu verstehen, warum seine Patientin so reagierte.

»Wissen Sie, warum Sie hier sind?«

Da Melly schwieg, beugte er sich an Lukes Ohr, um ihn zu fragen, ob er mehr dazu sagen könne.

Luke ergriff das Wort: »Vor zehn Jahren hat Ihr Vater Sie für das Programm Neurolink eingeschrieben. Seither sind Sie jedes Jahr gekommen, um Ihr Gedächtnis aufzeichnen zu lassen.«

»Die letzte Aktualisierung war vor elf Monaten«, übernahm erneut der Arzt. »Der Prozess ist ohne Zwischenfälle verlaufen, und Sie müssten sich jetzt wieder an alles erinnern können, was bis zum Zeitpunkt dieser Aufzeichnung stattgefunden hat. Üblicherweise sind unsere Patienten beim Erwachen etwas lebhafter, aber ich habe keinen Zweifel, dass sich alles sehr schnell wieder einspielen wird.«

»Wann war dieser Unfall?«, murmelte Melly.

Luke und Kasuko ließen den Arzt an Mellys Bett zurück, um sich in ein unbenutztes Nebenzimmer zurückzuziehen.

»Was hast du gemacht?«, fragte Kasuko ihn.

»Schau mich nicht so anklagend an, ich kann nichts dafür. Neurolink hat die Kontrolle über die Vorgänge übernommen und mir den Zugriff verwehrt. Diese verdammte künstliche Intelligenz hat ihren Kopf durchgesetzt!«

»Und trotzdem, obgleich alle Ergebnisse normal sind, erinnert sich die Patientin an nichts. Selbst die ersten Kandidaten waren sich beim Erwachen besser über ihre Situation im Klaren als sie.«

»Was soll ich sagen, ich habe nicht die geringste Ahnung, was da passiert ist … und noch weniger, was uns erwartet. Wie bereits erwähnt, hat Neurolink autonom gehandelt.«

»Ich glaube dir nicht und kann dir sagen, was dich erwartet. Morgen, wenn ihre Familie sie gesehen hat, wirst du ihnen erklären müssen, dass sie eine Million Dollar ausgegeben haben, um ihre Tochter mit Gedächtnisverlust wiederzubekommen, obwohl sie diese Summe investiert hatten, um sicherzustellen, dass genau dies bei einem eventuellen Unfall nicht geschehen würde. Das ist die Daseinsberechtigung unseres Programms. Ich fürchte daher, dass der Prozess, vor dem du Angst hast, tatsächlich auf uns zukommen wird.«

»Momentan wird man der Familie gar nichts erklären, außer dass das Gedächtnis ihrer Tochter etwas träge ist. Die von dir festgestellte Anomalie war vielleicht gar keine.«

»Das würde dir gut in den Kram passen, nicht wahr?«

»Du hast kein Recht, das zu sagen, und hast, wie ich auch, gehört, wie der Arzt erklärt hat, dass die Dinge schrittweise in Ordnung kommen werden.«

»Aber diesen Schwachsinn wirst du doch wohl nicht glauben?«

»Sie kam hirntot zu uns. Heute ist sie bei Bewusstsein, hat ihre Motorik wiedererlangt, sie sieht, hört, spricht und stellt sogar Fragen, was beweist, dass ihre Intelligenz funktioniert. Wir werden das Ende ihrer funktionellen Rekonvaleszenz abwarten und schauen, wie weit sie dann ist…«

»Ich habe Mister Barnett betreut, als er unsere Versicherung ›Zweite Chance‹ unterschrieben hat«, gab Kasuko trocken zurück. »Ich wünsche dir viel Glück, wenn du ihm das zu erklären versuchst. Und rechne dabei nicht mit meiner Hilfe.«

Luke griff nach Kasukos Hand und seufzte. »Ich weiß, dass du enttäuscht bist. Glaube mir, ich bin es auch.«

»Ich hatte so lange auf diesen Augenblick gewartet.«

Als Harold und Betsy Barnett ihr Zimmer betraten, fragte sich Melly, wer sie waren, was sie hier taten, warum die Frau, die sich vor den Sessel kniete, in den man sie gesetzt hatte, zu Tränen gerührt war, und der Mann ihr zärtlich die Hand streichelte, ebenso bewegt wie die Frau, aber ohne zu weinen. Jedes Mal, wenn einer von beiden ihr eine Frage stellte, antwortete sie mit einem Nicken oder Kopfschütteln, gab gelegentlich mit stockender Stimme eine ihr logisch erscheinende Antwort, ohne wirklich darüber nachzudenken. Wenn sie nicht wusste, was sie sagen sollte, schwieg sie.

Harold war am Ende des Besuchs besorgt über ihr Befinden, und Betsy befahl ihm, sich mehr zurückzuhalten. Ihre Tochter war bei Bewusstsein, hatte mit ihnen gesprochen, und man musste dem Leben für dieses Wunder danken, an das sie nicht mehr geglaubt hatte.

»Sie ist in keinem normalen Zustand, das war nicht das, was man uns versprochen hatte«, beharrte Harold, als sie wieder im Hotel waren. »Die Begründungen des Arztes fand ich wenig überzeugend.«

»Harold, weißt du eigentlich, was du sagst? Melly lag fünf Monate im Koma, da wirst du ihr doch einige Tage zugestehen, um wieder sie selbst zu werden!«, empörte sich Betsy, während sie an dem Dry Martini nippte, den sie sich bestellt hatte.

»Ich werde verlangen, gleich morgen vom Direktor des Zentrums empfangen zu werden. Was ich heute gesehen habe, entspricht in keiner Weise dem, was man mir versprochen hatte.«

»Halt! Du hast heute deine Tochter gesehen. Du konntest sie in die Arme schließen und küssen. Du hast gesehen, dass sie selbstständig aus dem Sessel aufstehen, zu ihrem Bett gehen, uns beide anschauen und uns anlächeln konnte, dass sie so schön war wie vor diesem schrecklichen Unfall. Du solltest dich mit mir freuen, aber du bestehst nur aus Bitterkeit und Wut. Und du willst wirklich diejenigen, die dieses Wunder ermöglicht haben, zurechtweisen? Ich warne dich, Harold, wenn du deine Einstellung nicht sofort änderst, ziehe ich es vor, dass du nach New York zurückkehrst und mich während Mellys Rekonvaleszenz mit ihr alleine lässt«, erwiderte Betsy und genehmigte sich einen zweiten Martini.

Harold ging in der Hotelsuite unruhig hin und her. Sobald Betsy zur Entspannung ein Bad nahm, klatschte er in die Hände, um die Stimmsteuerung des Wandmonitors zu aktivieren.

»Hallo, Skivy, ruf meine Assistentin an!«, sagte er laut.

»Mister Barnett, was kann ich für Sie tun?«, fragte die Assistentin, nachdem die Verbindung hergestellt worden war.

Harold trug ihr auf, unverzüglich einen Termin mit dem Direktor von Longview für ihn zu vereinbaren.

Kasuko empfing ihn am nächsten Vormittag. Den Beschwerden von Harold Barnett musste größte Aufmerksamkeit geschenkt werden, und es galt, sehr diplomatisch vorzugehen, um sich nicht seinen Zorn zuzuziehen. Luke hatte die Nacht im Zentrum verbracht, und Feinfühligkeit war nie seine Stärke gewesen.

»Als ich mich für Ihr Programm angemeldet habe – und ich glaube, ich war einer der Ersten, der Ihnen vertraut hat –, haben Sie mir versichert, sollte meine Tochter eines Tages einen Unfall haben und diesen überleben, seien Sie in der Lage, sie zu heilen. Gestern nun hat sie uns kaum erkannt!«

»Mister Barnett, sechzig Familien hatten uns bereits vor Ihnen vertraut, und inzwischen sind es sehr viel mehr, und keine einzige hat es bereut. Sie sind damals zu mir gekommen, und ich erinnere mich gut daran, weil Melly sich zu der Zeit in einen Kunstflieger verliebt hatte, der sie in diese Sportart einführen wollte, ein Geisteskranker, wie Sie sagten. Oder war es ein Champion im Kitesurfen? Aber vielleicht verwechsle ich das auch mit anderen Eltern.«

»Fallschirmakrobat, aber Champion, so ein Quatsch!«

»Genau! Jetzt erinnere ich mich, aber Sie hatten ihn als Geisteskranken bezeichnet, nicht wahr? Sie fürchteten, Melly könnte eines Tages etwas zustoßen, und wir haben Ihnen versichert, das Programm Neurolink könne ihr gesamtes Gedächtnis speichern und bei einem eventuellen Unfall wiederherstellen. Allgemeiner gesprochen, wäre Longview in der Lage, Ihrer Tochter die fortschrittlichsten Behandlungen zukommen zu lassen, über die die Medizin heute verfügt. Genau das ist geschehen, auch wenn letztlich der Geisteskranke an diesem bedauernswerten Drama keinen Anteil hatte. Ihre Tochter kommt von weit, von sehr weit zurück, wenn man bedenkt, welche Verletzungen sie hatte, als sie im Krankenhaus aufgenommen wurde. Ihr aktueller Gesundheitszustand ist bemerkenswert gut«, schloss Kasuko, wobei sie sich das Porträt von Flinch vorstellte, das im Konferenzraum von der Wand auf sie herablächelte. »Wir haben Ihnen das Beste versprochen, was die Wissenschaft zu bieten hat, aber kein Wunder. Melly wird ihr Gedächtnis wiederfinden. Ich stelle Ihnen den Bericht über den Vorgang der Wiederherstellung zur Verfügung. Dort können Sie selbst sehen, dass alles perfekt abgelaufen ist. Aber ich bitte Sie, seien Sie vernünftig, lassen Sie Ihrer Tochter Zeit, sich zu erholen.«

»Zeit, immer wieder Zeit, wie lange noch?«

»Man muss durchschnittlich mit gut zwei Monaten funktioneller Rekonvaleszenz rechnen, bevor sich ein Patient körperlich vollständig erholt hat, wie man mir sagt.«

»Und anschließend wird sie ihre Karriere fortsetzen können?«

»Nach Abschluss der Regeneration, ja. Ich sehe keinen Grund, warum es nicht so sein wollte.«

»Und ihre Intelligenz, ihr Charakter, ihr Gedächtnis? All das gehörte ebenfalls zu Ihren Verpflichtungen.«

»Aber ihre Intelligenz ist doch intakt. Was das Gedächtnis anbelangt, erlauben Sie mir eine kleine Erklärung. Sie müssen wissen, dass es verschiedene Arten Gedächtnis gibt. Fünf davon hängen mit unseren Sinnen zusammen, und drei weitere unterscheiden sich zeitabhängig. Das unmittelbare Gedächtnis betrifft die Gegenwart, das mittelfristige Gedächtnis ermöglicht es, sich an eine Information oder ein Ereignis zu erinnern, das eine Minute bis einige Stunden zurückliegt. Diese beiden Gedächtnisformen funktionieren bei Melly bereits normal. Sie erinnert sich an ihr Erwachen, an die Menschen, die an ihr Bett gekommen sind, und morgen wird sie sich genau daran erinnern, Sie gesehen zu haben. Das Langzeitgedächtnis ist etwas komplexer, vergessen Sie nicht, dass es in Mellys Leben immer eine Lücke geben wird zwischen dem Datum, an dem wir ihr Gedächtnis das letzte Mal gespeichert haben, und dem Unfall. Das prozedurale Gedächtnis, dessentwegen Sie sich Sorgen um Mellys Karriere machen, ist besonders leistungsfähig. Ich kann Ihnen versichern, dass Ihre Tochter ihre Virtuosität zurückgewinnen wird. Auch ihr emotionales Gedächtnis wird zurückkehren, wenn das auch mit gewissen Anstrengungen verbunden ist. Zwei Gehirne können nicht völlig identisch sein, jeder Patient reagiert auf seine Weise. Wenn Ihre Tochter wieder nach Hause kommt und ihr gewohntes Leben aufnimmt, wird sie de facto mit allen möglichen Reizen konfrontiert, die ihre Erinnerungen wecken werden. Kurz gesagt, je mehr Melly erlebt, desto besser wird sie sich erinnern. Ihr einziger Feind ist der Stress, dieser wirkt lähmend auf das Gehirn. Folgen Sie daher meinem Rat und zeigen Sie vor allem keine Unruhe und Besorgtheit in ihrer Gegenwart.«

»Sehr gut. Zwei Monate Rehabilitation und zwei weitere Monate, um ihr normales Leben aufzunehmen. Ich gebe Ihnen also vier Monate, um mir meine Tochter so wiederzugeben, wie ich sie gekannt habe.«

Nachdem Harold Barnett das Gespräch mit einer kaum verhohlenen Drohung beendet hatte, erhob er sich, zweifelnd, aber dennoch ein wenig beruhigt. Er ergriff die Hand, die Kasuko ihm entgegenstreckte, und wunderte sich über die Kraft dieser Frau, die zehn Jahre älter sein musste als er.

Bevor er in sein Büro zurückkehrte, wollte er noch seine Tochter sehen.

Das Zimmer war leer. Die Krankenschwester informierte Harold, er würde Melly ein Stockwerk tiefer im Reha-Raum finden.

Harold verzichtete darauf, den Aufzug zu nehmen, den er für zu langsam hielt, und rannte die Treppe hinunter.

Durch die kleinen runden Fenster einer Schwingtür sah er seine Tochter mit einem Helm voller Elektroden auf dem Kopf. Sie übte das Gehen zwischen zwei parallelen Stangen, an denen sie sich festhielt.

Er klopfte gegen das Fenster, um sie auf sich aufmerksam zu machen, und winkte ihr zu, worauf sie nur mit einem Lächeln antworten konnte, da beide Hände beschäftigt waren.

Dieses Lächeln, so einfach es war, löste bei Harold Barnett eine Empfindung von Erfülltheit aus, die er lange nicht mehr gekannt hatte.

Wie lange eigentlich schon?, überlegte er, während er sich in sein Auto setzte. Er konnte sich nicht daran erinnern.

»Und Sie sind sicher, dass dieser Mann mein Vater ist?«, fragte Melly.

»Absolut«, antwortete der Physiotherapeut freundlich, »und die Frau, die ihn gestern begleitet hat, ist Ihre Mutter.«

»Habe ich Geschwister?«

»Keine Ahnung, Miss, ich werde mich erkundigen. Konzentrieren Sie sich jetzt bitte auf die Übungen.«

Melly entdeckte das Klavier am Ende des Saals.

»Kann ich einmal darauf spielen?«

»Ja, später.«

Melly entwickelte ein geheimes Einverständnis mit ihrem Physiotherapeuten. Während des morgendlichen Trainings berichtete sie ihm über die Fragen, die ihre Eltern ihr am Vortag gestellt hatten. Fragen, an die sie sich völlig problemlos erinnerte.

Der Physiotherapeut sammelte entsprechende Informationen, blätterte in ihrer Akte, befragte den Arzt und schickte häufig die Krankenschwester vor, um Betsy so unauffällig wie möglich auszufragen. Kasuko wurde ebenfalls in diesen Trick mit einbezogen und sammelte viele Informationen, sowohl über das Privatleben als auch über Mellys Karriere, auf die Zeitungen, Blogger oder einfache Fans gierig warteten. Melly studierte eifrig die Unterlagen, die der Physiotherapeut ihr jeden Tag nach Trainingsende übergab und die sie versteckte, sobald Harold oder Betsy zu Besuch kamen.

Tag für Tag erfuhr sie mehr darüber, wer sie war, prägte sich die Gesichter und die Namen der Menschen ein, mit denen sie früher Umgang gehabt haben sollte, von Freunden, Liebhabern, Musikerkollegen, Dirigenten, Journalisten, ja sogar von entfernten Verwandten. Melly, die feststellte, dass ihr Langzeitgedächtnis weiterhin nicht funktionierte, lernte mit der Zeit, Theater zu spielen, und schlüpfte immer mehr in die Rolle der bekannten Konzertpianistin Melody Barnett.

Während Harold skeptisch blieb, ließ Betsy sich überzeugen, überglücklich, ihre Tochter wiederzufinden, und noch mehr, als Melody das Zentrum verlassen durfte, um ihre Regeneration auf dem Familienanwesen fortzusetzen.

Acht Monate nach ihrem Unfall nahm Melly wieder ein Leben auf, das für sie geschrieben worden war. Ein neues Kapitel begann, dessen Lektüre sicher beruhigender sein würde als die leeren Seiten in ihrem Gedächtnis.

Bald wäre alles wieder normal.

Kapitel 17

Der Familienbesitz lag in Weston, wo die wohlhabenden Familien der Bostoner Gesellschaft wohnten. Harold Barnett hatte das Haus Ende der 2020er-Jahre gebaut. Die Schiefergasvorkommen hatten die Vereinigten Staaten zur ersten Energiemacht der Welt gemacht. Im Jahr 2030 wurden achtzig Prozent der Fahrzeuge, die von den Bändern der Automobilhersteller gingen, elektrisch angetrieben. Der Wertverlust des Erdöls – das Barrel war unter die Zehn-Dollar-Marke gesunken – hatte die Monarchien der Golfstaaten in eine schwere Wirtschaftskrise gestürzt, die schnell zu ihrem Untergang geführt hatte. Der verstärkte Einsatz von Solarenergie hatte eine Versorgung des afrikanischen Kontinents mit Strom und Wasser ermöglicht, sodass er sich inzwischen zu einem wahren Eldorado entwickelt hatte. Von Ost bis West lebten alte Demokratien und neue Oligarchien friedlich nebeneinander und regierten über eine bis ins letzte Detail überwachte moderne Welt, in der der Konsum mehr denn je zum Opium des Volks geworden war. Harold Barnett hatte es verstanden, geschickt auf den Wogen der sauberen Energie zu surfen, und so ein beträchtliches Vermögen angehäuft.

Aber nichts war ihm wichtiger als seine Tochter, die er über alles liebte. Sie war sein ganzer Stolz, seine einzige Nachfahrin und somit seine Ewigkeit. Seit Melodys Geburt hatte Harold zwei Leben – seins und das seiner Tochter. Und um ihm eine Freude zu machen, setzte sich Melly schon bald wieder an den Bösendorfer-Imperial-Flügel, der im Musikzimmer thronte.

Schon im Longview-Zentrum hatte sie heimlich, aber mit der Unterstützung ihres Physiotherapeuten, auf dem alten Klavier geübt, das in einer Ecke des Reha-Raums stand. Zu ihrer großen Verwunderung brauchte sie ihre Finger nur auf die Tasten zu legen, und sofort bewegten sich diese wie von selbst. Ihre Hände waren geschickt, aber sie hatte Mühe, die Partituren zu lesen und machte sich mit größtem Eifer daran, die Notenlehre zu lernen.

Wenn Melly nicht Klavier spielte, verbrachte sie ihre Zeit damit, ihr Gedächtnis zu trainieren. Der Eindruck, eine Fremde in diesem großen Haus zu sein, bereitete ihr ein Unbehagen, das sie nicht mehr losließ.

Das Personal, das auf dem Anwesen arbeitete, war eine Fundgrube an Informationen. Der Butler, die Köche, die Dienstboten, Hausmeister und Gärtner hatten sie alle aufwachsen sehen, und sie wandte sich bei jeder Gelegenheit an sie. Sie ging auf dem Anwesen spazieren und richtete es so ein, dass ihr der eine oder andere eine Anekdote aus ihrer Vergangenheit erzählte.

Eines Tages erwähnte Walt, der Chauffeur ihrer Mutter, eine Kinderfrau, die sie geliebt und die oft die Spannungen mit ihrem Vater ausgeglichen hatte. Nadia war die Einzige, die Harold die Stirn geboten hatte, erzählte er ihr spöttisch. Melly tat so, als würde sie sich erinnern, und erreichte, dass er sie in das Altersheim fuhr, in dem Nadia Volenberg ihren Ruhestand verbrachte.

Melly wählte für diesen Besuch einen Vormittag, an dem Betsy bei einer Redaktionssitzung und Harold auf Geschäftsreise an der Westküste war.

Nadia Volenberg las auf einer Bank im Schatten einer Erle. Als sie Melly auf sich zukommen sah, verschleierte sich ihr Blick mit Tränen, die sie mit dem Handrücken abwischte.

Melly setzte sich neben sie und beobachtete sie aufmerksam.

»Also kommst du doch endlich noch dein altes Kindermädchen besuchen.«

»Ist es das erste Mal?«, fragte Melly zögernd.

»Soweit ich mich erinnere«, antwortete Nadia und klappte ihr Buch zu.

»Wie lange leben Sie schon hier?«

»In deinem Alter hatte ich den wunderbaren Roman eines Autors gelesen, der polnische Wurzeln hatte – so wie ich –, auch wenn sich unsere Schicksale verschieden entwickelt haben, er ist Franzose geworden und ich Amerikanerin. Man könnte meinen, wir Polen litten unter der Krankheit, partout eine andere Nationalität annehmen zu müssen. Wo war ich stehen geblieben? Ach ja, der wunderbare Roman *Ach Liebster, das macht doch nichts*. Ich habe ihn dir hinter dem Rücken deines Vaters geliehen, der Text war ziemlich unverblümt. Du hast ihn verschlungen. Zu jener Zeit sah ich mich in der Rolle der jungen Brasilianerin, die diesem Mann den Kopf verdreht. Na ja, so sagte man damals. Heute könnte ich seine Großmutter sein. Also, um auf deine Frage zurückzukommen, ich lebe schon sehr lange in diesem Sterbeheim. Du hast mit Bravour das Konservatorium absolviert und begannst mit deinen Tourneen, also war ich nicht mehr von großem Nutzen. Aber ich bin deinem Vater dankbar dafür, dass er mich immer gut bezahlt hat, sonst könnte ich es mir nicht leisten, meinen Lebensabend in dieser Seniorenresidenz zu verbringen.«

Melly senkte den Blick und schwieg. Sie fühlte sich plötzlich als Eindringling, der sich in eine Vergangenheit drängt, die nicht die ihre war.

»Ich hätte Sie früher besuchen sollen«, murmelte sie verwirrt.

»Warum hättest du das tun sollen? Du hattest dein Leben vor dir, eine Karriere und spannendere Herausforderungen, als dich um eine ehemalige Angestellte zu kümmern.«

»Es tut mir leid, ich weiß, dass Sie mich aufgezogen haben.«

»Deine Eltern haben dich aufgezogen, ich war nur eine Dienstbotin.«

»Warum sind Sie so hart mit sich selbst?«

»Ich bin einundneunzig Jahre alt, und meine einzigen Freunde sind meine Bücher, findest du das nicht hart?«

»Wir haben wunderbare Momente miteinander verbracht, nicht wahr?«

»Das will ich nicht abstreiten, welcher ist dir der liebste?«

»Und für Sie?«

»Alle, sie sind mir alle lieb. Aber ich habe dich zuerst gefragt.«

»Wenn Sie mich vom Konservatorium abgeholt haben und mit mir alte Filme anschauen gegangen sind, während Sie meinem Vater gesagt haben, wir wären im Museum.«

»Das alles hat dir Walt wieder ins Gedächtnis gerufen, nicht wahr?«

Melly antwortete nicht, und die alte Dame nahm wieder ihre Lektüre auf. Sie befeuchtete den Zeigefinger, um die Seiten umzublättern, und hob den Blick.

»Brauchst du etwas?«

»Ich wollte Sie nur wiedersehen.«

»Du warst ein wunderbares kleines Mädchen, das sich für alles begeistert hat und voller Poesie war. Ich habe mich immer gefragt, was ich falsch gemacht habe, dass aus dir eine so egoistische und karrieresüchtige junge Frau geworden ist. Auf einmal warst du nicht mehr nur hübsch, sondern schön, und die Schönheit kann die hübschesten Seelen vertrocknen lassen.«

»Ich habe mich seit dem Unfall verändert. Ich habe es Ihnen nicht gesagt, aber ich …«

»Ich weiß«, unterbrach ihre ehemalige Kinderfrau sie, »ich lese schließlich auch Zeitung, und Walt besucht mich jeden Monat und erzählt mir von dir.«

»Ich habe das Gedächtnis verloren«, gestand Melly.

»Nein«, sagte die alte Frau und versenkte ihren Blick in Mellys, »das ist etwas anderes. Hätte ich nicht dein Gesicht erkannt, würde ich dich für eine Hochstaplerin halten, die es auf Mister Barnetts Vermögen abgesehen hat. Aber was auf dem Familienbesitz geschieht, geht mich jetzt nichts mehr an. Es ist bald Zeit zum Mittagessen, du solltest gehen.«

Als Melly das Altersheim verließ, war sie verwirrt. Sie schwieg die ganze Fahrt über, bis der Wagen durch das Tor fuhr.

»Walt, habe ich mich seit meiner Rückkehr sehr verändert?«

»Das kann ich Ihnen nicht sagen, Miss Barnett«, antwortete er.

Doch als er ihr den Wagenschlag öffnete, damit sie aussteigen konnte, nutzte er die Nähe und flüsterte: »Die echte Melody Barnett hätte sich nie neben mich gesetzt.«

Nachdem er von seiner Reise zurück war, organisierte Harold eine Überraschung für seine Tochter. Als sie sich zu einem Brunch in eines der vornehmsten Restaurants der Stadt begaben, entdeckte Melly, dass ihr Vater drei weitere Gäste eingeladen hatte. Zwei erkannte sie, dank der Unterlagen, die ihr ihr Verbündeter bei Longview am Ende der Physiotherapie überlassen hatte, auf der Stelle. Zu ihrer Rechten saß Simon Beaulieu, erster Geiger der Bostoner Philharmoniker, zu ihrer Linken George Rapoport und seine Frau Nina. Begleitet von dem einen und unter der Leitung des anderen, hatte Melly viele Konzerte gegeben. Nachdem man ein wenig gesellschaftlichen Klatsch und Erinnerungen an die schönsten gemeinsamen Aufführungen ausgetauscht hatte, drehte sich das Gespräch ausschließlich um Musik. Rapoport wandte sich an Melody – er hatte sich nie erlaubt, sie anders zu nennen – und fragte sie, ob sie sich in der Lage fühle, wieder auf der Bühne zu stehen. Mellys Verlegenheit war so offensichtlich, dass Simon ihr sogleich zu Hilfe kam.

»Natürlich nicht vor Publikum. George meint, dass du wieder mit uns arbeiten könntest – zum Vergnügen und sonst nichts. Wir könnten zunächst alle drei proben, und wenn du dich wieder gut fühlst, bin ich sicher, dass andere

Musiker der Philharmonie sich uns mit Begeisterung anschließen würden, aber nicht, bevor du nicht selbst diesen Wunsch geäußert hast.«

Harold und George hatten nicht mit dieser Einmischung gerechnet und wechselten missmutige Blicke. Ihre Ernüchterung wuchs, als Betsy das Wort ergriff, um zu versichern, wie recht Simon habe. Melly solle nur das tun, wozu sie Lust verspüre, egal, ob das ihrem Vater passte oder nicht. Wer wusste besser als sie, wie wichtig jeder Tag war.

Melly entschuldigte sich bei den Gästen, sie fühle sich nicht wohl und wolle sich etwas frisch machen. Sobald sie den Tisch verlassen hatte, deutete Betsy mit einer wütenden Handbewegung auf Harold, ohne jedoch ein Wort zu sagen. Harold wusste, dass diese Geste bei Betsy ein aufziehendes Gewitter ankündigte.

Simon legte seine Serviette beiseite und entschuldigte sich seinerseits.

Er durchquerte das Restaurant auf der Suche nach Melly, öffnete vorsichtig die Tür zur Toilette und sah sie bleich vor dem Spiegel stehen.

»Ich dachte, dieser Ort wäre den Damen vorbehalten«, meinte sie zaghaft.

»Das hängt von den Umständen ab«, antwortete er und trat zu ihr.

Simon drehte den Wasserhahn ab und hockte sich auf den Rand des Waschbeckens.

»Sind wir allein?«, flüsterte er.

»Ich habe niemanden gehört…« Melly lächelte. »Doch wenn Sie sicher sein wollen, können Sie ja unter den Türen nachsehen.«

»Nein, da gehe ich lieber das Risiko ein. Es tut mir leid,

ich wusste nicht, dass dieser Brunch sich zur Falle entwickeln würde. Hätte ich es geahnt …«

»Das ist sehr einfühlsam von Ihnen«, unterbrach sie ihn. »Und danke, dass Sie mir zu Hilfe gekommen sind.«

»Das ist ein hübsches Wort, ich habe es dich noch nie sagen hören.«

»Welches Wort?«

»Einfühlsam.«

»Es ist das erste, das mir eingefallen ist.«

»Wie fühlst du dich?«, fragte Simon.

»Verloren«, antwortete Melly spontan.

»Ich bin nie sehr … einfühlsam, wenn ich etwas sagen will, aber ich möchte, dass du weißt, wie glücklich ich bin, dass du überlebt hast. Am Anfang habe ich dich einmal im Krankenhaus besucht, aber daran kannst du dich nicht erinnern, du lagst noch im Koma.«

»Wenn das das Einzige wäre, woran ich mich nicht erinnere, wäre alles in Ordnung.«

Melly wusste nicht, warum sie plötzlich den Wunsch verspürte, sich Simon anzuvertrauen. Vielleicht wegen der Unbefangenheit, mit der er bei Tisch ihren Vater in die Schranken gewiesen hatte. Oder vielleicht war es auch nur das Bedürfnis, die Lüge, in der sie lebte und die sie derart erstickte, dass sie vorhin fast ohnmächtig geworden wäre, mit jemandem zu teilen. Wie könnte sie je wieder öffentlich auftreten, wenn die einzige Gewissheit, dass sie jemals vor Publikum gespielt hatte, die Konzertaufnahmen waren, die sie gesehen hatte? Und das Schlimmste war, dass sie sich selbst nicht einmal erkannt hatte.

»Es ist ein Wunder, dass du überlebt hast, du musst dir

Zeit lassen. Geh raus, triff andere Menschen, öffne deinen Geist, fang wieder an zu leben, dann kommt der Rest von selbst.«

»Und wem sollte ich mich öffnen? Ich erinnere mich an niemanden.«

»Nicht einmal an uns?«

»An uns …?«

»Uns!«, wiederholte Simon verschmitzt.

»Ach, wir waren …?«

»Natürlich!«

»Sie meinen … du meinst, wir hatten …«

»Jedes Mal, wenn wir auf Tournee waren – und welche Nächte!«

»Wirklich???«

»Nein, nicht wirklich. Es tut mir leid, ich wollte dich nur auf den Arm nehmen«, gestand Simon. »Ich liebe Frauen leidenschaftlich, aber nicht in meinem Bett. Aber das muss ein Geheimnis bleiben, du warst immer die Einzige von allen, die es gewusst hat, und Samy, der Maskenbildner. Kurz, du hast sicher schon begriffen, dass ich mich noch nicht geoutet habe.«

»Hat mein Vater dir nichts von dem erzählt, was er als meine vorübergehenden Störungen bezeichnet?«, wollte Melly wissen.

»Kein Wort, das schwöre ich dir, er hat mir nur gesagt, du seist noch schwach.«

»Also dann vertraue auch ich dir ein großes Geheimnis an, von dem ebenfalls niemand etwas weiß, außer denen, die mich behandelt haben. Ich erinnere mich an nichts, weder an mein Leben noch an unsere Konzerte, nicht an George, ja nicht einmal an meine Eltern. Mein Intellekt ist intakt, ich bin nicht ins infantile Stadium zurückgefallen, zumindest habe ich nicht den Eindruck, es mangelt mir nicht an Worten, und die alltäglichen Gesten kommen ganz von selbst. Ohne zu wissen, warum, spiele ich virtuos Partituren, aber alles, was vor dem Unfall war, ist wie ausgelöscht und nur noch ein riesiger weißer Fleck. Ich will meine Sache gut und es allen recht machen, also mogle ich. Was ich weiß, habe ich auswendig gelernt. Wenn ich durch das Haus laufe, überkommt mich manchmal das Gefühl eines Déjà-vus und damit auch einige Fragmente meiner Kindheit und Jugend. Aber sind das echte Erinnerungen oder Reminiszenzen, die ich mir zurechtgelegt habe? Kurz gesagt, ich bin eine Hochstaplerin, wie mir meine ehemalige Kinderfrau klar und deutlich erklärt hat.«

»Sei nicht so anspruchsvoll dir selbst gegenüber und lass auch nicht zu, dass dein Vater es ist. Höchstwahrscheinlich ist diese Amnesie vorübergehend. Und wenn du meinst, du müsstest etwas vorspielen, um deine Identität zu finden, dann tu es, ich weiß, wovon ich rede. Ich spiele seit meinem vierzehnten Lebensjahr die Rolle eines anderen. Oh, ich hatte Liebhaber, die mich beschuldigt haben, nicht zu dem zu stehen, was ich bin, aber sie haben sich geirrt, nicht das, was man ist, zählt, sondern wer man ist. Nach diesen tiefschürfenden Worten, die ich sicher gleich bereuen werde, sollten wir uns zu den anderen gesellen, sonst glauben sie noch, wir treiben hier Dinge, die nicht koscher sind.«

»Das ist mir egal, Harold ist Protestant und Betsy Buddhistin«, antwortete sie schlagfertig.

Simon musterte sie und brach in Lachen aus.

»Zumindest haben wir gerade etwas über dich gelernt,

was selbst ich nicht wusste«, meinte Simon, als sie die Toilette verließen. »Du hast Humor.«

Harold hatte ein Gewitter befürchtet, doch was über ihn hereinbrach, war ein Orkan. Betsys Zorn legte sich nicht. Nach dem Essen wollten Melly und Simon einen Spaziergang am Charles River machen.

So befanden sich Harold und seine Frau allein im Wagen, und Harold verdankte seine kurze Schonfrist nur Walt, der aber schneller fuhr als gewöhnlich.

Sobald sie das Anwesen erreicht hatten, fasste Betsy ihren Mann mit festem Griff bei den Schultern – er hatte eine Frau gewollt, die größer war als er selbst, und musste nun die Konsequenzen tragen – und schob ihn in den Salon.

Das Dienstmädchen hütete sich, ihnen Kaffee anzubieten, und verharrte in Gesellschaft des Butlers hinter der Tür. Diesmal war es nicht nötig zu lauschen, denn der Streit war bis in die Küche zu hören.

Auf »Wie hast du es wagen können« folgte »Du schreckst vor nichts zurück…« und dann »Sie ist nicht dein Geschöpf…«, »Du bist zwanghaft verhaltensgestört…« und »Du solltest dich schämen…« und schließlich »Ich verlange, dass du dich bei ihr entschuldigst«.

Harold bewahrte die Ruhe, denn er wusste, dass in solchen Momenten jeglicher Widerspruch zwecklos war und sich dadurch die Situation nur noch mehr zuspitzen würde.

Er nahm schweigend alles hin, setzte seine übliche reumütige Miene auf und wartete auf die Tränen, die seiner Frau schließlich in die Augen steigen würden. Sie verhießen im Allgemeinen das Ende der Feindseligkeiten.

Als Betsy ein Papiertaschentuch aus dem silbernen Behälter zog, der auf dem Beistelltisch stand, wusste Harold, dass er es bald hinter sich haben würde.

Er seufzte tief und entschuldigte sich.

»Ich wollte sie nicht verletzen, ich habe nicht eine Sekunde damit gerechnet, dass Georges großzügiges Angebot sie in Verlegenheit bringen könnte.«

»In Verlegenheit? Sie hat sich so schlecht gefühlt, dass sie gezwungen war, den Tisch zu verlassen! Und du willst mir weismachen, dass dieser plumpe Vorschlag von George kam?«

»Gut, ich war vielleicht etwas ungeschickt und habe die Dinge überstürzt, aber ich war mir sicher, dass sie sich über sein Angebot, wieder zu den Philharmonikern zu kommen, freuen würde.«

»Du warst nicht ungeschickt, Harold, du bist die personifizierte Ungeschicklichkeit. Du, und nur du allein, wärst glücklich, wenn sie wieder auf Tournee gehen würde.«

»Aber, Betsy! Melody wird doch nicht für immer durch dieses Haus irren wie eine verdammte Seele. Wie lange soll denn dieser Zirkus noch dauern?«

»Bis sie bereit ist.«

»Sie ist nicht mehr sie selbst, das ist sogar dem Personal aufgefallen. Da kommt mir so manche Bemerkung zu Ohren, verstehst du?«

»Welche Bemerkungen? Dass ihr Vater sich nicht damit zufriedengibt, dass seine Tochter einen Flugzeugabsturz überlebt hat, sondern noch mehr verlangt? Denn das Einzige, was für dieses Monster an Egoismus je gezählt hat, war es, sich durch sie zu profilieren, seine einzige Freude war es, wenn das Publikum ihr applaudierte. Du bist erbärmlich!«

Manchmal war der zweite Zornausbruch, der auf den ersten folgte, noch vernichtender. Und den sah Harold jetzt mit Riesenschritten auf sich zukommen und änderte schnell die Taktik.

»Melody hat stets für die Musik gelebt, ich habe gehofft, die Rückkehr auf die Bühne würde ihr guttun. Aber ich habe mich geirrt, während des Essens habe ich begriffen, dass es zu früh ist. Sobald sie nach Hause kommt, werde ich Abbitte leisten und mich bei ihr entschuldigen.«

»Statt Abbitte zu leisten, solltest du ihr lieber ihren Vater vorstellen, das würde ihr guttun!«

»Was soll denn das heißen?«, empörte sich Harold.

»Seit sie elf Jahre alt ist, wurde die Vaterfigur von der des Schulmeisters ersetzt, eines besessenen und verbohrten Lehrers. Wann hast du zum letzten Mal etwas mit ihr gemacht, ohne dass sie auf dem Klavierhocker gesessen und du ihrem Spiel gelauscht hättest? Ich spreche von ein paar normalen Stunden, die Vater und Tochter miteinander verbringen, zum Beispiel ein gemeinsames Mittagessen, ein Spaziergang, bei dem sie dir im Lauf des Gesprächs endlich etwas von sich erzählen kann, ein Nachmittag, an dem du ihr ein Kleid oder etwas anderes aussuchst, das ihr gefällt. Gib dir keine Mühe, Harold, so etwas hat es nie zwischen euch gegeben. Ihr habt nur Noten geteilt, das ist traurig für sie und erschütternd für dich. Wie konntest du nur auf eine richtige Beziehung zu deiner Tochter verzichten?«

Harold hatte den Schuss nicht kommen sehen, und er traf ihn mitten ins Herz. Völlig verstört sank er in seinen Sessel, und zum ersten Mal spielte er ihr nichts vor.

»Vermutlich«, stammelte er.

»Vermutlich was?«

»Ich habe sicher irgendwo Mist gebaut.«

»Vergiss das ›irgendwo‹«.

»Was soll ich tun?«, fragte er und seufzte auf.

»Das habe ich dir doch gerade gesagt.«

»Ach ja? Ach ja… also… ein Mittagessen, ein Spaziergang oder ein Kleid?«

»Das musst du sie fragen.«

Kapitel 18

Mehrere Tage mied Harold das Musikzimmer, in dem Melly übte.

Er wagte es einmal, kurz die Tür zu öffnen, um sich zu vergewissern, dass alles in Ordnung war, und ein andermal, um ihr einen Spaziergang vorzuschlagen.

Betsy hatte eine Einladung zur Eröffnung des Salon of Modern Architecture im New Yorker Jacobs Center angenommen. So bot sie Harold eine letzte Chance und hoffte, dass er ihre Abwesenheit nutzen würde, um sie zu ergreifen.

Harold beschloss, mit Melly einkaufen zu gehen, und fragte sie, als sie in den Wagen stiegen, ob ihr das Freude machen würde. Und noch ehe sie antworten konnte, fügte er mit einem Lächeln hinzu: »Ein neues Leben, eine neue Garderobe.«

Seit Melly zurückgekehrt war, hatte sie sich schon des Öfteren über ihren Kleidergeschmack gewundert. Was sie in ihren Schränken entdeckte, schien ihr merkwürdig, unbequem und nicht eben reizvoll. Vor allem aber nahm sie Harolds Angebot an, weil ihr die Vorstellung gefiel, etwas Zeit mit ihm allein zu verbringen.

Harold hatte seine Assistentin gebeten, eine Liste der

Geschäfte zu erstellen, die gerade besonders in Mode waren. Walt hatte eine Kopie davon und fuhr sie in die Boylton Street, jene Geschäftsstraße, in der man die elegantesten Kollektionen kaufen konnte, vorausgesetzt, man verfügte über die nötigen Mittel.

Natürlich waren die Kreationen von Iris van Herpen in jeder Hinsicht atemberaubend und die Entwürfe aus Pflanzenfasern von Noa Raviv hinreißend.

»Aber warum suchst du dir nicht etwas aus? Das ist schon das fünfzehnte Modell, das du anprobierst«, fragte Harold beunruhigt.

»Ich weiß nicht, ich habe mich in keines auf Anhieb verliebt, ich suche eigentlich etwas anderes«, erklärte Melly, die außerstande war zu definieren, was sie damit meinte.

Sie versicherte ihrem Vater, sie würde mehr als vier Jahreszeiten brauchen, um all die Kleider, Röcke und Blusen zu tragen, die in ihrem Schrank hingen. Es fehlte ihr wirklich nicht an Kleidung, und sie würde sich lieber mit ihrem Vater auf die Terrasse eines Restaurants setzen und reden.

»Über was willst du reden?«, fragte Harold.

Und während sich Melly in der Kabine umzog, ging er schnell zu Walt, damit er umgehend einen Platz auf der Terrasse des Chez Mimi für sie reservierte.

»Über meine Kindheit«, antwortete Melly, während sie die Karte studierte.

»Was für eine seltsame Idee …« Harold lachte. »Die kennst du doch besser als ich, du hast sie schließlich erlebt.«

»Das ist eine Frage der Sichtweise. Wie war ich als kleines Mädchen?«

Harold bat den Kellner um die Weinkarte. Er trank nur selten, doch jetzt musste er Zeit gewinnen.

»Zurückhaltend«, meinte er und entschied sich, erleichtert, etwas zu sagen gefunden zu haben, für einen Château Gruaud Larose.

»Ist das alles?«

»Eher schüchtern!«

»Das ist doch in ctwa dasselbe, oder?«

»Vielleicht, aber das ist schon mal nicht schlecht!«

Mellys Blick folgte einer jungen Frau, die neben dem Zebrastreifen die Straße überquerte.

»Anders, so etwa«, sagte sie plötzlich.

»Wovon sprichst du?«

»Von der Art, wie dieses Mädchen angezogen ist«, antwortete sie und deutete mit dem Finger auf sie.

»Soll das ein Scherz sein? Jeans und ein alter Pullover!«

»Ich finde das hübsch.«

»Das sieht doch vulgär aus … Aber was ist denn in dich gefahren, du hast nie so grauenvolle Sachen getragen.«

»Aber jetzt habe ich Lust darauf.«

»In deinem Alter?«

»Ich hoffe, das war ein Scherz!«

Harold zog die buschigen Augenbrauen hoch. »Du willst mich wohl auf den Arm nehmen, ja?«

»Gut, du wolltest mir eine Freude machen, aber nachdem ich einen derart schlechten Geschmack habe, vergessen wir es wohl besser.«

Plötzlich schwebte Betsys Schatten über dem Tisch. Und als sich der Kellner näherte, um die Bestellung aufzunehmen, sprang Harold auf.

»Also, dann lass uns keine Zeit verlieren.«

Er nahm seine Tochter bei der Hand und lief eilig zum Wagen.

»Komm schnell, sonst verlieren wir sie aus den Augen!«

»Ist es so schlimm?«

»Nun, du willst dir altmodisches Zeug kaufen, meinetwegen, aber wir müssen ja doch wissen, wo man so was findet. Wer trägt heutzutage noch Jeans, außer diese als Hippie verkleideten Mädchen!«

Sie stiegen in den Wagen, und Harold zeigte Walt die junge Frau, die gerade am Ende der Straße in eine Magnetschwebebahn stieg.

Walt überholte sie, fuhr ins SoWa-Viertel und hielt vor einem Vintage Market.

Als sie durch die Gänge des Markts liefen, überkam Melly ein Wohlbehagen, das sie seit ihrem Erwachen im Zentrum nicht mehr erlebt hatte.

»Genau den will ich«, erklärte sie und deutete bei einem der Händler auf einen marineblauen Pullover in einer Auslage.

Harold verdrehte die Augen. Wie hatte er seine Tochter nur erzogen, dass sie im Alter von dreißig Jahren den Wunsch hatte, sich in Lumpen zu hüllen? Aber Harold Barnett hatte eine Mission zu erfüllen, und es kam nicht infrage, Melly zu enttäuschen – und noch weniger ihre Mutter.

Doch er war noch nicht am Ende seines Leidenswegs … Als sie SoWa verließen, füllten Mellys Einkäufe vier Tüten, und als wäre das nicht genug, lehnte sie es strikt ab, dass Walt sie zum Wagen trug.

Am übernächsten Tag kam Betsy zurück. Sie wunderte sich, kein Klavierspiel zu hören, und klopfte an Mellys Zimmertür. Diese trug einen langen Musselinrock, eine ärmellose Bluse und einen hellbraunen Paschminaschal.

»Wie findest du mich?«

»Bezaubernd«, gab Betsy zurück.

»Bei dem Paschmina bin ich mir nicht ganz sicher.«

Betsy ging um sie herum und nahm ihn ihr ab.

»Ich glaube, die Bluse passt nicht zu dem unkonventionellen Rock. Ich denke, ich habe eine, die dir sehr gut stehen wird. Komm mit.«

Betsy zog ihre Tochter in ihre Gemächer, suchte in ihren Schränken und zog eine gewebte Jacke mit indischen Motiven hervor.

»Hier, das ist viel besser und passt hervorragend.«

»Hast du das wirklich mal getragen?«

»Als ich zwanzig war.«

»Ich bin jetzt dreißig.«

»Ein Grund mehr, dich endlich altersgemäß zu kleiden.«

Melly zog die Bluse aus und schlüpfte in das T-Shirt und die Jacke, die ihre Mutter ihr reichte. Sie betrachtete sich im Spiegel und war begeistert von dem, was sie sah.

»Und wo gehst du so hübsch gekleidet hin?«

»Ich treffe mich mit Simon.«

»Versucht er, dich zu verführen?«

»Ich glaube nicht«, meinte Melly belustigt.

»Ich denke schon. Er ist ein gut aussehender Mann. Was habt ihr vor?«

»Wir sind im Konzertsaal verabredet.«

»War das wieder eine Idee deines Vaters?«, wollte Betsy wissen.

»Nein, diesmal hat er nichts damit zu tun. Ich habe Simon angerufen. Schließlich riskiere ich bei dem Versuch, wieder anzufangen, nichts, und wir sind auch nur zu zweit.«

»Es gibt anderes im Leben als das Klavier, Melly.«

»Warum sagst du das?«

»Was hast du mit deinem Leben angefangen, als du zwanzig warst, außer Tourneen durch das ganze Land zu machen? Ich habe nie erlebt, dass du eine ernsthafte Beziehung mit einem Mann eingegangen wärst. Ich vermute natürlich, dass du auf deinen Reisen Liebhaber hattest, aber das ist etwas anderes. Kurz vor deinem Unfall hast du mir etwas gesagt, was mich entsetzt hat.«

»Was?«

»Dass du noch nie Liebeskummer hattest.«

»Ist das so schlimm?«

»Wenn das stimmt, warst du auch noch nie verliebt.«

»Hast du denn Liebeskummer durchgemacht?«

»Natürlich, und zwar grauenvollen! So schlimm, dass man glaubt, die Erde würde aufhören, sich zu drehen. Monate, in denen einen die Einsamkeit zu ersticken droht und man nur auf das Klingeln des Telefons lauert, so als würde alles von einem einzigen Anruf abhängen und der Rest des Lebens wäre ein einziger langer Winter. Und dann kehrt plötzlich der Frühling zurück, weil er immer zurückkehrt. Ein Blick reicht aus, und man verliebt sich neu. Und dann kam dein Vater.«

»Wie hast du Sam kennengelernt?«

»Sam?«

Betsy sah die Verwirrung in Mellys Blick.

»Ist etwas nicht in Ordnung, Melly? Du bist ganz blass.«

»Nein, es ist nichts. Da ist nur dieser Traum, den ich letzte Nacht hatte. Er hat mich den ganzen Vormittag über verfolgt.«

»Was hast du geträumt?«

»Es war wie eine Art Kindheitserinnerung. Ich war in meinem Zimmer und bin mitten in der Nacht aufgestanden und ans Fenster gegangen. Ich zitterte vor Kälte und rief Sam zu Hilfe.«

»Aber wer ist dieser Sam?«

»Ich weiß es nicht.«

»Bist du sicher, dass es eine gute Idee ist, mit Simon zu proben?«

»Alles, was mir die Möglichkeit gibt, dieses Haus zu verlassen, ist eine gute Idee.«

Betsy rückte die Jacke zurecht, zupfte an dem T-Shirt und sah ihre Tochter an. »Ich kann es nicht glauben, dass es dir gelungen ist, Harold dazu zu bewegen, dir dieses Outfit zu kaufen.«

»Ich habe ihm eigentlich keine Wahl gelassen.«

»Dein Vater ist kein schlechter Mensch, er ist eben ein Mann. Hinter seinem übertriebenen Stolz verbirgt sich ein besorgter und sensibler Charakter. Er ist autoritär und anspruchsvoll, aber im Grunde genommen sehr großzügig. So unerträglich er mir ist, sosehr liebe ich ihn. Zu der Zeit, als wir uns kennengelernt haben … Aber die Geschichte habe ich dir ja schon hundertmal erzählt, und du kommst sonst zu spät.«

Betsy nahm Melly in die Arme und küsste sie zärtlich.

»Geh jetzt, wir essen ein anderes Mal zusammen zu Mittag, und dann erzähle ich sie dir noch einmal.«

Melly nahm ein Taxi, doch unterwegs sah sie die Straßenbahn, die in ihre Richtung fuhr, und beschloss umzusteigen, weil es ihr Spaß machte. Vor dem eindrucksvollen Gebäude der Symphony Hall, die am Anfang des Jahrhunderts von einem Schüler von Pei errichtet worden war, stieg sie aus.

Simon stand allein auf der Bühne und stimmte seine Geige. Der Flügel thronte mit geöffnetem Deckel in der Mitte. Sie begrüßte Simon und setzte sich auf den Hocker.

Simon schlug vor, mit dem zweiten Satz des letzten Konzerts zu beginnen, das sie zusammen gespielt hatten, und als Melly ihn beunruhigt ansah, erklärte er, die Partitur läge auf dem Notenständer.

Er ließ sie zuerst alleine spielen und stimmte ein, sobald sie die ersten Akkorde von »Jeunes Danseuses à la lumière du soir« anschlug.

George Rapoport verließ sein Büro und lauschte in den Kulissen. Eine halbe Stunde später zuckte er mit den Schultern und ging wieder seiner Beschäftigung nach.

Am Spätnachmittag war Simon der Meinung, sie hätten für ein erstes Mal genug gearbeitet, und schlug vor, zum Abendessen in ein Restaurant im Viertel zu gehen.

Als sie fort waren, nahm Rapoport das Telefon und rief Harold an.

Simon führte Melly ins Chez Mimi. Das Restaurant war überfüllt, und sie mussten an der Bar Platz nehmen. Simon bestellte zwei Gläser Champagner.

»Das war interessant für ein erstes Mal«, meinte er und hob sein Glas, um mit ihr anzustoßen.

»Also sehr ungenügend«, antwortete sie.

»Wir müssen noch etwas üben, damit du dein Spiel wiederfindest, aber ich versichere dir, du hast deine Sache gut gemacht. Wir haben auch nicht gerade mit einem leichten Stück angefangen.«

»Du bist ein schlechter Lügner, schade, weil ich mich nur auf dein Urteil verlassen kann.«

»Übertreibst du nicht ein bisschen?«, fragte Simon mit spöttischem Unterton.

»Nein, ich lese die Partitur, und meine Hände machen den Rest, ohne dass ich selbst irgendetwas entscheide. Das ist ein seltsames, fast unangenehmes Gefühl.«

»Ich kenne viele Pianisten, die gerne eine solche Störung hätten wie du. Du hast nichts von deiner Virtuosität verloren.«

»Was stimmt dann nicht?«

Simon reichte ihr die Karte.

»Ich habe einen Bärenhunger, worauf hast du Appetit? Ich lade dich ein.«

Betsy wunderte sich, Harold nicht im Esszimmer anzutreffen. Wenn es ums Essen ging, war er stets von extremer Pünktlichkeit. Sie rief auf dem Gang nach ihm, warf einen Blick in sein Arbeitszimmer, ging hinauf ins Schlafzimmer und erkundigte sich telefonisch bei Walt, ob er wirklich nach Hause gekommen war. Der Chauffeur bestätigte es ihr, wusste aber nicht, wo er sich befand.

Beunruhigt lief Betsy durch beide Flügel des Hauses, kehrte dann um und öffnete schließlich die Tür zum Musikzimmer. Harold saß zusammengesunken, den Kopf in den Händen vergraben, in dem Sessel, in dem er normalerweise dem Spiel seiner Tochter lauschte. Er hörte Betsy nicht einmal hereinkommen.

»Stimmt etwas nicht, Harold?«

Als er sich aufrichtete, verstärkte sein aufgelöstes Gesicht Betsys Unruhe noch mehr.

»Ist Melly etwas zugestoßen?«

»Nein …« Er seufzte.

»Ganz sicher?«

»Es geht ihr gut, sie isst in der Stadt zu Abend.«

Betsy musterte ihn verblüfft. »Hast du eine Geliebte, die dich verlassen hat?«

»Rede keinen Unsinn.«

»Also, was ist dann los, Harold?«

»Rapoport!«

»Ist George krank?«

»Nein, hellsichtig. Ich habe bei ihm einen Sinn für Grausamkeit entdeckt, der mir bisher verborgen war.«

»Betrügt er Nina?«

»Hör auf mit deinem Gerede von Ehebruch, das ist am Ende nervtötend! Er hat mich vorhin angerufen, um mir zu sagen, meine Tochter habe kein Talent mehr. ›Sie spielt mit einem Geschick, das über jede Kritik erhaben ist, mein lieber Harold. Das ist nach all den Jahren ja auch das Minimum, aber die Emotion, wo ist die Emotion geblieben, Harold?‹ Dieser Idiot hat sich verpflichtet gefühlt, nach jedem Satz meinen Vornamen zu wiederholen, so als würde man immer wieder mit einem Hammer auf den Nagel schlagen, auch wenn er schon in der Wand verschwunden ist. ›Wir können sie nicht wieder in das Philharmonie-Orchester aufnehmen, verstehen Sie, mein lieber Harold, und es tut mir aufrichtig leid, Ihnen sagen zu müssen …‹«

»Was?«

»Keine Ahnung, ich habe einfach aufgelegt.«

»Das hast du gut gemacht.«

»Ich sollte die Philharmoniker kaufen und ihn rausschmeißen.«

»Denk lieber darüber nach, wie du das deiner Tochter beibringst.«

»Etwas ist aus dem Lot geraten, Melly ist nicht mehr sie selbst. Hast du ihren neuen Kleidungsstil gesehen?«

»Harold …«

»Nun fang du nicht auch noch an, ich kenne meinen Vornamen, verdammt noch mal!«

»Beruhig dich bitte und hör mir zu. Wir hätten sie beinah verloren, und ein Wunder der modernen Medizin hat sie uns zurückgegeben. Aber es ist an der Zeit, uns von der Person zu verabschieden, die sie vor dem Unfall war. Es stimmt, sie hat sich verändert. Sie ist sorgloser und weniger hartnäckig auf ihre Musik konzentriert, sie ist manchmal abwesend, spricht etwas anders und interessiert sich für andere Dinge. Vor allem für andere, was sie früher nie getan hat. Auch ihr Geschmack hat sich verändert; und selbst wenn sie ihre Karriere aufgeben müsste, bleibt eines unverändert – sie ist Melly, unsere Tochter.«

»Also ich erkenne sie nicht wieder! Und sieh mich nicht an, als wäre ich ein Monster. Ich spreche nicht von ihrer Geistesabwesenheit, von ihren unpassenden oder ungeschickten Antworten, sobald wir von der Vergangenheit reden, von ihren naiven Lügen, um uns glauben zu machen, sie würde sich an das erinnern, wovon wir gerade sprechen. Es ist mehr als das, es ist, als hätte sie nie in diesem Haus gelebt oder sonst irgendetwas mit uns geteilt. Sag nichts, ich sehe in deinen Augen, was du denkst. Okay, ich bin ein

Monster und du eine Heilige, aber ich bin ein scharfsinniges Monster, und du bist blauäugig.«

Harold erhob sich, ging an seiner Frau vorbei und schloss sich in seinem Arbeitszimmer ein.

Betsy machte die ganze Nacht über kein Auge zu. Über der Region ging ein Gewitter nieder. Der Regen schlug gegen die Scheiben, und Blitze erhellten das Zimmer mit ihrem weißen Licht. Der Donner war Betsy egal, doch der Sturm, der heulend durch die Baumkronen des Anwesens fegte, erinnerte sie an jene Nacht, in der ihr Leben aus den Fugen geraten war. Während sie sich in ihrem Bett hin und her wälzte, dachte sie an Mellys Albtraum. Es war nicht der erste. Schon neulich, als sie an ihrer Zimmertür vorbeigegangen war, hatte sie sie wimmern gehört.

Um 5 Uhr 30 morgens ging Betsy in die Küche. Das Personal hatte die Arbeit noch nicht aufgenommen, aber das war ihr egal, denn es kam ihr gelegen, allein zu sein. Sie machte sich einen Tee und setzte sich an den Tisch. Sie musste nachdenken.

Um sechs Uhr nahm sie allen Mut zusammen und diktierte eine Sprachnachricht an Mellys Arzt, in der sie ihn bat, so schnell wie möglich zurückzurufen und ihr für heute einen Termin zu geben.

Der Termin war für den Nachmittag angesetzt. Betsy musste eine halbe Stunde warten, bevor der Arzt sie empfing. Er entschuldigte sich und erklärte, er habe sein Bestes getan, um sie zwischen zwei Patienten einzuschieben. Betsy machte ihm höflich klar, dass sie nicht eine seiner Patienten war, und der Arzt nutzte die Gelegenheit, um sie darauf hinzuweisen, er dürfe ihr in Mellys Abwesenheit keine Auskunft über deren Gesundheitszustand geben. Die ärztliche Schweigepflicht…

Betsy erinnerte ihn ihrerseits daran, dass ihr Mann der Firma Longview eine erhebliche Spende hatte zukommen lassen. Dann legte sie ihm ihre beziehungsweise Harolds Beschwerden dar.

Der Arzt nahm sein Tablet und zeichnete mit dem Finger eine in etwa ovale Form auf das Display, die das Gehirn darstellen sollte. Nicht alle Ärzte können schöne Zeichnungen machen. Er kennzeichnete mit einem Kreuz den Okzipitallappen, der beschädigt worden war, und erklärte erneut, die Chirurgen hätten ihn durch ein Transplantat ersetzt. Man müsse sich glücklich schätzen, dass es nicht abgestoßen worden sei.

Bevor Melly das Krankenhaus verlassen durfte, habe man sie erneut einer ganzen Reihe von Untersuchungen unterzogen, fügte er hinzu. Normalerweise wären diese äußerst kostspieligen Verfahren überflüssig, aber der Forschungsleiter höchstpersönlich habe sie aus Sicherheitsgründen angeordnet.

Und sie seien tatsächlich überflüssig gewesen, die bildgebenden Verfahren hätten, ebenso wie die kognitiven Tests, erneut bewiesen, dass Mellys Gehirn unversehrt sei.

Die amnestischen Störungen blieben rätselhaft, doch der Arzt war sich sicher, dass es sich um vorübergehende Beschwerden handelte.

Betsy nahm all ihren Mut zusammen und stellte die Frage, die ihr die ganze Nacht über den Schlaf geraubt hatte. Wäre es möglich, dass ihre Tochter unter Verhaltensstörungen litt? Der Arzt bat sie, genauer zu erklären, was sie darunter verstehe, und erst im zweiten Anlauf gelang es Betsy, das Wort »Schizophrenie« auszusprechen.

Mit herablassender Miene tätschelte der Arzt ihr die Hand, um sie zu beruhigen. Melly zeige nicht das geringste Symptom, das eine solche Befürchtung rechtfertigen würde.

Wie waren dann aber ihre Verwirrung und die Verzweiflung zu erklären, die manchmal auf ihrem Gesicht zu lesen war, ihre Verlorenheit, die Albträume, die sie nachts quälten?

Der Arzt behauptete, die Albträume seien ein gutes Zeichen. Das emotionale Gedächtnis müsse stimuliert werden, um zu erwachen. Dieser Prozess war zu komplex, als dass er ihn Betsy erklären könnte, doch er fasste zusammen, dass im Lauf der Zeit unbedeutende Ereignisse in Mellys Gehirn wie ein Schalter wirken würden, der die elektrischen Ströme in ihrem Gehirn aktivierte. Dabei – und das war schon unklar genug – ließ er es bewenden und führte als Beispiel die berühmte Brioche von Froust an. Betsy korrigierte ihn. Der französische Autor, auf den er anspielte, hieße Proust und das Gebäck, das in dessen Werk zum Katalysator wurde, sei keine Brioche gewesen, sondern eine Madeleine. Der Arzt bedankte sich für die Klarstellung, er habe immer geglaubt, Madeleine sei der Name seiner Frau gewesen.

Plötzlich hob er nachdenklich den Kopf, und Betsy bemerkte einen Funken in seinen Augen, der hoffen ließ, er habe endlich eine Idee, um diesem Termin doch noch einen Sinn zu geben.

Durch den traumatischen Stress, den Melly durchgemacht habe, sei es möglich, und er fügte sogleich hinzu, dies sei eine reine Hypothese, dass sie unter einer dissoziativen Identitätsstörung litte. Die Symptome seien sehr verschieden, doch der Kranke könne in der Tat unter der Unfähigkeit leiden, sich an Erlebtes zu erinnern. Man sprach dabei auch von dissoziativer Amnesie oder Depersonalisationsstörungen. Kurz, der Patient wisse nicht mehr wirklich, ob seine Erinnerungen echt seien, ja manchmal nicht einmal mehr, wer er sei.

Diese Diagnose, so hypothetisch sie auch sein mochte, stellte Betsy auf der Stelle zufrieden, und ihre Wertschätzung des Arztes, die kurz zuvor noch in den Keller gesunken war, stieg rapide.

Depersonalisation, das war genau das, was Harold auszudrücken versucht hatte. Der gute Harold, hinter seinem Gemecker verbarg sich letztlich gesunder Menschenverstand.

Melly hatte also ihre Persönlichkeit verloren, aber das konnte ja nicht so schlimm sein, denn die würde sie zwangsläufig wiederfinden. Vor allem, nachdem die ihrer Tochter sehr ausgeprägt war.

Mrs. Barnett schien beruhigt, und der Arzt spürte, dass er eine rationale Erklärung gefunden hatte, die auch Harold Barnett zufriedenstellen würde. Der Berg an Problemen, der sich bei der Ankündigung, Mrs. Barnett wünsche ihn unverzüglich zu sprechen, aufgetürmt hatte, verwandelte sich in einen Sandhaufen. Da war es nicht so schlimm, dass sich der nächste Termin um eine halbe Stunde verschob, er würde alles dafür tun, damit es bei einem Sandhaufen bliebe.

Betsy wollte wissen, was er nun, da man wisse, woran man sei, tun würde.

Normalerweise hätte der Arzt zusätzliche Untersuchungen empfohlen, um seine Diagnose zu bestätigen, doch diesmal verzichtete er darauf. Eilig notierte er ein Rezept auf seinem Tablet und verschrieb eine medikamentöse Behandlung. Er ließ Mrs. Barnett eine Weile allein, um das Medikament aus der Apotheke des Zentrums zu holen, und erklärte ihr dann die Dosierung.

Nach einem rührenden Händedruck verließ Betsy, glücklicher denn je, das Zentrum. Und während Walt ihr den Wagenschlag öffnete, dachte sie, wenn Frauen wie sie das Weltgeschick lenken würden, gäbe es mehr Lösungen als Probleme.

An diesem Abend wurde das Essen um eine halbe Stunde vorverlegt. Betsy hielt es nicht mehr aus und bestellte ihre Familie für halb sieben ins Esszimmer. Sie wartete, bis alle am Tisch Platz genommen hatten, und verkündete dann, sie hätte ihnen etwas Wichtiges mitzuteilen.

Kurz darauf beendete sie vor einer neugierigen Melly und einem verblüfften Harold die Wiedergabe ihres Gesprächs mit dem charmanten und ach so kompetenten Arzt des Longview-Zentrums.

»Also, mein Liebling, du nimmst morgens und abends zwei von diesen Tabletten, und in einigen Wochen ist dein Gedächtnis wiederhergestellt. Dann kannst du deinen Emotionen freien Lauf lassen, und deine künstlerische Sensibilität wird wieder erwachen.«

»Ich wusste nicht, dass ich krank bin«, wandte Melly ein und drehte das Röhrchen zwischen den Fingern.

Harold hustete zweimal, denn aus unbekanntem Grund blieb es auch in der zweiten Hälfte des einundzwanzigsten Jahrhunderts für die Wissenschaft ein Rätsel, warum Feigheit die Männer zum Husten bringt, doch Betsy kam ihm zu Hilfe.

»Dein Vater und ich sind nicht blind. Wir wissen, dass die Dinge sich nicht so entwickeln, wie du es dir wünschst, wir sind deine Eltern. Ich bitte dich nur, dieser Behandlung einige Monate lang mit größter Regelmäßigkeit zu folgen. Darauf hat der Arzt ausdrücklich bestanden.«

In einem Punkt täuschte sich Betsy, denn Melly wusste absolut nicht, was sie sich wünschte, außer um jeden Preis dieses Esszimmer zu verlassen. Doch da sie bestrebt war, diejenigen, die ihr so viel Liebe entgegenbrachten, nicht zu enttäuschen, schluckte sie unter dem entzückten Blick ihrer Mutter mit einem großen Glas Wasser zwei der Tabletten.

Zum selben Zeitpunkt wurde der Arzt des Zentrums in das Büro des Forschungsleiters bestellt, um einen detaillierten Bericht über seinen Termin mit Mrs. Barnett abzulegen. Der Arzt beglückwünschte sich zu seiner Schlussfolgerung und fügte hinzu, nun müsse man keinen drohenden Prozess mehr befürchten.

Ehe er sich zurückzog, konnte er nicht umhin, seinen Vorgesetzten zu fragen, warum er darauf bestanden habe, dass er der Patientin, vor allem im Hinblick auf ihre Krankheitsgeschichte, ein starkes Antidepressivum verschriebe. Die Nebenwirkungen dieser Medikamente seien schon längst bekannt, und der Gedächtnisverlust sei eine der augenscheinlichsten.

Doch statt einer Antwort fragte Luke ihn nur, ob er ein junger Arzt oder ein Forschungsleiter sei, der, wie er selbst, Jahre seines Lebens an der Entwicklung und Perfektionierung des Programms Neurolink gearbeitet habe. Die Antwort war offenkundig, doch er fügte noch hinzu, er wisse sehr genau, was er tue. Die Wiederherstellung des Gedächtnisses bringe manchmal eine verkappte Depression mit sich, die wiederum zu einer Gedächtnisblockade führen könne. Das Übel mit dem Übel zu bekämpfen sei mehr als ein einfacher Ausspruch. Bis die Impfung erfunden worden war, habe man schließlich auch karzinogene Röntgenstrahlen eingesetzt, um den Krebs zu besiegen.

Der Arzt überlegte und befand dann, diese Überlegung entbehre nicht einer gewissen Logik. Er verabschiedete sich von Luke und bedankte sich für seine Hilfe in diesem schwierigen Fall.

Als er kurz darauf nach Hause fuhr, fragte er sich dennoch, durch welche Vorahnung sein Chef über die richtige Behandlung hatte entscheiden können, da er seine Anweisung kurz vor dem Besuch von Mrs. Barnett gegeben hatte.

Die einzige Erklärung, die er fand, war, dass dieser, wenn er den Posten des Forschungsleiters eines so hoch entwickelten Labors innehatte, sicher über eine Intelligenz verfügte, die die seine bei Weitem überstieg.

Und schon bald zeigte die Behandlung Wirkung.

Mellys Nächte waren frei von Albträumen.

Morgens schlief sie lange.

Nachmittags fühlte sie sich leicht und beschwingt.

Und nach der zweiten Einnahme am Abend hatte sie gar den Eindruck zu schweben.

Vor allem aber lächelte sie viel, was ihre Mutter entzückte.

Und sie übte ohne Unterlass Klavier, was ihren Vater entzückte.

Im Übrigen war sie überhaupt nicht mehr darum bemüht, sich an irgendetwas zu erinnern.

Kapitel 19

Melly arbeitete an einem Konzert, als die Köchin an die Tür des Musikzimmers klopfte. Jemand wolle sie unbedingt sprechen.

»Mein Vater will nicht, dass man mich beim Proben stört«, protestierte Melly, den Blick auf die Partitur gerichtet.

»Mister Barnett kann in seinem Haus sagen, was er will, aber in meiner Küche mache ich, was ich für richtig halte.«

Dolores stand in der geöffneten Tür, und ihre Haltung ließ erkennen, dass sie nicht umsonst gekommen war.

»Dann stellen Sie das Gespräch durch«, bat Melly.

»Wer spricht denn von Telefon? Kommen Sie einfach mit.«

Die Köchin lief durch den linken Flügel des Hauses, um nicht an Harolds Büro vorbeigehen zu müssen, und Melly folgte ihr.

»Da«, sagte Dolores und deutete auf die Tür zum Anrichteraum.

Dort hockte Simon auf der Fensterbank.

»Was machst du denn hier?«

»Du beantwortest meine Anrufe nicht, also bin ich hergekommen.«

»Niemand hat mir gesagt, dass du versucht hast, mich zu erreichen.«

»Hörst du denn deine Mailbox nie ab?«

»Welche Mailbox?«

»Herrgott noch mal, Melly, in welcher Zeit lebst du? Sie ist überall abrufbar, du musst sie nur abfragen.«

»Wie?«

»Das erkläre ich dir später. Ich bin nicht gekommen, um dir beizubringen, wie die Voicemail auf deinem Handy funktioniert.«

»Warum bist du dann da?«

»Ich nehme dich übers Wochenende mit nach Barnstable, ich bin bei Freunden eingeladen und will nicht alleine fahren. Du weißt ja nur zu gut, dass ich nicht der Märchenprinz für eine Frau bin, aber ich entführe dich trotzdem – und du folgst mir, freiwillig oder gezwungenermaßen.«

»Na ja, wenn ich einverstanden wäre, wäre es eigentlich keine Entführung.«

»Dann sei nicht einverstanden«, meinte Simon und zog sie mit.

»Warte, ich muss noch ein paar Sachen einpacken.«

»Nein, wir könnten deinem Vater begegnen, und wenn ich mir die Mühe gemacht habe, hinter der Küche zu parken, dann genau, um das zu vermeiden. Er würde tausend Gründe finden, damit du in diesem Haus eingesperrt bleibst.«

Melly blieb keine Zeit, länger zu überlegen. Simon zog sie unter dem verschwörerischen Blick der Köchin, die ihrem Chef nur zu gerne eins auswischte, nach draußen. Sie hatte Melly aufwachsen sehen, und das, was in den letzten Wochen geschah, gefiel ihr ganz und gar nicht. Sie hatte sich sogar bei Walt beklagt, die Kleine würde ja förmlich von ihrem Vater eingekerkert. Und Walt, der ihre Meinung teilte, hatte zwei Tage zuvor, nachdem er Mrs. Barnett zum Zug nach New York gebracht hatte, die Idee gehabt, auf dem Rückweg einen kleinen Umweg über die Symphony Hall zu machen.

Simon nahm den Highway MA 3S. Barnstable war anderthalb Stunden entfernt. Der Wind wehte Melly das Haar ins Gesicht, und Simon lieh ihr einen Schal, damit sie es zusammenbinden konnte.

Der Himmel war klar, ein paar leichte Federwolken ausgenommen, die unterwegs auftauchten – eine von ihnen hatte die Form eines Huts oder einer Boa, die einen Elefanten verschlungen hatte.

Das hölzerne sehr zurückhaltende, doch mit viel Charme eingerichtete Pfahlhaus war weithin sichtbar. Durch ein großes Fenster, das einen spektakulären Blick auf die Bucht von Cape Cod bot, fiel das helle Licht in das lang gestreckte Wohnzimmer.

Pia und ihr Mann empfingen sie mit offenen Armen. Melly mochte die junge Frau auf Anhieb. Sie wirkte offen, und ihr Gesicht wurde von einem Lächeln erhellt.

Simon stellte ihnen Melly vor, ohne weiter auf die Art ihrer Beziehung einzugehen.

»Sag nur nicht, du hast mich mitgenommen, damit ich dir als Alibi diene«, flüsterte Melly, als die Hausherrin sie in den ersten Stock führte.

Simon war einer Antwort enthoben, als sie ihnen ein Zimmer mit großem Bett und Meeresblick zuwies.

»Ihr werdet sehen«, erklärte sie, »man schläft hier sehr

gut, vor allem im Moment, wo wir nachts Flut haben. Es gibt nichts Beruhigenderes als die Brandung. Ruht euch aus oder geht am Strand spazieren, wenn euch der Sinn danach steht. Abends um sechs treffen wir uns zum Aperitif auf der Terrasse. Aber wir essen im Haus, denn es wird kühl, sobald die Dunkelheit hereinbricht.«

Pia zog sich zurück, und Melly ließ ihren Blick zwischen Simon und dem Bett hin- und herwandern.

»Ich kann gut am Boden schlafen, und ich schnarche auch nicht.«

»Wie viele Gäste sind am Wochenende hier?«

»Nur du, ich und unsere Gastgeber.«

»Also, Simon, wenn es doch deine Freunde sind, warum sagst du ihnen dann nicht die Wahrheit?«

»Weil Pias Mann eine Plaudertasche ist und seine Eltern sehr eng mit meinen befreundet sind.«

»Ich verstehe. Und was soll ich heute Abend anziehen?«

»Eure Köchin war so nett, eine Tasche für dich zu packen, sie liegt im Kofferraum. Lass uns den Strand aus der Nähe ansehen, und auf dem Rückweg holen wir sie.«

Der Strand erstreckte sich wie eine Mondsichel, die man ans Ufer gelegt hatte, bis zur nördlichen Spitze der Bucht.

Sobald sie den Sand betraten, zog Melly die Schuhe aus, raffte ihren Rock und lief auf die Wellen zu.

Simon ließ sich am Fuß einer Düne nieder und beobachtete sie. Sie lief einer Möwe nach, lachte genauso laut wie diese und schien sich an der lauen Nachmittagsluft zu berauschen. Sobald sie sich näherte, erhob sich der Schwimmvogel mit einem schrillen Kreischen, zog einen Kreis durch die Luft und landete jedes Mal nur wenige

Meter von seinem Ausgangspunkt entfernt. Dann fing das Spielchen wieder von vorn an, und Simon hatte den Eindruck, dass es nicht nur Melly amüsierte.

Schließlich kam sie außer Atem wieder zu ihm. Gemeinsam betrachteten sie den Lauf der Sonne, die sich langsam nach Westen neigte.

»Weißt du, Simon«, sagte sie und lehnte den Kopf an seine Schulter, »die kleinen Momente des Lebens sind ganz und gar nicht klein.«

Zurück in ihrem Zimmer begutachtete Melly den Inhalt ihrer Reisetasche. Sie fand einen langen, lässigen Rock, eine Baumwollbluse, Jeans, Unterwäsche, Ballerinas, ein Nachthemd und einen Waschbeutel. Sie durfte nicht vergessen, sich bei Dolores zu bedanken, die an alles gedacht hatte, außer an ihre Medikamente. Aber wie hätte sie auch daran denken können, nachdem Harold und Betsy niemandem gesagt hatten, dass ihre Tochter welche nahm.

Pias Essen war köstlich. Beim Dessert wandte sie sich an ihre Gäste und bombardierte sie mit Fragen: wo und wie sie sich kennengelernt hatten, zu ihrem Beruf, ihrer Familie, ihrer Kindheit … Wenn Simon nicht an ihrer Stelle antwortete, versuchte er, das Thema zu wechseln.

Melly bot an, Pia beim Abräumen zu helfen. Als sie die Teller in die Küche brachte, machte Pia ihr ein Zeichen, ihr zu folgen. Sie traten durch die Hintertür der Küche auf den Holzbalkon, der rund um das Haus führte.

»Rauchst du?«, fragte Pia.

»Nein.«

»Ich schon«, sagte sie und reckte sich auf die Zehenspitzen, um eine Zigarettenschachtel hervorzuholen, die unter einer Wandlampe verborgen war. »Rauchen ist tödlich, und noch mehr, wenn man alleine ist. Also, spielt ihr schon lange zusammen, Simon und du?«

»Eine ganze Weile«, antwortete Melly ausweichend.

Das Schweigen hielt an, bis Pia den letzten Zug ausgestoßen hatte.

»Man kann das kleine Sofa in eurem Zimmer ausklappen«, sagte sie dann. »Dort wird Simon besser schlafen als auf dem Fußboden.«

Sie zwinkerte ihr zu, warf die Kippe in hohem Bogen weg und kehrte in die Küche zurück.

Melly ging als Erste schlafen. Simon folgte ihr kurz darauf. Das Sofa war nicht ausgeklappt, und Melly klopfte auf das Kopfkissen neben ihr.

»Du kannst hier schlafen – vorausgesetzt, du bist nicht nackt.«

»Wirklich? Stört dich das nicht?«

»Ehrlich gesagt, möchte ich mich gerne daran erinnern, wie es ist, wenn man neben einem Mann einschläft.«

»Ist deine Erinnerung so vage?«, fragte er und streckte sich neben ihr aus.

»In letzter Zeit immer mehr.«

Sie schalteten das Licht aus, und als es dunkel war, vertraute Melly Simon alles an, was seit ihrem Hubschrauberabsturz geschehen war. Die chirurgischen Eingriffe, die Transplantationen, das Koma, der Aufenthalt im Zentrum Longview, ihr Erwachen …

Simon war fasziniert von dem, was sie ihm über Neurolink erzählte. Er erinnere sich, einen Artikel zu diesem

Thema überflogen zu haben, habe aber angenommen, die Gedächtnisrekonstruktion sei noch im experimentellen Stadium. Melly versicherte ihm das Gegenteil, bereits über hundert Patienten waren schon vor ihr so »wiederhergestellt« worden, und die Warteliste derer, die ihr Gedächtnis speichern lassen wollten, wurde immer länger.

Simon vertraute ihr an, ein Ex habe bei einem Essen behauptet, einer seiner Freunde habe sich nach einem Motorradunfall einem solchen Eingriff unterzogen. Er hatte es nicht wirklich geglaubt, sondern gedacht, sein Ex würde angeben, um die Anwesenden zu beeindrucken.

»Und, wie war dein Ex?«, fragte Melly und gähnte.

»Schön und untreu.«

Als sie am nächsten Morgen die Augen aufschlugen, entdeckten sie durch das Fenster einen ebenso klaren Himmel wie am Vortag.

Melly betrachtete plötzlich mit seltsamer Miene die Kleidungsstücke, die Simon auf einen Stuhl gelegt hatte.

»Gefällt dir meine Hose nicht?«, fragte Simon.

Melly antwortete nicht. Für einen kurzen Moment hätte sie schwören können, auf Simons T-Shirt den Aufdruck einer an einem Baum hängenden Hexe zu sehen. Eine kurze Vision, die dann wieder verschwand.

Nach einem üppigen Frühstück erklärte Pia, sie könnten jetzt bis zum Abend machen, was sie wollten. Sollten sie mittags Hunger haben, so gäbe es in Barnstable hübsche Lokale, wo sie essen könnten. Wie auch immer, sie würde ihnen raten, das Dorf zu besichtigen, in dem es auch viele kleine Kunstgalerien gab.

Sie fuhren mit dem Cabrio hin, liefen dann durch die

Gassen und besuchten die Kunstgalerien, die allerdings für ihren Geschmack einiges zu wünschen übrig ließen.

Ihr Spaziergang führte sie weiter zum Hafen, und Simon schlug Melly vor, ans Ende der Mole zu gehen, wo ein Eisverkäufer mit seinem Wagen stand, der auch Muffins anbot, die ihnen jetzt hochwillkommen waren.

»Das war gestern Abend sehr mutig von dir«, sagte Simon.

Ein junger Mann spielte Oldies auf seiner Gitarre. Als Melly an ihm vorbeiging, sang er: »And here's to you. Mrs. Robinson …«

»Ich habe gerne etwas Theater gespielt«, meinte sie, nachdem sie kurz abwesend gewirkt hatte. »Es war ein lustiger Abend, und ich mag Pia gerne.«

»Ich spreche von unserem Gespräch später im Zimmer. Es rührt mich sehr, dass du dich mir anvertraut hast. Es hat sicher Mut erfordert, ins kalte Wasser zu springen und mir alles zu erzählen.«

Melly fühlte sich merkwürdig. Plötzlich wandte sie sich zu Simon um und sah ihm in die Augen.

»Küss mich, ich weiß, dass du keine Frauen magst, aber küss mich bitte trotzdem«, murmelte sie.

Also küsste Simon sie. Es war ein behutsamer Kuss. Plötzlich erschien ein Gesicht vor ihrem inneren Auge, zu flüchtig, als dass sie es hätte erkennen können, doch sie erinnerte sich an andere Lippen, an den Geruch eines anderen Mannes, an seine Haut.

Und wichtiger noch, Melly erinnerte sich, dass sie geliebt hatte, sie war sich mit einem Mal ganz sicher.

Nach dem Kuss musterte Simon sie, er war doch ein wenig erstaunt.

»Ich … ich bin verwirrt, ich weiß nicht, was in mich gefahren ist«, stammelte sie.

»Erstaunlich«, meinte Simon, »aber nicht schlecht, ganz und gar nicht schlecht. Du bist die erste Frau meines Lebens …«

Furchtbar verlegen legte Melly die Hand auf Simons Mund, um ihn zum Schweigen zu bringen, doch dieser schob sie vorsichtig beiseite.

»… und die letzte«, fügte er hinzu und lachte.

Dann gingen sie am Ende der Mole einen Kaffee trinken.

Als sie abends nach dem Essen wieder in ihr Zimmer kamen, hatte Melly endlich Gelegenheit, Simon zu befragen.

»Hatte ich deines Wissens je eine ernsthafte Beziehung?«

»Nein.«

»Habe ich nie besonders viel von irgendjemandem gesprochen?«

»Nicht dass ich wüsste, aber du warst, was dein Privatleben angeht, immer sehr zurückhaltend. Und zwar so sehr, dass die Musiker bezweifelten, dass du überhaupt eines hast. Das Klavier war der einzige Partner, mit dem man dich in Verbindung brachte.«

»So schlimm? Hat mich während unserer Tourneen nie ein Mann besucht?«

»Auch nicht. Es sei denn, auch er wäre bemerkenswert diskret gewesen. – Was habe ich gesagt?«

»Nichts, ich hatte nur ein seltsames Gefühl, als du ›bemerkenswert‹ ausgesprochen hast.«

»Vielleicht ist das ein gutes Zeichen – ein magisches Wort, das deine Erinnerung wieder aufleben lässt.«

Belustigt wiederholte Simon mehrmals das Wort »bemerkenswert«, ohne dass irgendetwas Bemerkenswertes passiert wäre.

In dieser Nacht träumte Melly wieder.

Sie befand sich in einem kleinen Hotelzimmer am Meer. Die Laken waren zerwühlt, auf einem Stuhl neben dem Fenster, an dem sie stand, lag eine Jeans. Die frische Morgenluft schlug ihr ins Gesicht, ihre Füße waren voller Sand, und eine Welle rollte auf sie zu, ohne dass sie den geringsten Widerstand leistete. Viele merkwürdige Bilder, wie sie nur in Träumen vorkommen. Aber das Seltsamste war, dass sie sich in dem Spiegel, der über dem Bett hing, nicht erkannte.

Sie wachte schweißgebadet auf. Das Morgenlicht durchbrach gerade erst die Dunkelheit, doch sie fand keinen Schlaf mehr.

Am frühen Nachmittag brachte Simon sie nach Hause. Er wollte unbedingt den sonntäglichen Rückreiseverkehr vermeiden; und noch am selben Abend brach er zu einer Tournee auf.

Er machte sich Vorwürfe, dass er es Melly erzählt hatte, doch sie beruhigte ihn. Sie vermisse die Konzerte nicht und im Übrigen auch nichts anderes. Das war zumindest ein Vorteil der Amnesie.

Als Simon vor dem Anwesen der Barnetts anhielt, versprach er, ihr regelmäßig Nachrichten zu schreiben, da sie offensichtlich ihre Voicemail nicht zu bedienen wusste.

»Aber ich hoffe, du hast verstanden, dass E-Mails nicht vom Briefträger gebracht werden«, fügte er hinzu.

»Und dir ist hoffentlich klar, dass du dir mit dieser Bemerkung eine Ohrfeige einhandeln könntest, die ich dir liebend gerne verpassen würde?«

Melly beugte sich zu ihm hinüber, als wolle sie ihn auf den Mund küssen, wandte sich jedoch in letzter Sekunde der Wange zu.

»Jetzt hattest du Angst, was?«

»Nein, mit dir könnte es mir sogar gefallen.«

»Ich glaube dir keine Sekunde, aber ich mag es, wenn du galant bist. Danke für dieses Wochenende, es war wirklich schön, allerdings habe ich jetzt genauso viel Lust, nach Hause zu gehen, wie mich mit einer Klaviersaite zu erdrosseln.«

»Weißt du, in deinem Alter könntest du eigentlich auch mal daran denken, das elterliche Nest zu verlassen.«

»Daran denke ich seit gestern ununterbrochen. Ich hätte nie die Wohnung aufgeben dürfen, die ich gemietet hatte, als wir diese Tournee begonnen haben. Aber ein ganzes Jahr auf Achse … Außerdem wollte ich mich anscheinend in der Toskana niederlassen. Das habe ich in einem Interview gelesen, das ich einem italienischen Journalisten gegeben habe.«

»Wäre es ein deutscher gewesen, hättest du bestimmt gesagt, du wolltest in Berlin leben. Ich bin jetzt mehrere Wochen unterwegs, solltest du also in diesem riesigen Anwesen ersticken, steht dir meine Sechzig-Quadratmeter-Wohnung zur Verfügung. Ich gebe dem Hausmeister Bescheid, du brauchst ihn nur nach dem Zweitschlüssel zu fragen. Fühl dich dort ganz wie zu Hause.«

Melly bedankte sich bei Simon, und bei der Vorstellung, dass er so lang weg sein würde, wurde ihr schwer ums Herz.

Als sich der Wagen entfernte, stieg sie die Treppe hinauf und betrat das Haus.

Betsy erwartete sie in der Eingangshalle und schloss sie in die Arme.

»Na, wer hatte recht?«, flüsterte sie ihr enthusiastisch zu.

Melly seufzte. »Du natürlich …«

Dann ging sie in die Küche, um Dolores zu umarmen, erinnerte sich aber, dass ja Sonntag war.

Betsy, die ungeduldig auf einen Bericht von diesem Wochenende wartete, war ihr gefolgt.

»Willst du einen Tee? In dem Cabrio war es sicher nicht eben warm.«

Sie schlug vor, ihn zuzubereiten. Melly setzte sich an den Tisch und beobachtete sie. Ein geeigneter Augenblick für Vertraulichkeiten.

»Ich glaube, meine Erinnerung kommt langsam zurück«, sagte sie, »ich habe flüchtig einige Dinge gesehen. Ich konnte sie nicht wirklich zuordnen, es war eher wie ein Flash. Es ist das erste Mal, dass mir das passiert ist.«

Betsy stellte die Teekanne ab und umarmte sie zärtlich. »Das freut mich so sehr für dich. Ich kann diesem Arzt gar nicht dankbar genug sein. Denk vor allem daran, deine Medikamente zu nehmen.«

Kapitel 20

Während Mellys Aufenthalt bei Longview hatte ihr Physiotherapeut ihr geraten, ihre Mails genau zu durchforsten, um ihre Freunde ausfindig zu machen. Sie würden sicher versuchen zu erfahren, wie es um sie stand.

So, wie er es ihr gezeigt hatte, hatte sie vor dem Bildschirm des Tablets dreimal mit den Augen gezwinkert, und die Software der Gesichtserkennung hatte sie sofort mit ihrer Mailbox verbunden.

Doch anstelle freundschaftlicher Mails hatte Melly nur vage Sympathiebekundungen oder Genesungswünsche gefunden, die einige Musikerkollegen und Fans vor allem in den ersten Tagen nach ihrem Unfall geschickt hatten. Dann nichts mehr, bis auf ein paar Einladungen von Agenturen für Öffentlichkeitsarbeit, die nichts von dem Unglück wussten.

Angesichts dieser gähnenden Leere war Melly davon ausgegangen, dass ihr Leben ganz und gar der Musik gewidmet und ansonsten eine einzige Wüste der Einsamkeit gewesen war.

Ihr Physiotherapeut hatte ihr solche Gedanken verboten. Wahre Freunde fand man nicht virtuell im Netz.

Nach diesen schönen Worten hatte Melly ihn gefragt,

ob denn Freunde gekommen wären, um sie zu besuchen, und der Physiotherapeut hatte darauf keine Antwort geben können.

Aus all diesen Gründen hatte sie nie mehr in ihre Mails geschaut, nachdem sie auf das Familienanwesen zurückgekehrt war.

Der Gedanke, dass Simon ihr schreiben würde, änderte die Lage, und sobald sie abends im Bett war, loggte sie sich ein, um die Nachrichten zu lesen, die er ihr aus den verschiedenen Städten schickte.

Simon erzählte ihr, wie die Konzerte verlaufen waren und wie das Publikum sie aufgenommen hatte. Gelegentlich erwähnte er auch die Leute, die er bei seinen Restaurantbesuchen getroffen hatte, und beschrieb die Atmosphäre und das jeweilige Speisenangebot, oft verbunden mit dem Versprechen eines künftigen gemeinsamen Besuchs.

Bevor Melly einschlief, antwortete sie ihm immer, auch wenn ihre Tagesberichte nicht sonderlich spannend waren.

Eines Abends, als sie ihr Tablet einschaltete, entdeckte sie eine merkwürdige anonyme Nachricht:

> *Nimm diese Medikamente nicht ein.*
> *Von jemandem, der es gut mit dir meint.*

Sie berichtete Simon davon, der ihr schwor, nicht der Verfasser jener Nachricht zu sein.

Wer aber war derjenige, der es gut mit ihr meinte, und warum hatte er ihr diese Nachricht geschrieben?

Simon ließ nicht locker, und so fand ein reger Austausch

von Mails in dieser Nacht statt, die sie gemeinsam verbrachten, obgleich eine Distanz von tausend Kilometern zwischen ihnen lag.

Weiß jemand über deine Behandlung Bescheid?

Außer meinen Eltern niemand.

Kann jemand die Tablettenpackung in deinen Sachen gefunden haben?

Dolores, als sie meine Reisetasche gepackt hat, aber warum sollte sie mir das schreiben?

Keine Ahnung, frag sie!

Geniale Idee!

Dolores, drei einfache kleine Fragen: Haben Sie in meinen Sachen herumgeschnüffelt, eine anonyme Nachricht geschrieben, und was gibt es heute Abend Feines zu essen?

☺

Ist es schön in Toronto? Gefällt dir dein Hotelzimmer?

Es ist ähnlich wie die Zimmer, in denen ich gestern, vorgestern und vorvorgestern geschlafen habe …

Kommst du vor dem Ende der
Tournee noch einmal nach Boston?

Vielleicht Ende des Monats.

Gehst du dann mit mir essen?

Wenn ich komme, dann komme ich,
um dich zu sehen.

Wie nett, dass du das schreibst.
Du hast die Frage noch nicht beantwortet,
ob Toronto schön ist.

Ich möchte mich in nichts einmischen,
was mich nichts angeht, aber wofür nimmst
du diese Medikamente?

Für mein Gedächtnis.

Ist es besser geworden, seit
du sie nimmst?

Seit ich was nehme? ☺

☺☺☺

Ich habe mich tatsächlich nie besser gefühlt
als in den beiden Tagen bei Pia, da hatte
ich die Tabletten jedoch nicht dabei.

Das liegt daran, dass ich die beste Arznei für dich bin …

Möglich. Das Wochenende war wirklich schön.

Wir fahren wieder dorthin. Versprochen.

Wo spielst du morgen?

Lies noch mal meine Mail von gestern Abend.

Ich weiß … in Saint-Louis.

Warum fragst du mich dann?

Damit du nicht gleich auflegst.

Ich glaube nicht, dass man das sagt: eine Mail auflegen …

Aber ja, Dr. Oxford[3], ab jetzt sagt man das, weil ich es soeben getan habe. Na gut, es ist spät, ich lass dich, du musst morgen fit sein.

Ich logge mich gegen Mitternacht ein, sobald ich auf dem Zimmer bin.

---

3 Das Oxford English Dictionary ist das umfangreichste Wörterbuch der englischen Sprache.

Sag bloß, so früh? ☺
Gute Nacht, mein Simon, bis morgen.
Ich umarme dich.

Melly legte ihr Tablet auf den Nachttisch und löschte das Licht.

Zehn Minuten später leuchtete der Bildschirm wieder auf.

Da ich ein eitler Charakter bin, freut mich nichts so sehr wie die Tatsache, dieses Wochenende als Einziger für dein Wohlbefinden zuständig gewesen zu sein.
Auch wenn Pias Kochkünste viel dazu beigetragen haben … (keinesfalls vor Dolores wiederholen). Aber wenn ich so darüber nachdenke, solltest du vielleicht für ein paar Tage mit der Einnahme dieser Tabletten aufhören und beobachten, wie es dir geht. Nach diesen guten Ratschlägen von Dr. Oxford werde ich jetzt wirklich schlafen.

Am nächsten Tag saß Melly am Flügel, als sie hinter sich ein Geräusch hörte. Sie versuchte, auf ihre Noten konzentriert zu bleiben, konnte jedoch der Versuchung nicht lange widerstehen, sich umzudrehen.

Jemand hatte einen kleinen Umschlag unter der Tür hindurchgeschoben.

Sie stand auf, um ihn zu holen, und öffnete ihn.

Miss Barnett,

Sie werden in meiner Küche erwartet.

Ihre ergebene Dolores, die wirklich anderes zu tun hat, als die Botin zu spielen!

Melly las die kurze Nachricht erneut und eilte dann Richtung Küche, wobei sie aus den bereits bekannten Gründen den Weg über den linken Flügel des Hauses nahm.

Dolores, die am Herd beschäftigt war, begnügte sich damit, mit der Hand zur Gartentür zu deuten.

Simon lehnte an der hinteren Tür eines Taxis.

»Ich flehe dich an, sag jetzt nicht: ›Aber bist du denn nicht in Saint-Louis?‹«, sagte er und trat auf sie zu.

»Aber bist du denn nicht in Saint-Louis?«

»Du wirst es nicht glauben, aber das Konzert wurde abgesagt! In der Oper hat es gestern Abend gebrannt. Zum Glück haben sie uns benachrichtigt, kurz bevor wir das Flugzeug besteigen wollten.«

»Und du bist jetzt gekommen, um mich zu sehen?«

»Du hattest zwei idiotische Fragen frei, die hast du jetzt beide gestellt. Steigst du ein?«

Melly drehte sich zur Glastür der Küche um, wo Dolores mit einem Geschirrtuch winkte, um ihr zu bedeuten, sofort zu verschwinden.

Sie stieg ins Taxi, und sie fuhren los.

»Wohin geht die Reise?«

»Ich möchte dir gerne jemanden vorstellen«, antwortete Simon. »Ich bin nur ein paar Stunden hier. Das Ensemble ist bereits nach Atlanta geflogen, wo wir morgen spielen.«

»Aber du nicht …«

»Ich warne dich, wenn du weiterhin derart brillante Feststellungen machst, werde ich diese Medikamente höchstpersönlich wegwerfen. Ich bin gekommen, weil ich Neuigkeiten habe. Stell dir vor, ich konnte nach unserem Mailwechsel nicht einschlafen. Daher habe ich meinen Stolz über Bord geworfen und meinen Ex angerufen.«

»Mitten in der Nacht?«

»Irgendeinen Spaß musste ich ja dabei haben, und ihn aufzuwecken war einer davon. Und hör auf, mich zu unterbrechen. Ich habe ihn über seinen Freund ausgefragt, der den Motorradunfall gehabt hatte. Ich könnte meinen Geigenbogen darauf verwetten, dass sie eine Affäre hatten, aber gut, lassen wir das. Alvin Johnson wohnt in Boston, und mein Ex war einverstanden, den Kontakt zwischen uns herzustellen. Ich habe ihn gleich heute Morgen angerufen, ihm von deinem Fall erzählt, und er hat zugestimmt, uns zu treffen. Ich hatte vor, dich allein an die Front zu schicken, aber als ich erfahren habe, dass die Vorstellung heute Abend nicht stattfindet, habe ich das Orchester ohne mich reisen lassen und diesen kleinen Umweg gemacht, um dich zu begleiten.«

»Simon, ich weiß gar nicht, wie ich dir danken soll.«

»Na ja, sag einfach Danke, so machen das die Leute in der Regel. Ja, ich weiß, ich bin ein Wahnsinnstyp. Schreib das einfach unserer Freundschaft zu. Wenn du glaubst, dass deine Karriere als erstklassige Pianistin dein Leben zu einem Meer der Einsamkeit gemacht hat, solltest du wissen, dass das Leben eines ersten Geigers kaum üppiger bevölkert ist, es sei denn durch die paar Typen, die ich auf meinen Tourneen aufreißen konnte. Die Erbärmlichkeit kennt keine Grenzen, meine Liebe, und meine Neugier noch weniger, deshalb bin ich hier.«

»Komisch, dass du das sagst.«

»Was habe ich Komisches gesagt?«

»Das mit dem Meer.«

»Und das ist komisch? Also gut, gib mir sofort diese Tabletten.«

»Als wir am Strand vor Pias Haus waren, habe ich aufs Meer geschaut und hatte den Eindruck, ihm zu ähneln.«

»Du hattest den Eindruck, dem Meer zu ähneln?«

»Hör bitte sofort auf, dich über mich lustig zu machen, ja?«

»Nicht, wenn du es mir so leicht machst.«

Das Taxi hielt vor einem Café. Melly betrachtete die Gäste, die auf der Terrasse saßen, und fragte sich, mit wem von ihnen sie wohl verabredet waren.

»Kommst du? Ich habe wirklich nicht viel Zeit«, sagte Simon ungeduldig.

Alvin Johnson hatte den Kopf von Steve McQueen auf dem Körper von Alvin Ailey. Die Frauen an den Nachbartischen hatten nur Augen für ihn, und Simon hatte entsetzliche Mühe, einige Silben zu stottern, die, in der richtigen Reihenfolge, wahrscheinlich ergeben hätten: »Guten Tag, haben Sie Zeit, heute Abend mit mir essen zu gehen?«

Alvin begrüßte sie und bat sie, Platz zu nehmen. Er winkte einen Kellner heran, bestellte eigenmächtig drei Kaffee und schenkte Melly ein Lächeln. Simon, der sich kaum von einer starken Hitzewelle erholt hatte, wunderte sich, wie schnell seine Körpertemperatur sinken konnte.

»Und, wie war es für dich?«, fragte Alvin.

»Wie war was?«, fragte Melly zurück.

»Der Unfall, das Aufwachen. Wir sind doch hier, um darüber zu sprechen, oder nicht?«

»Hubschrauber und Amnesie«, antwortete sie wie aus der Pistole geschossen, »und bei dir?«

»Motorrad und seltsam.«

»Inwiefern seltsam?«

»Ich fühle mich anders. Sie sagen, das sei normal, ich bin ein ›Restore‹, ein Mensch 4.0 mit wiederhergestelltem Bewusstsein. Klingt schick, oder?«

»Unter diesem Gesichtspunkt habe ich das noch gar nicht gesehen, aber jetzt, wo du es sagst. Wer sind ›sie‹?«

»Die Ärzte von Longview.«

»Und inwiefern anders?«, hakte Melly nach.

»Ich bin mit einem Lesehunger aufgewacht, den ich bis dahin nicht kannte. Ich will nicht sagen, dass ich nie gelesen habe, aber seit ich wieder zu mir gekommen bin, verschlinge ich Bücher, alles, was mir in die Hände kommt. Früher war ich zudem Vegetarier, und jetzt liebe ich Fleisch. Ist doch seltsam, oder?«

»Ja, das ist wirklich seltsam«, antwortete Melly schwach.

Nach kurzem Schweigen nahm Alvin das Gespräch wieder auf: »Also, du erinnerst dich an nichts?«

»Ich hatte einige Flashbacks, aber nichts Aussagekräftiges.«

Alvin tippte unauffällig das Wort »aussagekräftig« in sein Handy.

»Aussagekräftig, vielsagend, schlüssig… ich verstehe, was du sagen willst…« Er seufzte. »Und bist du in deinen eigenen Körper zurückgekehrt?«

»Wie meinst du, in meinen eigenen Körper?«

»Meiner war nach dem Unfall im Eimer, ich hatte keinen Helm auf…«

»Erspar uns die Einzelheiten«, unterbrach ihn Simon.

»Dein Gedächtnis wurde in einem anderen Körper wiederhergestellt, nicht in deinem eigenen?«, fragte Melly.

»Ja, genau das habe ich doch gerade gesagt. Mir kam der Körper eines hirntoten Mannes zugute, der kein Back-up hatte machen lassen. Durch den Wechsel habe ich gewonnen, zumindest, was mein Gesicht angeht.«

Alvin erzählte ihnen, was er von seinen Ärzten erfahren hatte. Sein Gedächtnis war auf den Servern von Neurolink drei Jahre gespeichert gewesen, bis ein kompatibler Körper verfügbar war.

In Fällen wie seinem nahm Neurolink durch eine Reihe starker Stromstöße eine komplette Formatierung des Spendergehirns vor, bevor das gespeicherte Bewusstsein des Empfängers zurückübertragen wurde.

Melly fragte ihn, was »kompatibler« Körper bedeute.

»Ein Körper desselben Geschlechts natürlich, desselben Alters und derselben physischen Merkmale. Das ist nicht zwingend, aber besser. Es vermeidet ›postrestaurative‹ Komplikationen, die durch das Körpergedächtnis ansonsten für Emotionen und Persönlichkeit auftreten könnten, so zumindest hat man es mir erklärt. Bei einem Sportler wartet man vorzugsweise auf den Körper eines anderen Sportlers. Mein Spender war Tänzer wie ich. Es ist ein seltsames Gefühl, auf seinen Füßen Spitze zu tanzen, dabei komme ich mir manchmal wie ein Eindringling vor. Aber ich glaube verstanden zu haben, dass das Wichtigste die Kompatibilität bestimmter korti… kortikaler Zellen ist, ja, so hieß das«, sagte er und deutete auf seinen Schädel. »Es ist jedenfalls das entscheidende Element, damit Neurolink der Übertragung zustimmt.«

Simon und Melly waren verblüfft über das, was sie da hörten.

»Habt ihr Hunger? Ich würde gerne eine Kleinigkeit essen«, äußerte Alvin, der davon ausging, im Austausch gegen die Zeit, die er ihnen widmete, eingeladen zu werden.

Ohne ihn aus den Augen zu lassen, schob Simon ihm die Speisekarte zu, die auf dem Tisch lag.

»Letztlich hat die Sache jedoch einen Haken. Den gibt es immer, wenn man eine zweite Chance geboten bekommt, oder? Kennt ihr den alten Film, wo ein Typ mehrere Jahre auf einer einsamen Insel verbringt, bevor er von einem Schiff gerettet wird? Er kehrt nach Hause zurück, ist total zufrieden, die Zivilisation und sein früheres Leben wiedergefunden zu haben, aber sein früheres Leben existiert nicht mehr, weil seine Frau ihn für tot hielt und sich ein neues Leben aufgebaut hat. Ich habe drei Jahre auf einem Server verbracht, das ist durchaus mit einer einsamen Insel vergleichbar, nur ohne den Sand. Ich war total verliebt in eine Primaballerina, wir waren ein schönes Paar, aber dieses Paar ist Vergangenheit. Als ich sie wiedertraf, hat sie mich nicht erkannt. Wahrscheinlich hätte sie sich an meinen neuen Körper gewöhnen können ...«

»Sonst hätte sie schon überaus anspruchsvoll sein müssen«, unterbrach Simon.

»Doch die Frage stellte sich gar nicht, sie war inzwischen verheiratet und hatte ein Kind. Ich bin darauf nicht wirklich stolz, aber es kommt vor, dass ich sie heimlich beobachte, wenn sie ihre Tochter von der Krippe abholt. Und jedes Mal, wenn ich sehe, wie sie gemeinsam weggehen, stelle ich mir vor, dass ich dieses Glück hätte haben können. Immerhin lebe ich. Völlig deprimiert, aber ich lebe. Der Psychiater im Zentrum, den ich konsultiere, behauptet, es sei normal, dass diese depressive Stimmung anhält. Diese Psychiater sind schon komisch, du sagst ihnen, dass es dir schlecht geht, und sie erklären dir, das sei normal.«

»Warum soll es normal sein?«, fragte Melly.

»Er hat gesagt, das emotionale Gedächtnis sei das komplexeste und beständigste von allen. Es tut mir leid, ich bin nicht sicher, ob ich dir viel helfen konnte, indem ich dir von meinem Leben erzählt habe, aber es tut immer gut, darüber zu sprechen. Vielleicht würde es dir auch guttun. Wenn du seine Telefonnummer möchtest ... Ich habe mich ein wenig über ihn lustig gemacht, aber er ist ein Psychiater, der sehr gut zuhören kann.«

»Ich glaube, dafür werden sie bezahlt«, warf Simon ein.

Alvin schien den Scherz nicht verstanden zu haben.

»Es ist für niemanden von uns einfach, aber eines ist gewiss, wir sind Überlebende.«

Melly spürte, wie eine heftige elektrische Entladung sie durchfuhr. In ihrem Kopf drehte sich alles, ihr Blick trübte sich. Sie klammerte sich an den Tisch und wurde ohnmächtig.

Simon fing sie gerade noch in seinen Armen auf. Er tätschelte ihr die Wangen und rief laut ihren Namen.

Sie sah einen Steg, der ins Wasser führte, ihre eigene Gestalt, die dort spazieren ging, und einen Mann an ihrer Seite. Sie wandte den Kopf, um sein Gesicht zu sehen, doch bevor sie es erkennen konnte, kam sie wieder zu sich.

»Geht es?«, fragte Alvin.

»Sie bekommt wieder Farbe«, antwortete Simon.

»Du auch«, sagte Alvin.

»Es geht schon«, murmelte Melly und versuchte, sich aufzurichten.

»Du hast mir einen ganz schönen Schrecken eingejagt.«

»Das war sicher ein Anfall von leichter Unterzuckerung. Ich habe seit heute Morgen nichts gegessen.«

Alvin nahm drei Zuckerpäckchen, riss sie auf und ließ den Zucker in Mellys Tasse rieseln.

»Trink das«, sagte er.

Simon dankte Alvin, dass er sich Zeit für sie genommen hatte, und rief ein Taxi. Melly schwor ihm, sie könne alleine nach Hause fahren, aber er bestand darauf, sie zu begleiten.

Während Simon zahlte, kritzelte Alvin den Namen seines Psychiaters auf ein Stück Papier und gab es ihm.

»Ruft ihn an und sagt, dass ihr die Nummer von mir habt.«

»Soll ich meine Abreise verschieben?«, fragte Simon unterwegs.

»Auf keinen Fall. Das war nur ein leichter Schwindel, nicht einmal ein Schwächeanfall.«

»Du warst beängstigend bleich und hast die Augen verdreht ...«

»Es war seltsam«, unterbrach ihn Melly, »wie eine Rückerinnerung.«

Und sie erzählte ihm von der Vision, die sie gehabt hatte.

»Ich muss eine Möglichkeit finden, etwas über meine Vergangenheit herauszufinden.«

Als das Taxi durch das Tor des Anwesens fuhr, reichte Simon ihr den Zettel, den Alvin ihm gegeben hatte.

»Heute Abend gibt es keine Mails, da sitze ich im Flugzeug. Du solltest dich bei diesem Psychiater auf die Couch legen, vielleicht erinnerst du dich an irgendetwas, wenn du mit ihm sprichst. Immerhin, und das solltest du bedenken, ist das das Ziel einer Therapie.«

Melly steckte den Zettel ein und nahm Simon fest in die Arme.

»Mach dir keine Sorgen«, sagte sie zu ihm. »Aber wenn du morgen spielst und dabei an mich denkst, freue ich mich. Ich werde lange aufbleiben, um auf deine Mail zu warten. Du wirst mir erzählen, wie das Konzert gelaufen ist, ich möchte alles bis ins kleinste Detail wissen.«

Simon umarmte Melly und bat den Fahrer, erst loszufahren, wenn sie im Haus war. Sie trat einen Schritt zurück und beugte sich zum Autofenster.

»Danke, Simon, dass du mir ein so guter Freund bist.«

Melly aß mit ihren Eltern zu Abend. Sie richtete kaum ein Wort an sie und erzählte nichts über ihre Begegnung mit Alvin. Sie erwähnte auch das kurze Unwohlsein nicht, schwor ihrer Mutter, die Medikamente genommen zu haben, was eine Lüge war, und gab vor, erschöpft zu sein, um vom Tisch aufzustehen, noch bevor das Dessert gereicht wurde.

Während des gesamten Essens hatte sie das beunruhigende Gefühl, sich in Gesellschaft zweier Fremder zu befinden. Und je mehr ihre Mutter sie anlächelte, desto mehr verstärkte sich dieser Eindruck.

Sobald sie in ihrem Zimmer war, konsultierte sie ihr Handy und freute sich, eine Nachricht vorzufinden.

> *Bin über den Wolken.*
> *Du wirst beim Aufwachen schreckliches Wetter haben.*
> *Ich beuge mich nicht zu dem kleinen runden Fenster, weil mir davon schwindlig wird.*
> *Scheußliches Essen, aber das ist nicht schlimm, ich habe*

so wenig Platz für meine Beine, dass ich meine Knie essen kann. Meine Nachbarin schnarcht. Was für eine Idee, einen Nachtflug zu nehmen. Hoffe, dass du besser schläfst als ich. Bis morgen, wenn ich dir aus Atlanta schreibe. Simon

Mellys Blick ruhte weiter auf dem Display. Sie dachte an ihren Tag zurück, an ihren Schwindel, ihr ungutes Gefühl beim Abendessen. Irgendetwas stimmte nicht, und es wurde immer beunruhigender.

Sie wühlte in ihrer Hosentasche, nahm den Zettel heraus, den Simon ihr gegeben hatte, und schrieb eine Mail, um einen Termin bei Alvins Psychiater zu bekommen.

Kapitel 21

Doktor Schneider war um die sechzig, hatte das Haar seitlich über seine Glatze gekämmt und trug einen kastanienbraunen Bart, der ihm eine gewisse Eleganz verlieh. Mit einem freundlichen, fast liebenswürdigen Lächeln lud er Melly ein, in den kleinen Besprechungsraum zu treten, der so gar nichts vom üblichen Behandlungszimmer eines Psychoanalytikers hatte. Er erklärte ihr, er sei kein Anhänger der »Couch«. Die Menschen kämen, um sich ihm anzuvertrauen, und nicht, um Siesta zu halten.

Im Gegensatz zu den meisten seiner Kollegen wolle er seinen Patienten gegenübersitzen und sich nicht hinter ihrem Rücken verschanzen. Der Erfolg einer Analyse hänge vom Vertrauen zum Therapeuten ab, und seiner Meinung nach erfordere dieses Vertrauen, dass man von Angesicht zu Angesicht sprechen könne.

»Ich weiß«, sagte er, »dass es zunächst einmal irritierend sein kann, an einem großen Tisch zu sitzen, doch ich möchte Ihre Reaktionen beobachten und nicht nur Ihre Worte hören.«

Doktor Schneider war ein Sonderling, doch Melly fand seine Vorgehensweise durchaus einleuchtend.

Während ihrer ersten Sitzung begnügte sich Schneider

damit, ihr zuzuhören. Melly erzählte ihm von ihrer Amnesie und ihrer Verwirrung darüber, sich manchmal zu fühlen, als würde sie in der Haut einer anderen Frau leben. Schneider nickte mehrmals und machte sich Notizen.

Im Lauf der darauf folgenden Sitzung fragte er, ob sie ihm diese andere genauer beschreiben könne. Melly war dazu nicht in der Lage. Aber sie vertraute ihm an, sicher zu sein, einen Mann leidenschaftlich geliebt zu haben, auch wenn alle Recherchen bezüglich ihrer Vergangenheit das genaue Gegenteil bestätigten.

Schneider stellte die Hypothese auf, sie habe ihrer Kunst die Züge eines Mannes aufgedrückt, weil sie ihr Leben der Musik geopfert habe, und ihm dadurch in gewisser Weise einen Sinn gegeben. Zugleich sei auf diese Weise jedoch eine Leere entstanden, die der Natur zuwider sei. Melly bezweifelte allerdings, jemals in Begleitung ihres Klaviers über einen Hafendamm spaziert zu sein…

Eine Arzthelferin klopfte an die Tür und flüsterte Doktor Schneider etwas zu. Er entschuldigte sich bei Melly, er müsse sie kurz allein lassen. Einem seiner Patienten ginge es sehr schlecht, und er wolle versuchen, ihm per Videokonferenz zu helfen. Schneider versprach, es würde nicht lange dauern, und ließ sie alleine zurück.

Sobald er gegangen war, sah sich Melly im Raum um und entdeckte einen Computer. Da kam ihr die Idee, Simon eine Mail zu schreiben. Also rollte sie mit ihrem Stuhl hinüber und zwinkerte vor dem Bildschirm mit den Augen, um die Mailbox zu öffnen. Doch nichts geschah.

Sie versuchte es erneut mit ebenso wenig Erfolg und dachte, der Computer sei defekt.

Als sie schon aufgeben wollte, öffnete sich plötzlich auf dem Bildschirm ein Fenster, in dem geschrieben stand:

[1 + 1 = 1]

Melly starrte auf die sonderbare Gleichung, beugte sich über die Tastatur und tippte:

[1 + 1 = 2]

Der Bildschirm wurde schwarz, dann erschien erneut:

[1 + 1 = 1]

Der Computer spielte ganz offensichtlich verrückt. Melly zuckte mit den Schultern, als auf dem Bildschirm zu lesen war:

Hello

»Hello«, gab Melly zurück, selbst erstaunt, es laut gesagt zu haben.

[1 + 2 = 1]

»Für einen Computer bist du aber nicht besonders begabt im Rechnen.«

Der Bildschirm wurde wieder schwarz, bis zu lesen war:

Nimm die Medikamente nicht

Melly fühlte, wie ihr Herz heftiger zu schlagen begann.

»Wer sind Sie?«, fragte sie.

Vier Buchstaben erschienen:

HOPE

Vom Flur her waren Schritte zu hören, und der Bildschirm erlosch.

Melly rollte mit dem Stuhl zurück zum Tisch. Die Arzthelferin trat ein, um ihr mitzuteilen, Doktor Schneiders Konsultation dauere länger als gedacht, und um sie nicht warten zu lassen, ziehe er es vor, die Sitzung am nächsten Tag fortzusetzen.

Melly fragte, ob sie noch ein Weilchen bleiben könne, und schob vor, sie wolle noch einmal über ihr Gespräch mit Doktor Schneider nachdenken, solange die Eindrücke noch frisch waren.

Die Arzthelferin hatte nichts dagegen; der nächste Patient käme erst in zwanzig Minuten. So lange könne Melly bleiben.

Sobald sie allein war, kehrte sie zum Bildschirm zurück und schrieb:

»Wer ist Hope?«

Du

»Ich heiße nicht Hope.«

1 = Hope

»Ich verstehe nicht!«

1 + 2 = 1

»Ich verstehe immer noch nicht!«

2 = Josh

»Wer oder was auch immer du sein magst, hör auf mit diesen idiotischen Gleichungen. Drück dich auf verständliche Art aus!«

Der Bildschirm wurde schwarz. Nur ein kleiner blinkender Punkt deutete darauf hin, dass das Programm dabei war »nachzudenken«.

Auf Mellys Frage hin antwortete Neurolink schließlich:

Hope war ein Versprechen an die Zukunft,
du bist die Gegenwart.
Ich kann dir nichts beibringen, was du nicht schon weißt.

»Aber ich weiß doch nichts!«, empörte sich Melly. »Was soll dieses Ratespiel?«

Finde sie wieder. Ich habe dir alles verraten.
Goodbye, Hope.

Melly zuckte zusammen, als die Arzthelferin eintrat und sie bat zu gehen. Bis sie sich umdrehte, um zu antworten, war der Bildschirm schwarz.

Das Erste, was ihr in den Sinn kam, als sie das Zentrum verließ, war, Simon anzurufen. Sie sah auf die Uhr – um diese Zeit musste er bei den Proben auf der Bühne und weit weg von seinem Smartphone sein.

Walt erwartete sie vor dem Tor. Sie stieg in den Wagen und bat ihn, sie ins Stadtzentrum zu fahren.

»Ist etwas nicht in Ordnung, Miss, Sie machen mir einen bekümmerten Eindruck«, meinte der Chauffeur mit einem Blick in den Rückspiegel.

Melly war nicht bekümmert, sondern perplex und in Sorge. Wer trieb hinter diesem Bildschirm sein Spiel mit ihr? Wer war Hope? Inwiefern entsprach die Zahl 2 einem männlichen Vornamen? Und vor allem: Was wusste sie schon? So viele Fragen ohne Antworten, zu denen sich eine weitere gesellte: Warum diktierte ihr der Instinkt, all das für sich zu behalten?

Vielleicht weil man sie für verrückt erklären würde, wenn sie erzählte, was ihr widerfahren war.

Und nachdem sie weiter schwieg, öffnete Walt das Handschuhfach, zog einen versilberten Flachmann heraus, schraubte ihn auf und reichte ihn Melly.

»Vorsicht, das Zeug hat es in sich.«

Melly nahm einen Schluck und fing an, heftig zu husten. Walt lächelte, als er ihr den Flakon wieder abnahm.

»Das dürfte reichen«, sagte sie, noch immer hustend.

»Den Eindruck habe ich auch, Sie sind scharlachrot geworden. Und jetzt raus mit der Sprache – wohin wollen Sie? Irgendetwas sagt mir, dass es nicht Ihr Wunsch ist, gleich nach Hause zu fahren.«

Walt hatte recht. Sie hatte keine Lust, zum Anwesen zurückzukehren – weder gleich, und noch weniger heute

Abend. Sie dachte an das Angebot von Simon und bat Walt, sie am Commonwealth Drive, Hausnummer 65 abzusetzen.

Der Pförtner des Hauses öffnete ihr die Tür und überließ ihr die Schlüssel. Melly sah sich rasch in der Wohnung um: ein Schlafzimmer, ein winziges Bad und ein Wohnzimmer mit Küchenzeile. Die Fenster der dritten Etage blickten auf eine kleine Grünanlage.

Beim Anblick der roten Ziegelbauten mit ihren Bogenfenstern hätte man sich in Mayfair wähnen können.

Kurz darauf ging Melly wieder nach unten und bat Walt inständig, ihr einen letzten Gefallen zu tun.

Der Chauffeur fuhr zum Anwesen zurück, betrat die Küche, vergewisserte sich, dass der Butler nicht in der Nähe war, und erklärte Dolores, um was das junge Fräulein ihn gebeten hatte.

Wenig später machte er sich erneut auf den Weg zum Commonwealth Drive, diesmal mit dem Koffer, den Dolores für Melly gepackt hatte. Er gab ihn beim Pförtner ab und fuhr zurück.

Als abends gegen sieben zu Tisch gebeten wurde, informierte Dolores Mister Barnett, seine Tochter sei für mehrere Tage weggefahren. Harold war verwundert, ja geradezu pikiert, und Dolores gab ihm durch ein Augenzwinkern zu verstehen, er solle ihr ins Anrichtezimmer folgen. Harold fragte sich, was ihr einfiel, sich so ungebührend zu verhalten, doch Dolores bedachte ihn mit einem rügenden Blick, und er fügte sich.

In vertraulichem Ton ließ sie ihn schwören, sie niemals zu verraten, und erklärte, die junge Miss bereite eine Überraschung für ihn vor. Sie habe sich mit ihren Musikerfreunden getroffen in der Hoffnung, wieder in die Philharmonie aufgenommen zu werden und an ihren Tourneen teilzunehmen.

Harold schlug beide Hände vor den geöffneten Mund, um durch diese Geste zu bedeuten, dass er schweigen würde wie ein Grab. Daraufhin begab er sich frohgemut ins Esszimmer, und Dolores konnte von hinten sehen, wie er sie mit erhobenem Daumen beglückwünschte. Während er sich auf dem Flur entfernte, fragte sich Dolores, wie ein Mann so dumm und zugleich in der Lage sein konnte, ein Wirtschaftsimperium aufzubauen.

Zu Anfang war Melly die Vorstellung etwas peinlich, einfach unter Simons Laken zu schlüpfen, doch dann erinnerte sie sich, dass sie in Pias Haus sogar schon einmal das Bett geteilt hatten.

Am Nachmittag schlenderte sie durch die Gassen der Stadt, um den Kopf freizubekommen, aber letztendlich fühlte sie sich erschöpft.

In einem Feinkostgeschäft kaufte sie ein und nahm dann ihr Abendessen vor dem Fernseher zu sich. Bis Mitternacht kämpfte sie gegen den Schlaf an, in der Hoffnung, Simon dann im Hotel erreichen zu können. Im Abstand von zehn Minuten schickte sie ihm zwei Mails, doch da er ihr nicht antwortete, kam sie zu der Überzeugung, dass er bestimmt einen Abend in netter Gesellschaft verbrachte. Bevor sie einschlief, schrieb sie ihm noch eine kleine Nachricht, um ihm mitzuteilen, sie habe sich in seiner Wohnung eingenistet und fühle sich unendlich frei, nicht mehr in diesem großen Haus eingesperrt zu sein. Mit schweren Lidern dankte sie ihm und sandte ihm einen schriftlichen, aber dennoch zärtlichen Kuss und wäre fast mitten im Satz eingeschlafen.

Kapitel 22

Als Melly aufwachte, fühlte sie sich noch freier als am Tag zuvor, endlich stand ihr ein neues Leben offen. Simons Wohnung war kaum größer als ihr Zimmer im Haus ihrer Eltern, aber sie hatte eine Größe, in der sie sich wohlfühlte. In der Einrichtung erkannte sie Simons guten Geschmack.

Auf beiden Seiten einer Kaminumrandung bogen sich die Bretter eines Bücherregals unter ihrer Last. Ein Sisalteppich bedeckte beinahe das gesamte alte Parkett, das unter Mellys Schritten knarrte. Ein Sofa und zwei weiße Leinensessel standen sich zu beiden Seiten eines Couchtischs gegenüber, auf dem sich Kunstbücher stapelten. Die Äste der Platanen reichten bis zu den beiden Fenstern, durch die ein angenehmes Licht in den Raum fiel. An den Wänden sorgten geschmackvolle Plakate für einen Hauch von Farbe in diesem weißen Schmuckkästchen. Melly hatte nicht gewusst, dass Simon so gerne las, und dachte, wenn Alvin an ihrer Stelle vor dieser Bibliothek gestanden hätte, wäre er der glücklichste Mensch gewesen. Eine Vielzahl von Bildbänden zeugte von Simons Reisen. New York, San Francisco, Moskau, Schanghai, Berlin, Rom, Paris, London – so viele Metropolen, in denen sie mit ihm hätte auftreten sollen, waren in diesen Büchern verewigt.

Melly wählte den Band über Hongkong und setzte sich im Schneidersitz auf den Teppich. Sie blätterte das Buch durch, als ihr Blick plötzlich auf einen anderen Band aus derselben Reihe fiel. Sie legte ihr Buch beiseite und griff danach. Das Einbandfoto zeigte einen Leuchtturm.

Melly studierte ihn mit größter Aufmerksamkeit, und plötzlich stiegen ihr Tränen in die Augen, ohne dass sie verstanden hätte, warum. Je mehr sie versuchte, sie zurückzuhalten, desto stärker flossen sie.

Ihr Telefon klingelte, und als sie Simons Stimme hörte, schluchzte sie los.

»Du weinst?«

»Nein, ich habe einen starken Schnupfen.«

»Ich höre genau, dass du weinst, fühlst du dich bei mir nicht wohl?«, fragte er beunruhigt.

»Im Gegenteil«, antwortete Melly.

»Was ist dann los mit dir?«

»Ich weiß es nicht«, stammelte sie, »es ist dieses Buch.«

»Da bin ich wie du, bei bestimmten Romanen muss ich weinen.«

»Es war kein Roman…« Melly schluchzte auf. »Und ich bin noch nicht einmal dazu gekommen, es aufzuschlagen.«

»Ach ja? Welches Buch denn?«

»Ein Bildband mit einem Leuchtturm auf dem Cover.«

»Brant Point!«

»Was?«

»Auf dem Einband ist der Leuchtturm Brant Point abgebildet, es ist einer der bekanntesten des Landes. Im Sommer strömen die Touristen nach Nantucket, um ihn zu sehen. Darf ich erfahren, warum dich dieser Leuchtturm so aus der Fassung bringt?«

»Keine Ahnung, ich habe ihn angeschaut und habe angefangen, wie eine Idiotin zu heulen.«

»Wenn Leute grundlos weinen, sagt man ihnen normalerweise, sie sollen nicht so viel in sich hineinhorchen, aber dir würde ich im Gegenteil gerne raten, etwas mehr in dich hineinzuhorchen. Wenn dich das Foto von einem Leuchtturm in einen solchen Zustand versetzt, dann hat das etwas zu bedeuten. Fragt sich nur, was.«

»Einverstanden, aber was soll ich tun?«

»Ihn dir vielleicht aus der Nähe anschauen?«

»Ja, vielleicht«, murmelte Melly.

»Nächsten Sonntag haben wir frei. Ich nehme ein Flugzeug und fahre mit dir hin.«

»Wo spielst du am Samstag?«

»In Vancouver.«

»Also, dann kommt es überhaupt nicht infrage, dass du wegen mir eine Nacht im Flieger verbringst, und außerdem hast du recht, ich muss alleine dorthin gehen.«

»Ich kann nicht recht haben, denn ich habe soeben das Gegenteil vorgeschlagen.«

»Simon, glaubst du, dass ich eines Tages verstehen werde, was mit mir geschieht? Warum darf ich nicht einfach sein wie alle anderen?«

»Weil die Normalität sterbenslangweilig ist.«

»Du hast jemanden kennengelernt!«

»Wie kommst du denn darauf?«

»Du hast die Stimme von jemandem, der jemanden kennengelernt hat und seine beste Freundin anruft, um ihr zu erzählen, dass er glücklich ist. Wie heißt er?«

»Gefahr im Verzug.«

»Das soll ein Name sein?«

»Nein, aber es könnte sein, dass ich mein Herz verliere.«

»Warum sagt man verlieren, wenn man doch die Liebe gewinnt?«

»Weil man, wenn man Liebeskummer hat, erst wieder auf die Beine kommen muss.«

»Und wenn es einem guttut?«

»Ich vermute, dass man dann nichts verliert, sondern einfach liebt.«

»Also, das wünsche ich dir, aber pass trotzdem gut auf dich auf – oder nein, vergiss, was ich gerade gesagt habe, lebe das pralle Leben und versage dir nichts und …«

»Und wenn ich doch verliere?«

»Du hast eine Freundin, die dich in die Arme nehmen würde.«

»Melly, das wird wieder, hab Geduld und alles wird wieder normal.«

»Ich dachte, die Normalität sei stinklangweilig.«

»Eins zu null für dich.«

»Geh zu deinem ›Gefahr in Verzug‹ und mach dir um mich keine Sorgen. Ich werde diesen Leuchtturm aufsuchen und dich auf dem Laufenden halten. Du hast Nantucket gesagt, stimmt's?«

»Meine Autoschlüssel liegen auf dem Abstelltischchen in der Diele. Das Auto steht in der Tiefgarage des Hauses, es gibt nur ein Untergeschoss, du kannst es nicht verfehlen. Fahr bis Cape Cod, nimm die Fähre und ruf mich ganz bestimmt von dort an. Wenn du da übernachten willst, empfehle ich dir ein Bed and Breakfast, das direkt am Hafen liegt. Es ist das älteste der Stadt. Von außen sieht es nach nichts aus, aber wenn du durch die Tür gehst, wirst du einen der hübschesten Orte entdecken, die ich kenne.«

»Versprochen, ich rufe dich sofort nach meiner Ankunft an.«

»Ich verlasse mich darauf. Und sei vorsichtig mit meinem Auto, es ist eine alte Dame, und wie alle Großmütter schön und empfindlich. Ich umarme dich, Melly.«

Melly legte auf und griff wieder nach dem Buch. Lange betrachtete sie das Foto des Leuchtturms Brant Point, und wenn sie keine Angst gehabt hätte, sich selbst für verrückt zu halten, hätte sie schwören können, dass er ihr zulächelte.

Sie ging in die Diele, nahm Simons Autoschlüssel von dem Tischchen und machte sich auf den Weg in die Tiefgarage.

Melly steuerte Richtung Süden. Das Autofahren erschien ihr ebenso einfach wie das Klavierspielen, aber mit ihrem Haar, das im Wind flatterte, sehr viel amüsanter. Sie kam genau zur rechten Zeit in Cape Cod an, um die Fähre zu erreichen, die gerade ablegen wollte.

Sobald die Fähre den Hafen verließ, wurde ihr übel, und sie verließ die Kabine und ging hinauf an Deck.

Die Fähre pflügte durch die leichte Dünung, und Melly berauschte sich an der Meeresluft, während sie sah, wie sich die Möwenschwärme entfernten, die in Küstennähe über den Wellen ihre Pirouetten drehten.

Nantucket war eine wundervolle Insel, noch schöner, als Melly sie sich vorgestellt hatte.

Sie entdeckte das Bed and Breakfast, das Simon ihr empfohlen hatte. Auf seinen Pfählen, die im Wasser standen, hatte es etwas Anmutiges, Fröhliches, und sie ahnte sofort, warum es ihm gefallen hatte.

Ein Souvenirverkäufer wies ihr den Weg zum Leuchtturm Brant Point.

Vom Holzsteg aus erschien er ihr kleiner als auf dem Foto, aber er hatte Stil. Sie fragte sich, was sie hier eigentlich machte und ob die Hoffnung nicht falsch gewesen war, diese Reise werde ihr Antworten bringen.

Melly lehnte sich auf das Geländer, füllte ihre Lungen mit Luft und ließ den Blick über die Wellen schweifen.

Im Rauschen des Windes hörte sie:

»Wirf mich ins Meer, mein Josh. Auch ich möchte eine zweite Chance haben.«

Sie blickte suchend um sich, woher diese Stimme kam.

»Glaubst du an ein Leben nach dem Tod?«

»An manchen Tagen, wenn ich wirklich Angst habe, schon.«

Wahrscheinlich unterhielt sich ein Paar auf der anderen Seite des Leuchtturms. Sie umrundete ihn und kam an ihren Ausgangspunkt zurück, ohne jemanden gesehen zu haben.

»Hast du Angst vor dem Tod?«

»Ja, vor deinem Tod.«

»Wenn es wirklich ein Leben nach dem Tod gibt, werde ich sehr jung sein, wenn es beginnt, während du es erst als hinkender Greis anfangen wirst.«

»Warum sollte ich so alt werden?«

»Weil das Leben schön ist, und weil ich es dir befehle.«

Melly vermutete, der Wind trage diese Worte bis zu ihr. Sie drehte sich um und blickte suchend über den Strand.

Etwa hundert Meter entfernt erhoben sich drei kleine, von Hibiskusbüschen überwachsene Hügel. Hinter dem am weitesten entfernten bemerkte sie eine verfallene weiß gekalkte Hütte.

Da sie sich ganz sicher sein wollte, ging sie auf dem Steg zurück in Richtung dieser Hütte.

Die Stimmen kamen näher.

»Je weniger von jedem Einzelnen allein bleibt, desto mehr bleibt von uns beiden.«

Die Umgebung war verlassen, nur drei kleine Jungen spielten auf der Düne. Sie begriff, dass diese Worte von nirgendwoher kamen, sondern sie sie in ihrem Kopf hörte.

Ihr Herz begann heftig zu schlagen, sie beschleunigte den Schritt und blieb plötzlich vor einem weißen Stein stehen, der am Fuß des Häuschens auf einem weichen Graspolster lag.

Melly kniete sich davor, wischte mit der Hand die dünne Sandschicht ab und entdeckte zwei eingravierte Vornamen.

Eine elektrische Entladung lief ihren Nacken entlang, sie verdrehte die Augen und verlor das Bewusstsein.

»Ma'am? Ma'am?«

Der Junge schüttelte sie an den Schultern, seine beiden Kameraden sahen ihm dabei zu.

»Was meinst du, Fred, sollen wir vielleicht Hilfe holen?«

»Warte, Momo, ich glaube, sie macht die Augen auf.«

»Ma'am? Schläfst du oder bist du tot?«

Melly richtete sich auf und hielt sich dabei den Kopf. Sie hatte den Eindruck, vom Blitz getroffen worden zu sein.

Sie blieb im Sand sitzen, noch zu benommen, um aufzustehen.

»Bist du ganz von alleine hingefallen?«

»Ich glaube schon«, sagte sie und lächelte das Kind an.

Noch immer hörte sie die Stimmen, die ihr zuraunten.

»Und wenn ich wirklich eines Tages zurückkäme und dich nicht finden würde?«

»Du wirst mich finden, da bin ich mir ganz sicher, und wenn nicht ich es bin, wirst du mich im Blick eines anderen finden, in seinem Herzen, seiner Jugend, und du wirst ihn mit all der Kraft lieben, die ich dir gegeben habe. Dann wird es an dir sein, mir einen Moment der Ewigkeit zu schenken. Du wirst ihm erzählen, dass wir als Erste verrückt genug waren, den Tod herauszufordern, und du wirst über unsere Intelligenz lachen. Das wird das erste und letzte Mal sein, dass du von mir sprichst, danach musst du ihm Platz lassen.«

»Ist dir bewusst, was du da sagst? Deine Geschichte, mein Josh, ist der Horizont auf den Kopf gestellt.«

»Ich bin Fred, das ist Momo, und mein Freund mit der Kappe ist Samy, und wie heißt du, Ma'am?«

»Hope, ich heiße Hope«, antwortete sie.

Kapitel 23

»Dann ist das also dein Vorname auf diesem Stein?«, fragte Momo.

»Ja.«

»Und wer ist Josh?«

»Mein Horizont auf den Kopf gestellt.«

Momo war sich nicht sicher, verstanden zu haben, was sie da sagte, und zuckte mit den Schultern.

»Warum ist der Stein da?«

»Weil dort ein Schatz vergraben ist. Helft ihr mir beim Ausbuddeln?«

Die drei Jungen ließen sich nicht zweimal bitten, und bald hielten sie einen kleinen schwarzen Koffer in den sandigen Händen.

Hope gab ihnen etwas Geld, damit sie sich ein Eis kaufen konnten, und sie starteten schreiend einen Wettlauf, wer als Erster das Ziel erreichen würde.

Als sie allein war, öffnete Hope die Schlösser und klappte den Deckel auf.

Der Koffer enthielt Gegenstände, die ihr vertraut waren. Gegenstände, die sie auf dem sonntäglichen Flohmarkt gekauft hatte, unter anderem ein kleines Holzflugzeug, bei dessen Anblick ihr die Tränen kamen. Sie atmete tief durch und entfaltete den Brief.

Hope, meine Liebste,
wenn Du diesen Koffer öffnest, dann haben wir eine unglaubliche Meisterleistung vollbracht.
Wie paradox, dass mir beim Schreiben dieser Zeilen so schwer ums Herz ist und ich doch voller Hoffnung bin, dass Du sie eines Tages liest.
Wenn es uns auch unwichtig schien, so ist es dennoch die Art, wie wir uns lieben, die uns zu dem macht, was wir sind. Ich glaubte früher, als Erwachsener würde man ebenso lieben wie als Kind, aber das war ein Irrtum, denn die wahre Liebe besteht darin, das zu geben, was einem selbst fehlt, und das habe ich durch Dich gelernt.
Wenn die letzten Abende kommen, werde ich an Deiner Seite sein und zusehen, wie Du atmest, ich werde das Geräusch Deiner Gegenwart in mich aufnehmen, um es nie zu vergessen. Ich werde meinen Kopf auf Deine Schulter legen, damit der Geruch Deiner Haut mich durchdringt, um mich nur an die Tage zu erinnern, an denen Du gelacht hast, wenn wir uns liebten und ich, an Deine feuchten Brüste geschmiegt, ein Alchemist des Lebens war. Der Tod ist ein Sakrileg, das in unser beider Leben eingedrungen ist und sie mit sich nimmt.
Wenn Du nicht mehr da bist, werde ich die ganze Welt nach einem Funken Liebe und Menschlichkeit durchsuchen, nach zwei Unbekannten, die sich bei der Hand halten und mich an uns erinnern. Ich werde auf den sonntäglichen Flohmarkt gehen, um auf unseren Spuren

zu wandeln, um unsere Zweifel und unser Verlangen wiederzufinden.
Ich weiß, dass Du mehr Angst hast um mich, der zurückbleibt, als um Dich, die Du gehst. Du verlangst von mir, dass ich weiterlebe und erneut liebe. Ich habe gesehen, dass Du dafür gekämpft und Deine letzten Kräfte mobilisiert hast, um mir Zeit zu lassen, es zu lernen. Aber wie soll ich die Welt ohne Dich an meiner Seite sehen, wie sollen die Tage Licht finden, ohne Dein Lachen, das sie erhellte, welches Buch wäre es wert, gelesen zu werden, wenn ich Dir nicht davon erzählen kann? Es heißt, der Sinn des Lebens bestehe in den Sinnen, die das Leben uns gibt. Aber wie soll ich riechen ohne Deinen Geruch, hören ohne Deine Stimme, sehen ohne Deinen Blick, etwas berühren ohne Deine Hände, schmecken ohne Deine Haut? Wie soll ich ohne Dich leben?
Ich weiß, Du wirst mir das Versprechen abverlangen, dem Tod nichts zu überlassen, ihm nicht all die Liebe zu opfern, die Du mir geschenkt hast. Wenn Du in seinen Armen sein wirst, dann bitte ihn, dass die Zeit schnell vergehen möge, dass ich bald als alter Mann diese Straßen durchschreiten kann, über die wir zusammen gelaufen sind, und bei der Vorstellung lächele, bald wieder mit Dir vereint zu sein.
Sag ihm, dass unsere Liebe stärker ist als er, weil sie uns überleben wird.
Du bist die Frau, die ich mir in meinen kühnsten Vorstellungen nicht zu erträumen wagte. Siehst Du, letztlich warst Du die Alchemistin des Lebens.
Ich weiß nicht, wie viele Jahre vergangen sein werden, seit dem Tag, da wir Hand in Hand diese Insel verlassen

haben. Aber Du musst wissen, dass es keinen Morgen gab, an dem ich die Augen geöffnet habe, ohne Dir Guten Tag zu sagen, und nicht einen Abend, an dem ich sie geschlossen hätte, ohne Dein Gesicht vor mir zu sehen.

Und wenn Du diese Worte liest, dann bitte auch ich Dich, mir ein Versprechen zu geben. Liebe von ganzem Herzen, ohne Zurückhaltung und Bedauern. Wir waren glücklich, und das beinhaltet einige Verpflichtungen gegenüber dem Glück.

Möge Dein Leben schön sein, meine Geliebte, ebenso schön wie jenes, das Du mir geschenkt hast.

Es war ein Privileg, Dich zu kennen.

Ich liebe Dich.

Dein Josh

Hope blieb bis zum Abend am Strand, in der einen Hand den Brief, in der anderen das kleine Holzflugzeug.

Dann legte sie beides zurück in den Koffer und nahm ihn mit.

Es heißt, die Menschen würden ihr Leben kurz vor dem Tod in rückwärtiger Reihenfolge vorbeiziehen sehen, Hope, die auferstanden war, sah das ihre richtig herum vorbeiziehen.

Auf der Fähre, die sie nach Cape Cod zurückbrachte, betrachtete Hope, das Gesicht im Wind, wie sich Nantucket entfernte, und erinnerte sich an die letzten Worte, die sie mit Josh gewechselt hatte, als sie den Koffer vergruben, den sie jetzt an sich gepresst hielt.

»Und du, mein Josh, wirst du inzwischen leben und altern?«

»Nein, denn ich werde auf dich warten.«

Kapitel 24

Es war zwei Uhr morgens, als Hope Simons Wohnung betrat. Sie stellte den Koffer vor dem Bett ab und rief ihn an.

»Habe ich dich geweckt?«

»Entweder hast du nicht auf die Uhr gesehen, oder deine Frage ist das Heuchlerischste, was ich heute gehört habe. Aber nachdem ich dir zwei Nachrichten hinterlassen habe, auf die du nicht geantwortet hast, war ich furchtbar in Sorge, und nein, du weckst mich nicht.«

»Entschuldige, ich höre diese verflixte Mailbox nie ab.«

»Also, erzählst du es mir nun oder nicht? Ich habe noch nie so schlecht gespielt wie heute Abend. Deinetwegen habe ich mir strenge Blicke des Dirigenten eingehandelt.«

»Setz dich lieber erst mal hin.«

»Ich liege im Bett und habe auch die Absicht, hier zu bleiben.«

Hope erzählte ihm alles. Sie war nicht die Freundin, mit der er um die Welt gereist war, nicht diejenige, die er so viele Jahre lang von Konzert zu Konzert begleitet hatte. Die Frau, die er gekannt hatte, war bei einem Hubschrauberabsturz gestorben, und die, die man ins Leben zurückgeholt hatte, war eine andere.

Sie entschuldigte sich für diesen Schwindel und schwor ihm, die Wahrheit erst am Fuße des Leuchtturms erkannt zu haben, der ihr Gedächtnis gleichsam erleuchtet hatte.

Simon schwieg, und Hope erging sich erneut in Entschuldigungen. Sie würde morgen verschwinden, und er würde nie wieder etwas von ihr hören.

»Simon, sag doch etwas, du bist der einzige Mensch, den ich auf dieser Erde kenne und der mir nicht völlig fremd ist.«

»Ich finde dies Dolores und Walt gegenüber etwas gemein. Aber was soll ich dir sagen? Dass ich keine andere Wahl habe, als dir zu glauben oder dir zu raten, dich ins Irrenhaus einweisen zu lassen? Und ich denke auch, die Ärzte, die dich wieder ins Leben geholt haben, schulden dir eine Erklärung. Aber auch ich will ehrlich sein: Melly ist erst nach dem Unfall meine beste Freundin geworden. Entschuldige, ich wollte Hope sagen, dass ich mich wohl daran gewöhnen muss, dich so zu nennen. Es gibt Liebe auf den ersten Blick, warum sollte das nicht auch bei Freundschaft möglich sein? Bleib in meiner Wohnung, solange du willst, und ich vermute, du brauchst sie heute mehr als gestern. Ich komme bald zurück, und dann feiern wir diesen Wahnsinn zusammen, denn einen solchen Wahnsinn nicht würdig zu feiern, wäre eine Beleidigung für das Leben. Aber das Wichtigste ist, was du jetzt tun musst.«

»Ich weiß, ich muss es auch Mellys Eltern erklären.«

»Na, da wünsche ich dir viel Glück, aber ich spreche auch von dem Mann deines Lebens.«

»Ich werde Josh finden, wo auch immer er sein mag, auch wenn ich noch keine Idee habe, wie ich das anstellen soll.«

»Kehre an den Ort des Verbrechens zurück, das tun die guten Fahnder in den Krimis auch immer.«

»Simon, wenn du morgen auf der Bühne stehst, wirst du für uns spielen, versprichst du mir das?«

»Mein Liebes, würde ich mich nicht wegen des Dirigenten zurückhalten, der im Nachbarzimmer schläft, würde ich sofort zu meiner Geige greifen und das ganze Hotel aufwecken. Wag es ja nicht, mich noch einmal ohne Nachricht von dir zu lassen. Und jetzt muss ich schlafen.«

Simon sandte ihr einen Kuss und legte sofort auf.

Am späten Vormittag des nächsten Tages stand Hope vor der Tür des Barnett'schen Anwesens. Harold wunderte sich, dass seine Tochter so früh zurück war, und mehr noch, als sie ihn in feierlichem Ton bat, Betsy zu rufen und dann mit ihr ins Musikzimmer zu kommen.

Sie enthüllte ihnen die ganze Geschichte und das traurige Schicksal ihrer Tochter. Die wahre Melly, die große Pianistin, hatte den Helikopterabsturz nicht überlebt, sie selbst war nur Hope, eine Studentin der Neurowissenschaften, die aus der Vergangenheit aufgetaucht war.

Betsy warf ihr vor, den Verstand verloren zu haben und nicht mehr zu wissen, was sie sage … Hatte sie etwa die Medikamente abgesetzt? Sie würde mit ihr ins Zentrum zu diesem wunderbaren Arzt fahren, und alles käme wieder in Ordnung. Wie sollte man einer solchen Absurdität Glauben schenken, und von welchem Dämon war sie besessen, ihr zu erzählen, ihre Tochter sei tot, wo sie doch vor ihr stünde? Und zum ersten Mal in vierzig Jahren Ehe schrie Harold seine Frau an, sie solle den Mund halten.

»Sie sagt die Wahrheit, und ich habe es immer gewusst«,

setzte er ruhig hinzu. »Als sie aufgewacht ist, war es nicht Melodys Blick, den ich sah, sondern der einer Fremden. Ich habe versucht, mit dir darüber zu sprechen, aber du wolltest mir nicht glauben, und es hat mir an Mut gefehlt, dich dazu zu zwingen. Im Zentrum ist etwas passiert … Sie haben die Aufzeichnung von Melodys Gedächtnis verloren oder versehentlich zerstört und uns stattdessen eine andere vorgesetzt. Von Anfang an habe ich den Forschungsleiter, der sich hinter seinem Bart und seiner Brille verschanzte und zu distanziert war, um ehrlich zu sein, verdächtigt, uns etwas zu verheimlichen. Du hast ihm blind vertraut, aber ich wusste sehr wohl, dass er uns hinter seiner scheinheiligen Maske belügt. Und Sie, Miss, wie lange führen Sie uns schon hinters Licht?«

Hope zog ein handgeschriebenes Dokument aus der Tasche, das sie am selben Morgen verfasst hatte. Darin bestätigte sie, keinerlei verwandtschaftliche Verbindung zur Familie Barnett zu haben und auf jegliche Erbansprüche zu verzichten.

Sie reichte es Harold, teilte ihnen ihr aufrichtiges Bedauern mit und ging ohne ein weiteres Wort.

Betsy lief ihr nach und versuchte, sie in die Arme zu nehmen, doch Harold hielt sie zurück und zog sie an sich.

Hope ging in die Küche, verabschiedete sich von Dolores und Walt, bedankte sich für alles, was sie beide für sie getan hatten, und verließ das Anwesen, um nie wieder zurückzukehren.

In dem Taxi, das sie zu Simons Wohnung zurückfuhr, dachte Hope an einen Satz, den Harold gesagt hatte. Der Forschungsleiter hatte nicht nur dem Ehepaar Barnett etwas verheimlicht. Sie erinnerte sich an das Gesicht, das sich am Tag ihres Erwachens über sie gebeugt hatte, und jetzt, da ihr Gedächtnis wieder funktionierte, wusste sie, wer sich hinter dem Bart und der Brille verbarg.

Sie bat den Fahrer, die Richtung zu ändern und sie zum Longview-Zentrum zu fahren.

Die Empfangsdame blieb hartnäckig, der Forschungsleiter empfing niemanden ohne Termin, und fügte dann sarkastisch hinzu, dass er ohnehin überhaupt niemanden empfinge.

Es gab nur wenige Mitarbeiter, die das Recht hatten, sein Büro zu betreten.

»Rufen Sie ihn bitte an und sagen Sie ihm, Hope möchte ihn sprechen.«

Die Empfangsdame hatte den Forschungsleiter oft genug an ihrem Tresen vorbeikommen sehen, um sicher zu sein, dass dieser schweigsame und sture Mann auf keinen Fall eine Geliebte hatte, und schon gar nicht eine, die mindestens vierzig Jahre jünger war als er selbst.

»Das werde ich nicht tun, weil mein Arbeitsplatz mir lieb ist, und außerdem würde es nichts nutzen, denn er ist heute nicht da.«

»Ich muss ihn sehen, es ist wirklich wichtig«, beharrte Hope.

»Dann schreiben Sie sich an der Fakultät des Massachusetts Institute of Technology im Fach Neurowissenschaften ein, er hält dort Vorlesungen.«

Ohne sich zu verabschieden, lief Hope zurück zu ihrem Taxi.

Als Hope die Tür zum Audimax öffnete, hielt der Professor bereits seit einer Stunde seine Vorlesung. Sie drängte sich in die letzte Reihe, wo sie einen freien Platz entdeckt hatte, und zwang die Studenten, die Knie anzuziehen, um sie vorbeizulassen.

»Habe ich etwas verpasst?«, fragte sie.

»Nein, eigentlich nicht«, antwortete ihre Nachbarin.

»Wie lange dauert die Vorlesung noch?«, flüsterte sie.

»Zehn Minuten, aber die werden dir vorkommen wie eine Ewigkeit. Du kannst dir gar nicht vorstellen, wie gerne der sich reden hört.«

Der Professor wandte sich zu seinen Studenten um, und Hope hatte nicht mehr den geringsten Zweifel.

»Wie Sie meinen Ausführungen entnehmen konnten, entwickelt sich das Programm Neurolink weiter, aber leider nur in Maßen, sodass wir nicht alle Anfragen annehmen können«, erklärte er mit verschlossenem Gesicht. »Es stellt sich die Frage, auf wie viele Aufzeichnungen ein Mensch im Lauf seines Lebens ein Anrecht hat. Wenn wir die Anzahl beschränken, könnten wir mehr Menschen die Möglichkeit bieten, ihr Gedächtnis zu speichern. Ich gebe Ihnen recht, das ist keine befriedigende Lösung. Wir haben noch einen langen Weg vor uns, bis die Intelligenz von Neurolink in der Lage sein wird, sich zwischen zwei Sitzungen zu aktualisieren, statt jedes Mal die gesamten Daten neu speichern zu müssen, wie wir es derzeit machen. Wir können schon jetzt vorhersehen, dass dann eine jährliche Aktualisierung nur wenige Stunden in Anspruch nehmen würde.«

»Wie kann man garantieren, dass Neurolink nicht im Moment der Wiederherstellung ein Fehler unterläuft?«, fragte Hope mit lauter Stimme.

Ein Murmeln ging durch das Audimax, während der Professor versuchte, im Dämmerlicht auszumachen, wer ihn da unterbrochen hatte.

»Ein Fehler in welcher Hinsicht, junges Fräulein, dessen Gesicht ich nicht sehen kann? Würden Sie bitte zumindest so höflich sein aufzustehen?«

»Nun, dass zum Beispiel das Programm den falschen Körper wählt.«

»Diese Frage haben wir bereits zu Anfang des Jahres behandelt. Doch offensichtlich hatten Sie gute Gründe, meine Vorlesung zu schwänzen, aber nehmen Sie bitte zur Kenntnis, dass Neurolink nicht die Freiheit hat, unkontrolliert einen solchen Prozess zu initiieren. Es kann also keinen Irrtum geben.«

»Ich hatte einen sehr guten Grund, Ihre Vorlesung nicht zu besuchen, Herr Professor. Ich schlief seit vierzig Jahren auf dem Server von Neurolink. Ich bin die Erste, deren Gedächtnis du aufgezeichnet hast.«

Das Gemurmel schwoll an, und alle Studenten wandten sich zu ihr um. Hope erhob sich und ging zum Ausgang des Audimax.

Der Professor entschuldigte sich bei seinen Studenten und eilte ihr nach.

Am Ende der Treppe holte er sie ein. Sie wartete an die Wand gelehnt auf ihn.

»Du hast ein paar mehr Falten. Der Bart verändert dich auch sehr, aber dein Blick hinter der Brille ist noch der gleiche.«

»Also bist du es tatsächlich. Du bist zurückgekommen …« Luke seufzte. »Mein Gott, bist du jung und so anders.«

»Lass Gott da, wo er ist. Wusstest du nichts, als du in mein Zimmer im Zentrum gekommen bist?«

»Natürlich nicht, wie kannst du das Gegenteil annehmen? … Warum bist du nicht früher zu mir gekommen?«

»Weil ich bis jetzt amnestisch war, wusstest du auch das nicht?«

»Aber bitte, Hope, was unterstellst du mir da?«

»Wo ist er, wo ist Josh?«

»Ich weiß es nicht, ich schwöre es. Nach deinem Tod war er nicht mehr der Mann, den du gekannt hast. Er hat das Zentrum und unsere Arbeit verlassen und sich in euer Loft zurückgezogen. Ich habe alles getan, um ihn herauszuholen, ihn zur Vernunft zu bringen, aber er wollte nichts davon wissen. Nach einer gewissen Zeit weigerte er sich sogar, mir die Tür zu öffnen. Der Einzige, mit dem er noch ein paar Worte wechselte, war der alte Italiener, der das Lebensmittelgeschäft in eurem Viertel betrieb. Von ihm bekam ich Neuigkeiten. Josh kaufte sein Essen dort ein und verschwand dann wieder im Loft. Eines Tages hat er all eure Sachen verkauft, sich ein Auto angeschafft und ist zu seinem Vater gefahren. Auch mich hat er verlassen. Ich habe nie wieder etwas von ihm gehört.«

»Und dabei hast du es bewenden lassen? Du hast ihn nicht gesucht?«

»Doch, ich habe ihm geschrieben und ihn angefleht, nach Boston zurückzukehren, aber meine Briefe sind mit dem Vermerk ›Empfänger unbekannt‹ zurückgekommen. Ich habe dann sogar bei der Gemeindeverwaltung des

Dorfes, in dem wir aufgewachsen sind, angerufen, und sie haben mir gesagt, Joshs Vater sei schon lange umgezogen. Wo hätte ich also nach ihm suchen sollen?«

»Und nachdem er weg war, bist du zum großen Boss des Zentrums aufgestiegen, bravo!«

»Nein, nur Forschungsleiter und auch das erst sehr spät, nach Flinchs Tod. Was hast du jetzt vor? Wenn du in Boston bleibst, könnten wir uns wiedersehen.«

»Ich werde ihn suchen.«

»Ist dir klar, dass er so alt ist wie ich?«

»Es ist mir egal, wie viel Zeit vergangen ist, unsere Liebe ist nicht gealtert, weil er auf mich gewartet hat.«

»Hope, überleg es dir gut, du hast dein Leben noch vor dir.«

Statt einer Antwort wich Hope ein paar Schritte zurück, wandte sich dann ab und ging.

Als sie zurück in Simons Wohnung war, fand Hope die Kraft, einen Anruf zu tätigen, vor dem sie sich seit ihrer Rückkehr aus Nantucket fürchtete. Sie wählte eine Nummer in Kalifornien und hielt den Atem an, als eine Frauenstimme sie fragte, wer am Apparat sei.

»Ich möchte mit Doktor Sam …«

»Aber ich bitte Sie, mein Mann ist seit zehn Jahren tot.«

Es gelang Hope, ihre Emotionen zu kontrollieren. Sie war darauf gefasst gewesen, dennoch überwältigte sie der Schmerz.

»Können Sie mir sagen, wo er begraben ist? Ich möchte an der letzten Ruhestätte seiner gedenken.«

»Sam liegt auf dem Friedhof von Tiburon. Aber wer sind Sie?«

»Jemand, der ihn gekannt und sehr geliebt hat.«

»Sind Sie eine seiner ehemaligen Patientinnen?«

»Nein, auch wenn es auf dasselbe hinausläuft. Irgendwann werde ich Sie besuchen und Ihnen alles erklären. Auf Wiederhören, Amelia.«

Hope legte auf, und die Witwe des Kinderarztes fragte sich den ganzen Tag lang, wer diese Frau gewesen sein mochte, die nicht wusste, dass ihr Mann gestorben war, die aber ihren Vornamen kannte.

Kapitel 25

Als Simon von seiner Reise zurückkehrte, studierte Hope die Anzeigen auf der Suche nach einer Wohnung, die sie sich leisten konnte. Sam hatte damals einen kleinen Geldbetrag auf das Konto von Longview eingezahlt, für den Fall dass … und der hatte innerhalb von vierzig Jahren Zinsen getragen.

Luke hatte dafür gesorgt, dass er ihr zukam. Er hatte seine Kontakte genutzt, um ihr eine Arbeit in der Bibliothek des Campus' zu verschaffen, bis sie sich entschlossen hätte, was sie aus ihrem neuen Leben machen wollte.

Simon konnte sie schließlich überzeugen, bei ihm wohnen zu bleiben. Sie tat ihm einen Gefallen, wenn sie die Wohnung während seiner langen Abwesenheiten betreute. Seine Grünpflanzen waren noch nie so schön gewesen wie jetzt, wo sie da war. Der Pförtner hatte einfach keinen grünen Daumen, da war nichts zu machen.

Während der Woche, die er in Boston war, half er ihr bei ihren Nachforschungen und verbrachte Stunden auf Externet, um die sozialen Netzwerke auf der Suche nach einem Josh zu durchforsten, der der Mann sein konnte, den Hope suchte.

Sie hatten einige hoffnungsvolle Scheinerfolge, die ihre Herzen schneller schlagen ließen, bis zusätzliche Informationen jedes Mal eine Enttäuschung brachten.

Dann flog Simon wieder ab, und sie tauschten erneut Mails aus.

Inzwischen waren drei Monate seit ihrer Reise nach Nantucket vergangen. Hope verbrachte die meiste Zeit damit, nach Josh zu suchen. Sie hatte Anzeigen in allen Zeitungen des Landes und in der einschlägigen Fachpresse aufgegeben. Und da Simon ihr gesagt hatte, man dürfe nie den Schauplatz des Verbrechens außer Acht lassen, hatte sie sogar Zettel in den Cafés des Viertels aufgehängt, in dem sie früher gewohnt hatten. Eines Abends rief der Pförtner sie an, um ihr zu sagen, in der Halle erwarte sie eine Frau, die sie sprechen wolle.

»Wer ist es?«, fragte Hope.

»Eine nicht mehr ganz junge Dame«, flüsterte er, »offenbar japanischer Abstammung.«

Kaum hatte der Mann die Worte ausgesprochen, war Hope schon im Treppenhaus.

Als Kasuko aus dem Lift stieg, bekam sie einen Schock. Sie betrachtete Hope lange und traute ihren Augen nicht.

»Das ist wirklich ungerecht«, erklärte sie lachend und schloss sie in die Arme.

Hope bat sie herein und bot ihr Tee an.

Kasuko nahm auf dem Sofa Platz und vermochte nicht, den Blick von diesem jungen Gesicht abzuwenden.

»Kein Wunder, dass es so schwer war, dich zu finden«, meinte sie schließlich.

»*Ich* hätte dich suchen müssen. Aber ich bin nicht auf die

Idee gekommen, dass du in Boston geblieben bist. Es fällt mir schwer, die Dinge klar zu sehen, dafür ist in den letzten drei Monaten zu viel passiert …«

»Ich weiß.«

»Und wie hast du mich gefunden?«

»Luke hat mir schließlich die Wahrheit gestanden. Seit du im Zentrum aufgewacht bist, habe ich ihm fast täglich Fragen über dich gestellt. In letzter Zeit habe ich bemerkt, dass er mich belog, und ihm gedroht, ihn zu verlassen, wenn er so weitermachen würde. Also hat er mir schließlich gestanden, dass Patient 102 das Gedächtnis wiedererlangt habe und dass es deins wäre. Und er hat auch von dem Geld gesprochen, das dein Vater dir hinterlassen hat, und von der Arbeit, die er in der Bibliothek für dich gefunden hat. Ich bin hingegangen und habe dort diese Adresse bekommen. Aber mal ehrlich, Hope, die Bibliothek des Campus' bei deinem Studienniveau und deinen wissenschaftlichen Kompetenzen?«

»Ich befürchte, meine Kompetenzen sind nicht auf dem neuesten Stand. Alle wissenschaftlichen Werke zur Verfügung zu haben, sie lesen zu können und noch dafür bezahlt zu werden, ist gar nicht so schlecht. Allerdings habe ich noch kein Buch aufgeschlagen, ich verbringe meine ganze Freizeit damit, Josh zu suchen. Du wusstest es also auch?«

»Nein, das Einzige, was ich wusste, ist, dass Neurolink die Kontrolle über den Gedächtnistransfer des Patienten 102 übernommen hat. Der Techniker stellte eine Anomalie fest, die mir einen Moment lang die Hoffnung gab, dass …«

»Dass was?«

»Dass du zurückkommen würdest. Luke hat versucht, den Prozess zu unterbrechen, aber ich habe vorher die Zugangsdaten ändern können. Doch ich glaube sowieso nicht, dass Neurolink ihn hätte gewähren lassen. Flinch hatte das Abkommen in den Quellcode integriert.«

»Warum hat Luke versucht, den Prozess zu unterbrechen, und welches Abkommen meinst du?«

»Das ist eine lange Geschichte, Hope, und ich bin gekommen, um sie dir zu erzählen. Sie betrifft nicht nur dich, sondern auch Josh.«

»Weißt du, wo er ist?«

»Ja und nein, es ist kompliziert.«

»Hat er ein neues Leben begonnen? Wenn er glücklich ist …«

»Sei still und lass mich erzählen, es ist schon so schwierig genug, und ich weiß nicht einmal, wo ich anfangen soll.«

»Bei ihm, denn nur er interessiert mich.«

»Josh konnte sich nie an den Gedanken gewöhnen, von dir getrennt zu sein, nach deinem Tod ebenso wenig wie vorher. Er hatte noch zu deinen Lebzeiten einen völlig verrückten und gefährlichen Plan ersonnen. Den hat er heimlich und ohne das Wissen anderer – Luke, dich und mich eingeschlossen – umgesetzt. Erinnere dich, als ihr mit dem Plan, dein Gedächtnis zu kopieren aus Nantucket zurückgekommen seid, war seins bereits fast vollständig gespeichert. Am Tag nach deinem Tod ist er ins Zentrum zurückgekehrt. Luke und ich konnten kaum glauben, dass er so stark war. Natürlich war er gramgebeugt, aber er war aktiv, und wir bewunderten ihn für seine Stärke. Aber er hat uns hinters Licht geführt. Als sein gesamtes Gedächtnis gespeichert war, ist er zu Flinch, dem guten alten Flinch, gegangen. Denn während der Wochen, in denen er Tag und Nacht über dich gewacht hat, hat dein Josh sein wissenschaftliches Genie auf eine harte Probe gestellt. Alle wussten, dass er der Kopf des Tandems war, das er mit Luke bildete. Luke war neidisch auf ihn … und all die Zugeständnisse, die er Flinch gegenüber machte, um sein Liebling zu werden, konnten daran nichts ändern. Wenn sie auch gemeinsam den Weg gefunden hatten, um das Gedächtnis zu encodieren, so war es doch Josh, der das Mittel entdeckt hat, es auch wieder zu aktivieren. Seine Entdeckung steckte noch in den Kinderschuhen, und es hat dreißig Jahre gedauert, sie wirklich funktionsfähig zu machen, aber Josh hat die Grundlagen geliefert, und er allein war der Erfinder.«

»Was hat das mit Flinch zu tun?«

»Sehr viel, du wirst gleich verstehen, warum. Josh hat ein Abkommen mit Flinch geschlossen. Er hat ihm seine Erfindung überlassen, nicht nur das, was er schon erschaffen hatte, sondern auch alles, was im Lauf seines Lebens noch dazukommen würde. Durch diesen Pakt hat Josh seine Seele endgültig an Longview verkauft.«

»Und was bekam er dafür?«

»Zwei Versprechen. Josh war der Meinung, nach der einhundertsten Gedächtnisübertragung könne man Neurolink als ein ausgereiftes und sicheres Programm betrachten. Longview musste sich verpflichten, danach dein Gedächtnis auf den ersten kompatiblen Körper zu übertragen. Josh hat nie an die Kryokonservierung geglaubt. Er hat sich aus Liebe zu dir auf das Spiel eingelassen, hingegen war er felsenfest von seinem Programm überzeugt. Und wie jeder Lügner, der etwas auf sich hält, vertraute Josh niemandem. Flinch musste ihm den Zugang zum Herzen von Neurolink gewähren, also zur Programmierung, die der Ursprung dieser künstlichen Intelligenz war. Und genau um diesen

Punkt ging es bei dem Abkommen, eine Art Win-win-Situation für beide. Nach dem einhundertsten Patienten würde Neurolink dein Gedächtnis auf den ersten kompatiblen Körper übertragen. Das war bei der Nummer 102 der Fall.«

»Du hast gesagt, es gab zwei Bedingungen bei dem Abkommen, welche war die zweite?«

»Dass Josh der Nächste wäre …«

»Aber das ist unmöglich, es kann nicht dasselbe Bewusstsein in zwei Körpern geben.«

»Nein, in der Tat, so etwas hätte Neurolink verhindert.«

»Dann verstehe ich es nicht.«

»Auch Flinch hat sich reinlegen lassen, als er dieses Abkommen unterschrieben hat. Josh hat elf Monate gebraucht, um den Quelltext von Neurolink zu ändern. Die Aufnahme seines eigenen Gedächtnisses war abgeschlossen und auf dem Server gespeichert. Er hatte erreicht, was er von Anfang an wollte.«

»Aber was wollte er denn?«

»Ich dachte, du hättest es verstanden. Sterben, um zugleich mit dir wieder aufzuerstehen. Josh hat sich an deinem Todestag umgebracht.«

Hope schwieg eine lange Weile. Sie war unfähig, auch nur ein Wort herauszubringen. Kasuko blieb bei ihr und machte etwas zu essen. Sie setzten sich an den Couchtisch, und Hope stellte die Frage, die sie bis dahin noch nicht zu formulieren gewagt hatte: »Wie lange dauert es noch, bis ein kompatibler Körper … ihn ins Leben zurückbringt?«

»Der Prozess ist heute Morgen abgeschlossen worden, und er hat die Augen wieder geöffnet. Ich wusste deine

Adresse schon seit einigen Wochen, aber ich wollte dich erst dann besuchen, wenn ich in der Lage wäre, dir auf diese Frage zu antworten.«

»Ist Josh hier in Boston?«, fragte Hope flehentlich.

»Nein, seit Neurolink wirklich aktiv ist, haben wir mehrere Zentren im ganzen Land eröffnet. Ich habe alle mir zur Verfügung stehenden Mittel eingesetzt, um über den Zeitpunkt und den Ort informiert zu werden, an dem es geschehen würde. Joshs Gedächtnis ist in Seattle übertragen worden. Ich habe mir erlaubt, dir ein Flugticket zu kaufen und eine kleine Wohnung in der Nähe des Zentrums zu mieten.«

»Eine Wohnung?«

»Hope, eure Fälle sind identisch, ihr habt zur gleichen Zeit denselben Prozess durchlaufen, und alles deutet darauf hin, dass Josh unter denselben Umständen zu sich kommt wie du. Du wirst dich gedulden und warten müssen, bis sein Gedächtnis wieder funktioniert, um ihn wirklich wiederzufinden.«

Kasuko verbrachte die Nacht bei Hope. Am Morgen fuhr sie sie zum Flughafen.

Als sie sich von ihr verabschiedete, bat sie Hope zu versuchen, Luke eines Tages zu verzeihen.

»In dem Jahr, in dem du gestorben bist, hat er die beiden Menschen verloren, die ihm am wichtigsten auf der Welt waren: seinen Freund und jene Frau, die er geliebt hat, seit er zum ersten Mal auf einem Rasen des Campus' ihrem Blick begegnet war. Sag jetzt nichts, ich möchte, dass zumindest einer von uns vieren nie gelogen hat. Du hast immer gewusst, dass Luke dich liebte, und um diese unerwiderte Liebe zu trösten, hast du ihn mir vorgestellt. Und das wusste ich auch, man brauchte ihn nur in deiner Gegenwart zu beobachten. Aber ich liebe ihn von ganzem Herzen, wenngleich er mich erst an zweiter Stelle liebt, reicht mir ein Teil von ihm, und ich bedauere nichts. Als du aufgewacht bist, hatte er Angst, und das verstehe ich, denn ich selbst hatte auch Angst. Und jetzt geht unser Leben dem Ende entgegen, während das eure erst beginnt, also tu alles dafür, dass sich das Ganze auch gelohnt hat. Werdet glücklich.«

Kasuko schloss Hope in die Arme und sah ihr nach, als sie zum Terminal eilte.

Kapitel 26

Josh verließ das Zentrum, zwei Monate nachdem er aufgewacht war.

Hope kam jeden Tag, ohne dass er gewusst hätte, wer die junge Frau war, die auf einer Bank im Park saß und ihm zulächelte, wenn er sich dort zwischen zwei Rehabilitationssitzungen erholte.

Manchmal überwand er seine Schüchternheit, nahm in ihrer Nähe Platz und erwiderte ihr Lächeln.

Luke war es gelungen, einen Platz als Praktikant in einer Apotheke für ihn zu finden, ganz in der Nähe des Apartments, das er für ihn gemietet hatte.

Jeden Mittag tauschte Josh seine Kittel gegen einen Pullover, den er sich um die Schultern legte, und ging in eines jener modernen und hübsch eingerichteten Cafés auf der anderen Straßenseite.

Dort aß er an der Theke ein Sandwich, trank dazu einen Latte macchiato und betrachtete die Gegenstände auf dem Holzregal vor dem Spiegel, dem er gegenübersaß.

Manchmal meinte er, das Gesicht einer jungen Frau zu erkennen, die allein an einem Tisch im hinteren Teil des Lokals saß und ihren Tee trank, doch dann glaubte er wieder, sich zu irren.

Eines Morgens hatte er Lust, seine Gewohnheiten zu ändern, das geschah in den letzten Wochen immer öfter. Also ging er in dasselbe Café, aber um dort zu frühstücken.

Es waren fast keine Gäste da, und der Wirt trocknete hinter der Theke Tassen ab. Josh nahm an einem Tisch Platz.

Sein Blick fiel auf ein kleines Holzflugzeug, das unter der Decke schwebte. Als er es betrachtete, spürte er, wie eine heftige elektrische Entladung ihn durchfuhr: In seinem Kopf drehte sich alles, und während er hintenüberfiel, sah Josh sein ganzes Leben an sich vorüberziehen.

Er kam wieder zu sich, als er die Stimme des Mannes hörte, der sich über ihn beugte.

»Geht es Ihnen besser? Sie haben mir vielleicht einen Schrecken eingejagt! Soll ich einen Arzt holen?«

Josh wollte keinen Arzt. Er erhob sich und fragte den Wirt, wie das kleine Holzflugzeug hierherkam.

»Komisch, dass Sie mich erst heute danach fragen. Es hängt seit mindestens zwei Monaten dort. Eine junge Frau hat es mir gebracht und mich gebeten, ihr einen großen Gefallen zu tun. Sie wollte, dass ich es gut sichtbar aufhänge, was ich gerne getan habe, denn es ist ein hübsches kleines Flugzeug, nicht wahr? Und sie hat mir einen Brief gegeben, den ich Ihnen an dem Tag aushändigen sollte, an dem Sie mich nach der Herkunft des Flugzeugs fragen. Sie hat mir erklärt, sie habe es Ihnen vor Jahren geschenkt, darum würde es sicher eine Weile dauern, bis Sie es wiedererkennen würden.«

Der Wirt ging hinter den Tresen und kam mit einem Umschlag zurück.

»Sagen Sie mal, Sie fangen doch wohl nicht an zu weinen, bevor Sie ihn gelesen haben?«

Josh wischte sich die Augen ab und öffnete das Kuvert, auf dessen Rückseite eine Adresse und eine Telefonnummer geschrieben standen.

Mein Josh,
ich habe Dich wiedergefunden.
Ich liebe Dich.
Hope

Anmerkung des Autors

Dieses Buch ist eine Hommage an Kim Suozzi und Josh Schisler, deren Leben mich zu dieser Geschichte inspiriert hat.

Und da das Unmögliche nur eine Frage der Zeit ist, hoffe ich aus tiefstem Herzen, dass Kim aus ihrer großen Kälte aufwachen wird, in der sie seit einem nebligen Morgen im Januar 2013 ruht, und mehr noch, dass Josh und sie eines Tages wieder vereint sein werden.

Schreiben heißt, sich alles vorstellen zu können.

Ich danke den Forschern, die mir mit ihrem Rat zur Seite gestanden haben, und das umso mehr, als meine Kenntnisse in Neurowissenschaften nicht gerade sehr ausgeprägt waren, als mir die Idee zu diesem Roman kam. Um ehrlich zu sein, sind sie das auch heute noch nicht.

Aber die meisten wissenschaftlichen Thesen, die auf diesen Seiten angeführt werden, sind wahr, so unglaublich es auch scheinen mag. Und die, die es jetzt noch nicht sind, werden es vielleicht eines Tages sein, vor allem, nachdem Josh einige Menschen, die wie er wahre Genies im Bereich der Neurowissenschaften sind, auf ein paar Ideen gebracht hat.

Da Flinch mich bat, seine bemerkenswerte Rolle nicht zu vergessen, hole ich das hiermit auf der Stelle nach.

New York, 2. Januar 2016
Marc Levy

Mein Dank gilt:

Pauline, Louis, Georges und Cléa.
Raymond, Danièle und Lorraine.

Susanna Lea
Emanuelle Hardouin.
Cécile Boyer-Runge, Antoine Caro.
Élisabeth Villeneuve, Caroline Babulle, Arié Sberro, Sylvie Bardeau, Lydie Leroy, Joël Renaudat, Céline Chiflet, Anne-Marie Lenfant,
der gesamten Belegschaft der Éditions Robert Laffont.
Pauline Normand, Marie-Ève Provost, Jean Bouchard.
Léonard Anthony, Sébastien Canot, Danielle Melconian, Mark Kessler, Julien Saltet de Sablet d'Estières.
Katrin Hodapp, Laura Mamelok, Kerry Glencorse, Julia Wagner.
Brigitte und Sarah Forissier.